1

Fünfzehn Grad. Im Juni! Caro Falk zog sich seufzend die Kapuze ihrer dunkelblauen Regenjacke über den Kopf. Nicht, dass sie mit mallorquinischen Temperaturen gerechnet hätte, aber die letzten Jahre war es an der Nordsee vergleichsweise brüllend heiß gewesen, warum musste das berüchtigte Schietwetter ausgerechnet jetzt wieder zuschlagen, wenn sie nach Borkum fuhr? Justus schien der kalte Wind, der über das Deck der Fähre wehte, nichts auszumachen. Strahlend stand ihr neunjähriger Sohn an der Reling und warf mit Schmackes Brotstückchen in den Himmel, die er vorher zu festen Kügelchen geformt hatte und die von den Möwen mehr oder weniger geschickt mit dem gebogenen Schnabel aufgefangen wurden. Es sah so aus, als wollte Justus die Seevögel abwerfen, was diese aber nicht im Geringsten zu beeindrucken schien. Hauptsache fressen. Was, war egal. Nils hatte ihr mal erzählt, dass er als Jugendlicher den Möwen glühende Zigarettenkippen zugeworfen hatte, und selbst diese wurden in der Luft gefangen – und verbrannten den armen gefräßigen Viechern den Schnabel. Warum hatten ihr solche Geschichten eigentlich nicht schon früher zu denken gegeben? Nils war einfach schon immer ein Arsch gewesen. Zu Möwen und Menschen.

Caro nahm Aila auf den Arm und suchte sich eine windgeschützte Ecke auf dem Deck. Sie setzte sich neben eine Frau, die vielleicht in ihrem Alter war, nickte ihr freundlich zu und ließ Aila auf den Boden. Entspannt legte sich die finnische Lapphündin auf das kalte Metall. Für sie waren die Temperaturen genau richtig.

Als Nils ihr letztes Jahr die Hündin geschenkt hatte, war sie aus dem Häuschen gewesen vor Freude, endlich ein Haustier zu haben, das sie sich als Kind schon immer gewünscht hatte und nie haben durfte. Und für Justus war die Hündin ein Segen. Wenn schon kein Geschwisterchen, dann wenigstens eine Fellnase, hatte Nils gesagt, als er ihm das kleine Bündel in den Arm gedrückt hatte. Das Welpenfell war genauso hell wie Justus' Blondschopf, der sofort zwischen den Ohren des Tieres verschwand. Von da an war Aila der Mittelpunkt der Familie gewesen, wurde mit Leckerlis und Hundespielzeug nur so überhäuft, obwohl sie sich gerade für Letzteres kaum interessierte.

Hundespielzeug.

Caro würde niemals diesen Samstag Ende Januar vergessen, als Justus bei einem Freund übernachtete und sie mit ihren Berliner Freundinnen ausgehen wollte. Aber dann bekam Lisa Migräne und Mila einen Anruf von der Babysitterin, dass ihre Tochter exorzistenmäßig kotzen würde, und der Abend war gelaufen. Anstatt spät in der Nacht kam Caro schon um kurz nach neun nach Hause, und als sie die Tür zu dem viel zu großen Penthouse aufschloss, hörte sie Nils' Stimme aus dem Arbeitszimmer.

»Willst du nun dein neues Spielzeug sehen? Soll ich es dir zeigen?«

Kopfschüttelnd hatte sie ihre Jacke an die teure Designergarderobe gehängt, die an ein riesiges Mikado-Spiel erinnerte, und schmunzelnd daran gedacht, dass ihr Mann es einfach nicht lassen konnte, die kleine Hündin von Kopf bis Fuß zu verwöhnen. Er saß vermutlich an seinem riesigen Schreibtisch, Aila stand mit auf die Seite gelegtem Kopf davor und schaute ihn mit diesem Hundeblick an, der alle dahinschmelzen ließ. Und wahrscheinlich hielt Nils gerade einen nagelneuen Beißknochen oder eine Gummikatze in der Hand, auf der Aila wieder für fünf Minuten herumkauen würde, um sie dann in der Ecke liegen zu lassen.

»Na, wie gefällt er dir? Der kann manchmal ganz schön wild sein. Kriegst du ihn in den Griff?«

Was hatte er denn da gekauft? Doch nicht noch ein Tier? Irgendwas an Nils' Stimme ließ sie aufmerken. Wieso sprach er so komisch mit der Hündin?

»Vielleicht musst du ein bisschen strenger mit ihm sein …«

In dem Moment hörte sie ein Jaulen und Winseln, das nur aus der Küche kommen konnte. War das Aila? Na, wer sollte es sonst sein? Wohl kaum der Kühlschrank. Aber warum jaulte sie in der Küche, wenn sie doch gerade im Arbeitszimmer war?

Irritiert ging Caro den Flur hinunter. Als sie die Küchentür öffnete, sprang Aila sofort schwanzwedelnd an ihr hoch, und Caro streichelte der Hündin über den Kopf.

»Wenn du hier bist, meine Süße«, sagte sie und wunderte sich über den ungewohnten Tonfall in ihrer eigenen Stimme, »wer bekommt denn dann im Arbeitszimmer sein neues Spielzeug?« Es kam ihr so vor, als würde Aila sie fast mitleidig anschauen.

Wie betäubt öffnete Caro die Tür zum Arbeitszimmer und sah Nils, wie er nackt vor seinem Laptop stand. Nicht vollständig nackt, ein absurder Stringtanga *bedeckte* seinen Unterleib, wobei sein Penis in einer Art Elefantenrüssel steckte, der überraschend schnell nach unten fiel, als Caro in den Raum kam. Oder war es eine Kobra? Sie wusste es nicht, bei ihr hatte er diese Art von *Reizwäsche* zum Glück noch nie getragen. Sie starrte auf den Bildschirm, der von zwei überdimensionalen Brüsten ausgefüllt wurde. Das war doch mindestens Körbchengröße H! Bekam man davon nicht Rückenprobleme? Caro hatte das Gefühl, nicht mehr klar denken zu können.

Dann entfernte sich die Besitzerin dieser künstlichen Riesenballons von der Kamera, und bevor Nils den Laptop hektisch zusammenklappen konnte, sah sie noch eine Frau, die in einer Art Zirkusdirektorenuniform steckte, wobei der Stoff an den Brüsten und zwischen den Beinen ausgespart worden war.

Ja, ihr Noch-Ehemann war wirklich das Allerletzte.

Caro nahm einen tiefen Atemzug. Es war erstaunlich, wie diese frische Nordseeluft den Kopf freipustete. Sie zog sich die Kapuze herunter und hielt ihr Gesicht in die Sonne, die endlich hinter den Wolken hervorkam. Justus fütterte immer noch die Möwen und wirkte dabei so unbeschwert, dass ihr ganz warm ums Herz wurde. Im Moment hatte sie den Eindruck, dass er die Scheidung seiner Eltern einigermaßen unbeschadet überstehen könnte. Wahrscheinlich eine Illusion. Auf irgendeine Weise würde es ihn prägen. Hoffentlich würde Justus die Kur guttun. Vielleicht war es auch für ihn eine Möglichkeit, etwas Abstand zu den Ereignissen der letzten Monate zu gewinnen, um alles besser zu verarbeiten und nicht nur zu verdrängen, wie er es jetzt manchmal zu machen schien.

Lisa und Mila hatten sie zu der Mutter-Kind-Kur überredet. Nachdem Caro innerhalb weniger Tage herausgefunden hatte, wie groß das Ausmaß von Nils' Betrug wirklich war und dass er, anders als behauptet, seinen Schniedel nicht nur einmal vor die Kamera einer Prostituierten-Hotline gehalten hatte, war es zum Eklat gekommen. Er hatte sie praktisch von der ersten Minute ihrer Ehe an konsequent betrogen, teilweise mit mehreren Frauen gleichzeitig, mit Profis und Laien, sogar Justus' Erzieherin aus der Kita damals war darunter gewesen. Caro hatte ihm natürlich eine Szene gemacht, hatte gezetert und geweint, und Nils' einzige Reaktion war gewesen, ihr mit Rauswurf und Scheidung zu drohen. Ihm gehörte das Penthouse, ihm gehörten die Aktien, sie hatte nichts. Und außerdem hatte sie damals, hochschwanger und blind vor Liebe, diesen vermaledeiten Ehevertrag unterschrieben, als sie ihr Studium abgebrochen und Nils geheiratet hatte. Er hatte ziemlich hämisch gegrinst, als er sie an diese unglückliche Tatsache erinnerte.

Nach einem Moment des hilflosen Entsetzens war zum Glück die alte Caro wieder in ihr hochgekommen, die sie mit Beginn der Ehe irgendwie vergessen hatte und die sich so ein Verhalten niemals gefallen lassen würde. Wütend hatte sie die Versace-Jacke von der Garderobe gerissen und ihm ins Gesicht geschlagen, danach mit der Chanel-Tasche auf ihn eingeprügelt, die er ihr zum letzten Weihnachtsfest geschenkt hatte, und ihm noch mal ins Gesicht gebrüllt, was für ein Riesenarsch er war, um dann freiwillig die Wohnung zu verlassen. Die ganzen knappen Designerfummel hatte sie dagelassen, sie hatte sich eh nie darin wohlgefühlt, war sich immer verkleidet vorgekommen und hatte es fast unanständig gefunden, wie viel Geld Nils für so einen Blödsinn ausgegeben hatte. Warum hatte sie diesen Mist nur all die Jahre getragen? Wie ein Edel-Escort hatte sie manchmal ausgesehen. Es war befreiend, diesen ganzen Schrott loszuwerden, der sowieso höchstens mit eingezogenem Bauch gut aussah.

Weniger befreiend war allerdings, dass sie nun gar nichts mehr hatte, zumindest keine Wohnung und auch kein Geld.

Dafür zum Glück aber gute Freunde. So war sie zunächst bei Lisa untergekommen, wo Justus erst einmal das Gästezimmer und sie die Couch im Wohnzimmer beziehen konnte. Von einer Sekunde auf die andere war sie von der Unternehmergattin zur arbeitslosen alleinerziehenden Mutter ohne abgeschlossene Ausbildung geworden. Mit fünfunddreißig stand sie vor den Trümmern ihres Lebens, wie ihre Mutter wenig feinfühlig anmerkte. Das musste man erst mal schaffen, in dem Alter fingen andere gerade an, sich in ihrem Leben einzurichten. Aber andere verliebten sich eben auch nicht in einen sexuell hyperaktiven Narzissten. Sie fragte sich immer noch, warum sie das nicht eher gemerkt hatte. Warum merkte die Ehefrau es als Letzte, wenn sie betrogen wurde? Warum traf dieses abgedroschene Klischee auch auf sie zu? Weil Klischees nichts anderes waren als ein Panini-Abziehbild des wahren Lebens. Nur ohne Glitzer.

Die Situation hatte sie fertiggemacht, sie konnte nicht mehr essen und schlafen, wurde immer dünner und fahriger, weinte manchmal sogar ohne erkennbaren Grund. Sie kannte sich selbst nicht wieder. Caro war nie der weinerliche Typ Frau gewesen, und sie konnte sich beim besten Willen nicht daran erinnern, jemals unter Appetitlosigkeit gelitten zu haben. Wenn sie Magen-Darm hatte, okay, dann bekam selbst sie nichts runter, aber sonst?

Und es wurde immer schlimmer. Sie fand keine bezahlbare Wohnung und war plötzlich eine der Hauptfiguren im Horrorfilm »Berliner Wohnungsmarkt«. Und einen Job brauchte sie auch, was nicht einfach war, wenn man nicht mehr als drei Semester Jura vorzuweisen hatte. Die Zeit zwischen Abi und Studium hatte sie als Kellnerin und im Kiosk ihrer Eltern verbracht, auch nichts, worauf sie aufbauen könnte. Man konnte es nicht schönreden, sie hatte die Kacke am Dampfen und das nicht zu knapp.

»Du brauchst eine Auszeit«, hatte Lisa zu ihr gesagt, nachdem Caro ihr wieder mal versichert hatte, wie sehr sie hoffte, endlich eine Wohnung zu finden und nicht mehr bei ihr zu campieren. »Und zwar ganz dringend.«

Dass sie für die Mutter-Kind-Kur nur noch einen Platz auf Borkum bekommen hatte, war Segen und Fluch zugleich. Einerseits war es toll, dass sie Hinnerk Falk wiedersehen konnte, ihren Schwiegervater, mit dem Nils seit Jahren verkracht war. Andererseits war es Nils' Heimatinsel. Eine Güllewelle übelster Erinnerungen würde sie womöglich überrollen.

Die ordentliche Portion weißer Möwenkacke, die zielsicher auf ihrem Scheitel landete, riss Caro aus ihren Gedanken.

»Das kann doch nicht wahr sein …«, brachte sie noch hervor, bevor ihr die erstaunlich flüssige Ladung ins Gesicht zu tropfen drohte.

Sofort reichte ihr die Frau neben ihr ein Taschentuch.

»Passen Sie auf, dass Sie es nicht in die Augen bekommen«, meinte sie grinsend. »Das kann Ihnen alles wegätzen.«

Dankbar nahm Caro das Taschentuch und bemerkte dabei die Narben, die auf dem Handgelenk der Frau deutlich zu sehen waren. Es sah so aus, als hätte sie versucht, sich die Pulsadern aufzuschneiden, und Caro bekam sofort Mitleid mit ihr. Die Frau schien ihre Blicke zu bemerken und zog schnell die Hand zurück.

»Danke«, sagte Caro und lächelte sie freundlich an. »Das ist ja eine Riesensauerei …«, fügte sie noch hinzu und begann, ihren Scheitel von der weißen Soße zu befreien. Die Frau lachte und versuchte, ihre dunklen Locken mit einem Haarband zu bändigen.

»Allerdings. Möwenfüttern kommt in Borkum übrigens einem Kapitalverbrechen gleich. Wenn Sie das am Strand machen, können Sie richtig Ärger kriegen.«

»Mit den Viechern?«

»Mit denen auch«, meinte die Frau schmunzelnd. »Aber nicht nur.«

»Waren Sie schon öfter auf Borkum?«, fragte Caro, der langsam der Scheitel brannte. Diese Möwenkacke ist wirklich aggressiv, dachte sie und rubbelte erneut mit dem Taschentuch über ihre dunkelblonden Haare, die sie zu einem ehemals kinnlangen Bob trug, der inzwischen viel zu lang war. Sie müsste dringend mal wieder zum Friseur. Diese Anna-Wintour-Gedächtnisfrisur funktionierte nur, wenn man sie jeden Morgen mit einer Rundbürste in Form brachte und eine 80er-Jahre Ladung Haarspray draufknallte. Und die Zeiten waren definitiv vorbei, Gott sei Dank.

»Ich lebe dort«, antwortete die Frau und reichte Caro ein weiteres Taschentuch. Als ihr Blick erneut auf die Narben fiel, sah Caro die Frau unwillkürlich vor sich, wie sie mit aufgeschnittenen Pulsadern am Strand saß, den Blick starr auf das tosende Meer gerichtet, während die Möwen lautstark über ihr kreisten … Fantasiebegabt hatten ihre Lehrer Caro früher immer genannt. Es brauchte nur den kleinsten Auslöser, und schon lief in ihrem Kopf ein ganzer Film ab.

Flatsch. Die nächste Ladung landete auf ihrer Schulter. Was war das hier? Die Neuauflage von »Die Vögel«? Oder drehte jemand eine Doku über diarrhöische Möwen? Das war doch nicht auszuhalten! Die Frau lachte und reichte ihr nun die ganze Packung Taschentücher.

»Können Sie gerne behalten.«

Caro stöhnte. »Danke. Sie sind meine Rettung.« Dann

formte sie die Hände zu einem Trichter und versuchte, gegen den Wind anzubrüllen:

»Justus?! Hör auf damit! Keine Möwen mehr füttern, hörst du? Keine einzige mehr!«

Hinnerk Falk erwartete sie schon, als die MS Münsterland am Hafen von Borkum anlegte. Obwohl Justus seinen Großvater erst wenige Male gesehen hatte, fiel er dem Mann mit dem weißen Seemannsbart sofort um den Hals.

»Opa! Ich freu mich voll!«

»Ich mich auch, meen Jung, ich mich auch.« Dann drückte er Caro an sich und nickte ihr stumm, aber nicht unfreundlich zu. Hinnerk Falk war noch nie ein großer Redner gewesen.

»Schön, dich wiederzusehen«, sagte Caro. »Und danke, dass Aila bei dir bleiben darf.« Hunde waren in der Kurklinik leider verboten.

»Kein Problem. Ich kann aber keine langen Strecken mit ihr gehen. Meine Knie …«

Obwohl Hinnerk der drahtigste und schlankste Zweiundsiebzigjährige war, den Caro kannte, wollten seine Gelenke nicht mehr so, wie er es gerne hätte. Ein übler Knorpelschwund machte ihm seit Jahren zu schaffen.

»Ich mach einmal am Tag mit ihr einen ausgiebigen Strandspaziergang«, sagte Caro. »Versprochen.«

Hinnerk nickte und nahm Caro den Koffer ab. Die bunte Bimmelbahn, die alle ankommenden Gäste ins Zentrum von Borkum brachte, stand direkt am Anleger. Sie war wie ein Relikt aus einer anderen Zeit: Jeder Waggon war in einer anderen Farbe gestrichen, und im Inneren befanden sich helle Holzbänke, die an die dritte Klasse vor hundert Jahren erinnerten. Die Kinder, von denen nicht wenige auf dem Schiff gewesen waren, jauchzten vor Vergnügen und kletterten in die Waggons. Selbst ihre Eltern machten durchweg ein zufriedenes Gesicht, als sie die Bahn bestiegen. Die bunten Wagen schienen so klar und deutlich zu signalisieren, dass ab jetzt Ferien waren, dass sich keiner dieser Botschaft entziehen konnte.

»Du siehst gut aus«, meinte Hinnerk, als sie sich in eine Bank setzten. »Turnschuhe stehen dir viel besser als dieser ganze Schickikram.«

Caro lächelte ihn amüsiert an. Dass Hinnerk Falk kein Fan von Louboutins war, überraschte sie nicht, und vermutlich sah ihr Schwiegervater sie gerade tatsächlich zum ersten Mal ohne hohe Hacken. Aber ihr selbst gefiel der neue Look auch, zumal sie endlich spürte, was der in den Luxusboutiquen häufig gerühmte Tragekomfort wirklich bedeuten konnte. Keine Strumpfhose zwickte mehr im Schritt, kein Push-up quetschte ihr den Busen hoch, und kein Absatz blieb in Gullydeckeln stecken. Und den Bauch einziehen musste sie auch nicht mehr.

Als sich die Bahn mit einem lauten Pfeifen in Bewegung setzte und langsam aus dem Hafen fuhr, sah Caro aus dem Fenster die Frau, die auf dem Schiff neben ihr gesessen hatte. Trotz des Haarbands flatterten die langen Locken wild um ihren Kopf herum, während sie mit einem dunkelblauen Hollandrad auf einem der unzähligen Radwege fuhr und damit fast genauso schnell war wie die Bahn. Borkum gehörte nicht zu den autofreien Inseln, dennoch war das Fahrrad hier das Hauptverkehrsmittel. Urlaubsgäste durften mit dem Wagen zwar von der Fähre bis zu ihrem Feriendomizil fahren, mussten ihn danach aber auf einem der zentralen Parkplätze abstellen. Mal zum Ostland mit dem Auto oder zum Großeinkauf in den Supermarkt, das war nicht drin. Und auch die Insulaner durften nur mit Sondergenehmigung fahren, wie sie von Nils wusste. Caro fand das schon immer gut. Überall auf der Insel gab es richtige Straßen, auf denen aber kaum Autos fuhren. Und trotzdem konnte man einen Bus nehmen, wenn man sich bei einer Strandwanderung verschätzt hatte und den Weg zurück nicht mehr zu Fuß schaffte.

Als die Bimmelbahn auf die gerade Strecke bog, die Richtung Zentrum führte, konnte sie an Tempo zulegen und die Frau vom Schiff überholen. Als sie an ihr vorbeifuhren, blickte Caro in ihr Gesicht, in dem nichts von der Unbeschwertheit und Vorfreude zu sehen war, die den Urlaubsgästen im Waggon auf die Stirn geschrieben war. Im Gegenteil. Ihre Miene war viel ernster als noch auf dem Schiff, eine tiefe Falte hatte sich zwischen ihren Augenbrauen gebildet, und es wirkte fast so, als wäre für sie die Ankunft auf Borkum mehr Qual als Freude. Während Caro ihren Blick über die Sanddornhecken schweifen ließ, die die Gleise säumten und Borkum wie einen Teppich zu bedecken schienen, dachte sie darüber nach, ob es in ihrem Leben jemals einen Zeitpunkt gegeben hatte, an dem sie sich die Pulsadern aufgeschnitten hätte. Wegen Nils? Um Himmels willen. Das war er nicht wert. Nein, so mies war es ihr zum Glück noch nie gegangen, dachte sie erleichtert, fand im nächsten Moment die Vorstellung aber durchaus beunruhigend, dass es einem noch schlechter gehen konnte als ihr in den letzten Monaten. Schlimmer geht immer, hatte ihre Mutter gesagt – und wenn es eine wissen musste, dann sie.

»Können wir erst zu Opa und dann in die Klinik?«

»Na klar«, antwortete Caro ihrem Sohn. »Wir müssen ja Aila eh erst unterbringen.«

»Cool! Dann kannst du sie mir zeigen!«, wandte sich Justus wieder an Hinnerk. »Opa hat nämlich geheime Karten im

Keller, mit denen man den Störtebeker-Schatz finden kann«, fügte er in verschwörerischem Tonfall hinzu, und Caro lachte.

In der Greunen Stee, dem größten Inselwäldchen auf Borkum, sollte Störtebeker angeblich einen gewaltigen Schatz vergraben haben, bevor er gefangen und hingerichtet wurde. Justus konnte gerade laufen, als Hinnerk ihm die Geschichte das erste Mal erzählt hatte. Eine lange Zeit hatte der Junge sie jetzt nicht mehr gehört und hing fasziniert an den Lippen seines Großvaters, der sie schnörkellos, aber mit allen gruseligen Einzelheiten zum Besten gab.

Fünf Jahre lag es zurück, dass sie Nils' Mutter hier beerdigt hatten und es beim Totenkaffee zum lautstarken Eklat zwischen ihm und Hinnerk gekommen war. Lefke Falk war keine drei Stunden unter der Erde gewesen, als sich ihr Sohn und ihr Mann für immer zerstritten. Natürlich war es ums Geld gegangen, worum auch sonst? Bei Nils ging es immer ums Geld. Hinnerk hatte sein Haus schon vor Jahren aus steuerlichen Gründen seinem Sohn übertragen, der ihm und Lefke dafür ein lebenslanges Wohnrecht eingeräumt hatte. Aber nach dem Tod der Mutter war Nils davon überzeugt, dass sein Vater mit weniger Quadratmetern auskommen könne, zumal die Immobilienpreise auf Borkum so angezogen hatten, dass man für das 180-Quadratmeter-Haus in unmittelbarer Nähe zum Nordstrand locker 700 000 Euro verlangen konnte. Vermutlich auch mehr. Hinnerk hatte sich über die Gier seines Sohnes aufgeregt und noch mehr darüber, dass er den Wert seines Elternhauses nur in Euros maß, ansonsten schien ihm nichts daran zu liegen.

Zwanzig Minuten später standen sie vor dem roten Klinkerbau, der in den 1970er-Jahren gebaut worden war. Es war kein reetgedecktes Friesenhaus, von denen es hier sowieso nur wenige gab, es war schließlich Borkum und nicht Sylt. Das Haus war eher funktional, hatte eine kleine Einliegerwohnung, die Lefke früher an Urlaubsgäste vermietet hatte, was Hinnerk aber zu viel Arbeit war, und einen hübschen Wintergarten, der mal randvoll mit ihren Orchideen gewesen war und in dem er jetzt seinen Schreibtisch stehen hatte. Hinnerk war Chefredakteur der Borkumer Zeitung gewesen und hatte es sich mit dem Tag seiner Pensionierung zur Aufgabe gemacht, eine große Inselchronik zu erstellen. Seit gut sieben Jahren arbeitete er nun daran, und Caro hatte den Verdacht, dass es noch mindestens weitere sieben Jahre dauern würde, bis die Chronik fertig war. Wenn sie denn jemals fertig werden sollte.

»Dein Garten ist ein Traum«, meinte sie, und das war nicht übertrieben. Der Rasen würde es mit jedem englischen Grün aufnehmen können, er war makellos, ohne ein Fitzelchen Unkraut und von Beeten gesäumt, auf denen eine Hortensie neben der anderen blühte. Nils hatte seinen Vater immer als Garten-Nazi bezeichnet, worüber Caro am Anfang noch lachen musste. Sie hatte den zynischen Humor ihres Noch-Ehemannes zu Beginn ihrer Beziehung ausgesprochen amüsant gefunden, doch irgendwann ging ihr das ewige Sprücheklopfen ganz schön auf die Nerven. Anstatt froh zu sein, dass sein Vater so ein wunderbares Hobby hatte, machte Nils es nur runter und kam sich dabei auch noch witzig vor.

Hinnerk freute sich über Caros Kompliment und ging zufrieden ins Haus, um einen Tee aufzusetzen.

»Aila kackt auf Opas Rasen«, meinte Justus in dem Moment, und obwohl Caro ihren Schwiegervater beim besten Willen nicht für einen Garten-Nazi hielt, war sie froh, dass ihm dieser Anblick erspart blieb. Sie wühlte in ihrer Handtasche und zog eine Hundekottüte hervor, ging zu Aila, die ihr Werk beschnüffelte, schimpfte kurz mit ihr und nahm den Haufen dann mit der Tüte auf.

»Weißt du noch, wo Opa die Mülltonnen stehen hat?«, fragte sie ihren Sohn, der sie ungläubig anschaute.

»Du kannst das doch nicht in Opas Mülltonne tun! Dann weiß er gleich, dass Aila auf seinen Rasen gemacht hat, und wird bestimmt sauer!«

»Quatsch. Opa weiß, dass Hunde auch mal groß müssen.«

»Aber doch nicht auf seinen Rasen. Papa hat immer gesagt, Opa ist ein Garten…«

»Schon gut«, unterbrach sie ihren Sohn. Hinnerk war wieder auf die Terrasse gekommen, und sie wollte nicht, dass er diesen unpassenden Anti-Kosenamen hörte. Kurzerhand packte sie die zugeknotete Kottüte in ihre Handtasche.

Nachdem Justus sich mit einer Sanddornschorle und einem Schälchen Milchreis gestärkt hatte, spielte er mit Aila im Garten, und Hinnerk und Caro konnten für einen Moment in Ruhe sprechen.

»Lass dich nicht von ihm über den Tisch ziehen«, meinte Hinnerk grimmig. »Hast du einen guten Anwalt?«

Caro nickte. »Anwältin. Ja. Eine alte Studienfreundin von mir, die in einer Top-Kanzlei arbeitet. Sie versucht gerade, den Ehevertrag anzufechten. Mit ein bisschen Glück ist er sittenwidrig.«

»Das würde mich überhaupt nicht wundern. Für ein bisschen mehr Geld macht Nils doch alles.« Es war dem Mann anzusehen, wie sehr ihn das Zerwürfnis mit seinem Sohn schmerzte.

»Ich frag mich, von wem er das hat«, sagte Caro nachdenklich. »Du und Lefke, ihr seid doch nie so aufs Geld aus gewesen.«

Caro hatte ihre Schwiegereltern von Anfang an ins Herz geschlossen. Lefke war eine warmherzige und liebevolle Person gewesen, und auch wenn Hinnerk manchmal ein bisschen knorrig sein konnte, hatte er doch sein Herz am rechten Fleck. Sie waren immer sparsam gewesen, aber nie geizig, und es war Caro ein Rätsel, wieso Nils, ihr einziger Sohn, sich in einen geldfixierten Kapitalisten verwandeln konnte.

Hinnerk zuckte traurig mit den Schultern. »Vielleicht ist es der Fluch der Urlaubsinsel. Wenn du da aufwächst, wo andere Ferien machen, bist du dauernd von Leuten umgeben, denen das Geld relativ locker in der Tasche sitzt. Hier ein Eisbecher, da ein Drink an der Strandpromenade, im Urlaub will man es sich ja gut gehen lassen. Aber wenn du hier lebst, ist das natürlich nicht möglich. Du kannst ja nicht das ganze Jahr so tun, als wären Ferien. Vielleicht hat ihn das geprägt. Ich weiß es nicht.«

Caro nickte. Vielleicht hatte Nils auch einfach nur einen schlechten Charakter, dachte sie. Denn sein Hang zur Promiskuität konnte kaum durch die Urlaubsgäste auf seiner Heimatinsel ausgelöst worden sein. Borkum war schließlich kein Swingerclub und ein Puff irgendwie auch nicht.

Der Himmel färbte sich schon rot, als Caro und Justus Richtung Kurklinik aufbrachen. Sie versicherten Hinnerk, dass sie den Weg alleine finden würden und er sein Knie schonen könne, verabschiedeten sich von Aila und gingen über den gepflasterten Giloweg Richtung Kurklinik. Der Rollkoffer klapperte über die Steine und ließ die Karnickel, die zu Dutzenden in den Büschen hockten, hektisch aufspringen. Es war nicht mehr viel los auf dem beschaulichen Weg, der hinter den Dünen herführte und daher windgeschützter war als ein Gang direkt am Strand. Aber den traumhaften Sonnenuntergang sah man von hier nicht, was einer der Gründe sein durfte, warum sich um diese Uhrzeit alles am Strand tummelte.

»Warum ist Sanddorn eigentlich so gesund?«, fragte Justus. Er zupfte eine vertrocknete Beere von einem der Sträucher, die noch vom Vorjahr hängen geblieben war.

»Jede Menge Vitamin C«, meinte Caro und blickte irritiert Richtung Dünen.

Hatte sie dort nicht gerade noch eine Person gesehen? Sie war sich ganz sicher, dass jemand durch die Dünen gelaufen war, den Kopf mit einer grünen Mütze oder Kappe bedeckt. Aber jetzt sah sie ihn nicht mehr. Sollte sie die Person rufen? Es war verboten, durch die Dünen zu laufen, die so wichtig für den Küstenschutz und somit den Erhalt der Insel waren. Aber sie war schließlich nicht die Dünenpolizei, und vielleicht musste derjenige einfach nur mal Pipi, da musste ja nicht gleich jeder »Ist verboten!« rufen.

Als sie den Giloweg verließen und auf die Strandpromenade kamen, von der sie in die Viktoriastraße abbiegen mussten, blickte sich Caro noch mal um und sah, wie ein Mann mit einer grünen Basecap aus den Dünen sprang und zu der Toilettenanlage lief.

Wenn Caro ehrlich war, musste sie sich eingestehen, dass am Verhalten des Mannes nichts merkwürdig war. Okay, er war verbotenerweise in den Dünen gewesen, aber das waren Dutzende andere Urlauber am Tag auch. Und jetzt ging er aufs Klo. Auch eher mittelmäßig verdächtig. Trotzdem hatte er etwas an sich, das sie aufmerken ließ. Vielleicht lag es an der Cap, die er viel zu tief ins Gesicht gezogen hatte, oder an der Art, wie er sich immer wieder umdrehte, jedenfalls kam er ihr irgendwie komisch vor.

Ob er irgendwas Verbotenes gemacht hatte? Ihr waren die

Hunde am Hafen aufgefallen, die am Anleger der Fähren aus Eemshaven mit ihren uniformierten Besitzern standen. Vermutlich versuchte der ein oder andere Jugendliche, ein bisschen Gras aus der holländischen Hafenstadt mit auf die Urlaubsinsel zu bringen, das von den Hunden aufgespürt werden sollte. Hatte der Typ in den Dünen gekifft?

Als Justus das Schild zur Kurklinik entdeckt hatte, war jeder Gedanke an die merkwürdige Person verflogen. Caro war etwas nervös, als sie den hellen Bau betraten. Was würde sie hier in den nächsten drei Wochen erwarten? In der ersten Kur ihres Lebens? In ihrer bisherigen Vorstellung waren immer nur alte Menschen zur Kur gefahren, Oma Josi war mal in Bad Pyrmont gewesen, da war sie schon über siebzig. Sie erinnerte sich genau an das Foto, das bei ihren Eltern auf der Kommode stand und von einem professionellen Fotografen gemacht worden war. Es zeigte Oma Josi mit frisch gelegter Dauerwelle, wie sie schick gemacht im gelben Blazer mit Brosche vor dem Springbrunnen am Kurhaus posierte. Am Vormittag gab es ein paar Kneippsche Beingüsse, hatte sie hinterher erzählt, und nachmittags hatte sie mit anderen Kurgästen Skat gespielt. Eine Kur war etwas für alte Leute, die sich von ihrem harten Arbeitsleben erholen mussten, davon war Caro jahrelang überzeugt gewesen.

Und nun stand sie hier, mit Mitte dreißig reif für eine Kur. Vielleicht sollte sie einfach froh sein, dachte sie sich. Wenn Oma Josi in ihrem Alter, also in den Sechzigerjahren, zur Mutter-Kind-Kur hätte fahren können, mit vier kleinen Kindern und einem beinamputierten Mann, wäre sie bestimmt froh gewesen. Aber sie musste warten, bis sie alt und ihr Mann tot war, da hatte Caro es doch eigentlich besser.

Im Eingangsbereich hingen gerahmte Fotos mit Motiven

von Borkum. Der alte und der neue Leuchtturm, Strandpromenade und Seehundbank, Bimmelbahn und Kutschenfahrt, alle Highlights der Insel waren sorgfältig nebeneinander aufgereiht. Der Linoleumboden in Holzoptik hatte schon bessere Zeiten erlebt, und auch die hell gestrichenen Wände hatten einige Macken. Aber alles wirkte einladend und freundlich, und ein Luxushotel hatte Caro nun wahrlich nicht erwartet. Es war ihr erster Urlaub seit über zehn Jahren, den sie nicht in einer eigenen Immobilie oder in einem Fünf-Sterne-Hotel verbrachte, und Caro fand auch das durchaus befreiend. Ungeschminkt zum Frühstück, ohne die Haare vorher eine halbe Stunde mit Föhn und Rundbürste zu malträtieren, in Jeans zum Abendessen und nicht im Cocktailkleid zum Dinner, mit Rucksack zum Strand anstatt mit Handtäschchen in den Beach Club. Es war nicht so, als hätte sie ihr altes Leben nicht genossen, im Gegenteil, gerade der Luxus gefiel ihr am Anfang sehr. Wie oft hatte sie früher von so einem Leben geträumt? Wie oft hatte sie als Teenager darunter gelitten, sich keine neuen Klamotten kaufen zu können, kein Geld für Ohrringe oder Schminke zu haben und immer zu denen zu gehören, bei denen die Kohle knapp war? Es hatte Spaß gemacht, nicht mehr aufs Geld achten zu müssen. Ja, Spaß konnte man mit Nils haben. Wenn er wollte, konnte er sehr unterhaltsam sein, und nicht selten waren sie der Mittelpunkt einer spontanen Beach-Party gewesen, Nils hatte eine Runde nach der anderen geschmissen und amüsante Geschichten zum Besten gegeben. Die Leute hingen an seinen Lippen, lachten über seine Witze und tranken auf seine Kosten.

Aber irgendwie hatte sich das alles nicht echt angefühlt, das wurde ihr jetzt, als sie durch den Eingangsbereich der Kurklinik ging, wieder schlagartig bewusst. Klar, es war auch nicht echt gewesen, selbst im Urlaub hatte der Arsch sie ja betrogen, hatte die blutjungen Frauen, denen er den Champagner bezahlt hatte, fürsorglich zu ihrem Hotelzimmer begleitet, während sie mit den anderen Leuten weitergefeiert hatte.

Caro strich Justus über seinen blonden Schopf. Das feste, dichte Haar hatte er eindeutig von seinem Vater geerbt. Sehr viel mehr zum Glück nicht, dachte sie kurz, verbannte den Gedanken aber schnell. Sie wollte so wenig wie nur möglich an Nils denken, das hatte sie sich fest vorgenommen.

An einer Mischung aus Schwesternkanzel und Hotelrezeption checkten sie ein. Von der grauhaarigen Dame mit dem rundlichen Gesicht, die hinter dem Tresen stand und ein Schildchen mit der Aufschrift »Annegret Müllen – Empfang« trug, erfuhren sie, dass sie das Abendessen leider verpasst hatten.

»Das gibt es von 17.30 bis 19.30 Uhr. Frühstück ist morgen von sechs bis acht, wobei ich gerade sehe, dass Sie sich für den Walkingkurs um acht Uhr angemeldet haben«, sagte sie mit Blick auf den Computer, der vor ihr stand. »Um acht beginnt auch die Kinderbetreuung«, wandte sie sich an Justus. »Es sind eine Menge Kinder in deinem Alter hier. Du wirst bestimmt viel Spaß haben.«

Justus nickte lächelnd. Er wirkte müde, aber auch aufgeregt.

»Wenn Sie möchten, können Sie gleich morgen früh mit dem Walken starten. Um zehn hätten Sie Ihre Eingangsuntersuchung bei Dr. Schäfer«, sagte Annegret Müllen freundlich. »Sie können aber auch erst die Untersuchung abwarten. Was Ihnen lieber ist.«

»Ich hab nichts gegen ein bisschen Bewegung«, antwortete Caro. »Zuhause mache ich viel Sport und gehe regelmäßig aufs Laufband, das werde ich schon schaffen.« Sie dachte daran, dass das Laufband im Penthouse stand und sie es seit ein paar Monaten nicht mehr betreten hatte. Beim Pilates und Power Plate Training war sie seit der Trennung auch nicht mehr gewesen. Egal.

Annegret Müllen erklärte ihnen noch kurz, wo sie ihr Zimmer finden würden, und wünschte eine gute Nacht. Und obwohl es gerade mal halb neun war, war Caro so müde wie schon lange nicht mehr. Das Klima auf der Insel machte einen die ersten Tage einfach fertig, das wusste sie noch von ihren letzten Besuchen. Das berühmt-berüchtigte Reizklima ließ Kleinkinder heulen wie Wölfe und Erwachsene schlafen wie Babys. Und essen wie Scheunendrescher. Zum Glück hatte sie noch zwei Snickers in ihrer Handtasche, die sie sich gleich mit Justus einverleiben konnte.

Sie mussten hoch in den zweiten Stock und den langen Gang bis zum Ende hinuntergehen, bis sie vor dem Zimmer mit der Nummer 217 standen. Caro stellte ihre Handtasche auf den Koffer und versuchte, die Tür aufzuschließen. Sie klemmte, und Caro konnte sie nur mit einem Ruck öffnen, wobei sie gegen ihre Tasche stieß, die auf den Boden flog und ihren Inhalt auskippte. In dem Moment kam von der linken Seite des Flures eine Frau mit einem Putzwagen auf sie zu, offensichtlich ein Zimmermädchen, während von der rechten Seite ein ausgesprochen gutaussehender Mann in einem weißen Kittel den Gang entlanggging. Er hätte locker als Double für George Clooney durchgehen können, jedenfalls für George den Jüngeren. Denn im Gegensatz zum Original dürfte dieser hier die fünfzig noch nicht überschritten haben. Und vielleicht sah er sogar noch besser aus als der Echte. Sie hatte diesen blasphemischen Gedanken nicht mal zu Ende gebracht, da ging plötzlich alles ganz schnell. Bevor Caro irgendwie reagieren konnte, trat George Clooney in den Kotbeutel, in dem Ailas Hinterlassenschaften lagerten. Er platzte auf, hinterließ einen matschigen Fleck auf dem Boden und beschmutzte die weißen Schuhe des Mannes. Der fing sofort an zu poltern und beschimpfte absurderweise das Zimmermädchen, das nun absolut gar nichts mit Ailas Haufen zu tun hatte.

»Lara! Wieso liegt hier Hundescheiße im Flur? Was machen Sie eigentlich den ganzen Tag?«

»Nee, halt, stopp!«, ging Caro sofort dazwischen. »Die Scheiße gehört zu mir. Tut mir leid, dass …«

Doch der Mann ließ sie gar nicht ausreden. »Sie sind für die Sauberkeit auf den Fluren zuständig, Lara! Wenn das noch einmal passiert, können Sie mit einer Abmahnung rechnen!«

»Drücke ich mich irgendwie unverständlich aus?«, rief Caro empört, während die Frau sich wortlos bückte und das Malheur wegwischte. »Sie kann nichts dafür! Warum machen Sie die Frau so runter, wenn die Schuldige direkt vor Ihnen steht?«

Der Mann sah Caro freundlich an. »Entschuldigen Sie bitte, das war jetzt ein bisschen unglücklich. Aber Frau Buschhenke nimmt mir meine kleinen Scherze bestimmt nicht übel«, sagte er und lachte, als hätte er einen Witz gemacht.

»Ach, das sollte lustig sein?« Caro war immer noch empört über den Tonfall des Mannes. »Hörte sich nicht so an.«

»Meine Mitarbeiter kennen mich doch«, meinte er jovial. Dann hielt er der Frau, die immer noch den Boden putzte, seinen Schuh hin. »Das bitte auch.«

Ohne etwas zu sagen, wischte die Frau den Schuh des Mannes sauber, der jetzt auf einem Bein vor Caro stand. Unwillkürlich musste sie an einen Flamingo denken, der auf der

Jagd nach der nächsten Beute … Nee, Moment mal, Flamingos waren doch keine Raubtiere, oder?

»Sind Sie neu bei uns?«, wandte er sich wieder lächelnd an Caro, während das Zimmermädchen immer noch an seinem Schuh herumputzte. »Dr. Schäfer. Ich bin der Leiter der Klinik.«

Während er sich mit der einen Hand lässig an der Wand abstützte, um nicht das Gleichgewicht zu verlieren, reichte er ihr die andere. Und obwohl Caro es widerlich fand, wie herablassend er das Zimmermädchen behandelte, musste sie zugeben, dass Dr. Schäfer selbst auf einem Bein einen ungemeinen Charme ausstrahlte. Er sah nicht nur aus wie George Clooney, er lächelte auch so und hatte eine Stimme, die zum Dahinschmelzen war – wäre da nicht gerade die arme Lara, die von seinen Schuhen den Hundekot putzte, für den Caro verantwortlich war.

»Ja, Caro Falk. Und das ist mein Sohn Justus.« Sie drehte sich nach ihm um, aber Justus war längst im Zimmer verschwunden. »Wir sind gerade erst angekommen. Aber die Sache mit dem Hundekot …«

»Schon vergessen.« Er zwinkerte ihr freundlich zu. »Dann sehen wir uns ja morgen zur Eingangsuntersuchung. Schlafen Sie gut!«

Er lächelte ihr noch mal zu, zog dann energisch seinen Fuß von Laras Putzlappen und ging den Gang entlang Richtung Treppenhaus.

Langsam stand Lara auf und lächelte Caro an, die vor lauter schlechtem Gewissen nicht schnell genug reden konnte.

»Es tut mir so leid, es war meine Schuld, dass Dr. Schäfer da reingetreten ist … unsere Hündin …«

»Ein hübsches Tier.«

Caro sah sie erstaunt an. In ihrer schwarzweißen Arbeitskleidung hatte sie die Frau mit den dunklen Locken gar nicht erkannt.

»Lara Buschhenke.« Die Frau zog ihre Gummihandschuhe aus und reichte ihr die Hand. Caro sah sofort die Narben, die ihr auf dem Schiff schon aufgefallen waren.

»Natürlich! Tut mir leid, dass ich Sie nicht sofort erkannt habe! Caro Falk.« Sie schüttelte der Frau erfreut die Hand. Dann warf sie einen verächtlichen Blick in die Richtung, in der Dr. Schäfer verschwunden war. »Ist der immer so?«

»Nein, nein.« Lara grinste schief. »Sie haben ihn auf dem falschen Fuß erwischt. Im wahrsten Sinne des Wortes.«

»Ich habe wirklich ein schlechtes Gewissen, dass Sie das jetzt alles abbekommen haben.«

»Machen Sie sich keine Gedanken. Ich weiß ja, dass er es nicht so meint. Das geht bei mir da rein, da raus«, antwortete Lara und zeigte grinsend auf ihre Ohren. »Ich wünsche Ihnen einen schönen Aufenthalt. Wir sehen uns ja bestimmt noch mal. Gute Nacht!«

Lara nickte ihr ein letztes Mal lächelnd zu und schob dann ihren Putzwagen weiter den Gang runter. Seufzend blickte Caro ihr nach. Vielleicht konnte sie sich irgendwas einfallen lassen, um der Frau eine Freude und diesen unglücklichen Vorfall vergessen zu machen.

Als sie in ihr Zimmer kam, das fast nur aus hellem Eichenholz zu bestehen schien, fand sie Justus schlafend auf der Couch.

Kein Wunder, dachte Caro und zog ihm die blauen Sneakers aus. Sie waren heute Morgen um fünf Uhr in Berlin aufgestanden, um die Fähre in Emden am frühen Nachmittag pünktlich zu erwischen. Die lange Reise und das ungewohnte

Nordseeklima forderten ihren Tribut. Auch Caro fühlte sich danach, einfach auf das Sofa zu sinken und zu schlafen. Als sie zehn Minuten später nach einer kurzen Katzenwäsche mit geputzten Zähnen im Bett lag, konnte sie die Augen kaum noch offen halten. Sekunden später schlief sie tief und fest.

2

Caro konnte sich nicht daran erinnern, wann sie das letzte Mal neun Stunden am Stück geschlafen hatte. Voller Energie stand sie in ihren Sportsachen am Treffpunkt vor der Kurklinik, von wo aus die Walkinggruppe starten wollte. Sie hatte Justus nach dem Frühstück zur Kinderbetreuung gebracht, die heute als Erstes den Strand erkunden wollte. Auch wenn er anfangs immer ein wenig schüchtern war, hatte Justus zum Glück schnell Anschluss gefunden. Er war neugierig und aufgeschlossen und hatte daher nie Probleme, neue Freunde zu finden, was Caro als Segen empfand.

»Moin! Ich bin Eva Lannes, die Sporttherapeutin, bitte einfach Eva sagen«, stellte sich eine drahtige blonde Frau um die fünfzig gut gelaunt vor. »Wir gehen nicht spazieren, wir walken. Die richtige Armbewegung ist dabei genauso wichtig wie das richtige Tempo. Als Grundregel könnt ihr euch merken: Wenn ihr Probleme habt, euch zu unterhalten, seid ihr zu schnell.«

»Wir haben nie Probleme zu quatschen!«, sagte eine etwas molligere Frau, und alle lachten Beifall.

Nachdem sich Caro und die anderen miteinander bekannt gemacht hatten, marschierte die Gruppe Richtung Strand. Es war immer noch recht frisch und windig, aber heute fand Caro es herrlich. Der Strand war fast menschenleer, nur einige Jogger und Walker waren unterwegs. Die Luft war zwar kalt, aber dabei so klar, wie sie es in Berlin niemals war. Schon von Weitem konnte sie die Seehunde sehen, die nebeneinander aufgereiht im Sand lagen und dösten. Die Seehundbank, die immer näher an den Strand heranwuchs, gehörte zum Naturschutzgebiet. Betreten war strengstens verboten, worauf mehrere Warnschilder hinwiesen. Wenn es ein vorwitziger Schwimmer trotzdem wagte, die kurze Strecke zur Bank zu schwimmen, um den Tieren ganz nahe zu sein, durfte er sich auf eine saftige Strafe gefasst machen. Und praktisch jeder wurde dabei erwischt, da die Rettungsschwimmer von der DLRG-Station am Strand auch immer einen Blick auf die Seehundbank hatten. Vor einigen Jahren war sie fast ausgestorben gewesen, die Seehundstaupe hatte die meisten Tiere dahingerafft. Zum Glück konnte sich der Bestand erholen, und heute lagen mehr Seehunde vor Borkum als je zuvor.

Nahe der Wasserkante, wo der Sand einigermaßen fest war, marschierte die Gruppe Richtung Seehundbank, ließ diese links liegen und überquerte eine wüstenähnliche Fläche, die zum nächsten Strandabschnitt führte, der allgemein als der Wellenstrand bezeichnet wurde. Hier schlugen die Wellen der Nordsee ungebrochen an Land, und es gab wirklich Strand, so weit das Auge reichte. Teilweise konnte Caro gar nicht das Ende sehen, überall war nur Sand, Sand, Sand, unterbrochen von kleinen Miniaturdünen, auf denen etwas Dünengras wuchs.

Für einen Moment war Caro überwältigt von der Schönheit der Natur. Seitdem Nils und Hinnerk sich verkracht hatten, waren sie nicht mehr nach Borkum gefahren und auch davor nur höchst selten hier gewesen. Sobald seine Firma richtig lief, hatte Nils sich ein Appartement auf Mallorca gekauft, und so schön Caro die spanische Insel fand, sie hatte nicht das Gefühl, dass sie mit Borkum mithalten konnte. Gut, die

Wassertemperaturen waren am Mittelmeer zwar ein Vorteil, aber diese endlosen Strände gab es dort nicht. Caro konnte sich an der schier grenzenlosen Weite nicht sattsehen. Sie hatte sofort das Gefühl, einen klareren Kopf zu bekommen, freier atmen und abzuschalten zu können. Dieses Gefühl hatte sie im Beach Club von Palma nie gehabt.

Plötzlich schien etwas ihre endlose Sicht zu stören. Irritiert fokussierte sie ihren Blick auf einen kleinen Sandhügel. Da war er wieder, der Mann mit der grünen Kappe. Er lag hinter einer der kleinen Dünen. Und dieses Mal war es eindeutig, dass er jemanden beobachtete. Duckte er sich weg, als Caro sich in seine Richtung drehte? Sie war sich nicht sicher.

War das ein Spanner? Aber was gab es hier bitte zu spannen? Zwölf Frauen, alle in langen Sporthosen und langarmigen Laufoberteilen, walkten am Strand entlang. Keine zeigte mehr Haut als notwendig, im Gegenteil, dank des frischen Windes hatte ein Großteil auch noch eine Fleecejacke an und eine Mütze auf dem Kopf. Und auch die anderen Frauen und Männer, die am Strand entlang joggten oder walkten, waren alle warm eingepackt. Selbst so ein dauererigierter Typ wie ihr Exmann würde nicht auf die Idee kommen, hier zu spannen.

Wie aus dem Nichts bekam sie ein ungutes Gefühl. Hatte es der Typ etwa auf sie abgesehen? Verfolgte er sie womöglich? Gestern Abend war er ihr schon aufgefallen, auch da war er eindeutig in ihrer Nähe gewesen und hatte sich irgendwie merkwürdig verhalten. Vielleicht war er von Nils auf sie angesetzt worden, vielleicht sollte er versuchen, etwas über sie herauszufinden, was ihr beim Sorgerechtsprozess schaden konnte. Dass das Nils' Art war, wusste sie genau. Schließlich hatte sie früher selbst für ihn als eine Art Privatdetektivin gearbeitet.

Nils war einer der größten Versicherungsmakler des Landes, er hatte fast zwanzig Angestellte, die bundesweit für ihn tätig waren, und sich auf die Nischen fokussiert, die von den großen Versicherungen nicht abgedeckt wurden. So war er zum Experten für Juwelierversicherungen geworden und hatte sich auf extrem wertvolle Uhren spezialisiert. Als einer seiner Kunden, ziemlich zeitnah nach dem Abschluss der Versicherung, eine hunderttausend Euro teure Uhr als gestohlen meldete, bat Nils Caro, sich den Kunden doch mal etwas genauer anzuschauen. Vermutlich war das ein reiner Jux gewesen, sie hatte nachher nie mit ihm darüber gesprochen, wie er überhaupt auf die Idee gekommen war. Vielleicht wollte er sie auch einfach nur beschäftigen, damit er seinen *Beschäftigungen* in Ruhe nachgehen konnte. Jedenfalls hatte Caro da zum ersten Mal gemerkt, dass sie eine gewisse detektivische Begabung besaß. Es hatte ihr Spaß gemacht, den vermeintlich reichen Geschäftsmann zu beschatten, dessen Geschäfte schon lange nicht mehr so gut liefen, wie sie schnell herausfand. Sie beobachtete ihn, achtete genau darauf, welche Uhr er trug, wenn er sich mit seinen Freunden in der Bar oder in einem Restaurant traf, hielt sich unauffällig in seiner Nähe auf und belauschte seine Gespräche. In ihren teuren Klamotten und mit ihrem rausgeputzten Äußeren war es ein Leichtes gewesen, sich an der Bar in Hörweite des Geschäftsmanns zu platzieren, und es hatte nicht lange gedauert, bis sie herausgefunden hatte, dass er die Uhr verkauft hatte und zum Versicherungsbetrüger mutiert war.

Es würde sie also überhaupt nicht wundern, wenn Nils nun irgendeinen zwielichtigen Typen aus seinem Bekanntenkreis auf sie angesetzt hatte. Nur – wozu? Glaubte er vielleicht, sie würde sich auf Borkum einen Kurschatten zulegen? Oder hier heimlich Geschäfte machen? Die er bei den Unterhaltsverhandlungen als Argument auf den Tisch bringen konnte? Das war absurd.

Vielleicht wurde sie auch langsam paranoid, dachte sie. Vielleicht war der Kerl mit der grünen Kappe einfach ein Naturliebhaber, der die zahllosen Seevögel beobachten wollte und den sie nacheinander als Kiffer, Spanner und Schnüffler beschimpft hatte. Wenn auch nur in Gedanken. Alles auf Borkum fühlte sich so sehr nach heiler Welt an, dass es irrwitzig war, einen Mann zu verdächtigen, nur weil sie ihm zufälligerweise zweimal über den Weg gelaufen war und er sich etwas merkwürdig verhalten hatte. Nur weil ihr die vermeintlich heile Welt, in der sie jahrelang glaubte zu leben, um die Ohren geflogen war, hieß das doch nicht, dass es sie auf Borkum nicht geben konnte.

Oder?

Sie drehte sich noch einmal zu ihm um und stellte erleichtert fest, dass er verschwunden war. Vermutlich hatte sie sich wirklich alles nur eingebildet.

Aber ein ungutes Gefühl blieb.

Nachdem sie geduscht und sich umgezogen hatte, stand sie pünktlich um zehn Uhr bei Dr. Schäfer im Behandlungsraum, der genauso aussah wie in jeder anderen Klinik auch. Bis auf den grauen Linoleumboden war alles in Weiß gehalten, der Schreibtischstuhl aus schwarzem Leder bildete die einzige Ausnahme. Als Caro den Raum betrat, studierte Dr. Schäfer gerade eine Patientenakte. Erneut wurde sie von seiner Optik fast erschlagen, obwohl sie ihn nach dem Auftritt gestern im Flur eigentlich nicht leiden konnte.

»Moin, Frau Falk! Sie sehen blendend aus!«, sagte er mit diesem unnachahmlichen Lächeln, und Caro konnte sich nur knapp ein »... und Sie erst!« verkneifen. Er legte die Akte zur Seite und ging auf sie zu. In der weißen Hose und dem schmal geschnittenen weißen Hemd kam sein trainierter Oberkörper besonders gut zur Geltung, fand Caro, die Mühe hatte, sich Dr. Schäfer nicht spontan nackt vorzustellen. Mit beiden Händen nahm er ihre Rechte und drückte sie fest.

»Ich war schon walken«, sagte Caro. »Danach sieht man ja automatisch etwas frischer aus.«

Er nickte und bat sie, Platz zu nehmen. Nach einem ausführlichen Anamnese-Gespräch sah er sie warm an.

»Bevor ich Sie gleich untersuche, möchte ich natürlich noch wissen, warum Sie hier sind. Sie haben keinerlei Vorerkrankungen und machen auf den ersten Blick einen gesunden Eindruck. Dennoch sind Sie ja nicht grundlos hier.«

War das wirklich derselbe Mann, der gestern die arme Lara einfach so fertiggemacht hatte? Es war erstaunlich, wie einfühlsam und warmherzig Dr. Schäfer sein konnte. Der Mann hat offenbar zwei Gesichter, dachte sie und versuchte, nicht mehr auf sein figurbetontes Hemd zu starren, durch das sich seine muskulöse Brust deutlich abzeichnete.

»Ich lebe gerade in Scheidung«, erklärte Caro. »Die Trennung von meinem Noch-Ehemann war und ist nicht einfach. Ich habe keinen Job, keine Wohnung und befinde mich in einem unschönen Rosenkrieg. Ich glaube, ich hatte so etwas wie einen Nervenzusammenbruch.«

Dr. Schäfer lächelte verständnisvoll. »Nervenzusammenbruch, Erschöpfungssyndrom, Burn-out – egal, wie Sie es nennen. Manchmal wird einem einfach alles zu viel«, sagte er mit sonorer Stimme. »Und wenn man nicht die Reißleine zieht, kann sich kein rettender Fallschirm auftun. Ich bin Ihr Fallschirm, liebe Frau Falk.«

»Stammt der Spruch von 'nem Kalender?«, platzte es aus Caro heraus. Sie war sich ziemlich sicher, die Metapher mit dem rettenden Fallschirm auf irgendeinem Abrisskalender schon mal gelesen zu haben.

Anstatt beleidigt zu sein, lächelte Dr. Schäfer sie entwaffnend an. »Kann schon sein. Aber er trifft die Situation ganz gut.«

Caro fragte sich, ob er wohl zu allen Frauen dasselbe sagte. Und ob er den anderen dabei auch eine Spur zu lange in die Augen schaute. Flirtete der Typ etwa mit ihr? Das konnte nicht sein – oder doch? Und wenn er es tat, wie fand sie das eigentlich?

»Ziehen Sie bitte Ihre Bluse aus«, sagte er im selben Tonfall, und Caro fand, dass sich das deutlich weniger medizinisch anhörte als das bekannte »Machen Sie bitte den Oberkörper frei«. Und wieder dieses Lächeln, das abends an der Bar charmant wirken würde, aber in dieses Ambiente nicht passte.

Okay, er will spielen, dachte sie und horchte in sich hinein. Wollte sie mitspielen? Caro unterdrückte ein Seufzen. Nein, beim besten Willen nicht. Auch wenn der Mann noch so schön war – zum Flirten war sie noch nicht bereit.

Es gab keinen Vorhang, hinter dem sie die Bluse ausziehen konnte, und auch wenn Dr. Schäfer dabei einige Notizen machte, hatte sie das Gefühl, er würde sie beobachten. Und das gefiel ihr ganz und gar nicht. Oder steigerte sie sich jetzt in etwas hinein?

Sie musste über sich selbst den Kopf schütteln. Der Mann war Internist, hatte ihren Blutdruck gemessen und wollte sie gleich abhören. George Clooney sah also nichts, was er nicht schon zigmal gesehen hatte. Abgesehen davon hatte sie ihren BH noch an.

»Bitte tief ein- und ausatmen«, sagte Dr. Schäfer, während er mit dem kalten Stethoskop über ihren Rücken fuhr. »Ich muss mir ein bisschen Platz schaffen«, meinte er dann und strich den BH-Träger von ihrer Schulter, um sie weiter abzuhören.

Caro bekam fast Schnappatmung. Das ging doch zu weit! Das bildete sie sich nicht bloß ein! Das war eindeutig sexuelle Belästigung, Hashtag Metoo!

Energisch schob sie ihren BH-Träger zurück und sprang abrupt auf. »Was gibt es denn bitte an meiner Schulter abzuhören?«

Dr. Schäfer stand auf, ging zurück zu seinem Schreibtisch, und Caro traute ihren Augen nicht. In der Medizinerhose zeichnete sich eindeutig eine Beule ab.

Ich hoffe, es ist sein Handy, dachte Caro grimmig und sah im nächsten Augenblick das Mobiltelefon des Arztes auf dem Schreibtisch liegen. Als sie ihn gerade anschnauzen und ihm an den Kopf werfen wollte, was für ein perverser Lustmolch er war, sah er sie entschuldigend an.

»Tut mir leid, ich wollte Ihnen nicht zu nahe treten, das war nicht meine Absicht«, sagte er, und sie musste zugeben, dass seine Zerknirschung überzeugend wirkte. Schnell zog sie ihre Bluse wieder an. »Hier auf Borkum sind wir es gewohnt, Hindernisse aus dem Weg zu räumen, selbst wenn es sich nur um einen BH-Träger handelt. Ich muss mich entschuldigen, wenn das bei Ihnen falsch ankam.«

»Ja, kam es«, sagte sie streng. »Und wie hört sich meine Schulter nun an?«

Dr. Schäfer grinste. »Das hört sich alles sehr gut an«, meinte er. »Meine Helferin wird Ihnen jetzt noch Blut abnehmen, und ich mache Ihren Therapieplan fertig. Den können wir gleich morgen Vormittag durchsprechen«, erklärte er und wirkte wieder so normal, als wäre nichts gewesen. »Ein paar Punkte sind allerdings fix«, fuhr er fort. »Zweimal in der Woche gibt es ein psychologisches Gruppengespräch, zusätzlich bieten wir Einzelgespräche mit unseren Therapeuten an. Beckenbodengymnastik und ein Bewegungssport sind ebenfalls für alle.«

Caro nickte. »Ich gehe ja jeden Morgen walken.« Sie merkte, wie streng ihre Stimme immer noch klang. Richtig so, dachte sie.

»Was ich sehr gut finde.« Er lächelte. »Ich verspreche Ihnen, Frau Falk, wenn Sie in drei Wochen hier bei Ihrem Abschlussgespräch sitzen, dann sind Sie ein anderer Mensch. Verlassen Sie sich darauf.«

»Ja. Vielleicht macht selbst meine Schulter dann Atemgeräusche.«

Er lachte entschuldigend, und jetzt musste auch Caro schmunzeln. Als er aufstand, um ihr zum Abschied die Hand zu schütteln, bemühte sie sich, keinen Blick mehr auf die vermeintliche Beule zu werfen, die sie eben noch zu sehen geglaubt hatte.

»Bis morgen«, sagte sie, was von Dr. Schäfer mit einem jovialen Nicken erwidert wurde.

»Alter Grapscher«, sagte sie leise zu sich, als sie die Tür hinter sich zuzog und alleine auf dem Flur stand. In den letzten Monaten war ihr alles zu viel geworden, und sie hatte schon befürchtet, durch Nils' Betrug eine handfeste Pimmelneurose entwickelt zu haben. Das eben hatte sie sich allerdings nicht eingebildet, da war sie sich absolut sicher. Trotzdem war ihr klar, dass sie auf Männer insgesamt nicht gut zu sprechen war. Möglicherweise sollte sie das in der Gruppentherapie ansprechen, dachte sie kurz, verwarf den Gedanken aber schnell.

Ein Mann im grauen Hausmeisterkittel ging an ihr vorbei, und obwohl er freundlich »Moin« zu ihr sagte, bog Caro grußlos ins Treppenhaus ab. Sie brauchte frische Luft, musste den Kopf freikriegen und wollte über Männer oder deren Geschlechtsteile nicht noch eine Sekunde lang nachdenken. Ob Hausmeister oder Chefarzt war ihr vollkommen egal, und obwohl sie wusste, dass der Gedanke absurd war, war sie in dem Moment irgendwie froh, dass sie keinen Rüden, sondern eine Hündin hatte, mit der sie gleich spazieren gehen konnte.

Fast zwei Stunden war sie mit Aila unterwegs gewesen und danach so hungrig, dass sie mit Justus direkt um halb sechs in den Speisesaal ging. Justus eilte zu dem Kindertisch, an dem drei Mädchen und zwei Jungs saßen, die ihn freudestrahlend begrüßten. Offensichtlich hatte er schon Anschluss gefunden, worüber Caro sehr froh war. Ihr selbst war der Tisch mit der Nummer vier zugeteilt worden, und so wie alle anderen Tische war auch dieser schon fast vollständig besetzt. Offensichtlich hatten alle Patientinnen einen Mordshunger. Die mollige Frau aus ihrer Walkinggruppe, die sich als Iris vorgestellt hatte, saß an ihrem Tisch, außerdem noch eine großgewachsene Sandra und die rothaarige Natascha, die mit einem leicht süddeutschen Akzent sprach. Caro war eindeutig die jüngste von ihnen. Die anderen Frauen waren bestimmt Mitte vierzig, schätzte sie. Alle waren berufstätige und alleinerziehende Mütter. So wie sie. Nur dass ihr der Beruf noch fehlte.

»Eva hat einen Außenbandriss.« Iris rollte mit den Augen. »Die Frau besteht nur aus Muskeln und Sehnen, und dann tritt sie einmal neben eine Stufe – schon ist es passiert.«

»Gibt es einen Ersatz für morgen früh?«, fragte Sandra

nach, die ihr trotz der Größe heute Morgen gar nicht aufgefallen war.

»Nee. Morgen fällt es erst mal aus.«

»Wir sollen selbstständig walken«, sagte Natascha, und Iris lachte.

»Wir können ja selbstständig zum Kleinen Café walken und da mal anständig frühstücken«, meinte sie und beugte sich dann grinsend zu Caro. »Ich bin schon seit zwei Wochen hier. Da wird dieses Essen schnell zur besten Diät.«

Caro nickte verstehend. Sie wollte nicht über das Essen schimpfen, hatte beim Anblick des Buffets aber dasselbe gedacht. Es war nicht wirklich schlecht und garantiert besser als das Essen in einer normalen Klinik. Aber mit einem Hotel- oder Restaurantessen hatte es nicht viel gemein. Das Erbsen-Möhren-Gemüse sah aus, als käme es aus der Dose, und schmeckte auch so, dazu gab es Reis und Geschnetzeltes, wobei ihr nicht klar war, welches Tier dafür sein Leben hatte lassen müssen. Die schwere Soße voller Maggi-Aromen überdeckte alles.

»Hattest du schon deine Eingangsuntersuchung?«, fragte Natascha und fügte mit zweideutigem Blick hinzu: »Bei unserem Hottie?«

Iris und Natascha sahen sich an und grinsten schelmisch, nur Sandra verdrehte die Augen.

»Lass dir von den beiden nichts einreden«, sagte sie. »Die tun immer so, als würde Dr. Schäfer mit allem flirten, was nicht bei fünf auf den Bäumen ist. Totaler Blödsinn.«

»Na ja ...«, sagte Iris und zog die Worte dabei in die Länge. »Flirten ist wohl untertrieben. Wie war er denn zu dir?«

»Ich fand ihn ganz schön tatschig«, meinte sie und überlegte, ob sie den Frauen von der Beule in seiner Hose erzählen sollte, entschied sich dann aber dagegen. »Der klopft einem nicht den Rücken ab, der streichelt den ja fast. Ich fand das echt ein bisschen übergriffig.«

»Mir kann er den Rücken so oft abklopfen, wie er will«, meinte Natascha und lächelte versonnen. »Sechs Jahre hat mich kein Mann mehr angefasst, sechs Jahre habe ich mich nur um meine Zwillinge und zwei pubertierende Teenager gekümmert. Weißt du, wie gut es da tut, wenn ein Arzt dir so den Rücken abklopft?«

»Als hättest du dir nur den Rücken abklopfen lassen …« Iris kicherte.

»Er ist halt ein besonderer Arzt, der sich um die Bedürfnisse seiner Patientinnen kümmert«, entgegnete Natascha mit einer Stimme, die fast hauchend war.

»Also, zu mir ist er völlig normal«, meinte Sandra.

»Tja …«, kam es von Iris, die das Wort erneut bis ins Gehtnichtmehr dehnte, als wollte sie damit sagen: ›Woran das wohl liegt!‹ – und genauso verstand es Sandra auch.

»Ihr seid mir echt zu blöd«, blaffte sie Iris an. »Ihr tut gerade so, als sei es eine Schande, mit so einem Aufreißertypen nicht zu flirten! Mal ehrlich, der verhält sich doch nicht normal!«

»Du meine Güte! Er flirtet halt ein bisschen! Wie schlimm ist das denn?«, entgegnete Iris spöttisch.

»Mir sind solche Kerle, ehrlich gesagt, suspekt. Der Mann ist immerhin Arzt. Ist doch unprofessionell, wenn er seine Patientinnen anmacht«, sagte Sandra. Da konnte Caro ihr nur zustimmen. »Bin ich eigentlich die Einzige hier, die ihre Würde behält?« Und bevor Caro noch ein »Nein, ich auch!« rufen konnte, stand Sandra genervt auf und pfefferte ihre Serviette auf den noch halbvollen Teller. »Gute Nacht zusammen.«

»Oh, oh«, machte Iris. »Da ist aber jemand sauer.«

»Ich kann sie verstehen«, meinte Caro und blickte Sandra hinterher, die hocherhobenen Hauptes aus dem Speisesaal spazierte. »Ich hatte ja auch keine Lust, mich von ihm anmachen zu lassen. Ist Dr. Schäfer wirklich so ein Aufreißer?«

»Tja, bei Sandra offenbar nicht«, meinte Iris und zwinkerte ihr zu. »Aber ehrlich gesagt: ja. Ist er. Stimmt's, Natascha?«

»Ich habe dazu alles gesagt, was es zu sagen gibt«, antwortete sie vielsagend, piekte eine Möhre mit der Gabel auf und steckte sie sich pornomäßig in den Mund. Iris und Caro mussten schallend lachen.

»Aber keine Sorge«, meinte Iris und wischte sich eine Träne aus dem Augenwinkel. »Er geht nicht von sich aus zu weit oder so. Wenn du ihm klar signalisierst: bis hierhin und nicht weiter, dann passiert auch nichts.«

»Sandra scheint diese Signale mehr als deutlich ausgestrahlt zu haben«, sagte Natascha.

»Und ich flirte halt ein bisschen mit ihm«, meinte Iris schmunzelnd. »Nichts Wildes, einfach nur ein bisschen harmloses Rumalbern.«

»Und was ich mit ihm mache, bleibt mein Geheimnis …«, hauchte Natascha erneut und musste dann über sich selbst lachen, sodass Caro nicht wusste, ob die Frau es mit ihren Andeutungen ernst meinte oder einfach nur einen Spaß machte.

Da der Walkingkurs am nächsten Morgen ausfiel, Justus mit seinem Kinderprogramm bestens beschäftigt war und Caro keine Lust hatte, mit den anderen zum Kleinen Café zum Frühstücken zu gehen, holte sie Aila diesmal schon am frühen Morgen bei Hinnerk ab, um einen ausgiebigen Spaziergang mit ihr zu machen. In zwei Stunden hatte sie ihren nächsten Termin bei Dr. Schäfer, um den Therapieplan für die nächsten drei Wochen durchzusprechen. Caro musste den Kopf schütteln, als sie daran dachte, was die Frauen ihr gestern erzählt hatten. Sie staunte, wie die anderen auf seine Aufreißermentalität eingingen, die für sie eher abstoßend gewesen war.

Wie unterschiedlich so ein Typ doch ankommen kann, dachte Caro. Den einen streichelte es die Seele, die anderen fühlten sich belästigt, und wieder andere konnten sich einfach über ihn amüsieren. Dr. Schäfer fühlte sich vermutlich wie im Paradies. Wahrscheinlich war er Single und wusste ganz genau um seine Wirkung auf Frauen.

Vielleicht war sie ein bisschen spießig, aber irgendwie fand sie es ganz schön heftig, wenn sie beim ersten Aufeinandertreffen gleich so angemacht wurde. Okay, es war das zweite Aufeinandertreffen gewesen. Doch wenn Dr. Schäfer ihr gestern über den Rücken gestreichelt hätte, als er mit einem Fuß in der Hundekacke hing, wäre sie sofort wieder abgereist.

Sie ging den Strand Richtung Hooge Hörn und bemühte sich, ein relativ sportliches Tempo einzuhalten. Zum einen wollte sie rechtzeitig wieder in der Klinik zurück sein, zum anderen hatte sie sich fest vorgenommen, ihr Sportprogramm jeden Tag durchzuziehen. Nicht, dass sie Gewichtsprobleme hatte, 61 Kilo waren bei einer Größe von 1,74 Meter beim besten Willen nicht zu viel, im Gegenteil, es waren vier Kilo weniger, als sie normalerweise hatte. Aber sie merkte, wie gut ihr die Bewegung tat, wie sie gegen die Rückenschmerzen half, die sie seit der Trennung plagten, und wie sie den Kopf freibekam, je mehr sie sich bewegte. Es war nicht zu vergleichen mit ihrem Power-Plate-Training, das in erster Linie anstrengend und spaßbefreit gewesen war, und auch beim Pilates hatte sie sich eher durch die Übungen gequält und nie richtig abschalten können. Es war einfach etwas anderes, in schicken Sportklamotten in einem teuren Studio zu stehen und mit anderen Frauen an einer knackigen Figur zu arbeiten, als sich in der frischen Nordseeluft am Strand zu bewegen. Als ihre Schwiegermutter an Krebs erkrankte, hatte man ihr während der Chemotherapie geraten, möglichst viel durch die frische Luft zu gehen. Und auch wenn die Krankheit sie am Ende besiegt hatte, waren die Spaziergänge am Strand doch immer Balsam für Lefke Falks Seele gewesen, wie sie Caro oft erzählt hatte.

»Du musst immer nach oben gucken«, hatte Lefke ihr einmal gesagt, als Caro die damals schon ausgemergelte Frau auf einem ihrer Spaziergänge begleitet hatte, die von Mal zu Mal kürzer wurden. »Das hat mir mein Onkologe gesagt. Die meisten Krebspatienten schauen nach unten, wenn sie irgendwo hergehen. Hört sich nach einer Kleinigkeit an, macht aber einen großen Unterschied.«

Caro hob ihren Kopf und ließ ihren Blick über den weiten Strand gleiten. Wie recht ihre Schwiegermutter doch hatte. Es machte einen Unterschied, ob man den Kopf hängen ließ und auf seine Füße schaute oder ihn aufrecht zwischen seinen Schultern trug. Die ganze Körperhaltung änderte sich dadurch, was wiederum Einfluss auf die Psyche hatte, wie Lefke ihr damals erklärte.

»Wenn du deinen Körper hängen lässt, lässt du dich selbst hängen«, hatte sie lächelnd gesagt, obwohl sie da schon gewusst haben musste, was ihr bevorstand und dass ein aufrechter Gang sie nicht retten würde. Aber Caro war davon überzeugt, dass die große Stärke, die ihre Schwiegermutter bis zum Schluss bewiesen hatte, auch auf ihre kleinen, psychologischen Tricks zurückzuführen war.

Hängenlassen ist definitiv keine Option, dachte sie und drückte ihren Rücken durch. Da weit und breit keine Menschenseele zu sehen war, ließ sie Aila von der Leine. Sofort rannte die los und versuchte, eine der Möwen zu fangen, die träge am Strand saßen. Ein hoffnungsloses Unterfangen, was die Hündin aber nicht davon abhielt, es immer und immer wieder zu versuchen. Die tierische Lebensfreude, die von ihr ausging, färbte allein vom Zuschauen auf Caro ab, und sie konnte nicht anders, als über das ganze Gesicht zu grinsen.

Kein Wunder, dass es so etwas wie Therapiehunde gab, dachte sie. In den letzten Monaten hatte sie nun wirklich nicht viel zu lachen gehabt, aber ihre aufgedrehte Hündin hatte es doch immer mal wieder geschafft, sie zumindest zum Lächeln zu bringen.

Es war nicht mehr weit bis zum FFK-Strand, und Caro beschloss, von dort den Weg durch die Dünen zurück zur Inselmitte zu nehmen. Das Gehen im weichen Sand war anstrengender, als sie gedacht hatte. Es erinnerte sie an den Sportunterricht an ihrer Schule, wo sie beim Zirkeltraining immer durch die dicken Matten stapfen mussten. Das ging ordentlich in Oberschenkel und Waden. Oben am Toilettenhäuschen an der Strandpromenade hatte sie ein Schild gesehen, auf dem die verschiedenen Wanderstrecken über die Insel erläutert wurden, Angaben zur Kalorienverbrennung inklusive. Alle Strecken, die durch den tiefen Sand führten, vernichteten dreimal so viele Kalorien wie die über die gepflasterten Wege. Bei selber Länge. Jetzt wusste Caro, warum.

»Aila!«, rief sie die Hündin, die gut zwanzig Meter von ihr entfernt mit aufgestellten Ohren im Sand stand und ihre Nase in die Luft streckte. Irgendetwas schien sie zu wittern. Caro ließ ihren Blick über den FFK-Strand wandern, auf dem kein Mensch zu sehen war. Fürs Sonnenbaden war es eindeutig noch zu früh. Und vor allen Dingen zu kalt. Es war noch nicht mal neun Uhr, da verschlug es die wenigsten an den abgelegenen FFK-Strand, in dessen Mitte die Strandsauna stand, die Caro schon immer mal ausprobieren wollte. Eine Sauna direkt am Strand mit Blick auf das Meer – wie toll war das denn? Nils hatte Saunieren immer langweilig gefunden, und irgendwie hatte sie sich davon anstecken lassen und war jahrelang nicht mehr in die Sauna gegangen. Es war höchste Zeit, dass sie das jetzt mal wieder in Angriff nahm. Sie wollte nachher auf den Therapieplan gucken, wann es zeitlich am besten für sie passen würde. Auf einem Flyer, der in der Klinik auslag, hatte sie gelesen, dass die Strandsauna von elf bis achtzehn Uhr geöffnet war. Das konnte mit ihren Therapiesitzungen knapp werden.

Plötzlich stürmte Aila ohne weitere Warnung los, in einem Tempo, in dem sie sich normalerweise nur auf Katzen oder Eichhörnchen stürzte. Von beiden war weit und breit nichts zu sehen.

»Aila! Bleib! Bleib! - Verdammt noch mal, was ist denn mit dir los?«

Die Hündin rannte auf die Strandsauna zu, die gut zweihundert Meter von Caro entfernt war, lief den Steg zum Eingang hoch und blieb laut kläffend davor stehen. Caro ahnte, dass jedes weitere Rufen sinnlos war. Gegen den Wind kam sie sowieso nicht an und gegen Ailas Dickkopf schon mal gar nicht. Da um diese Uhrzeit die Sauna noch geschlossen war, bestand wenigstens nicht die Gefahr, dass Aila einen nackigen Besucher ansprang, wobei Caro sich schon fragte, warum die Hündin so ein Theater machte. Ob sich eine Möwe in den Vorraum der Sauna verirrt hatte und gegen die Tür flatterte?

Zügig stampfte Caro durch den Sand. Ihre Oberschenkel und Waden taten inzwischen richtig weh, das Laufen durch den weichen Untergrund beanspruchte ihre Muskeln ganz schön. Jetzt konnte sie Aila nicht nur hören, sondern auch wieder sehen. Caro beschleunigte ihr Tempo.

»Nicht gegen die Tür springen, Aila, du jeckes Tier!«

Die Holztür war vermutlich schon vollkommen verkratzt, und wenn irgendjemand mitbekam, dass ihre Hündin dafür verantwortlich war, konnte sich Caro auf eine hübsche Rechnung freuen. Zahlte so etwas eigentlich die Versicherung? Hoffentlich.

Energisch und mit betont strenger Miene ging Caro den Steg zur Sauna hoch. Normalerweise fing Aila immer demütig an zu winseln, sobald Caro dieses Gesicht machte, aber diesmal zeigte sie sich völlig unbeeindruckt. Laut bellend sprang sie weiter an der Saunatür hoch.

»Was hast du denn? Aila! Fuß! Aber sofort!«

Caro nahm die Leine und machte sie an Ailas Halsband fest, zog sie mit einem Ruck zu sich und hielt die Leine kurz. Sie warf einen Blick durch das Fenster der Tür in den Vorraum der Sauna. Eine Möwe oder ein anderes Tier, das sich verlaufen hatte, war nicht zu sehen.

»Hier ist doch überhaupt nichts. Warum machst du dann so einen Aufstand?«

Caro wollte sich gerade wieder abwenden, als ihr auffiel, dass die Fenster beschlagen waren. Es sah fast so aus, als hätte jemand gerade einen Aufguss gemacht. War die Sauna etwa doch schon in Betrieb?

Nachdenklich sah sie ihre Hündin an, die jetzt aufgeregt winselte. Caro seufzte.

»Also gut. Schauen wir nach«, sagte sie leise und öffnete die Tür zum Vorraum. »Hallo?«, rief sie und steckte vorsichtig den Kopf durch den Spalt. »Ist hier irgendjemand?«

Aila war deutlich weniger zurückhaltend. Obwohl Caro

die Leine so kurz wie nur möglich hielt, zerrte und zog die Hündin so sehr daran, dass Caro notgedrungen mit ihr in den Vorraum gehen musste. Sofort lief das Tier zur Tür der richtigen Sauna und sprang kläffend daran hoch. Das Sichtfenster in der Tür war ebenfalls beschlagen, und langsam, aber sicher bekam Caro ein mulmiges Gefühl.

»Ist gut, Aila, ist gut«, sagte sie leise und streichelte der Hündin über den Kopf. Mit pochendem Herzen öffnete sie die Tür.

Die Wolke, die ihr entgegenschlug, raubte ihr fast den Atem. Es war eine Mischung aus Alkohol, gegartem Fleisch und einer Hitze, die bestimmt hundert Grad hatte. Nur mit Mühe konnte sie Aila zurückhalten, sich sofort auf das zu stürzen, was vor ihnen auf dem Boden lag.

Caro schlug sich die Hand vor den Mund, um die aufkommende Übelkeit zu unterdrücken. Sie brauchte einen Moment, bis sie begriff, was sie da sah. Wie ein goldbraun gebackenes Hähnchen lag Dr. Schäfer vor ihr. Das, was vor etwas mehr als 24 Stunden noch Pimmelalarm bei ihr ausgelöst hatte, war zu einem verschrumpelten Etwas eingelaufen, und sie brauchte alle Kraft, um Aila festzuhalten, sonst hätte sich die Hündin über das vermeintliche Würstchen hergemacht.

Reflexhaft wich Caro einen Schritt zurück, und die heiße Alkohol-Fleisch-Wolke zog an ihr vorbei nach draußen. Sie dachte kurz darüber nach, woher der Alkoholgeruch wohl gekommen war, ließ den Gedanken dann aber fallen und griff nach ihrem Handy in der Hosentasche.

»Komm, Aila«, sagte sie mit belegter Stimme und zog die aufgeregte Hündin ins Freie. »Wiederbelebungsmaßnahmen können wir uns, glaub ich, sparen.« Dann wählte sie den Notruf.

3

Eigentlich war er nur zum Aufräumen gekommen. Aber jetzt war alles anders. Zum Glück bot das Dünengras guten Schutz. Wer hier mit einem Fernglas lag, wurde von jedem Spaziergänger für einen Vogelliebhaber gehalten. Aber Vögel waren jetzt nicht von Interesse. Wer war diese Frau mit dem weißen Hund? Wer immer sie auch war, es wäre besser, wenn sie nicht auf der Treppe sitzen blieb. Es war unmöglich, in die Sauna zu gelangen, ohne von ihr bemerkt zu werden. Mit einem Würstchen oder etwas Leberwurst könnte man den Hund locken, dann würde sein Frauchen ihm folgen. Alle Hundebesitzer folgten ihren Vierbeinern, es war ein Trugschluss zu glauben, dass das Spiel umgekehrt lief. Aber hier gab es weit und breit nichts, was den Köter weglocken könnte. Verdammt. Irgendwas lief ganz gewaltig schief, das wurde ihm in diesem Moment schlagartig bewusst.

Die knapp zwanzig Minuten, die sie auf die Ankunft der Polizisten warten musste, kamen ihr vor wie Stunden. Sie hatte sich auf die unterste Treppenstufe gesetzt und hielt Aila am Halsband fest, die sich lang zwischen ihren Füßen in den Sand gestreckt hatte. Vermutlich könnte Caro sie längst wieder loslassen, aber sie traute dem Braten nicht, und die Vorstellung, dass Aila die Treppenstufen wieder hinaufhetzen und sich über das vermeintliche Würstchen hermachen könnte, war einfach zu schaurig. Caro hatte nicht das geringste Interesse, noch mal einen Blick auf Dr. Schäfer zu werfen, der gestern noch so attraktiv gewesen war.

Aila schien sich wirklich beruhigt zu haben. Die anfängliche Aufregung der Hündin hatte sich gelegt, und Caro hatte fast den Eindruck, als wäre sie ein bisschen bedrückt. Vielleicht spürte das Tier, dass der Leichenfund sein Frauchen nicht unberührt ließ. Oder sie war einfach müde.

Caro hatte erst ein einziges Mal einen toten Menschen gesehen. Und Oma Josi hatte nun wahrlich anders ausgesehen als Dr. Schäfer. Zum einen lag das an ihrem hohen Alter – wer mit 91 Jahren stirbt, kann doch meistens einigermaßen in Frieden gehen. Zum anderen lag es aber auch an dem Beerdigungsinstitut, das Oma Josi unter die Erde gebracht hatte. Es war im Kölner Stadtteil Mülheim, wo Caro aufgewachsen war, und hatte sich auf die Beisetzung einer überwiegend aus dem Ausland stammenden Klientel spezialisiert, bei denen die Aufbahrung der Verstorbenen manchmal etwas üppiger ausfiel. Das hatte zur Folge, dass Oma Josi in vollem Stage-Make-up im Sarg lag, inklusive Lidstrich und dicker Rougebalken, die sie zu Lebzeiten nie getragen hatte. Caro hatte sich bei ihrem Anblick ein Schmunzeln nicht verkneifen können und überlegt, ob das der Grund war, warum der Bestatter die Toten so anmalte. Jedenfalls war der Anblick der bunten Oma weniger albtraumhaft gewesen als der des goldbraunen Klinikchefs.

Rasant fuhr der Polizeijeep über den Strand und kam wenige Meter vor der Strandsauna zum Stehen. Eine Polizistin sprang sportlich aus dem Wagen, während ihr männlicher Kollege etwas blass von dem Beifahrersitz kletterte.

»Boah, wie du fährst! Da wird mir immer schlecht«, maulte er, und Caro dachte, dass dem jungen Mann gleich noch schlechter werden würde.

Die Polizistin warf ihrem Kollegen einen spöttischen Blick zu. »Du bist echt eine Memme«, meinte sie, strich sich ihre kurzen, dunklen Haare aus dem Gesicht und wandte sich an Caro. »Haben Sie den Notruf gewählt?«

Caro nickte. »Ja. Er ist da drin.«

»Wer?« Nun hatte sich auch der Polizist zu ihnen gestellt. Caro fiel auf, dass er eine andere Uniform trug als seine Kollegin. Seine war etwas dunkler als ihre und trug das Wappen des Landes Nordrhein-Westfalen, während auf der Brust der Polizistin die Flagge Niedersachsens zu sehen war.

»Dr. Schäfer«, antwortete Caro und erklärte den beiden, wie sie den Direktor der Kurklinik gefunden hatte.

»Und Sie sind sicher, dass er tot ist?«, fragte der junge Mann, dessen dünnes blondes Haar vom Wind fast senkrecht nach oben gepustet wurde.

»Er macht einen extrem toten Eindruck. Ja.«

»Wer sind Sie?«, fragte die Polizistin.

»Caro Falk. Ich bin Gast in der Kurklinik.«

»Okay, Frau Falk. Wir schauen uns das jetzt erst mal an.« Die Frau ging die Treppe hoch. »Warten Sie bitte hier. Wir müssen noch einiges mit Ihnen klären.«

Caro nickte. Der Polizist stieß einen Seufzer aus und folgte seiner Kollegin zögerlich.

»Ich hab mich für die Urlaubsvertretung gemeldet, weil ich selbst ein bisschen Urlaub haben wollte. Und jetzt gibt's eine Leiche«, stöhnte er leise. »Dann hätte ich auch im Pott bleiben können.«

Caro wusste von ihrem Schwiegervater, warum es auf Borkum in der Hauptsaison manchmal Polizisten in der Uniform des Landes Niedersachsen und gleichzeitig welche in der des Landes Nordrhein-Westfalen gab: Die nur knapp besetzte Polizeiwache in der Strandstraße benötigte zur Haupturlaubszeit immer ein wenig Unterstützung, für die sich gerne die Kollegen aus dem Ruhrgebiet meldeten. Für vier Wochen bei bester Frischluft und schönstem Nordseewetter auf Borkum Streife gehen kam einem bezahlten Urlaub gleich, wenn man ansonsten im Dortmunder Norden unterwegs war und die Meth-Dealer hochgehen ließ. Caro tat es fast leid, dass sie dem jungen Mann jetzt die ruhige Zeit verdorben hatte, die er eigentlich mit Ermahnungen für Falschradler in der Fußgängerzone und Wildpinkler in den Dünen verbringen wollte.

Das unterdrückte Stöhnen, das aus der Sauna drang, bestätigte ihre Vorahnung, dass der Anblick von Dr. Schäfer dem Polizisten ein erneutes Gefühl der Übelkeit verschafft hatte. Etwas blass um die Nase kamen die beiden nach einer Weile wieder heraus, und während die Frau sofort ihr Handy zückte, kam der Polizist mit einem Notizblock in der Hand zu ihr.

»Nach Wiederbelebungsmaßnahmen muss ich Sie vermutlich nicht fragen, oder?«

Caro schüttelte den Kopf. »Vor einer halben Stunde sah er nicht anders aus als jetzt.«

»Dachte ich mir. Ich muss Ihre Personalien aufnehmen.« Als Caro ihm gerade ihre Handynummer diktierte, unterbrach die Polizistin ihr Gespräch.

»Es wird ein bisschen dauern, bis jemand von der Kripo hier ist«, sagte sie. »Die sitzen ja in Leer und müssen erst zum Flughafen nach Emden. Und die Spurensicherung muss auch noch eingeflogen werden. Bis dahin dürfen Sie die Insel auf keinen Fall verlassen.«

»Kein Problem. In den nächsten drei Wochen bin ich eh hier.«

»Haben Sie irgendetwas am Auffindeort verändert?«, fragte der Polizist.

Caro schüttelte den Kopf. »Ich nicht.«

»Sie nicht?« Die Polizistin schien irritiert. »Wer denn dann?«

»Meine Hündin. Sie hat die Tür zerkratzt.«

»In Ordnung, Frau Falk. Sie sind also mit Ihrem Hund spazieren gegangen. Haben Sie hier im FFK-Gebiet oder rund um die Strandsauna irgendeine Person gesehen?«, wollte die Frau von ihr wissen.

»Nein. Weiter vorne am Nordstrand waren schon einige Jogger unterwegs, aber je weiter ich Richtung FFK-Strand gegangen bin, desto einsamer wurde es«, antwortete Caro. »Ich habe hier niemanden gesehen.«

»Auch nichts gehört? Irgendein merkwürdiges Geräusch?«

Caro dachte nach. Mehr als das tosende Rauschen des Windes hatte sie nicht wahrgenommen.

»Nein. Nichts. Warum ist das wichtig?«

»Es wäre natürlich interessant für uns, wenn Sie Schreie gehört hätten.«

Caro sah sie ungläubig an. »Ich bin ja kein Fachmann, aber irgendwie sieht der Mann so aus, als könnte er schon eine ganze Weile nicht mehr schreien. Was ist hier eigentlich passiert?«

Die Polizistin zuckte mit den Schultern. »Auf den ersten Blick sieht alles nach einem Unfall aus, ich kann keine Hinweise auf Gewalteinwirkung erkennen. Aber das wird bei der Obduktion genauer zu klären sein. Der Körper ist ja in einer etwas … ungewöhnlichen Verfassung.«

»Ob ein Fremdverschulden vorliegt, werden erst die genaue Auswertung des Tatorts und die Obduktion der Leiche ergeben«, ergänzte der männliche Uniformierte. »Im Moment sieht alles nach einem tragischen Unglück aus, würde ich sagen.«

»Das habe ich doch gerade gesagt«, meinte die Frau und klang dabei ein wenig genervt. Ganz offensichtlich waren die beiden nicht gerade das, was man als Dreamteam bezeichnen würde. Oder sie hatten wenig Erfahrung mit Todesfällen und waren etwas angespannt. »Herzinfarkte in der Sauna kommen leider häufiger vor, als man denkt«, fügte sie noch hinzu, und ihr Kollege nickte.

»Verstehe … Aber warum war er um diese Uhrzeit überhaupt hier?«, hakte Caro nach, deren Neugierde längst geweckt war. »Die Sauna hat doch noch gar nicht geöffnet.«

»Das werden die Fragen sein, die wir in den nächsten Tagen zu klären haben«, antwortete die Polizistin ausweichend, und es war nicht zu übersehen, dass sie keine große Lust hatte, sich mit einer Zeugin über den Fall auszutauschen.

»Wir werden jetzt auf Kommissar Bachmann warten, das kann ein bisschen dauern«, sagte ihr Kollege. »Der wird sicherlich auch mit Ihnen sprechen wollen. Es wäre gut, wenn Sie in der Klinik erreichbar sind.«

»Und bitte sprechen Sie bis dahin mit niemandem über das, was Sie hier gesehen haben«, mahnte die Polizistin. »Das könnte unsere Ermittlungen gefährden.«

»Und außerdem für unnötige Unruhe auf der Insel sorgen«, ergänzte ihr Kollege.

»Natürlich.« Caro wusste im selben Augenblick, dass sie das auf keinen Fall aushalten würde. Sie hatte gerade einen bei Niedrigtemperatur gegarten Menschen gefunden, der mit ziemlicher Sicherheit schrecklichste Fund ihres Lebens, der so schnell nicht getoppt werden würde – und das sollte sie jetzt für die nächsten Stunden einfach so vergessen? Mit einem fröhlichen »Guten Morgen« in die Klinik zurückgehen und allen einen wunderbaren Tag wünschen? Caro konnte sich vieles vorstellen, aber das nicht. Auch wenn sie sich nicht als ausgemachte Labertasche bezeichnen würde und sie gut ein Geheimnis für sich behalten konnte, verspürte sie jetzt doch das dringende Bedürfnis, irgendjemandem davon zu erzählen, was sie am zweiten Tag ihrer Mutter-Kind-Kur erlebt hatte. Justus war bei der Kinderbetreuung und natürlich eh nicht der richtige Gesprächspartner für diese Thematik, Lisa und Mila waren bei der Arbeit und telefonisch schlecht zu erreichen, und ihre Eltern würden sofort den Kiosk schließen und sich in den Zug nach Emden setzen, was sie, bei aller Liebe, jetzt auch nicht wollte. Also blieb nur Hinnerk. Er wartete eh darauf, dass sie Aila zurückbrachte, da konnte sie sich kurz mit ihrem Schwiegervater austauschen.

Caro verabschiedete sich von den Polizisten und entfernte sich mit wackeligen Schritten und Aila im Schlepptau von der Strandsauna.

›Alles deutet auf einen Unfall hin‹ – die Worte der Polizisten gingen ihr durch den Kopf. Aber noch konnten sie kein Fremdverschulden ausschließen. Fremdverschulden – was hieß das schon? Das war doch nur ein harmloseres Wort für Mord. War es denkbar, dass der flirtende Chefarzt ermordet worden war? Aber wie? Warum? Und vor allen Dingen von wem? Und wenn ja, wie knapp hatten Caro und Aila den Täter womöglich verpasst?

Ihm könnte ein Messer oder eine Kugel im Rücken stecken, dachte sie, davon hätte sie nichts gesehen. Wobei der Mann dann doch hätte bluten müssen, und sie war sich ziemlich sicher, keine Blutlache gesehen zu haben. Man hätte ihm Gift geben können, überlegte sie weiter. Vielleicht war er gestern Abend der letzte Gast in der Sauna gewesen, und sein Mörder hatte ihm einen vergifteten Drink gegeben. Aber wurde so eine Sauna nicht nach Feierabend gereinigt? Hätte man den Mann dann nicht finden müssen? Nein, das ergab alles keinen Sinn, und Caro fand den Tod von Dr. Schäfer jetzt schon mysteriös.

Während sie mit Aila den FFK-Strand verließ und an der Dünenbudje vorbei Richtung Hauptstraße ging, überlegte sie noch mal genau, ob es Hinweise auf eine andere Person gegeben hatte. Schäfer hatte am Boden gelegen, ungefähr einen Meter von der rettenden Tür entfernt, und zwar auf dem Rücken, war also nicht auf dem Bauch zur Tür gerobbt und dabei auf dem Weg verstorben. Nein, er war in der Lage gewesen, aufzustehen und zum Ausgang zu gehen, und auf dem Weg dahin hatte es ihn erwischt. Wie sollte ein mögliches Fremdverschulden hierbei aussehen? Unterlassene Hilfeleistung wäre naheliegend. Dr. Schäfer wurde schlecht, er kollabierte, und wenn jemand da gewesen wäre, der ihm hätte helfen können, hatte der oder die es nicht getan, überlegte Caro. Ob der Polizist so etwas meinte? Aber warum sollte jemand so was tun? Weil er ihm doch vorher Gift gegeben hatte?

Sie war so in Gedanken versunken, dass sie den Mann mit der grünen Basecap erst im letzten Moment wahrnahm. Er saß auf einem Fahrrad und trat kräftig in die Pedale, sodass er mit auffallend hoher Geschwindigkeit über die Hauptstraße raste. Hätte er nicht diese Cap auf, die in einem Grün war, von dem sie nicht verstehen konnte, dass Mitarbeiter der Textilindustrie überhaupt irgendetwas in einer solchen Farbe herstellten, wäre er ihr nicht aufgefallen. Aber dieses Grün erinnerte an das faulende Schimmern auf vergammeltem Fleisch, das sich seit einem Erlebnis in ihrer Kindheit für immer in Caros Gedächtnis gebrannt hatte. Damals wollten sie am Aachener Weiher in Köln grillen. Es war brüllend heiß, und Oma Josi hatte das Grillfleisch schon ein paar Tage vorher besorgt, weil es zum Wochenende hin immer teurer wurde. Leider hatte sie vergessen, es in den Kühlschrank zu legen, und es bei gut 30 Grad für ein paar Tage auf dem Küchentisch gelagert. Oma Josi war damals schon nicht mehr in der besten Verfassung gewesen. Der Geruch war das eine, was Caro niemals vergessen würde. Das andere war dieses schimmernde Grün, das das Fleisch überzogen hatte und die Fliegen magisch anzog.

Ein ungutes Gefühl stieg in ihr auf. Das war jetzt das dritte Mal innerhalb kürzester Zeit, dass dieser Mann ihren Weg kreuzte. Konnte das noch ein Zufall sein? Ausgerechnet jetzt, nachdem sie die Leiche von Dr. Schäfer gefunden hatte, fiel es ihr schwer, an einen Zufall zu glauben. Sie sollte den Kerl das nächste Mal einfach ansprechen, dachte sie, als sie in die Straße bog, in der Hinnerks Haus stand.

So verschlossen der alte Mann wirken mochte, er merkte doch sofort, wenn etwas nicht stimmte. Als er Caro die Tür öffnete, musterte er sie von oben bis unten.

»Du siehst aus, als wärst du in 'ne tote Robbe getreten«, meinte er trocken. Eine geflügelte Redewendung im Hause Falk, seitdem Nils als kleiner Junge beim Spielen am Strand in eine verwesende, von Maden übersäte Robbe getreten war.

»Das trifft es ganz gut«, stöhnte Caro. »Hast du einen Grog für mich?«

Hinnerk zog skeptisch eine Augenbraue hoch und warf einen demonstrativen Blick auf die große Standuhr, die im Eingangsbereich thronte. Ihr Zeiger war noch nicht mal auf halb zehn.

»Keine Sorge. Ist sonst nicht meine Zeit«, sagte Caro deshalb.

Hinnerk nickte nur stumm, ging in die Küche und schaltete den Wasserkocher ein. »Ich mach dir einen Sanddorngrog, dann kriegst du wenigstens noch ein paar Vitamine«, murmelte er, goss den orangefarbenen Schnaps in einen Becher und füllte ihn mit kochendem Wasser auf. »Besser ohne Zucker«, fügte er noch hinzu, als er ihr das dampfende Gebräu reichte.

Die heiße Alkoholfahne, die ihr aus dem Becher entgegenkam, ließ sie sofort jegliches Bedürfnis nach Alkohol vergessen. Der Geruch erinnerte einfach viel zu sehr an den, den sie in der Sauna gerochen hatte. Mit einem Seufzen schob sie den Grog von sich.

»Geht noch nicht?«, fragte Hinnerk.

»Nee. Geht nicht.«

»Na, dann sach mal.«

Caro atmete tief durch. »Dr. Schäfer ist tot. Und ich hab die Leiche gefunden«, sagte sie und erzählte Hinnerk, was in den vergangenen anderthalb Stunden passiert war. An dem Blitzen in seinen Augen sah sie sofort, dass sein alter Reportergeist wieder hellwach war. »Die Kripo muss erst aus Emden kommen«, fügte Caro deshalb schnell hinzu, »und bis dahin darf ich mit niemandem darüber sprechen.«

Hinnerk grinste kurz. Dann sah er sie wieder ernst an. »Armer Arnd. Ist ja furchtbar.«

»Kanntest du ihn?«

»Ein bisschen. Er war bei uns im Inselclub. Wir haben uns alle zwei Wochen im Alten Borkum getroffen.«

Den Inselclub gab es seit fast siebzig Jahren. Alle Insulaner, die etwas auf sich hielten, waren hier Mitglied. Natürlich nur die Männer, in Sachen Gleichberechtigung war der Inselclub auf dem Stand seines Gründungsjahres, Frauen waren nicht zugelassen. Dafür hatte sich der Club aber verpflichtet, die Seemannswitwen von Borkum finanziell zu unterstützen. Vor siebzig Jahren gab es davon zwar noch deutlich mehr, aber auch heute kehrte manch ein Matrose nicht zurück. Einmal im Jahr organisierte der Inselclub einen großen Wettbewerb im Krabbenpulen, eine Art Strandfest mit Getränkeverkauf und Musik, dessen Einnahmen den Seemannswitwen und ihren Familien zugutekamen. Interessanterweise machten beim von Männern organisierten Krabbenpulen fast nur Frauen mit, die Ehefrauen der Inselclubmänner verkauften selbstgemachten Kuchen und betrieben einen Kaffeestand, während die Clubherren bei einem Pils zusammenstanden und stolz betrachteten, was sie da auf die Beine gestellt hatten. In Berlin wäre der Gender-Aufschrei ohrenbetäubend gewesen. In Justus' Kita gab es mal einen Bastelnachmittag, bei dem mehr Väter als Mütter anwesend waren. Und zwar deutlich mehr. Wer sich in Berlin als Vater aus der Kindererziehung raushielt, war so etwas wie ein Alien, während man sie auf Borkum vermutlich erstaunt fragen würde, was sie für ein Problem haben.

»Arme Franziska.« Hinnerk Falk schüttelte mitgenommen den Kopf.

»Hatte er eine Tochter?« Die Vorstellung, dass irgendwo ein junges Mädchen um ihren Vater trauern würde, zog Caro noch mehr runter.

»Nein. Franziska Homann ist seine Frau. Sie hat in Hamburg eine Werbeagentur und war am Wochenende manchmal hier.«

Verblüfft schaute Caro ihn an. »Verheiratet. Dr. Schäfer. Der Chef der Kurklinik. Bist du dir sicher?«

Dr. Schäfer in einer festen Beziehung war in Caros Augen genauso absurd wie ein Drogendealer, der auf Homöopathie schwor.

Ein kurzes Schmunzeln ging über Hinnerks Gesicht. »Du meinst, weil er ein alter Frauenversteher war?«

»So kann man es natürlich auch nennen.«

»Ja, ja, ich weiß. Er hat nichts ausgelassen.«

Hinnerk erzählte ihr, wie Arnd Schäfer an manchen Sonntagen, in weißer Hose und weißem Poloshirt eindeutig als Arzt zu identifizieren, an der Strandpromenade auf und ab gegangen war und dabei mit Dutzenden Frauen ins Gespräch kam, mit Urlauberinnen genauso wie mit Insulanerinnen. War es nun die hübsche Verkäuferin vom Fischbrötchenstand oder die sonnenverbrannte Urlauberin aus Essen-Haarzopf, zu jeder fiel ihm etwas Charmantes ein, jede hatte er nach wenigen Minuten um den Finger gewickelt, cremte ihre roten Schultern ein oder spendierte ein kühles Getränk.

»Ich glaube, Arnd und Franziska führten so etwas wie eine offene Ehe«, meinte Hinnerk abschließend. »Ich hab sie in den ganzen Jahren nur ein paar Mal getroffen, meistens ist er zu ihr nach Hamburg geflogen. Aber wenn ich die beiden zusammen erlebt habe, war sie immer sehr liebevoll und wirkte nie eifersüchtig oder so.«

Für einen Augenblick überlegte Caro, ob so ein Beziehungsmodell für sie und Nils eine Lösung gewesen wäre. Klar, Nils wäre das bestimmt sehr recht gewesen. Er hätte seine Familie behalten und weiter rumhuren können. Aber für sie? Wie konnte man mit einem Mann leben, wenn man von seinem womöglich täglichen Betrug wusste? Wie konnte sich eine Franziska Homann sonntagsabends von ihrem Mann verabschieden und alleine in Hamburg bleiben, wenn sie genau wusste, dass er ein paar Stunden später noch eine kleine Vögelei auf der Tagesordnung hatte? Für Caro war das unvorstellbar. Nein, eine offene Ehe könnte sie nicht führen. Vielleicht war sie dafür zu romantisch. Oder zu spießig. Oder beides.

»Das muss doch für tierisch viel Klatsch gesorgt haben«, meinte sie und dachte an das nicht unwesentliche Gerede in der Klinik.

»Arnd hat durchaus für Gesprächsstoff gesorgt«, gab Hinnerk ihr recht.

»Und bei euch im Inselclub?«, fragte Caro neugierig nach. »Gab das nie Probleme?«

Wenn sie sich so einen Womanizer wie Schäfer im Kreise der alteingesessenen Insulaner vorstellte, dann bekam sie beim besten Willen kein friedliches Bild vor Augen. Jemand, der in erster Linie durch die Hose dachte, konnte von den konservativen Borkumern doch nicht gemocht werden.

»Ach, weißt du, ich hab mich da immer zurückgehalten«, meinte Hinnerk. »Ob Arnd wirklich mit so vielen Frauen was hatte, wie immer gesagt wurde, weiß doch nun wirklich keiner. Meine Lefke ist jetzt schon lange nicht mehr bei mir, mit ihr hatte er garantiert nie was, deshalb war mir das sowieso egal. Und bei so'n paar alten Säcken in unserem Club würde ich es den Frauen nur gönnen, wenn Arnd da mal, na du weißt schon. Ich sach immer: Hauptsache, die Frauen sind glücklich. Dann hast du selbst auch keinen Stress.«

Caro grinste. Schöne Einstellung, dachte sie, die man natürlich leichter haben konnte, wenn die eigene Frau nicht mehr lebte und man somit selbst nicht betroffen war.

»Ich will über Arnd jedenfalls nichts Schlechtes sagen«, fügte Hinnerk noch hinzu. »Er war kein einfacher Mensch, aber geizig war er auf jeden Fall nicht. Keiner hat so viel für unser Witwenprojekt gespendet wie er. Viele haben ihm früher vorgeworfen, dass er das nur aus Imagegründen macht, weil er eine Mutter-Kind-Klinik leitet. Aber na und? Immerhin hat er es gemacht. Wir haben genug vermögende Leute bei uns im Club, die alle einen Igel in der Tasche haben. Arnd gehörte nicht dazu.«

Caro nickte. Als Chef einer Klinik, die sich der seelischen und körperlichen Gesundheit von Müttern und ihren Kindern verschrieb, hatte es Dr. Schäfer bestimmt gut zu Gesicht gestanden, ein soziales Projekt wie die Witwenhilfe zu unterstützen. Sie fragte sich allerdings, warum er diesen Karriereweg überhaupt eingeschlagen hatte, den andere Mediziner in seinem Alter vielleicht nicht unbedingt wählen würden und der nicht richtig zu dem Mann passen wollte, den sie in den letzten Tagen kennen gelernt hatte. Ruhm und Reichtum hätte er eher an der Charité bekommen, und Caro hätte ihn sich da auch besser vorstellen können. Warum hatte es einen wie ihn in eine Mutter-Kind-Klinik nach Borkum verschlagen? War er womöglich der Mann mit den zwei Gesichtern? Auf der einen Seite der Charmeur und Aufreißer, der nichts anbrennen ließ und dabei zwangsläufig auf den Gefühlen einiger Frauen herumtrampelte, und auf der anderen Seite der Arzt mit dem großen Herzen, dem es ein echtes Anliegen war, dass es den Frauen besser ging? Oder gab es einen ganz anderen Grund, warum er auf der Insel war?

Caro blickte auf die Uhr. »Ich muss zurück zur Klinik. Die Kripo will noch mit mir sprechen. Versprichst du mir, niemandem was von Schäfers Tod zu erzählen?«

»So wie du es der Polizei versprochen hast?«

Caro grinste schief. »Nee, anders.«

»Mach ich. Aber keine Sorge. Ich bin mir sicher, die Sache ist längst rum.«

Sie sah ihn erstaunt an. »Aber bis auf die Polizisten weiß doch keiner davon.«

Hinnerk zog wissend eine Augenbraue hoch. »Ein außerplanmäßiger Flug von Emden nach Borkum bringt die Kripo und die Spurensicherung auf die Insel. Was meinst du, was der Pilot dazu sagt? Oder die Inge, die am Ticketverkauf sitzt? So viele Flugzeuge landen hier nicht. Und die Inge sieht jeden, der hier landet. Wenn unser ehemaliger Bundeskanzler kommt, sagt sie jedenfalls immer in der Redaktion Bescheid.«

Als Caro in die Klinik zurückkam, wurde in jeder Ecke getuschelt. Egal ob sie auf Patientinnen oder Schwestern traf, überall steckten irgendwelche Köpfe zusammen. Vor allen Dingen an den entsetzten Gesichtern der Kurgäste konnte sie sehen, dass die Frauen Bescheid wussten. Im Gegensatz dazu wirkte das Personal professionell wie immer, wenn auch ein bisschen ernster. Annegret Müllen stand mit derselben freundlichen Miene am Empfang wie am Vortag, und Eva, die Sporttherapeutin mit dem Außenbandriss, die ihr auf Krücken entgegenhumpelte, grüßte lächelnd. Wussten nur die Patientinnen Bescheid, das Personal aber nicht? Das war gänzlich unwahrscheinlich, fand Caro.

Mit aufgerissenen Augen kam Iris auf sie zu. Ihr rundes Gesicht zeigte eine Mischung aus Entsetzen und grenzenloser Neugier.

»Caro, hast du schon gehört?«

Sie nickte stumm, was Iris aber nicht von ihrem Mitteilungsbedürfnis zurückhielt. Im Gegenteil.

»Der Schäfer ist tot. Die Polizei hat ihn am Strand gefunden. Ist das nicht schrecklich?«

Caro überlegte kurz, sie zu korrigieren und ihr zu erzählen, dass es nicht die Polizei gewesen war, die den Toten gefunden hatte, und dass er auch nicht am Strand gelegen hatte, aber dann entschied sie sich, dieses Wissen lieber für sich zu behalten. Sie hatte beim besten Willen keine Lust, von ihren Mitpatientinnen ausgefragt zu werden, zumal sie ja versprochen hatte, die Klappe zu halten. Hinnerk war eindeutig verschwiegener als ein Haufen emotional hochgefahrener Frauen, und sie wollte sich an den Spekulationen um Schäfers Tod nicht beteiligen.

Also nickte Caro erneut nur und wandte sich an Annegret Müllen, die konzentriert auf ihren Computer blickte.

»Ein Kommissar aus Emden wollte mich sprechen. Wenn er nach mir fragt, können Sie ihm sagen, dass ich auf meinem Zimmer bin?«

»Oh, er ist bereits hier. Sie finden ihn im Aufenthaltsraum«, sagte Annegret Müllen so freundlich und professionell, als hätte Caro sich einen Regenschirm ausleihen wollen.

Iris machte große Augen. »Warum will dich denn die Kripo sprechen?«

Caro zuckte scheinbar gleichgültig mit den Achseln. »Keine Ahnung. Vielleicht bin ich geblitzt worden oder so.«

Was für eine bescheuerte Ausrede, wenn man sich auf einer mehr oder weniger autofreien Insel befand, dachte sie im selben Moment. Iris schien dasselbe zu denken und machte ein spöttisches Gesicht.

»Witzig. Es kann ja nur um Dr. Schäfer gehen. Aber was hast du denn damit zu tun? Mensch, Caro, jetzt sag schon!«

Die Neugier stand ihr in großen Buchstaben auf der Stirn geschrieben. Oder stand da Sensationslust? Caro war sich nicht sicher. Ein bisschen erinnerte ihre Mitpatientin sie an die Gaffer, die auf der Autobahn im Schritttempo an einem Unfall vorbeifuhren.

»Später, Iris, okay?«

»Also hast du was damit zu tun?« Iris starrte sie an, als hätte Caro sich gerade als Serienmörderin geoutet. »Was … was hast du getan?«, fügte sie flüsternd hinzu.

Caro verdrehte die Augen. »Ich habe gar nichts getan. Ich war mit Aila spazieren und zufällig in der Nähe. Ich erzähl's dir später!«

Iris nickte fast ehrfurchtsvoll. Kopfschüttelnd wandte Caro sich von ihr ab und ging in den Aufenthaltsraum. Er war eines der wenigen Relikte aus der Zeit, in der die Klinik gebaut worden war. Etwas mehr als hundert Jahre lag das nun zurück, und der Raum sah immer noch so aus, als würden die betuchten Angestellten des Kaisers, der natürlich selbst viel lieber auf Norderney verweilte, gleich zum Tee kommen. Die Wände waren mit dunklem Holz vertäfelt, die bodentiefen Fenster konnten mit schweren Vorhängen verdunkelt werden, und ein altes Sofa glänzte in rotem Samt. Nur die modernen Tische und Stühle, die über den Raum verteilt waren und zum Spielen oder Malen einluden, erinnerten daran, dass das 21. Jahrhundert längst angebrochen war.

Kommissar Bachmann saß in der hintersten Ecke des Raumes und rührte mit einem Löffel in seiner Kaffeetasse, während er sich mit einer Frau in einem weißen Kittel unterhielt, die zur Ärzteschaft der Klinik gehörte. Sie trug ihre dunkelblonden Haare zu einem Zopf gebunden und war der Typ Frau, den ihre Mutter als *uneitel* bezeichnen würde, wobei Caro immer das Gefühl hatte, dass in erster Linie die Frauen so genannt wurden, die einfach auf Schminke verzichteten. Eine Idee, auf die ihre Mutter niemals kommen würde. Sie steckte schminktechnisch immer noch in den frühen 1980er-Jahren, liebte dicke Rougebalken und trug den hellblauen Lidschatten bis zu den Augenbrauen auf, die selbst nur aus einem dünnen, schwarzen Strich bestanden. Wer einen Kiosk in Köln-Mülheim betrieb, für den war *dezent* nichts als ein Fremdwort.

Offenbar war das Gespräch zwischen Kommissar Bachmann und der Ärztin kurz vor dem Ende, denn die Frau machte immer wieder Anstalten aufzustehen, blieb dann aber doch sitzen, um eine weitere Frage zu beantworten. Schließlich stand sie endgültig auf, reichte dem Kommissar die Hand und verabschiedete sich. Als sie Caro entgegenkam, nickte sie ihr freundlich zu und wirkte dabei so normal, als hätte sie eben über das Wetter gesprochen und nicht über den grausamen Tod ihres Chefs.

Der Kommissar winkte sie mit einem Fingerzeig zu sich, und Caro fühlte sich an ihren Kellnerjob im Studium erinnert.

»Was darf's denn sein?«, fragte sie, als sie vor ihm am Tisch stand.

Kommissar Bachmann sah sie irritiert an. »Äh … Ich dachte, Sie wären …?«

Caro grinste. »Stimmt. Caro Falk«, sagte sie und reichte ihm die Hand.

»Klaus Bachmann«, erwiderte der Kommissar und wirkte immer noch irritiert. Er stand auf und war zu Caros Überraschung wesentlich kleiner, als er im Sitzen wirkte. Ein klassischer Sitzriese. Er maß höchstens einen Meter sechzig, war dabei aber sehr drahtig und hatte kein Gramm Fett zu viel am Leib. Seine leicht graumelierten Haare trug er modisch verwuschelt, und Caro schätzte, dass er zehn Jahre älter war als sie. Er gab ihr die Hand und bat sie, Platz zu nehmen.

»Ist ja fast wie beim Speed-Dating hier«, meinte Caro scherzend. »Ein Mann sitzt alleine an einem Tisch und unterhält sich in kurzen Abständen mit diversen Frauen. Eine bessere Gelegenheit zum Flirten gibt's wahrscheinlich nicht. Natürlich nur, wenn die Umstände andere wären.«

Kommissar Bachmann sah sie an, als hätte sie nicht mehr alle Tassen im Schrank.

Was zur Hölle redete sie da eigentlich? Das war so typisch für sie! Immer wenn sie in einer emotional angespannten Situation war, kam nur noch Schwachsinn über ihre Lippen. In ihrer mündlichen Abiturprüfung knatschte die Kreide an der Tafel, und sie hatte nichts Besseres zu tun gehabt, als den anwesenden Lehrern zu erzählen, wie viele Prüflinge unter Stress Blähungen entwickeln würden, dass sie aber nicht dazugehöre und das merkwürdige Geräusch von der Kreide gekommen sei, was sowieso jedem im Raum klar gewesen war. Und als Oma Josi gestorben war und sich die ganze Familie neben dem Grab aufgestellt hatte, um den Kondolierenden die Hand zu schütteln, hatte sie doch glatt zu Tante Erna gesagt: »Mensch, hast du kalte Hände! Willst du gleich hierbleiben?«, und dabei breit gegrinst. Sie konnte sich dieses Verhalten selbst nicht erklären. Manchmal kam es ihr vor, als wäre es wie ein Katalysator, damit sie den emotionalen Druck ertragen konnte.

Der Kommissar schien ihre Scherze jedenfalls genauso befremdlich zu finden wie Tante Erna damals.

»'tschuldigung, ich bin jetzt ein bisschen verwirrt«, begann er und musterte sie skeptisch. »Ich dachte, Sie wären eine Zeugin?« Und keine durchgeknallte Irre, schien er in Gedanken noch hinzuzufügen.

Caro machte ein zerknirschtes Gesicht. »Tut mir leid. In Stresssituationen … ich weiß auch nicht. Da reagiere ich manchmal irgendwie merkwürdig. Ja, Zeugin, so kann man es wahrscheinlich nennen. Ich habe die Leiche gefunden.«

Sofort setzte Kommissar Bachmann eine professionelle Betroffenheitsmiene auf. »Ich hoffe, Sie sind nicht zu mitgenommen«, sagte er.

»Geht schon«, meinte Caro, die geheucheltes Mitgefühl nicht ausstehen konnte. Kommissar Bachmann machte nicht den Eindruck, als würde ihn Caros Seelenzustand wirklich interessieren. Was kein Wunder war, nach den Sprüchen, die sie eben gemacht hatte.

»Die Kollegen vor Ort haben schon gesagt, dass Sie nichts Ungewöhnliches beobachtet haben, ist das richtig?«, fragte Kommissar Bachmann.

»Bis auf Dr. Schäfer war nichts ungewöhnlich, ja.«

Der Kommissar machte sich eine Notiz, und Caro fragte sich, was er sich da wohl aufgeschrieben hatte. ›Merkwürdige Zeugin findet Leiche ungewöhnlich‹? War das eine Notiz wert? Sie machte einen langen Hals und versuchte, die Buchstaben auf dem Zettel zu entziffern. Vergeblich.

»Ist Ihnen im Vorfeld etwas an Dr. Schäfer aufgefallen?«, fragte er.

Von welchem Vorfeld sprach der Mann? Von der Beule in der Ärztehose? Vom Abhören ihrer Schulter?

»Ich bin erst seit zwei Tagen hier.«

»Und? Sah der Arzt gestern irgendwie komisch aus? Hat er über Unwohlsein geklagt oder so?«

Im Gegenteil, wollte Caro zuerst sagen, er erigierte unbeschwert vor sich hin. Dann entschied sie sich aber zu einer differenzierteren Aussage.

»Ich habe Dr. Schäfer nur ein-, zweimal gesehen. Zu kurz, um ein Verhältnis aufzubauen, bei dem er mich über jedes Verdauungsproblem informiert hätte.«

Kommissar Bachmann verzog für eine Sekunde seinen

Mund zu einem Grinsen, dann blickte er sie schnell wieder ernst an.

»Manchmal sieht man es einem Menschen ja an, wenn es ihm schlecht geht. Wenn er blass im Gesicht ist, wackelig auf den Beinen – all das können Anzeichen dafür sein, dass es ihm nicht sonderlich gut geht.«

Caro dachte nach. Als Dr. Schäfer in Ailas Kacke getreten war, hatte er überwältigend gut ausgesehen, kein Hauch von Unwohlsein. Und am nächsten Tag, kurz vorm Pimmelgate im Untersuchungsraum, hatte er ja auch durchaus munter gewirkt, sonst hätte er sie doch kaum so angemacht. Warum wollte der Kommissar das eigentlich alles wissen? Hatte Dr. Schäfer einen Herzinfarkt gehabt?

»Mir ist nichts aufgefallen. Was ist denn überhaupt passiert?«

»Das kann ich noch nicht genau sagen«, meinte er. »Scheint aber so, als hätte ihn dasselbe Schicksal ereilt wie seinen Bruder und seinen Vater.«

Caro machte große Augen. »Sind die auch in der Sauna gestorben?«

Vor ihrem inneren Auge sah sie eine große Familiensauna, in der es laufend zu Todesfällen kam. *Ach, jetzt hat's den Opa auch erwischt. Vielleicht sind 120 Grad doch zu viel.* Das konnte doch nicht wahr sein!

Bachmann zog die Augenbrauen hoch. »Nein, das wäre nun wirklich ein merkwürdiger Zufall. Aber die Männer in der Familie Schäfer litten an einer erblich bedingten Herzkrankheit, wie uns seine Frau sagte. Und die Ärztin, die eben hier war, Frau …«, er schaute auf einen Zettel, der vor ihm auf dem Tisch lag, »Dr. Grünlich, die hat bestätigt, dass Vater und Bruder an …«, wieder blickte er auf den Zettel, »an Kardiomyopathie litten. Wir warten noch auf die medizinischen Unterlagen, aber das Ganze hört sich nach einem tragischen Unglück an.«

»Das wäre in der Tat tragisch.«

Caro dachte an die Mutter von Dr. Schäfer. Ob sie noch lebte? Und jetzt nach ihrem Mann den zweiten Sohn beerdigen musste? Das Schicksal konnte wirklich ein mieses Arschloch sein.

Plötzlich fragte Caro sich, ob das Leid seiner trauernden Mutter der Auslöser für Schäfers Engagement war. Setzte er sich deshalb so sehr für Frauen und Witwen ein, weil seiner eigenen Mutter kein Trauma erspart geblieben war? Und war er deshalb ein so großer Womanizer geworden, weil er jede Sekunde seiner begrenzten Zeit auf Erden ausgiebig genießen wollte? Weil er wusste, dass die Herzkrankheit ihn irgendwann dahinraffen würde? Hatte deshalb seine Ehefrau so viel Verständnis für sein Verhalten? Caro konnte sich das gut vorstellen und sah Dr. Schäfer plötzlich mit ganz anderen Augen.

»Aber warum ist er mit so einer Erkrankung in der Sauna gewesen?«, fragte Caro. »Ist Sauna für Herzkranke nicht tabu?«

»Tja.« Kommissar Bachmann blickte sie vielsagend an und schwieg.

»Und warum war er am frühen Morgen in der Sauna, obwohl die doch erst viel später öffnet?«

»Tja.« Jetzt kam auch noch ein überheblicher Zug um den Mundwinkel dazu.

Caro warf dem Kommissar einen bösen Blick zu. Was sollte diese blöde Tjarade? Es war nicht zu übersehen, dass der Kommissar wusste, warum Dr. Schäfer am frühen Morgen in einer eigentlich geschlossenen Strandsauna gewesen war, seiner schlimmen Herzkrankheit zum Trotz. Aber ganz offensichtlich wollte er es ihr nicht sagen. Einerseits konnte sie das nachvollziehen, war sie doch nur eine Zeugin und keine Kollegin; außerdem hatte sie sich bisher leicht sonderbar aufgeführt, hatte an unpassenden Stellen Witze und Sprüche gemacht, sodass der Mann denken musste, dass sie mehr als reif für eine Kur war. Vermutlich hielt er sie für so eine Burn-Outlerin, die gleich hysterisch kichernd einen Nervenzusammenbruch bekommen würde.

Sie wollte unbedingt wissen, was er wusste! Aber wie konnte sie die Informationen aus ihm herauskriegen? Einfach fragen und lieb bitten? Es aus ihm rausprügeln? Wahrscheinlich beides zwecklos.

»Na, dann ist die Sache ja klar«, meinte sie daher spitz und ahnte, wie beleidigt sie klang. »Warum wollten Sie mich überhaupt noch sprechen?«

Der Kommissar lächelte sie altväterlich an, und Caro verzog das Gesicht. Wenn sie eins hasste, dann das. Nils hatte so ein Verhalten auch sehr gut beherrscht und sie damit in Sekundenschnelle auf die Palme gebracht. Besonders gut hatte er es drauf, wenn sie in einem schicken Restaurant die falsche Gabel genommen hatte. Dann sah er sie immer mit diesem überheblichen Lächeln an, nahm ihr die falsche Gabel aus der Hand und zeigte ihr mit einem Augenzwinkern die richtige. In solchen Augenblicken hätte Caro sich am liebsten mit ihren eigenen Fäusten erschlagen. Oder wahlweise Nils.

»Die Sache ist natürlich noch nicht ganz klar«, sagte Bachmann in einem Tonfall, den ein Lehrer einem Grundschulkind gegenüber wählen würde. »Tatsächlich weist vieles auf einen Unfall hin, aber wir müssen noch die Obduktion abwarten, um ein Fremdverschulden endgültig ausschließen zu können.«

»Sie meinen, er könnte ermordet worden sein?«

Wieder dieses Lächeln. »Ich verstehe, wenn Sie das ein bisschen aufregend finden. Aber ich darf Ihnen dazu leider nichts sagen.«

Ein bisschen aufregend? Justus fand es ein bisschen aufregend, wenn Aila einen Maulwurf totbiss. Auf Borkum einen menschlichen Schmorbraten vorzufinden war doch beim besten Willen nicht ein bisschen aufregend. Mehr Aufregung ging doch nun wirklich nicht!

»Schildern Sie mir bitte noch mal genau, wie Sie die Leiche gefunden haben«, bat der Kommissar.

Caro hatte nicht das Gefühl, dass Bachmann ihr wirklich aufmerksam zuhörte, als sie ihm von dem Spaziergang und Ailas aufgeregtem Gebelle erzählte. »Ich fand, dass es in der Sauna nach Alkohol gerochen hat«, sagte sie abschließend.

Kommissar Bachmann nickte. »Der Tote hatte einen relativ hohen Blutalkoholwert. Das hat der Notarzt vor Ort noch festgestellt. Leider kommt es immer wieder vor, dass die Leute unter Alkoholeinfluss in die Sauna gehen. Ein fataler Fehler.«

Das kannte Caro noch aus alten Kölner Zeiten, in denen sie mit Freunden regelmäßig in eine der riesigen öffentlichen Saunen gegangen war. Auf den Liegewiesen wurde an einem schönen Samstagnachmittag gerne ein Kölsch nach dem anderen getrunken, sodass nicht selten ein Saunabesucher einen sitzen hatte, wenn er den nächsten Gang machte. Caro hatte das nie nachvollziehen können. Saunieren war für sie immer ein sehr reinigender Prozess gewesen, wie man dabei zwischendurch trinken und rauchen konnte, war ihr ein Rätsel. Und bei Dr. Schäfer erst recht.

»Finden Sie es gar nicht merkwürdig, dass ein Herzkranker betrunken in die Sauna geht?«, fragte Caro deshalb. Sie hatte schwer den Eindruck, dass Kommissar Bachmann ganz froh wäre, wenn ihm der Tote wenig Arbeit machte.

Er lächelte Caro an, und seine Stimme bekam einen sanften Tonfall: »Das sind Fragen, denen wir natürlich nachgehen werden. Aber die Sie nicht belasten sollten. Sie sollen sich doch erholen.«

»Keine Sorge. Mir geht es gut. Können Sie mich informieren, wenn der Fall gelöst ist?«

Wieder dieses Lächeln. »Tut mir leid, aber dazu bin ich leider nicht befugt. Unsere Pressestelle wird sicherlich eine Meldung rausgeben.«

Caro dachte nach. »Wenn er aber doch ermordet worden ist …« Sie hob den Blick. »Heißt das, dass der Mörder noch auf der Insel ist?«

Kommissar Bachmann zuckte mit den Schultern. »Wenn er von der Insel runter will, hat er jedenfalls ein Problem. Wir nehmen heute die Personalien von sämtlichen Reisenden auf, die Borkum verlassen wollen. Per Flugzeug oder Schiff. Wenn einer aus Schäfers näherem Umfeld dabei sein sollte, darf er sich auf ein paar Fragen gefasst machen.«

Er nickte ihr zu und verabschiedete sich mit dem Hinweis von ihr, dass er sich eventuell noch mal an sie wenden würde, falls es noch Unklarheiten geben sollte.

Nachdenklich verließ Caro den Raum. Für sie war der Fall voller Ungereimtheiten, eine unklare Situation reihte sich an die nächste. Ein schwer herzkranker Arzt, durch den Tod seiner halben Familie traumatisiert, geht stockbesoffen in die Sauna und nimmt damit seinen eigenen Tod in Kauf? Da stimmte doch etwas nicht. Wahrscheinlich wusste der Kommissar einfach viel mehr als sie, und sie musste zugeben, dass sie das wurmte.

Iris fing sie direkt vor dem Aufenthaltsraum ab. Ganz offensichtlich hatte sie auf Caro gewartet. Ihre Augen waren immer noch voller Neugier, und auf ihrer Bluse klebten einige Krümel. Essen ging halt immer.

»Will er mit uns allen sprechen?«, fragte sie neugierig.

»Der Kommissar? Keine Ahnung.«

»Hat er nichts gesagt? Von wegen – schicken Sie die Nächste rein?«

Caro schüttelte den Kopf.

»Aber warum wollte er dann mit dir sprechen? Nur weil du irgendwie in der Nähe warst?«

Iris kam ihr so nahe, dass Caro jeden einzelnen Fleck in ihren grauen Augen erkennen konnte. Die Spannung, unter der die Frau stand, war geradezu elektrisierend. Caro konnte es ihr nicht verübeln. Seit fast drei Wochen war Iris schon in der Kurklinik und hatte Dr. Schäfer in der Zeit sicherlich besser kennen gelernt. Sie war sich nicht sicher, was zwischen Iris und dem Klinikchef gelaufen war, aber dass sie seinen Anmachsprüchen positiver gegenüberstand als Caro, war klar. Da sie Iris noch nicht besonders gut kannte, wusste sie nicht genau, was sie ihr anvertrauen konnte und was nicht. Andererseits … Was konnte sie schon an großartigen Neuigkeiten erzählen, von denen Iris nicht eh schon gehört hatte?

Sie kam noch einen Schritt näher, und ihre neugierigen Augen bewegten sich hin und her, als versuchte sie, Caros Blick zu fixieren.

»Caro, jetzt sag schon, was ist mit Dr. Schäfer passiert?«

»Ich weiß es nicht.« Und das war nicht gelogen.

»Aber du weißt mehr als alle anderen! Was hast du mit der Sache zu tun? Jetzt erzähl doch mal!«

Caro seufzte. »Kannst du ein Geheimnis für dich behalten?«, fragte sie.

»Nein.« Wenigstens war Iris ehrlich.

»Okay. Aber sag den anderen, ich will nicht darüber sprechen.«

»Klar. Jetzt sag.«

»Ich hab ihn gefunden.«

Iris schlug sich entsetzt die Hände vor den Mund. »Heilige Scheiße. Das ist ja der Wahnsinn!«

Schockiert ging Iris einige Schritte im Kreis, wobei sie immer wieder fassungslos den Kopf schüttelte. Dann blieb sie abrupt stehen und sah Caro neugierig an.

»Frau Dr. Grünlich meinte, Schäfer hat die ganze Nacht in der Sauna gelegen«, sagte sie leise und in einem verschwörerischen Tonfall, der Caro unangemessen erschien. Scheinbar gleichgültig zuckte sie mit den Schultern, während sie dachte, dass das natürlich den Brathähnchenteint von Schäfer erklären würde. Eine Nacht bei knapp hundert Grad ... Danach war keiner mehr blass.

»Kann schon sein. Und?«, meinte sie betont unaufgeregt.

»Wie sah er aus?«, platzte es dann folgerichtig aus Iris heraus, die versuchte, ihre Neugier durch Mitgefühl und Fassungslosigkeit zu überdecken, was ihr noch nicht mal ansatzweise gelang.

»Das war ernst gemeint.«

»Was?«

»Ich möchte nicht darüber sprechen. Echt nicht, Iris. Ich muss das Ganze erst mal sacken lassen.«

Es stimmte nicht ganz, dass Caro über die Ereignisse des heutigen Tages nicht sprechen wollte. Gerne hätte sie sich mit jemandem über die Ungereimtheiten bei diesem vermeintlich so klaren Unfall ausgetauscht. Aber was Iris hören wollte, waren Leichenbeschreibung und Schreckensdetails, aufgerissene

Augen und Blutlachen, rohes Fleisch und aufgeplatzte Haut. Nope. Caro hatte nicht die geringste Lust, diese Sensationsgier zu befriedigen.

Andererseits – vielleicht konnte sie umgekehrt von Iris noch die eine oder andere Neuigkeit über den Fall erfahren? Offenbar hatte sie ja sofort mit Dr. Grünlich gesprochen, und die Ärztin hatte ihr bereitwillig Auskunft gegeben. Es war also durchaus denkbar, dass Iris noch mehr wusste.

In dem Moment strich sie Caro mitfühlend über den Arm.

»Alles gut«, sagte Iris. »Lass erst mal ein bisschen sacken. Wir können ja beim Abendessen in Ruhe darüber sprechen.«

Das Abendessen war in einer Stunde. Viel Zeit ließ Iris ihr nicht, um sich von dem Schock zu erholen.

»Was hat die Grünlich denn noch erzählt?«, fragte Caro.

In Iris' Augen flackerte sofort wieder die Neugier auf, und sie war offensichtlich froh darüber, sich noch ein wenig im Totensumpf suhlen zu dürfen.

»Ich hab nur mitgekriegt, was sie Frau Müllen vom Empfang erzählt hat«, sagte sie in verschwörerischem Tonfall. »Die Grünlich kennt den Notarzt wohl ganz gut, der den Totenschein ausgestellt hat. Klar, hier kennen sich ja alle. Und der sagte, dass Dr. Schäfer voll war wie 'ne Haubitze. Irgendwas von eins-acht hab ich nur gehört.«

»Das ist ja ordentlich.« Das war mehr als ordentlich. Damit kriegten andere Leute auch ohne Sauna einen Herzinfarkt.

Iris nickte. »Die Grünlich meinte, er ist zum Ausnüchtern in die Sauna gegangen, zack, gab's einen Herzinfarkt, und das war's dann. Schon krass, wie schnell das gehen kann. Echt schlimm. Natascha sitzt schon den ganzen Nachmittag heulend auf ihrem Zimmer.«

»Den ganzen Nachmittag? Ihr wisst es schon so lange?«

»Ja. Der Notarzt und die Grünlich kennen sich halt.«

»Klar.«

Hinnerk hatte recht gehabt. Die Buschtrommeln auf der Insel funktionierten hervorragend, und wenn ein Toter am Strand gefunden wurde, was zum Glück nicht jeden Tag vorkam, dann wurde vermutlich noch schneller getrommelt als sonst.

»Aber du bist die Einzige, die ihn gesehen hat.« Iris' Stimme klang jetzt wieder ein wenig ehrfürchtig.

»Glaub mir, ich könnte gut darauf verzichten.«

Wenn Caro an den gegarten Körper dachte, wurde ihr sofort ganz anders. Sie konnte nur hoffen, dass der knusprige Dr. Schäfer in ihren Träumen nicht auferstand und sie um den Schlaf bringen würde.

Lautes Lachen und Brabbeln unterbrachen ihre Unterhaltung. Die Kindergruppe kehrte vom Strand zurück, und einen Augenblick später stand ein völlig versandeter Justus neben ihr. Er strahlte über das ganze Gesicht und erzählte ihr, dass sie heute den ganzen Nachmittag einen langen Kanal vom Wasser direkt zu einer großen Strandburg gebaut hatten.

»Ich bin total kaputt«, stöhnte er wie ein Erwachsener und krümmte seinen Rücken zu einem Buckel. »Das ging voll auf die Knochen.« Hinnerks Standardsatz nach einem Tag Gartenarbeit.

»Gibt alles Muckis«, meinte sie aufmunternd, worauf Justus sie skeptisch anschaute.

»Im Rücken?«

»Auch. Komm mit. Wir gehen erst mal hoch.«

»Aber ich hab Hunger!«

»Wenn man wieder mehr Haut als Sand sieht, kannst du was essen, okay?«

Sie zog ihren Sohn Richtung Zimmer, um die halbe Tonne Sand von ihm zu waschen, der in jeder Pore seines Körpers steckte. Immer wenn sie auf Borkum waren, war ihre Haut von einem permanenten Sandfilm bedeckt. Egal, ob sie am Strand waren oder nicht, abends hatte Caro stets den Eindruck, ein Peeling zu machen, wenn sie sich mit einem normalen Waschlappen das Gesicht wusch. Bei Justus war es heute allerdings deutlich mehr als nur ein Peeling. Der Sand, der nun den Boden der Dusche bedeckte, lud fast zu einer Runde Boccia ein.

Als sie Justus die Haare föhnte und die letzten Sandkörner von seiner Kopfhaut pustete, versuchte sie, ihn vorsichtig auf das vorzubereiten, was unter den Erwachsenen im Haus bereits allgemeines Gesprächsthema war und was er nachher beim Abendessen unweigerlich mitbekommen würde.

»Justus, es ist was Schlimmes passiert.«

Bisher hatte sie erst zweimal mit ihrem Sohn über den Tod sprechen müssen, einmal bei seiner Uroma Josi und einmal, als Oma Lefke gestorben war. Aber ihre Schwiegermutter war sehr lange krebskrank gewesen, und Caro hatte Justus gut auf den Abschied vorbereiten können. Und seine Uroma war in den Augen des Jungen so dermaßen uralt gewesen, dass er es völlig normal fand, dass sie starb. Außerdem war er damals noch viel kleiner gewesen und von dem kindlichen Glauben erfüllt, dass es im Himmel sowieso viel besser war. Uroma Josi würde ja jetzt ihren Mann wiedersehen, da freute sie sich doch bestimmt. Hatte der Uropa im Himmel eigentlich sein Bein wiedergefunden? Das waren die Fragen, die ihn damals beschäftigt hatten, als er vergnügt hinter dem Sarg herhüpfte.

»Was ist denn Schlimmes passiert?«, fragte Justus nach,

während er sich etwas Gel in die Haare machte. Sie fand es immer wieder erstaunlich, wie wichtig dem Neunjährigen seine Frisur war. »Oder meinst du, dass dieser Dr. Schäfer tot ist?«

Für einen Augenblick war sie sprachlos. »Woher weißt du das denn?«

Dass das ganze Personal und alle Patientinnen Bescheid wussten – geschenkt. Aber dass ihr kleiner Sohn beim Burgenbauen am Strand von dieser Schreckensnachricht nicht verschont blieb, das fand Caro nun doch bemerkenswert.

»Die Nele …«

»Eure Betreuerin?«

Justus nickte. »… hat am Strand einen Anruf gekriegt und ganz laut *der Arsch ist tot* gesagt.«

»Arsch sagt man nicht.«

»Hab ich zu Nele auch gesagt, und dann hat sie gemeint, dass Dr. Schäfer tot ist.«

»Sie mochte ihn also nicht?«

Justus sah sie an, als wäre sie ein bisschen minderbemittelt. »Wenn sie ihn Arsch nennt? Wohl nicht, Mama.«

Caro lächelte und strich ihrem Sohn tröstend über den Kopf. »Und wie geht es dir damit?«, fragte sie einfühlsam.

»Mama, meine Haare! Jetzt muss ich alles neu machen!« Seufzend griff er erneut in den Gel-Tiegel und schmierte sich eine weitere Ladung auf den Kopf. »Ich kannte den doch gar nicht«, meinte er. »Außerdem war der doch schon alt, oder nicht?«

Nicht viel älter als dein Vater, lag es ihr auf der Zunge, aber sie verkniff sich den Kommentar. Für Neunjährige waren Männer Ende vierzig logischerweise ganz schön alt. Sie konnte sich noch genau an den vierzigsten Geburtstag ihrer Mutter erinnern, die damals eine große Karnevalsparty gefeiert hatte.

Caro war sechs Jahre alt gewesen, und auch wenn Karneval für sie als Kölsches Mädchen das Normalste der Welt war, hatte sie es irgendwie komisch gefunden, die ganzen alten Leute in den bunten Kostümen tanzen und feiern zu sehen.

Alte Leute. Mit vierzig. Die kindliche Sicht konnte so grausam sein.

Zum Glück schien der ganze Vorfall Justus aber nicht weiter zu belasten, worüber Caro erleichtert war. Er hatte keinerlei Gesprächsbedarf, fragte nicht nach, woran Schäfer gestorben war, und wollte auch nicht wissen, was mit dem Mann jetzt passierte, ob er in den Himmel kam oder womöglich ganz woanders hin. Einmal fragte Caro ihn noch, ob er irgendetwas über Schäfers Tod wissen wollte, aber als seine Antwort »Nein, aber ich hab echt voll Hunger!« war, beschloss sie, das Thema in Justus' Anwesenheit ruhen zu lassen. Es reichte ihr, wie sehr es sie selbst beschäftigte. Die Bilder des Toten gingen ihr nicht aus dem Kopf. Wie er da gelegen hatte, ein Körper, aus dem jede Flüssigkeit verdampft war, die Augäpfel ausgetrocknet und eingefallen, die Bauchdecke schon aufgebläht. Einen Tag mehr in der heißen Sauna und Dr. Schäfer wäre vermutlich geplatzt wie ein toter Wal, der aufgrund der Faulgase irgendwann explodierte.

Und dann diese Haut ... wie bei einem Hühnchen, das zu lange im Ofen war. Faltig, nein, fast knitterig, so wie beim Hähnchenstand am Alex, wo den Touristen völlig überteuerte Schenkel verkauft wurden.

Sie musste sich zwingen, an etwas anderes zu denken, sonst wurde ihr sofort schlecht. Eigentlich hätte sie auf das Abendessen gut verzichten können, aber da Justus vor Hunger fast umkam, betraten sie pünktlich um halb sechs den bereits gut gefüllten Speisesaal. Es machte nicht den Eindruck, als wenn sich der Tod des Klinikchefs gravierend auf den Appetit seiner Patientinnen ausgewirkt hätte.

Während ihr Sohn zum Kindertisch lief, musste Caro den halben Saal durchqueren, bis sie an ihrem Platz angekommen war. Kam es ihr nur so vor, oder wurde es wirklich stiller, als sie durch die Reihen ging? Die anderen Frauen unterbrachen ihre Gespräche und starrten Caro an, als wäre sie ein Promi. Sie machten sich gegenseitig auf sie aufmerksam, stießen der Tischnachbarin mit dem Ellenbogen in die Seite oder tuschelten hinter vorgehaltener Hand auffällig unauffällig.

Iris hat ganze Arbeit geleistet, dachte Caro seufzend und versuchte, die Blicke zu ignorieren. Ihr fiel auf, dass unter den meisten Patientinnen die Betroffenheit doch groß war. Trotz aller Sensationsgier und anhaltendem Appetit war ihnen der Schock ins Gesicht geschrieben. Besonders Natascha, die völlig aufgelöst am Tisch saß und ihren vollen Teller noch nicht angerührt hatte, machte einen mitgenommenen Eindruck. Auch Iris wirkte betroffen, aß aber mit ihrem normal großen Appetit, während Sandra mit völlig ungerührter Miene ihr Abendessen zu sich nahm, als wäre überhaupt gar nichts passiert.

»Gut, dass du da bist, Caro«, sagte sie und warf einen genervten Seitenblick auf Natascha. »Vielleicht hört dieses Geheule dann endlich mal auf.«

Natascha hob langsam den Kopf und sah ihre Tischnachbarin aus verweinten Augen fassungslos an. »Wie kann man nur so gefühlskalt sein«, schluchzte sie. »Ein wunderbarer Mensch ist von uns gegangen, und du kannst ihn nur verspotten.«

Langsam ließ Caro sich auf ihren Platz sinken. Sie war sich nicht sicher, wie sie den Abend überstehen sollte. Ihr war immer noch flau, und die Stimmung am Tisch wirkte sich auf das Gefühl in ihrem Magen nicht unbedingt positiv aus.

»Ich verspotte ihn nicht.« Sandras Stimme klang vollkommen gleichgültig. »Es ist mir nur einfach egal, ob der Mann lebt oder nicht.«

Natascha liefen die Tränen über das Gesicht, und sie schüttelte betroffen den Kopf. Iris strich ihr mitfühlend über den Arm.

»Jetzt lass mal gut sein, Sandra. Du siehst doch, wie es ihr geht.« Dann wandte sie sich mit unverhohlener Neugier an Caro. »Jetzt werden wir ja bestimmt noch ein paar Details erfahren. Das hältst du doch aus, Natascha?«

Die schnäuzte sich geräuschvoll die Nase und nickte langsam. »Natürlich. Ich will doch auch wissen, wie er diese Welt verlassen musste …«

»Ich glaube nicht, dass Caro dabei war, als er gestorben ist, oder doch?« Erwartungsvoll sah Iris sie an.

»Äh … nein. Natürlich nicht.«

Für einen Wimpernschlag glaubte sie, einen Anflug von Enttäuschung in Iris' Gesicht zu sehen. »Dachte ich mir. Wie sah er denn aus, als du ihn gefunden hast?«

»Wieso willst du wissen, wie er aussah?«, empörte sich Natascha.

»Na ja, ob er friedlich aussah, das meinte ich«, beeilte sich Iris zu sagen, was aber wenig glaubwürdig rüberkam. »Die Vorstellung, dass er womöglich leiden musste, ist doch unerträglich«, fügte sie noch hinzu, was Natascha erneut die Tränen in die Augen trieb.

»Bei einem Herzinfarkt leidest du nicht sonderlich«, warf Sandra nüchtern ein. »Ich kenne das von meinem Vater. Ein Griff an die Brust, ein kurzer Schrei, und das war's dann.«

»Das kann aber auch ganz anders ablaufen«, meinte Iris eifrig. »Mein Nachbar in Cloppenburg ist eine Woche mit einem

Infarkt rumgelaufen. Dem taten der Arm und die Schulter weh, mehr nicht. Als er dann irgendwann zum Arzt ging, war es natürlich viel zu spät.«

Caro merkte, wie das flaue Gefühl in ihrem Magen stärker wurde.

»Du bist ja ganz blass um die Nase«, sagte Iris besorgt. »Hol dir doch erst mal was zu essen. Dann redet es sich auch leichter.«

Caro nickte und stand mit wackeligen Beinen auf. Eigentlich war ihr ganz und gar nicht nach Essen zu Mute, aber mehr als den Toast heute Morgen hatte sie den ganzen Tag noch nicht gegessen, und es war durchaus möglich, dass das flaue Gefühl daher kam.

Sie reihte sich in die Schlange am Buffet ein und versuchte dabei, den Blicken der anderen Frauen auszuweichen, um auf keinen Fall Gesprächsbereitschaft zu signalisieren. Da fast alle sie anzuschauen schienen, blieb ihr nichts anderes übrig, als den Blick auf den Boden zu richten.

Der Geruch, der ihr vom Büfett entgegenströmte, verstärkte ihre Übelkeit noch. Das hatte sie das letzte Mal erlebt, als sie mit Justus schwanger gewesen war. Egal, welche Essensgerüche sie damals wahrgenommen hatte, von allen war ihr schlecht geworden. Wenn sie sich aber zum Essen gezwungen hatte, war es ihr danach jedes Mal besser gegangen, und sie hoffte, dass das jetzt wieder klappen würde.

Caro nahm ein Tablett und legte Besteck und Serviette darauf. Es war noch feucht und relativ warm, kam offenbar gerade aus der Spülmaschine. Sie versuchte, sich auf das Tablett zu konzentrieren, sich die große Industriespülmaschine vorzustellen und sich mit der Frage zu beschäftigen, ob es heutzutage noch so etwas wie einen Tellerwäscher gab. Doch alle

Ablenkungsstrategien halfen nicht. Sie konnte nicht anders, als den Gesprächen der anderen zu lauschen.

Langsam hob sie den Blick, als sie hörte, wie die Frau, die für die Ausgabe der Beilagen zuständig war, mit ihrer Kollegin vom Hauptgericht tuschelte.

»Wie ein Backhendl soll er ausgesehen haben!«, sagte die eine mit bayrischem Akzent leise zu der anderen, und beide kicherten.

Caro sah sie fassungslos an, und als die Frauen es bemerkten, räusperten sie sich schnell und versuchten, das Thema zu wechseln.

»Eine Hähnchenkeule für Sie?«, fragte die vom Hauptgericht freundlich und hielt mit einer Zange eine bräunliche, etwas labberige Keule hoch.

Entsetzt starrte Caro auf die Hühnerkeule. Der Geruch, den sie jetzt wahrnahm, hatte nichts mehr mit dem eines gebratenen Hähnchens gemein. Wie von Zauberhand hatte er sich zu der Wolke verändert, die ihr heute Morgen in der Sauna entgegengekommen war. Eine Mischung aus Alkohol und gegartem Fleisch. Und die Haut an der Keule … so schrumpelig und faltig … als käme sie direkt …

Warum zur Hölle sah sie jetzt ausgerechnet dieses Bild vor sich? Sie musste an etwas anderes denken, und zwar schnellstens! Meer! Robben! Strand! Strandsauna …

Sie spürte, wie der Würgereiz immer heftiger wurde, wie es in ihrem Hals brannte und sie nichts dagegen tun konnte. Und bevor sie sich eine Hand vor den Mund halten und sich abwenden konnte, erbrach sie sich in die Hühnerkeulenauslage.

4

Als sie am nächsten Morgen zum Frühstück kam, wurde sie mit angewiderten Blicken vom Personal bedacht, das hinter der Warenausgabe stand. Auch wenn sie sich nicht sicher war, ob sie sich verhört hatte, so glaubte Caro doch, »… da kommt die Kotzerin …« vernommen zu haben, als sie sich einen Kaffee am Vollautomaten holte.

Sie hatte sich gestern Abend noch nicht mal entschuldigt für das Malheur, das ihr passiert war. Sie hatte einfach kein Wort über die Lippen gebracht, zum einen aus Scham, zum anderen aus Trotz, weil sie irgendwie fand, dass die meisten Anwesenden im Raum ihre Kotze verdient hatten. Dieser Zynismus, mit dem das Personal über den Toten sprach, gepaart mit der Sensationslust und Betroffenheit der Patientinnen, die ihren Doktor ja schließlich nur ein paar Tage gekannt hatten, aber alle so taten, als sei der Heiland höchstpersönlich gestorben, das hatte sie angewidert.

Justus war völlig fassungslos gewesen und hatte sie aus dem Speisesaal gezogen, als wäre sie das Kind und er der Erwachsene.

»Hast du Krebs?«, hatte er sie mit großen Augen gefragt, und ihr war schlagartig klargeworden, dass seine verletzliche Kinderseele vom Tod der Großmutter mehr in Mitleidenschaft genommen war, als sie es immer geglaubt hatte. Lefke Falk war die einzige Erwachsene gewesen, die Justus in seinem jungen Leben bisher brechen gesehen hatte.

Sie hatte ihn beruhigt, hatte ihm gesagt, dass sie sich den Magen verdorben habe und er sich keine Sorgen machen müsse. Dann waren sie beide zu Bett gegangen, und obwohl Caro glaubte, niemals schlafen zu können, hatte es wohl doch geklappt.

Jetzt, einige Stunden nach dem unfreiwilligen Hühnerfrikassee, war ihr die ganze Sache doch sehr peinlich, und der Trotz hatte sich verzogen. Schuldbewusst blickte sie die Frau an, die sie eben noch als Kotzerin bezeichnet und ihr gestern Abend die entscheidende Keule vor die Nase gehalten hatte.

»Tut mir leid.«

Caro ging davon aus, dass das selbsterklärend war. Aber die andere stellte sich auf provozierende Art dumm.

»Was meinen Sie, meine Liebe?«, flötete sie mit süffisanter Stimme.

Alles klar. Sie wollte den Bußgang.

»Sie wissen schon. Gestern Abend. Es tut mir wirklich leid, wenn ich Ihnen Umstände gemacht habe.«

Umstände machen sagte ihre Mutter immer, wenn sie Mist gebaut hatte, und manchmal fand Caro diese Bezeichnung einfach angenehmer, als das Geschehen direkt auf den Punkt zu bringen. Das sah nicht jeder so.

»Umstände machen? Ah. Sie meinen, weil Sie uns das gesamte Buffet vollgegöbelt haben? Wir alles wegwerfen und desinfizieren mussten und für einen großen Teil unserer Gäste ein Abendessen improvisieren? Weshalb wir alle zwei Stunden länger gearbeitet haben als sonst, während Sie einfach weggerannt sind, ohne ein Wort zu sagen?«

»Na ja, gerannt …«

»Wenn man jedenfalls krank ist, sollte man den Speisesaal gar nicht erst aufsuchen. So viel Vernunft darf man von einer erwachsenen Person doch wohl erwarten, oder?« Die Frau atmete tief durch und bemühte sich dann wieder um ein Lächeln. »Geht es Ihnen heute denn wieder besser?«, brachte sie noch gepresst über die Lippen.

»Ich war nicht krank«, sagte Caro und sah, wie sich die zornige Falte in der Stirn der Frau erneut zeigte. Wahrscheinlich dachte sie, Caro wäre betrunken gewesen oder sonst was. Schnell entschied sie sich deshalb, die Promikarte zu ziehen. »Ich war diejenige, die Dr. Schäfer gefunden hat.« Sie versuchte, ihrer Stimme besonders viel Gewicht zu verleihen. »Deshalb ging es mir nicht so gut.«

Tatsächlich zeigte das Wirkung. Erstaunt sah die Frau sie an. »Ach, Sie waren das!« Verschwörerisch beugte sie sich vor. »Stimmt es, dass er so knusprig war wie ein …«

»Nein«, unterbrach Caro sie sofort. »Und ehrlich gesagt, finde ich es unangemessen, so über einen Toten zu sprechen.«

Die Frau machte ein pikiertes Gesicht. »Also, Sie müssen schon mir überlassen, wie ich über ihn spreche«, sagte sie spitz.

»Besonders betroffen scheinen Sie von seinem Tod ja nicht zu sein«, hakte Caro nach.

Die andere zog nur eine Augenbraue hoch und machte ein spöttisches Gesicht, als hätte Caro etwas selten Dummes gesagt. »Frisch gepressten O-Saft?«, fragte sie dann mit professioneller Stimme und beendete das Gespräch.

Caro nickte und ging mit Kaffee und Orangensaft zu ihrem Tisch.

»Darf ich kurz um Ihre Aufmerksamkeit bitten?« Dr. Grünlich stand in der Mitte des Raumes und klatschte einige Male energisch in die Hände. Caro fühlte sich unwillkürlich an alte Schulzeiten erinnert. »Wegen der polizeilichen Ermittlungen müssen alle Therapiesitzungen ausfallen. Auch die Kinderbetreuung kann heute leider nicht gewährleistet werden. Machen Sie sich also mit Ihren Kindern einen schönen Tag am Strand.«

Die Regentropfen klatschten lautstark an die Scheibe, als wollten sie gegen Dr. Grünlichs Vorschlag demonstrieren.

»Oder widmen Sie sich dem Borkumer Regenprogramm. Vielleicht ein Besuch im Heimatmuseum? Klingt nicht nach Kinderprogramm, aber wenn Sie Ihrem Nachwuchs erzählen, dass es dort einen echten Walpenis zu sehen gibt, wächst die Begeisterung vielleicht.« Sie lachte, und einige im Saal stimmten in ihr Lachen ein.

Caro verdrehte die Augen. Um Himmels willen. Nicht noch ein Pimmel. Bald bekam sie Verfolgungswahn. Und obwohl Iris und Natascha mit ihren Kindern das Museum besichtigen wollten und sie fragten, ob sie nicht mitkomme, setzten sich Caro und Justus lieber von den anderen ab, zogen nach dem Frühstück ihre Regenjacken an und machten sich auf den Weg zu Hinnerk. Mit ihm konnte sie wenigstens vernünftig über den toten Klinikchef reden, musste sich weder mit Zynismus noch mit übertriebener Betroffenheit auseinandersetzen und auch nicht mehr an Geflügel oder Geschlechtsteile denken.

Zum Glück klarte es etwas auf, als sie das Haus ihres Schwiegervaters erreicht hatten, und Justus konnte mit Aila im Garten spielen. Caro merkte, wie sehr die Hündin dem Jungen tagsüber fehlte. Seitdem sie bei Nils ausgezogen waren, hing er noch mehr an dem Tier als früher. Es kam ihr so vor, als verkörpere es für ihn die Zeit, in der noch alles gut war.

»In der Klinik trauert keiner«, meinte sie zu Hinnerk, als sie es sich in seinem Wintergarten mit einem Tee gemütlich gemacht hatten. »Also jedenfalls keiner vom Personal.«

»Arnd war kein leichter Mensch«, sagte Hinnerk. »Er

konnte manchmal ganz schön aufbrausend sein. Ich kann mir vorstellen, dass er als Chef schwierig war.«

Caro ließ zwei Tropfen Sahne in ihren Becher fallen und beobachtete, wie sich die weiße Flüssigkeit wolkenähnlich in dem Tee ausbreitete.

»Trotzdem ist das irgendwie schräg. Alle scheinen davon auszugehen, dass es ein Unfall war«, sagte sie und erzählte ihrem Schwiegervater, was sie vom Kommissar gehört hatte: dass Schäfer ein schweres Herzleiden gehabt hatte – und offenbar mächtig gesoffen, bevor er in die Sauna gegangen war. »Ich geh doch nicht mit eins Komma acht Promille in die Sauna, wenn ich weiß, dass ich so eine Krankheit geerbt habe! Da stimmt doch was nicht«, meinte sie nachdenklich.

Das sah Hinnerk genauso. »Arnd war nicht krank«, murmelte er und strich sich über seinen Bart. »Er hat mir mal erzählt, was seinem Vater und seinem Bruder passiert ist. Das war der Grund, warum er Internist geworden ist. Nach dem Tod seines Vaters wollte er wenigstens den Bruder retten, hat er immer gesagt. Dass er selbst von dieser Krankheit betroffen war, hat er nie erwähnt.«

»Seine Frau hat es dem Kommissar gesagt. Vielleicht wollte Schäfer bei euch im Club nicht als krank gelten«, meinte Caro. »Heißt es nicht immer, Ärzte wären die schlechtesten Patienten?«

»Trotzdem komisch. Ich kenne ihn seit zehn Jahren, da hätte ich doch was von seiner Krankheit mitkriegen müssen. Vor ein paar Wochen hat er mir noch erzählt, dass er eine neue Station in der Klinik plant, die extra für herzkranke Kinder sein sollte – da hätte er doch was von seiner Vorgeschichte erwähnt, oder nicht?«

Caro zuckte mit den Schultern. »Warum findet es eigentlich niemand merkwürdig, dass er am frühen Morgen besoffen in einer Sauna liegt, die eigentlich erst Stunden später öffnet?«, überlegte sie laut.

»Ich hab Arnd nie trinken sehn …«, murmelte Hinnerk.

Caro verdrehte die Augen. »Und die Sauna?! Findest du das nicht komisch?«

»Im Inselclub trinkt er immer Sanddornschorle, während der Rest ein Pils nach dem anderen kippt …«, fuhr Hinnerk gedankenverloren fort.

Was war hier eigentlich los? Es kam Caro fast so vor, als wäre es ein unausgesprochenes Geheimnis, warum der Klinikchef am frühen Morgen in der noch nicht geöffneten Sauna war!

»Interessiert denn niemanden, was er da gemacht hat??« Caro merkte, dass ihre Stimme fast laut wurde. »Warum war er in einer Sauna, die abends um sechs Uhr schließt und nicht vor elf Uhr am nächsten Tag wieder öffnet? Warum ist er da in der Nacht? Und wie ist er da reingekommen? Finde nur ich das merkwürdig, oder was?«

»Tja …«, machte Hinnerk nur vielsagend.

Caro fragte sich, ob das so ein norddeutscher Fimmel war, dass alle immer »Tja« sagten, wenn sie keine richtige Antwort geben wollten. In ihrer Kölschen Heimat wurde in solchen Fällen »mer weiß es nit« gesagt, während in Berlin meistens einfach geschwiegen wurde. Und hier war es das ewige »Tja«.

»Hinnerk, ich kann es echt nicht mehr hören. Wenn du weißt, wie und warum er in der Sauna war, dann sag es bitte.«

Hinnerk kratzte sich am Kopf und schien nachzudenken. »Ich will mich eigentlich nicht am Inselgerede beteiligen …«

»Tust du ja nicht. Du sagst es ja nur mir, und ich schwöre dir, ich werde es in der Klinik nicht weitererzählen.«

Hinnerk sah sie skeptisch an, nickte dann aber. »Ist ja kein Geheimnis. Der Arnd hatte einen Schlüssel für die Sauna, damit er sie nach Feierabend nutzen konnte. Zum Schäferstündchen, im wahrsten Sinne des Wortes.«

»Wow.«

Das erklärte in der Tat einiges, und sie nahm sich vor, Natascha danach zu fragen, ob sie mit Schäfer auch auf ein Stündchen in der Sauna gewesen war. Vielleicht war sie eine der Letzten, die ihn lebend gesehen hatten.

»Und der Betreiber der Sauna hat ihm dafür die Schlüssel hinterlassen? Einfach so?«

Fick Service Deluxe, ging es ihr durch den Kopf. So hieß die Prostituierten-Hotline, vor deren Kamera sich Nils entblößt hatte. Aber Caro fand, dass sie viel besser zu diesem Schlüsseldienst passte.

»Ob einfach so, weiß ich nicht. Ich denke mal, nicht. Arnd war nie geizig, vermutlich hat er ihm etwas dafür bezahlt, aber das kann ich dir nicht mit Sicherheit sagen. Jedenfalls wäre es schön, wenn du Franziska gegenüber nicht über die Sauna sprichst. Auch wenn die beiden eine offene Ehe geführt haben …«

»Franziska Homann? Ist sie hier?«

»Nein, aber ich habe sie für heute Nachmittag eingeladen. Die Arme verbringt zurzeit ihren Sommerurlaub auf Borkum und ist jetzt ganz alleine in der verwaisten Wohnung. Das ist doch furchtbar. Da muss sich doch jemand kümmern. Ich habe Lefkes Sanddornsahnetorte gebacken und sie dazu eingeladen. Du bleibst doch?«

»Du hast Lefkes Spezialtorte gebacken?«

Eine kaum zu verarbeitende Neuigkeit für Caro. Ihr Schwiegervater war schließlich dafür bekannt, keinen Finger in der

Küche zu rühren und außer Milchreis und Labskaus aus der Dose kaum etwas Essbares hinzukriegen.

»Ja. Hab ich.«

»Na, logisch bleibe ich dann. So ein Ereignis will ich mir doch nicht entgehen lassen!«

Caro hatte ein bisschen Bammel, als Franziska Homann pünktlich um drei Uhr an der Tür klingelte. Sie erwartete eine gebrochene und trauernde Frau und wusste nicht genau, wie sie damit umgehen sollte. Wie tröstete man jemanden nach so einem schrecklichen Verlust? Was sollte man da sagen? Wird schon wieder, Kopf hoch, shit happens? Wohl kaum. Eigentlich gab es in so einer furchtbaren Situation keinen Trost, und man konnte nur die falschen Worte finden.

Aber zu ihrer Überraschung war Franziska Homann nicht in Trauer aufgelöst, sondern vor allem wütend.

»Ich kann nicht verstehen, dass er betrunken in die Sauna gegangen ist!«, rief sie zornig, nachdem Hinnerk die beiden Frauen miteinander bekannt gemacht und Torte und Tee serviert hatte.

Lefkes berühmte Sanddornsahnetorte entpuppte sich als Schwarzwälderkirsch aus der Tiefkühltruhe, über die Hinnerk eine halbe Flasche Sanddornlikör gekippt hatte. Trotzdem schaufelte Franziska Homann einen Bissen nach dem anderen in sich hinein, sodass die korallenrote Farbe, die vor wenigen Minuten noch auf ihren Lippen lag, langsam, aber sicher mit verdaut wurde. Dass sie bei Kuchen nicht nein sagen konnte, war ihr durchaus anzusehen. Auch wenn Caro sie nicht »dick« genannt hätte, so waren »propper« oder »moppelig« doch die ersten Ausdrücke, die ihr bei dieser Körperfülle durch den Kopf gingen. Der schwarze Jumpsuit war zwar äußerst elegant, aber sicherlich nicht das, was Werbeleute als Figurschmeichler bezeichnet hätten. Offenbar war das Franziska Homann egal, was Caro sehr sympathisch fand. Ihrer Attraktivität schadeten die paar Extrakilos sowieso nicht. Im Gegenteil. Die Frau sah ausgesprochen gut aus, wirkte trotz der Zusatzpfunde sehr sportlich und hätte mit ihrer dunklen Mähne als Plus-Size-Model durchgehen können.

»Wie kann man nur so verrückt sein? Und das als Mediziner! Ich kann das wirklich nicht fassen.« Ihre Augen glänzten feucht, und das nächste Stück Kuchenmatsche verschwand in ihrem Mund.

»Zumal er doch nie getrunken hat, oder, Franziska?«, warf Hinnerk ein.

»Ja, das stimmt«, meinte Franziska Homann. »Wahrscheinlich hat er es deshalb so schlecht vertragen und ist …« Ihre Stimme stockte, und sie musste sich räuspern, um nicht die Fassung zu verlieren. »Tödliche Herzinfarkte in der Sauna kommen wohl relativ häufig vor, hat der Kommissar mir gesagt«, fuhr sie mit belegter Stimme fort, »besonders unter Alkoholeinfluss …«

»Ich finde das trotzdem merkwürdig. Es müsste doch zumindest einen Zeugen geben. Irgendjemand, der Arnd an dem Abend gesehen hat«, überlegte Hinnerk laut.

»Ja. Zumal er die Sauna ja nicht allein benutzt hat …« Wieder musste sich Franziska Homann räuspern. Eine verlegene Stille trat ein. »Keine Sorge, ich weiß Bescheid«, fügte sie deshalb schnell hinzu und wandte sich an Caro. »Das muss sich komisch für Sie anhören. Aber ich weiß, was Arnd auf der Insel so getrieben hat. Natürlich nicht alles im Detail, das wollte ich auch nie wissen. Aber wir haben uns die Freiheiten gelassen, die man als Paar bei so einer Distanz eben braucht.«

Caro nickte. »Ist doch schön, wenn alle sich einig sind«, sagte sie und fand im selben Moment, dass sich der Satz merkwürdig anhörte. Eine offene Ehe wäre für sie selbst nie in Frage gekommen. Es hätte für sie keinen Unterschied gemacht, wenn sie von Anfang an von Nils' Sexspielchen gewusst hätte. Sie wäre nicht weniger wütend und verletzt gewesen. Im Gegenteil. Wahrscheinlich wäre sie dann Amok gelaufen. Oder, was wesentlich wahrscheinlicher war, sie hätte diesen Mann niemals geheiratet.

Franziska Homann kämpfte mit den Tränen. »Es waren ja nur körperliche Dinge. Sein Herz gehörte mir. Das habe ich immer gewusst. Und meins gehörte ihm.«

Sie unterdrückte ein Schluchzen und ließ ihren Kopf hängen, sodass ihre dunklen, schulterlangen Haare das Gesicht bedeckten. An ihrem Scheitel zeigte sich ein kleiner, schneeweißer Streifen, und Caro überlegte kurz, wie alt die Frau wohl sein mochte. Wobei ergrautes Haar nicht zwangsläufig auf ein fortgeschrittenes Alter hinweisen musste. Gerade bei Dunkelhaarigen. Ihre Freundin Lisa, mit einer Pocahontas-haften Mähne beschenkt, war mit Anfang zwanzig schon komplett grau gewesen und färbte ihren Schopf seitdem konsequent in seine ursprüngliche Farbe zurück. Caro schätzte Franziska Homann auf vielleicht Mitte vierzig, was sie vor allem auf die kleinen Fältchen in ihrem Gesicht zurückführte. Ein paar Jahre mehr und eine Frau wie sie würde sie sich wegspritzen lassen, vermutete Caro.

»Aber wenn er mit einer Frau da war«, sagte Caro nachdenklich und versuchte, jede weitere Spekulation über das Alter ihres Gegenübers aus dem Kopf zu verbannen, »dann muss diese Person doch zu finden sein. Vielleicht kann sie mehr über die Umstände seines Todes sagen, vielleicht war sie sogar dabei, als es passierte, und ist zu geschockt, um zur Polizei zu gehen.« Oder meldete sich dort aus anderen Gründen nicht, fügte Caro in Gedanken noch hinzu.

Hinnerk nickte zustimmend. »Du hast vollkommen recht, Caro. Diese Frau wäre eine wichtige Zeugin. Sucht die Polizei nach ihr?«, fragte er Franziska Homann.

Doch die schüttelte den Kopf. »Ich glaube nicht. Ich weiß es aber nicht genau. Ich war so durcheinander, als ich mit dem Kommissar gesprochen habe. Als ich am Abend aus dem Gezeitenbad kam und Arnd nicht da war, hab ich mir nichts weiter gedacht. Es war so ein schöner Tag gewesen. Den Nachmittag über waren wir im Kletterpark ...«

»Das habt ihr doch beide immer gerne gemacht«, sagte Hinnerk einfühlsam.

Franziska Homann nickte. »Ja. Ich mache das in Hamburg regelmäßig, es tut meinem Rücken einfach gut. Dann wollte ich mich im Gezeitenbad entspannen. Ein richtiger Wellnesstag eben. Abends bin ich müde ins Bett gefallen und dachte mir, dass Arnd bestimmt noch kommen würde. Dass er am Morgen schon zur Arbeit weg war, war auch nicht ungewöhnlich. In der Klinik ist ja manchmal viel los. Ich habe ja nicht geahnt, dass er ...« Sie verstummte.

»Das muss ein schlimmer Schock sein«, sagte Hinnerk und gab ihr ungefragt ein weiteres Stück Möchtegerntorte.

Franziska Homann wischte sich die Tränen weg und steckte sich eine weitere Gabel Kuchenmatsche in den Mund.

»Ja, das ist es«, sagte sie dann. »Ich habe das Gefühl, als würde mein ganzes Leben zerbrechen ...«

»Vielleicht würde eine mögliche Zeugin etwas Klarheit in die Sache bringen und Ihnen helfen, damit abzuschließen«, meinte Caro, die die Ungereimtheiten in diesem Fall mehr als neugierig gemacht hatten.

Zwei Stunden später waren die Torte und Franziska Homann weg. Beim Abtragen waren Hinnerk die letzten Stücke seiner Sanddornsahne-Fake-Kreation vom Tablett gerutscht, und Aila hatte sich in Sekundenschnelle darauf gestürzt. Jetzt lag sie jammernd in der Ecke, Justus streichelte ihr über den prallen Bauch und war nicht weniger jämmerlich als die Hündin.

»Ich hab dir gesagt, dass dir nach einem dritten Stück schlecht wird«, meinte Caro, die sich nach nur einem Stück von der Torte schon pappsatt fühlte.

»Aila hatte auch mindestens drei …«, stöhnte Justus.

»Und wird sich gleich übergeben«, sagte Caro voraus. »Jedes normale Lebewesen würde das tun.«

»Also, mir geht es gut«, stellte Hinnerk fest. »Und ich hatte auch drei.«

»Ich geh aufs Klo«, stöhnte Justus und schleppte sich aus dem Raum. »Ich glaub, ich muss groß …«

»Keine Details bitte«, unterbrach Caro sein Mitteilungsbedürfnis, und Justus verschwand grummelnd in Richtung Gästetoilette. Hinnerk blickte ihm lächelnd hinterher. Dann sah er Caro amüsiert an.

»Ich weiß genau, worüber du nachdenkst.«

Caro sah ihn groß an. »Über den Stuhlgang meines Sohnes?«

»Nein.« Hinnerk lachte. »Über Arnd. Du glaubst nicht, dass er einfach so einen Herzinfarkt hatte, oder?«

Caro erwiderte sein Grinsen. »Du kennst mich ganz schön gut. Da gibt's doch so viele offene Fragen, ich kann gar nicht verstehen, dass niemand die beantwortet haben will.«

»Und? Willst du sie beantworten?«

»Es würde mich reizen.«

»Immerhin hast du für Nils mal als Privatdetektivin gearbeitet, du weißt also, wie das geht.«

»Privatdetektivin ist ein bisschen zu viel gesagt«, wiegelte Caro ab und ärgerte sich sofort, dass sie das tat. »Nein, eigentlich stimmt es doch. Ich habe einige Fälle bearbeitet, um die sich eigentlich die Polizei hätte kümmern müssen.«

In erster Linie hatte ihr Ex sie beauftragt, um möglichst schnell und unbürokratisch an sein Geld zu kommen beziehungsweise es behalten zu können und nicht als Versicherungssumme auszahlen zu müssen. Zur Anzeige hatte Nils die wenigsten Versicherungsbetrüger gebracht, und es war Caro durchaus bewusst, woran das lag. Durch seine Spezialisierung auf Schmuck und teure Uhren hatte er sich einen Kundenstamm zugelegt, dessen Vermögensverhältnisse auf teilweise fragwürdigen Säulen standen. Wenn ein Fünfundzwanzigjähriger, der nur auf der Straße herumlungerte, mehrere Rolex-Uhren besaß, war es einfach sehr wahrscheinlich, dass er diese Uhren nicht mit ehrlich verdientem Geld gekauft hatte. Nils war so etwas egal gewesen, er versicherte alles, was seine Kunden ihm vorlegten, selbst wenn es noch so offensichtlich war, dass sie es nicht legal erworben hatten. »Legal – egal«, war immer sein Standardkommentar gewesen, wenn sie ihn darauf angesprochen hatte. Und wenn er Probleme mit solchen Leuten bekam, begegnete er ihnen lieber mit inoffiziellen Ermittlungen, anstatt sie bei der Polizei zu verpfeifen. Denn dann würden sie in den Bau wandern, und er würde sein Geld niemals wiedersehen. Und Geld war Nils noch wichtiger als Sex.

Hinnerk hob den Blick und sah sie aus seinen klaren Augen an.

»Du warst immer gut darin, Sachen herauszufinden. Nils

hat das früher öfter mal lobend erwähnt, wenn du was für seine Firma gemacht hast.«

Caro musste grinsen. »Ja. Ich hab den ein oder anderen Schlawiner tatsächlich erwischt. Verdammte Versicherungsbetrüger.«

Hinnerk erwiderte ihr Schmunzeln. »Und dem verdammten Ehebrecher bist du auch auf die Spur gekommen.«

Caros Lächeln wurde schief. »Na ja. Nach zehn Jahren. War jetzt kein Geschwindigkeitsrekord.«

»Trotzdem. Du hast ein detektivisches Gespür, Caro. Du kannst das gut.«

Sie nickte nachdenklich. Es hatte ihr tatsächlich schon als Kind Spaß gemacht, über rätselhafte Dinge zu grübeln und kriminelle Machenschaften zu hinterfragen. Ein Grund dafür waren mit Sicherheit die Kunden, die am Kiosk ihrer Eltern täglich einen Kaffee tranken und von denen der ein oder andere einen etwas zweifelhaften Berufsweg eingeschlagen hatte. Wenn sie morgens vor der Schule ihrer Mutter half, Brötchen für den Kioskverkauf zu schmieren, standen da manchmal ganz schön düstere Gestalten herum. Sie sahen ähnlich aus wie Handwerker, hatten Werkzeug dabei, waren allerdings ganz in Schwarz gekleidet. Wenn sie ihre Mutter fragte, was die Männer denn die ganze Nacht gemacht hätten, bekam sie als Antwort: »Die arbeiten als Mitternachtsschlosser, mein Spätzchen.« Viele Jahre hatte Caro das einfach so hingenommen, bis ihr klar wurde, was ihre Mutter damit meinte.

»Schäfer war nachmittags noch klettern«, überlegte Caro laut. »Spricht für seine Fitness. Und ein paar Stunden später kriegt er sternhagelvoll einen Herzinfarkt in der Sauna?«

»Du meinst, jemand hat nachgeholfen?«

Caro zuckte mit den Schultern. »Möglich. Ich könnte mir

vorstellen, dass es einige eifersüchtige Ehemänner auf der Insel gibt, denen es ganz recht sein dürfte, dass Schäfer tot ist.«

»Das stimmt wohl.«

»Ich könnte mal gucken, ob ich die Frau finde, mit der Schäfer am Abend in der Sauna war. Dürfte interessant sein, sich mit ihr zu unterhalten.« Caro war längst Feuer und Flamme für den Fall. Und ein bisschen Abwechslung im Kuralltag konnte nun wirklich nicht schaden. »Ob die Polizei wohl Franziska Homanns Alibi überprüft hat?«

»Davon würde ich ausgehen. Ich kenne aber auch den Geschäftsführer vom Gezeitenbad. Du kannst ihn ja mal fragen.« Hinnerk schien es zu freuen, dass ihr detektivischer Ehrgeiz geweckt war. »So aufgekratzt habe ich dich schon lange nicht mehr erlebt«, meinte er zufrieden. »Das ist schön.«

Caro verzog das Gesicht. »Na toll. Da braucht es einen Toten, damit ich wieder die Alte bin.«

Sie grinste, und Hinnerk musste lachen.

5

Verlust bedeutete Schmerz, und ungestillter Schmerz konnte zur Wut werden, die sich langsam aufstaute. Diese alte, ewige Wut ließ sich nicht dadurch lindern, dass man verdrängte und versuchte, zu vergessen. Vielleicht legte sich eine dünne Schutzschicht über die Wut. Aber schnell kamen Risse, aus denen die Wut wie eine Stichflamme hervorschoss. Und zu Hass wurde. Hass konnte nicht vernichtet werden. Hass forderte immer seinen Tribut. Und Arnd Schäfer hatte nun bezahlt. Trotz aller Widrigkeiten war das ein gutes Gefühl. Fast eine Art Glücksgefühl.

Hinnerk hatte sich bereit erklärt, ihr den Geschäftsführer des Gezeitenbads persönlich vorzustellen. Bernd Werner war ebenfalls Mitglied im Inselclub, der sich am heutigen Abend im Fischstübchen treffen wollte.

Als sie gegen acht Uhr durch die Bismarckstraße gingen, waren kaum noch Passanten unterwegs. Obwohl es die Haupteinkaufsstraße war, an deren Ende sich ein Restaurant neben das andere reihte, hatten sich die meisten Urlauber in ihre Ferienquartiere verzogen, was sicherlich am kühlen Wetter lag. Bei Sonnenschein und warmen Temperaturen war hier sonst die Hölle los. Früher hatte Caro diesen Abschnitt immer als Vorstufe zum Ballermann empfunden, wo bei lauter Musik noch lauter Bier getrunken und damit das mäßige Essen runtergespült wurde. Aber in den letzten Jahren hatten einige Restaurants nachgerüstet und sich zum Teil zu stylischen Lokalitäten entwickelt, in denen das Fleisch an großen Spießen zu den Tischen gebracht und dort wunschgerecht portioniert wurde oder Sommerdrinks im Angebot waren, die man auch in Berlin trank. Jedenfalls in der letzten Saison.

Caro sprang noch schnell in ein Geschäft, das handgemachte Seifen verkaufte.

»Ich brauche nicht lange«, sagte sie entschuldigend zur Ladenbesitzerin, die gerade schließen wollte. »Ich suche ein Geschenk als kleine Wiedergutmachung für eine ziemliche Schweinerei.«

»Dann nehmen Sie doch eine von unseren großen Lavendelseifen mit Seifenschale. Die sind schon als Geschenk verpackt«, meinte die Frau mit Blick auf die Uhr.

Zwei Minuten später stand Caro mit ihrem Geschenk wieder vor der Tür, die sofort hinter ihr abgeschlossen wurde.

»Hast du was gefunden?«, fragte Hinnerk, und sie nickte.

Sie gingen weiter durch die Bismarckstraße Richtung Strandpromenade, wo der Wind ganz schön heftig war, und Caro zog sich den Reißverschluss ihres Anoraks hoch.

»Moin, Hinnerk!«, rief plötzlich eine tiefe Stimme. Ein großer Mann, den Caro auf Anfang vierzig schätzte, hängte vor dem Inselkeller Plakate ab, rollte sie zusammen, stellte sie in die Ecke und brachte ein aktuelles an der Stelle wieder an: Bei schlechtem Wetter, so stand da zu lesen, würde das Kasperle-Theater in der Kulturinsel spielen. Der muskulöse Oberkörper des Plakatmanns zeichnete sich unter dem engen T-Shirt ab, das er an den Oberarmen extra noch aufgerollt hatte. Die Kälte schien ihm nichts auszumachen, und es war keine Frage, der Mann ging regelmäßig in die Muckibude und wollte das Ergebnis gerne zeigen. Caro konnte sich gut vorstellen, dass er auch zu den Vertretern gehörte, die mit nacktem Oberkörper joggen gingen. Hier auf Borkum gab es nicht so viele von der Sorte, in Köln und Berlin schon mehr. Diese Großstadtselbstdarsteller gingen Caro manchmal gehörig auf die Nerven.

Hinnerk blieb stehen und grüßte den Mann freundlich zurück.

»Jan Akkermann, Moin. Dich hab ich ja ewig nicht mehr gesehen.«

»Vorgestern im Supermarkt – weißt du nicht mehr? Wir standen nebeneinander an der Wursttheke.« Jan grinste.

»Stimmt.« Hinnerk schüttelte dem Mann die Hand.

»Alles im Lot?«

»Alles im Lot.«

»Das ist …«

»Caro Falk«, beendete sie Hinnerks Satz und gab Jan Akkermann ebenfalls die Hand. Sein Händedruck war so fest, dass sie fast aufgeschrien hätte. »Ich brauche meine Hände noch«, sagte sie gequält und befreite sich aus seinem Griff.

»Sind Sie Chirurgin?«, fragte er und sah sie interessiert an.

»Äh … nein?« Hatten andere Menschen kein Recht auf unversehrte Hände?

»Das ist meine Schwiegertochter«, erklärte Hinnerk, als wäre das ein Beruf.

»Ach was!«, entfuhr es Akkermann ungläubig. »Nils hat so eine Frau bekommen?« Er musterte sie ganz unverhohlen und lächelte flirtend.

Caros Augen verengten sich zu Schlitzen. Sie hasste es, wenn man sie mit diesen abschätzenden Blicken bedachte, als wäre sie eine Stute auf dem Pferdemarkt.

»Erstens hat er mich nicht *bekommen*«, sagte sie und bemühte sich um einen normalen Tonfall. »Ich war kein Geschenk, auch kein Preis oder Pokal.«

»Ah. Feministin.« Jan Akkermann lächelte immer noch.

»Normal denkende Frau, würde ich sagen«, meinte Caro. »Und zweitens habe ich mich von Nils getrennt. Aus genau dem Grund.«

»Weil Sie eine normal denkende Frau sind?«

»Korrekt.«

Hinnerk machte angesichts des Schlagabtausches ein irritiertes Gesicht. Er konnte nicht verstehen, wie zwei erwachsene Menschen, die sich zum ersten Mal in ihrem Leben trafen, sofort aneinandergeraten konnten.

»Hast du von der Sache mit Arnd Schäfer gehört?«, fragte er, und es war nicht zu übersehen, dass er die angespannte Stimmung zwischen den beiden aufbrechen wollte.

»Wenn ich davon nichts mitbekommen hätte, müsste ich taub sein. Spricht doch die ganze Insel von«, antwortete Akkermann. »Und alle fragen sich, wer die Frau ist, mit der er in der Sauna war.«

»Wenn er denn wirklich mit einer Frau dort war«, warf Caro ein.

»Stimmt. Es könnten mehrere gewesen sein«, antwortete er völlig ironiefrei.

»Ich meinte, er könnte doch auch alleine in der Sauna gewesen sein …«

»Ausgeschlossen.«

»… und wir suchen nach einer Person, die ihn am Strand gesehen hat«, brachte Caro ihren Satz zu Ende.

»Wir?« Jan Akkermann sah sie erstaunt an.

»Also ich.«

»Sie?« Jetzt war er wirklich überrascht. »Sind Sie etwa Polizistin?«

»Caro hat viele Jahre als Privatdetektivin gearbeitet«, übertrieb Hinnerk gnadenlos.

»Ach.« Jan Akkermann kratzte sich am Kopf. »Hübsches Hobby. Wenn Sie mal eine Frage haben, wenden Sie sich gerne vertrauensvoll an mich.«

»Danke. Aber ich schätze, ich komme ganz gut alleine zurecht.«

»Ich kenne die meisten Frauen auf der Insel ziemlich gut ...«

»Das kann ich mir vorstellen«, meinte Caro. »Aber vermutlich führen Sie andere Gespräche mit ihnen, als ich es vorhabe.«

»Fragt sich nur, was besser ist.« Seine Stimme klang süffisant, so wie Männer gerne miteinander sprachen, wenn sie sich über die Stutenbissigkeit von Frauen amüsierten. Wieder musterte er sie von oben bis unten.

Wie ihr dieses Machogehabe auf den Geist ging! »Wenn Sie alle Frauen so abscannen wie mich, werden Sie bestimmt noch viele interessante Gespräche in Ihrem Leben führen«, sagte Caro.

»In der Regel komme ich bei den Frauen sehr gut an.«

Jan Akkermann hatte immer noch eine flirtende Miene aufgesetzt, und Caro fragte sich, ob er wirklich davon ausging, mit seinen Sprüchen bei ihr landen zu können.

»Wir müssen weiter.« Seine Stimme war so besänftigend, als befürchtete er, die beiden würden sich gleich an die Gurgel gehen. »Um halb neun beginnt das Treffen vom Inselclub, und es wäre gut, wenn wir Bernd vorher sprechen.« Das war ganz in Caros Sinn. Dieser Akkermann brachte sie noch auf die Palme. Sie war hier immer noch zur Kur auf der Insel und konnte niemanden gebrauchen, der ihre Nerven strapazierte.

»Hat mich gefreut, Sie kennen zu lernen«, meinte sie deshalb leicht nasal.

»Ich würde Sie ja gerne wiedersehen«, flirtete der Typ unverhohlen weiter. »Ich finde es spannend, dass Sie an diesem Fall arbeiten. Vielleicht können wir uns mal bei einem schönen Pils treffen?«

Sie fand es immer wieder erstaunlich, wie taub einige Leute doch waren, wenn es um die leisen Zwischentöne in der menschlichen Kommunikation ging.

»Ich trinke kein Bier.«

Jan Akkermann seufzte. »Sie sind schwierig.«

»Überhaupt nicht.«

»Zickig?«, hakte er nach.

Caro rollte mit den Augen. »Haben Sie ein Problem, wenn eine Frau sich nicht mit Ihnen treffen will?«

»Gott, Sie denken, ich will Sie daten?« Jan Akkermann machte ein erschrockenes Gesicht, das Caro bei aller Empörung über diesen Macho fast noch empörender fand. »Mich interessiert wirklich nur, was Sie über den Tod von Arnd Schäfer herausfinden. Muss auch kein Bier sein. Vielleicht bei einem Kaffee?«

Caro zögerte.

»Also wenn das so rüberkam, dass ich Sie anmachen wollte – sorry, echt.« Jan Akkermann wirkte geradezu entsetzt. »Beim besten Willen … das ist das Letzte, was ich wollte.«

»Ja, ja, schon gut.«

Es war nicht nötig, dass dieser Kerl so tat, als wäre es die hirnrissigste Vorstellung der Menschheit, sie zu daten. Caro atmete tief durch: »Ja, mal gucken. Vielleicht trinken wir mal einen Kaffee, wenn ich eine Frage zu irgendeinem Insulaner habe. Aber nur vielleicht.«

Jan Akkermann strahlte. »Na bitte. Geht doch«, sagte er und zwinkerte ihr zu, bevor er sich wieder an die Arbeit machte und ein neues Plakat aus seiner großen Tasche herauszog.

Hinnerk klopfte ihm noch mal auf die Schulter und verabschiedete sich, während Caro sich grußlos abwand.

»Was war das denn für einer?«, fragte sie, als sie weiter zum Fischstübchen gingen.

»Jan ist eigentlich ein netter Kerl. Türsteher im Inselkeller, über den es wahnwitzige Gerüchte gibt. Er soll eine große Nummer bei der Bundeswehr gewesen sein. Spionageabwehr und so was.«

Caro machte ein erstauntes Gesicht. »Und ist da was dran?«

Hinnerk zuckte mit den Schultern. »Keiner weiß so genau, was davon stimmt und was nicht. Aber bei fast jeder Strandfete wird irgendwann eine Jan-Akkermann-Heldengeschichte erzählt. U-Boot-Einsätze, Fallschirmsprünge, Agentenbefreiungen – da ist alles dabei. Das ist schon so was wie ein Running Gag.«

»Traust du ihm was davon zu?«

»Ja. Aber ich habe keine Ahnung, was.« Hinnerk lachte. »Er selbst äußert sich kaum dazu. Tatsächlich weiß er aber alles und kennt jeden. Kann vielleicht wirklich nicht schaden, wenn du dich mal ein bisschen mit ihm unterhältst.«

»Aber diese blöden Anmachsprüche darf er sich dann sparen.«

»Ach Quatsch. Vielleicht wollte er ein bisschen flirten, aber er hat dich beim besten Willen nicht blöd angemacht. Du bist wirklich etwas empfindlich, Caro.«

Sie warf ihm einen überraschten Seitenblick zu, sagte aber

nichts mehr. Hatte ihr Schwiegervater recht? Nein, eigentlich nicht.

Sie trafen Bernd Werner vor dem Fischstübchen an, wo er in einer windgeschützten Ecke eine rauchte. Die beiden Männer begrüßten sich, und Hinnerk stellte Caro vor, die dem Chef des Gezeitenbads kurz ihr Anliegen schilderte.

»Die Polizei hat das direkt überprüft«, erzählte Bernd Werner. »Wir hatten an dem Abend Mondscheinschwimmen, da haben wir bis Mitternacht geöffnet. Frau Homann hat den Eintritt mit EC-Karte bezahlt, und als sie gegangen ist, auch noch die Getränke und Extras mit der Karte beglichen. Deshalb kann man ganz genau nachvollziehen, von wann bis wann sie im Bad war. Um 18 Uhr ist sie rein und um kurz nach zwölf wieder raus. Können Sie was damit anfangen?«

Das wusste Caro noch nicht, aber falls es darum ging, Franziska Homanns Alibi zu überprüfen, könnte es eine wichtige Information sein. Sie bedankte sich und machte sich auf den Rückweg, während Hinnerk und Bernd Werner im Fischstübchen verschwanden.

Als sie am späten Abend wieder in der Klinik war, vergewisserte sie sich als Erstes, dass es Justus gut ging. Er saß im Aufenthaltsraum und spielte mit drei anderen Jungs Monopoly, wie Caro von weitem zufrieden feststellte. Es ging laut zur Sache, die Kinder hatten offensichtlich ihren Spaß, lachten und schimpften je nach Situation munter vor sich hin.

Komischerweise griff keiner nach den Würfeln.

Als Caro zu ihnen ging, um mit Justus zu besprechen, wann er zu Bett gehen sollte, sah sie, dass alle vier Jungs ihr Handy auf dem Schoß hatten und unterm Tisch miteinander zockten.

»Fortnite?«, fragte sie, und Justus zuckte erschrocken zusammen. Dann lächelte er sie entschuldigend an und nickte langsam. »Und warum das Monopoly-Spiel?«

»Tristan darf kein Fortnite spielen«, erklärte Justus und deutete mit dem Kopf auf einen kleinen, blonden Jungen, der etwas jünger wirkte als die anderen am Tisch.

»Aha. Warum spielt ihr nicht einfach wirklich Monopoly? Macht doch auch Spaß.«

»Mama!« Justus sah sie an, als hätte sie etwas ungeheuer Peinliches gesagt.

Elternteile, die zum analogen Spielen aufforderten, waren offensichtlich das Schlimmste, was man sich in dem Alter vorstellen konnte, während Väter wie Nils, bei denen es keine zeitliche Begrenzung für Videogucken und Zocken gab, das Beliebtheitsranking natürlich anführten.

»Um zehn Uhr ist Schluss, okay?«

»Ich darf bis elf«, sagte der kleine Tristan triumphierend.

»Ich kann deiner Mutter ja mal sagen, was ihr hier wirklich macht.«

Tristans Augen weiteten sich vor Entsetzen, während Justus die Empörung nun deutlich ins Gesicht geschrieben war.

»Mama!«

»Schon gut. Du bist um zehn auf dem Zimmer.«

»Jaha.«

Kopfschüttelnd verließ Caro den Aufenthaltsraum. Bengels, dachte sie, entweder in der Vorpubertät oder schlecht erzogen. Als sie gerade überlegte, was davon wohl auf Justus zutreffen könnte, hielt sie inne. In der großen Eingangshalle, von der die Büros der einzelnen Ärzte abgingen, standen das Zimmermädchen Lara und Franziska Homann vor einer Tür, auf der *Dr. Arnd Schäfer* in goldenen Buchstaben stand. Der

Hausmeister, dessen Namen Caro nicht kannte, kam mit einem Pappkarton aus dem Büro und überreichte ihn der trauernden Frau. Seine sonst immer akkurat nach hinten gegelten dunkelblonden Haare standen heute kreuz und quer von seinem Kopf ab, wie es bei jemandem der Fall war, der viel in gebückter Haltung arbeiten musste.

Lara strich Franziska Homann tröstend über den Arm und schien irgendetwas Beruhigendes zu ihr zu sagen, während der Hausmeister mit bedröppelter Miene danebenstand und sich mit den Händen durch die Haare fuhr, um sie wieder in Form zu bringen. Dann sagte Franziska Homann irgendetwas zu den beiden, was Lara augenblicklich verstummen ließ. Sie senkte den Kopf, als wollte sie dem Blick der Frau ausweichen. Hocherhobenen Hauptes verließ Franziska Homann kurz darauf die Klinik.

Ob sie irgendeine Gemeinheit zu Lara gesagt hatte? Wundern würde das Caro nicht. Franziska Homann war bei aller Trauer auch sehr wütend, und Caro wusste von sich selbst, was man in großer Wut so alles sagen konnte. Außerdem schien Lara Gemeinheiten anzuziehen. Sie machte auf Caro den Eindruck, als wäre sie in einer Opferrolle gefangen, als würde sie alles aushalten und hätte nicht die Kraft, gegen Ungerechtigkeiten anzugehen.

Caro wollte gerade zu ihr gehen, ihr etwas Nettes sagen und ihr das Hundehaufen-Wiedergutmachungsgeschenk überreichen, als sie sah, wie der Hausmeister ihr liebevoll, fast zärtlich über den Rücken strich. Lara warf ihm daraufhin einen unmissverständlichen Blick zu, worauf er seine Hand sofort zurückzog und wortlos den Gang hinunterging.

Caro verzog das Gesicht. Bestand diese Insel nur aus testosterongesteuerten Aufreißern? Aber im Gegensatz zu ihr, die sich mit Jan Akkermann ein wortreiches Duell geliefert hatte, hatte Lara es geschafft, die Anmache mit einem strengen Blick zu beenden. Vielleicht war sie doch nicht so ein Opfer, wie Caro gedacht hatte.

Sie ging zu ihr und reichte ihr die in Folie verpackte Lavendelseife.

»Für Sie. Wegen neulich.«

Lara sah sie überrascht an. »Eine Seife, wie passend«, sagte sie schmunzelnd. »Das wäre aber wirklich nicht nötig gewesen.«

»Doch. Es war mir total peinlich. Sorry noch mal.«

»Schon vergessen.«

Caro warf einen Blick in die Richtung, in der der Hausmeister verschwunden war. »Alles in Ordnung? Hatten Sie Ärger?«

Lara drehte den Kopf zur Seite, als wollte sie Caro nicht ansehen. »Nein, alles in Ordnung. Es ist einfach traurig, einer Witwe die persönlichen Sachen ihres Mannes überreichen zu müssen.«

»Ja, das kann ich gut verstehen. Frau Homann war bestimmt …«

»Es ist nicht leicht für sie«, unterbrach Lara, und Caro hatte das Gefühl, als wollte sie die Unterhaltung beenden. »Entschuldigen Sie, ich muss weiter.« Damit verschwand Lara in einem der Behandlungsräume.

Dass der Scheißkerl tot war, war nicht nur gut, sondern sehr gut. Es war wie ein Traum, der endlich in Erfüllung gegangen war. Dass die verdammte Sauna nicht mehr zugänglich war, war aber alles andere als gut. Die Angst, dass die Leute von der Spurensicherung noch etwas finden könnten, war übermächtig. Es war keine Zeit gewesen, um Fingerabdrücke zu verwischen oder klar Schiff zu machen. Alles ging viel zu schnell. Aber was man so hörte, glaubten alle an einen Herzinfarkt. Besoffen in der Sauna, das ging selten gut, und wer so was machte, der musste sich doch nicht wundern, tuschelten die Leute auf der Insel. Aber was war mit dieser Frau und dem weißen Hund? Schnüffelte sie herum? Es konnte nicht schaden, sie ein bisschen im Auge zu behalten …

Am nächsten Morgen fand Caros Walkingkurs zwar wieder statt, aber da die Gruppentherapie, die eigentlich Dr. Schäfer geleitet hatte, aus bekannten Gründen ausfiel, hatte sie den Vormittag frei. Justus wollte den Tag mit seinem Großvater verbringen, und als sie ihn bei Hinnerk abgeliefert hatte, hatte der ihr den Namen und die Adresse des Betreibers der FKK-Sauna gegeben.

»Finde ich eine gute Idee, mit dem zu sprechen«, meinte Hinnerk. »Bestell ihm einen schönen Gruß von mir. Und sag das mit der Inselchronik, wie wir es besprochen haben.«

Caro nickte und machte sich auf den Weg. Nach einem kurzen Blick auf Google Maps hatte sie beschlossen, mit dem Fahrrad zu Sören Wattig zu fahren.

Der Mann wohnte in Ostland - einer der drei Stadtteile der Insel und ungefähr vier Kilometer vom Zentrum entfernt -, wo die Kurklinik lag. Wenn sie den Giloweg hinter den Dünen nahm, wäre die Strecke deutlich länger, und sie würde eine gute Stunde brauchen, schätzte sie und beschloss, die Hinfahrt auf dem direkten Weg über die Hauptstraße zu absolvieren. Wenn sie danach noch genug Zeit hatte, könnte sie auf dem Rückweg immer noch durch die Dünen fahren.

Das Wetter war heute stabiler, es regnete nicht, und die Temperaturen näherten sich der 20-Grad-Marke. Ideales Fahrradwetter, was sie beim großen Radverleih am Bahnhof deutlich zu spüren bekam. Langsam kam der Sommer in Fahrt.

»Die Räder sind alle weg, junge Frau«, sagte ein enorm dicker Mann zu ihr, der hinter dem Tresen stand. »Hauptsaison, kein Regen, nicht zu heiß. Heute fahren alle.«

Erstaunt blickte Caro sich um. In der großen Halle standen dutzende dunkelblaue Hollandräder und zahlreiche bunte Kinderräder.

»Was meinen Sie damit, die Räder sind alle weg?«, fragte sie und wies auf die zahlreichen Drahtesel um sie herum.

»Die sind vorbestellt. Oder müssen repariert werden.«

»Alle? Meinen Sie nicht, es ist noch eins dabei?«

Der Mann kratzte sich nachdenklich an seinem pelikanähnlichen Hals. »Schwierig, schwierig.«

Was war denn daran schwierig? Bestimmt fünfzig Räder standen in der Halle herum, vielleicht mehr. Und so kaputt sahen die nun wirklich nicht aus.

»Ich nehme auch ein Herrenrad.«

»Alle weg«, wiederholte der Mann. »Ich könnte Ihnen höchstens noch ein 24-Zoller geben. Sie sind ja nicht so groß.«

»Fast eins siebzig.«

»Na ja …« Der Mann hielt ihre Größenangabe offensichtlich für gelogen.

Kurz darauf fuhr Caro mit einem rosafarbenen Hello-Kitty-Rad Richtung Ostland. Sie war vielleicht nicht besonders groß, aber groß genug, um sich ein bisschen albern mit dem Kleinmädchentraum auf zwei Rädern vorzukommen. Diesen ganzen Rosa-Wahnsinn hatte sie sowieso nie nachvollziehen können. Rosa wäre die letzte Farbe gewesen, die sie als junges Mädchen für ein Fahrrad ausgesucht hätte. Anfang der 1990er-Jahre, als sie im 24-Zoll-Alter war, waren Rennräder der heißeste Scheiß auf den Straßen Kölns gewesen, und selbstverständlich wollte sie auch so ein cooles Teil haben. Und selbstverständlich bekam sie es nicht. Ihre Eltern hatten nicht das Geld, ihren vier Kindern jeweils ein eigenes Rad zu kaufen. Wahrscheinlich wäre sie für ein Hello-Kitty-Rad damals sehr dankbar gewesen, dachte Caro und trat kräftig in die Pedalen.

Sie war froh, dass sie sich gegen den Dünenweg entschieden hatte. Von der Hauptstraße konnte man an einigen Ecken das bunte Treiben sehen, das auf dem Weg herrschte. Ein Radfahrer fuhr hinter dem anderen, und die Luft war erfüllt von den »Rechts fahren!«- und »Nach vorne gucken!«-Rufen der Eltern. Warum guckten Kinder nur so gerne auf ihre Füße, wenn sie Fahrrad fuhren? Kein anderes Lebewesen starrte doch die ganze Zeit auf seine Vorderläufe, während es durch die Wildnis rannte. Zum Glück hatte Justus dieses Verhalten inzwischen abgelegt. Allerdings konnte er immer noch keine Pfütze auslassen, wenn er mit seinem Rad unterwegs war.

Der Weg über die geteerte Hauptstraße war nur unwesentlich weniger idyllisch als der durch die Dünen. Auch hier waren die Straßenränder von Sanddornbüschen gesäumt, zwischen denen die Kaninchen hin- und herflitzten. Die wiederkehrende Naht, die alle paar Dutzend Meter vor ihr im Asphaltboden auftauchte, erinnerte daran, dass diese Straße schon vor vielen Jahren gebaut worden war mit einer Technik, die heute keiner mehr benutzte. Sie war recht schmal und eindeutig in einer Zeit entstanden, in der nicht jede Kleinfamilie mit einem SUV durch die Gegend fuhr, was auf Borkum zum Glück nur an den An- und Abreisetagen zum Problem werden konnte.

Caro musste ganz schön gegen den Wind anstrampeln und war nass geschwitzt, als sie Sören Wattigs Haus endlich erreichte. Das Backsteinhaus war winzig, Caro schätzte, dass es keine 80 Quadratmeter Wohnfläche hatte, auf zwei Etagen verteilt. Wie fast überall auf Borkum war auch hier der Vorgarten sehr gepflegt, und sie überlegte, ob es so eine Art Gruppendruck auf der Insel gab. Wer keinen gepflegten Vorgarten hatte, durfte nicht mehr mitspielen. In kleinen Dörfern gab es so was schließlich auch, und selbst wenn Borkum eine Stadt war, so war sie mit fünftausend Einwohnern doch von einer überschaubaren Größe.

Nachdem sie geklingelt hatte, öffnete ihr ein sonnengegerbter Mann um die fünfzig. Er trug eine weiße Hose und ein weißes T-Shirt, was ihm sofort das Flair eines Traumschiffkapitäns verlieh. Vermutlich hatte Sören Wattig aber einfach seine normale Saunameister-Bekleidung an, wobei Caro sich nicht vorstellen konnte, dass die Sauna schon wieder geöffnet war. Das wäre dann doch sehr schnell. Die musste doch bestimmt professionell gereinigt werden. Andererseits war Hauptsaison, die Insel voller Urlauber, die Temperaturen zogen an, und wenn es erst mal 30 Grad sein würde, ging kein Mensch mehr in die Sauna. Allzu lange wollte der Mann seinen Betrieb sicher nicht geschlossen halten.

Freundlich stellte sie sich vor und entschuldigte sich für die Störung.

»Ich bin die Schwiegertochter von Hinnerk Falk und helfe ihm bei seiner Inselchronik«, schwindelte Caro.

»An der sitzt er doch schon seit Jahren.«

»Genau. Deshalb bin ich jetzt ja da, um ihm zu helfen«, meinte sie lächelnd. »Und der tragische Tod von Dr. Arnd Schäfer soll dabei natürlich nicht unerwähnt bleiben. Dürfte ich Ihnen dazu ein paar Fragen stellen?«

Sören Wattig überlegte kurz und trat dann einen Schritt

zur Seite, um sie ins Haus zu lassen. Caro war beeindruckt, wie vertrauensvoll er sie einfach so in seine privaten vier Wände ließ. Würde sie in Berlin oder Köln an einer Haustür behaupten, sie würde für eine Stadtchronik recherchieren und hätte ein paar Fragen, würde man entweder den Hund auf sie hetzen (Berlin) oder ihr grinsend einen Vogel zeigen und die Tür vor der Nase zuknallen (Köln). Auf Borkum dachte offenbar keiner zuerst an das Schlechte, was Caro sehr sympathisch fand.

Sie folgte Sören Wattig durch einen kurzen, schmalen Flur in ein winziges Wohnzimmer, das im besten Ikea-Stil, aber dabei durchaus geschmackvoll eingerichtet war.

»Hinnerk soll mich und die Sauna aber man nicht so viel erwähnen«, sagte Sören Wattig, nachdem er sie gebeten hatte, Platz zu nehmen. »Ich will keine Negativwerbung.«

Caro nickte. Sobald es sich bei den Urlaubsgästen herumsprach, dass ein toter Mensch über zehn Stunden in der Sauna vor sich hin gebrutzelt hatte, würde das den Anreiz für einen Besuch sowieso erst mal etwas senken, da musste man nicht auf das Erscheinen von Hinnerk Falks Chronik warten.

»Also, Ihre Sauna schließt normalerweise um 18 Uhr. Warum durfte Arnd Schäfer noch später hinein?«

»Er hatte ja einen eigenen Schlüssel. Und in der Klinik hat er erst so spät Feierabend gemacht, dass er es zu den normalen Saunazeiten niemals geschafft hätte.« Sören Wattig fuhr sich durch seine dicken, roten Haare. »Aber die Sauna hat technisch einwandfrei funktioniert. Von meiner Seite gibt es kein Verschulden. Die wurde regelmäßig gewartet und geprüft. Das letzte Mal erst vor zwei Wochen. Also, mir als Betreiber kann man da keinen Vorwurf machen.«

»Macht ja auch keiner«, sagte Caro und lächelte ihn an. »Es heißt, Arnd Schäfer wäre häufig nicht alleine in der Sauna gewesen?«

Sören Wattig atmete hörbar aus. »Ich will nicht, dass die Sauna als Sextreff oder so dargestellt wird, hören Sie? Also, das will ich wirklich auf keinen Fall.«

Nachvollziehbar, dachte Caro. Borkum war durch und durch eine Familieninsel, es gab ein großes Angebot für Kinder, kaum eine Insel hatte mehr Sportmöglichkeiten für junge Leute, und wer eine Haut- oder Lungenkrankheit hatte, war hier ebenfalls bestens aufgehoben. Und auch die Ornithologen kamen hier auf ihre Kosten. Der FKK-Strand, auf dem sich die Sauna von Sören Wattig befand, war umgeben von Schutzzonen für seltene Brüter. Wenn sich herumsprechen würde, dass man hier nicht nur Vögel beobachten konnte, sondern auch selbst vögeln durfte, wäre dieser Strandabschnitt bald von Spannern übersät, und kein naturverbundener FKKler könnte hier mehr entspannt liegen. Vom gesunden Saunieren ganz zu schweigen. Dann könnte Sören Wattig seinen Betrieb dichtmachen.

»Hinnerk würde Ihre Sauna niemals in ein schlechtes Licht stellen.«

Sören Wattig nickte zustimmend. »Ja, der Hinnerk ist ein feiner Kerl. Das würde er nicht tun.«

»Wie war das also mit den Frauen und Dr. Schäfer?«

»Es stimmt schon, Arnd hatte oft Damenbesuch, wenn er abends noch in der Sauna war. Immer eigentlich, das war ja schließlich der Grund, warum er da überhaupt hinwollte. Aber das ging mich nichts an. Er hat immer alles einwandfrei hinterlassen, ich hatte keinen Grund, mich zu beschweren.«

»Kam er häufig vorbei?«

»Ein- bis zweimal die Woche. Ein erfahrener Saunagänger also. Umso unverständlicher …« Sören Wattig sprach den Satz nicht zu Ende und schüttelte nur betroffen den Kopf.

Caro wollte genauer wissen, wie so ein Besuch von Arnd Schäfer abgelaufen war. Wenn die Sauna offiziell um 18 Uhr schloss, ging ja schließlich auch der Ofen aus, und sie fragte sich, ob Schäfer eigenmächtig über Temperatur, Aufguss und was sonst noch alles dazugehörte, verfügen konnte.

»Mit seinem Schlüssel hatte er Zugang zum Technikraum. Von da aus lassen sich die Hitze und die Aufgussmechanik bedienen«, beantwortete Sören Wattig ihre Frage.

Arnd Schäfer hatte sich in der Strandsauna also völlig autonom bewegen können. Das war sicherlich praktisch, wenn er sich heimlich mit irgendwelchen Frauen traf. Denn beim Akt selbst wollte vermutlich selbst ein Arnd Schäfer keine 95 Grad plus Minzaufguss, was wiederum danach sicher ganz entspannend sein konnte.

»Wissen Sie, mit wem er am letzten Freitag in der Sauna war?«

»Nein, ich habe ihn meistens gar nicht gesehen. Wie auch. Ich schließe um sechs, mit Saubermachen und allem Drum und Dran bin ich bis allerhöchstens neun Uhr vor Ort. Schäfer kam nie vor zehn.«

Möglicherweise hatte Sören Wattig darauf geachtet, dem Chefarzt nicht vor Ort zu begegnen, denn wenn man solche Arrangements traf, war es besser, man blieb ungesehen.

»Wissen Sie, ob er schon häufiger Kreislaufprobleme in der Sauna hatte?«

»Ich glaube nicht. Immerhin scheint er da recht aktiv gewesen zu sein, das schafft ja nun auch nicht jeder.« Sören Wattig lachte kurz auf, wurde aber schnell wieder ernst. »Dass er als Arzt besoffen in die Sauna geht …« Er schüttelte den Kopf. »Wenn es einer hätte wissen müssen, dann doch er. Besoffen in der Sauna gibt es schnell mal einen Herzinfarkt.«

Aus eigener Erfahrung wusste Caro, dass die Menschen unbelehrbar waren. Sie würde nie vergessen, wie ihr im letzten Jahr, in diesem unfassbar heißen Sommer, in dem Radio und Zeitungen voll waren mit Hitzewarnungen, in der Mittagszeit ein älterer Mann, den sie auf mindestens siebzig schätzte, beim bereits leicht wackeligen Walken im Tiergarten entgegengekommen war. Natürlich mit nacktem Oberkörper. Die faltige Haut des Mannes leuchtete in allen Rottönen, die ein respektabler Sonnenbrand zu bieten hatte, der Schweiß lief ihm am ganzen Körper herunter, und Caro erinnerte sich noch, wie sie dachte, dass er den Tag nicht überleben würde.

»Ich frage mich ja, warum er auf dem Boden lag«, versuchte sie, sich wieder auf ihren Fall zu konzentrieren. »Ein Betrunkener, der einen Infarkt kriegt, hätte der nicht eher auf der Saunabank gefunden werden müssen?«

»Er wollte sich vermutlich noch bis zur Tür schleppen«, mutmaßte Sören Wattig. »Das habe ich schon häufig bei Leuten mit Kreislaufproblemen erlebt. Die merken, dass was nicht stimmt, stehen auf, und dann sackt der Kreislauf erst recht zusammen.«

Caro nickte. »Aber in der Sauna ist doch ein Notrufschalter.«

»Aber den müssen Sie ja erst mal erreichen.«

»Da haben Sie recht. Warum haben Sie Dr. Schäfer eigentlich einen Schlüssel zur Sauna überlassen? Haben noch mehr Leute einen?«

»Nein …«, antwortete Sören Wattig zögerlich. »Nur Arnd hatte einen. Er hat sich im Gegenzug dazu bereit erklärt, die

Renovierungskosten für die Sauna zu übernehmen. Eine Win-Win-Situation also.«

»Na, der Win für Dr. Schäfer hält sich nun ja in Grenzen.«

»Wofür ich nichts kann!«

»Natürlich nicht.«

Caro nahm den Rückweg über den Dünenweg und dachte dabei über die Worte von Sören Wattig nach. Arnd Schäfer war in dessen Augen ein fitter Mann gewesen. Und sicher hatte er damit recht. Wer regelmäßig Geschlechtsverkehr bei so hohen Temperaturen hatte, musste über eine gewisse Fitness verfügen. Caro konnte sich so einen Kraftakt jedenfalls nicht vorstellen, sie würde mit Sicherheit nach wenigen Minuten kollabieren.

Regelmäßig, mindestens einmal die Woche, wenn nicht häufiger, hatte Schäfer sich in der Sauna also körperlich betätigt, hieß, er konnte seine Kräfte und seine Ausdauer gut einschätzen. Wieso war er besoffen in die Sauna gegangen? Das Risiko, dass sein kleiner Schäfer dann hängenblieb, wäre doch viel zu groß gewesen, und so wie sie den Klinikchef kennen gelernt hatte, wäre ein Hängerchen für ihn unverzeihlich gewesen.

Der Eindruck, dass hier etwas ganz gewaltig nicht stimmte, verstärkte sich immer mehr. Suchte sie wirklich nach einer Zeugin, die Auskunft über Schäfers Verfassung kurz vor seinem Tode geben konnte? Oder suchte sie eher nach einer Täterin? War es denkbar, dass Dr. Arnd Schäfer ermordet worden war? Hatte die Frau, die mit ihm kurz vor seinem Tod zusammen war, die Saunatür von außen zugehalten und so dafür gesorgt, dass ihr herzkranker Lover zusammenbricht? War man in einer Sauna erst mal bewusstlos und wurde nicht aus der

Hitze geholt, nahmen die Dinge automatisch ihren Lauf. Die Zellen fingen an zu sieden, platzten irgendwann, und wahrscheinlich ging es dann relativ schnell. Aber hätte die Polizei nicht Spuren an der Tür finden müssen? Caro seufzte. Es war natürlich absolut möglich, dass die Polizei solche Spuren gefunden hatte. Woher sollte sie das wissen? Dieser Kommissar Bachmann würde ja kaum zum Hörer greifen und sie anrufen, wenn er neue Hinweise hatte.

Nein, auf die Polizei konnte sie bei ihren Recherchen nicht zählen. Aber schaden konnte es auch nicht, noch mal mit Kommissar Bachmann zu sprechen.

Sie hielt mit dem Rad an einer geschützten Bank an, nahm ihr Handy aus der Tasche und wählte die Nummer, die er ihr gegeben hatte.

»Sie hatten gesagt, ich soll Sie anrufen, wenn mir noch etwas einfällt«, sagte Caro, nachdem sie den Kommissar begrüßt hatte.

»Natürlich, Frau Falk. Schießen Sie los.«

»Es scheint so, als wäre Dr. Schäfer nicht alleine in der Sauna gewesen. Er traf sich dort wohl häufiger mit Frauen.«

»Das wissen wir.«

»Könnte eine dieser Frauen bei seinem Tod nicht nachgeholfen haben?«

»Dem gehen wir natürlich auch nach, Frau Falk, wobei wir im Moment in erster Linie nach einer Zeugin suchen. Die Frauen, die wir bisher ermittelt haben, haben aber alle ein Alibi für den Abend.«

»Er ist also schon am Abend gestorben?«

Für einen Moment war Stille am anderen Ende der Leitung, dann glaubte Caro ein leichtes Seufzen zu hören. »Ja. Wahrscheinlich zwischen zweiundzwanzig Uhr und Mitternacht. Ist Ihnen eine Frau bekannt, die zu dem Zeitpunkt am FKK-Strand war?«

»Nein.« Franziska Homann war um diese Uhrzeit nachgewiesenermaßen im Gezeitenbad gewesen, und von ihren Mitpatientinnen hatte sie niemanden mehr gesehen, weil sie da selbst schon lange im Bett gelegen hatte.

»Trotzdem danke für Ihren Hinweis.«

»Der ja nichts Neues für Sie war.«

»Was Sie ja nicht wissen konnten. Wenn Ihnen noch etwas auffällt, melden Sie sich.«

Damit verabschiedete sich der Kommissar. Nachdenklich blieb Caro noch eine Weile sitzen. Die Polizei wusste also von den Sextreffen, natürlich, wäre ja auch ein Wunder gewesen, wenn nicht. Wahrscheinlich passte jetzt alles noch besser zu einem Unfall. Wer sternhagelvoll bei über 90 Grad Sex hatte, der konnte schon mal umfallen. Erst recht, wenn das Herz nicht in Ordnung war, wovon die Polizei ja ebenfalls auszugehen schien.

Caro stieg wieder auf ihr Fahrrad und radelte weiter. Als sie die Strandpromenade erreicht hatte, fiel ihr Blick sofort auf die drei Frauen, die an der Piratenbude saßen. Sie hatten die Liegestühle im Kreis um ein Tischchen gestellt, auf dem jede Menge Getränke standen. Von Kaffee über Mineralwasser bis zu irgendwelchen alkoholischen Drinks war alles dabei.

»Caro!«, rief Iris und winkte ihr zu. Sie winkte zurück, stellte ihr Rad vor dem Toilettenhaus ab und ging die Treppe zur Strandbude hinunter. »Willst du was trinken? Komm, setz dich zu uns.«

Da kein Stuhl mehr frei war, ließ sie sich in den Sand fallen und nahm dankbar einen Schluck von der Sanddornschorle, die Iris ihr reichte.

»Hast du den Schock inzwischen überwunden?«, fragte Iris mitfühlend und betonte den anderen gegenüber, dass es ja Caro gewesen war, die die Leiche gefunden hatte. Alle nickten wissend und sahen sie gebannt an, als erwarteten sie noch einen ausführlichen Bericht von ihr.

»Ja, ich komm damit klar. Aber vergessen werde ich das wohl nie.«

»Keiner von uns wird Arnd Schäfer je vergessen«, sagte Natascha leise, die immer noch bleich und mitgenommen aussah.

»Na ja«, meinte Sandra nur trocken, wofür sie einen bösen Blick von Natascha erntete.

»Ganz ehrlich, mir gehen deine Kommentare ein bisschen auf den Geist«, sagte sie. »Offensichtlich bist du die Einzige, die nicht um Arnd trauert …«

»Oh, ihr wart schon beim Du?« Der spöttische Unterton in Sandras Stimme war nicht zu überhören.

»Jetzt lass doch mal«, mischte sich Iris ein. »Du weißt doch genau, wie Natascha zu ihm stand. Wie wäre es mit ein bisschen Rücksicht?«

»Ja, ja, schon gut. Aber bei allem Verständnis: Auch Natascha hat ihn erst seit zwei Wochen gekannt. Da muss man jetzt nicht so tun, als wäre ein enger Angehöriger gestorben.«

Natascha schnappte nach Luft. »Ich habe ihn geliebt!«

Das kam in der Tat ziemlich pathetisch rüber, und Caro konnte es Sandra nicht verübeln, dass sie laut auflachte.

»Sind die Worte nicht ein bisschen groß?«, meinte sie.

»Das wird Natascha ja wohl am besten wissen«, entgegnete Iris.

»Wenn du mit dem Mann verheiratet gewesen wärst, mit dem ich es war«, begann Natascha mit bebender Unterlippe, »und wenn du die Scheidung durchgemacht hättest, die ich durchmachen musste, dann hätten Arnds Aufmerksamkeiten dir vielleicht auch so viel bedeutet!«

»Mein Ex ist auch ein Arsch, und meine Scheidung war geradezu asozial«, erwiderte Sandra schulterzuckend. »Lasse ich mich deshalb von meinem Arzt bumsen? Nö.«

»Dieses Wort …« Natascha machte ein pikiertes Gesicht.

»Bumsen?« Sandra machte es offensichtlich Spaß, Natascha zu ärgern.

»Das sagt doch heute keiner mehr«, meinte Iris.

»Ich schon.«

»Aber stimmt es denn?«, mischte sich Caro nun in die Unterhaltung ein.

»Was?«, fragte Natascha. »Du meinst, ob ich Arnd ge…, ob wir uns geliebt haben?«

»Ich spreche von Sex«, sagte Caro, die den Begriff »sich lieben« spätestens seit Nils' Sexeskapaden für mehr als falsch hielt. Denn geliebt hatte ihr Ex die geschätzt fünfhundert Frauen wohl kaum.

Natascha atmete tief durch. »Mit uns war es etwas anderes. Wir waren uns nahe, vielleicht mal ein Kuss. Da waren Gefühle, nicht nur bei mir.«

Sandra verdrehte die Augen und riss sich sichtbar zusammen, als sie Iris' strengen Blick wahrnahm.

»Er hat praktisch jede Frau angegraben«, sagte sie bemüht freundlich. »Ich will dich ja ungern desillusionieren, aber der Typ war ein übergriffiger Grapscher. Das einzige Gefühl, das er kannte, ging von seiner Hose aus.«

»Du bist echt so ordinär, Sandra!«

»Kann schon sein. Ordinär und realistisch ist mir aber lieber als manierlich und naiv.«

»Ich bin nicht naiv!«

»Na ja …«

Es war nicht zu übersehen, dass Sandra den Moment genoss. Für sie war Paybacktime. Musste sie sich in den letzten Wochen immer wieder Sprüche anhören, warum Dr. Schäfer nicht mit ihr flirten würde, zählte sie nun zu den wenigen Frauen, die von seinem Tod nicht im Geringsten berührt wurden. Im Gegenteil. Sandra wirkte fast heiter, was Caro angesichts der grausamen Todesumstände unpassend fand.

»Es könnte sein, dass meine Gefühle für ihn stärker waren als umgekehrt«, räumte Natascha ein und wirkte dabei sehr verletzt. »Ich weiß natürlich, dass ich nicht die Einzige für ihn war.«

»Zumal er ja verheiratet war«, warf Caro ein.

Natascha sah sie mit großen Augen an. »Er war verheiratet?«

»Ja, seine Frau lebt in Hamburg. Die beiden haben sich nur am Wochenende gesehen.«

Natascha musste schlucken, und es war nicht zu übersehen, wie verletzt sie war. »Davon hat er mir nichts gesagt …«

»Warum sollte er auch?«, fragte Sandra.

»Weil … wie gesagt, wir waren uns sehr nah …« Natascha wischte sich über die Augen.

»Wie bist du denn damit klargekommen, dass er noch andere Frauen traf?«, fragte Caro.

Eifersucht, ging es ihr durch den Kopf. Das älteste Motiv der Menschheitsgeschichte. Vermutlich waren über die Jahrtausende die meisten Menschen aus Eifersucht getötet worden. Und dass etwas an den Umständen, wie Dr. Schäfer zu Tode gekommen war, nicht stimmte, davon war Caro längst überzeugt. Irgendjemand hatte hier nachgeholfen. Sie war sich nicht sicher, ob sie Natascha so etwas zutrauen würde, zumal sie noch keine Vorstellung davon hatte, wie eine solche Tat hätte ablaufen können. Natascha war sehr schmal und zierlich. Falls wirklich jemand die Saunatür zugehalten hatte, konnte Caro sich nicht vorstellen, wie Natascha das schaffen würde, ohne dass Dr. Schäfer sich aus dieser Falle hätte befreien können. Vielleicht hatte sie ihn aber so betrunken gemacht, dass er sich gar nicht mehr wehren konnte.

»Ja, es hat mich ein bisschen verletzt«, gestand Natascha zögerlich. »Jede Frau möchte schließlich gerne die Einzige für einen Mann sein. Aber ich gehörte ja auch nicht zu diesen Sexaffären, das war doch bei uns ganz anders. Außerdem waren wir ja erst seit ein paar Wochen zusammen, alles andere hätte sich mit der Zeit noch entwickeln können.«

»Zusammen?« Sandra verdrehte erneut die Augen, sparte sich aber einen weiteren spöttischen Kommentar.

»Ganz ehrlich, ich habe nicht die geringste Lust, weiter über dieses Thema zu sprechen! Ich hole mir jetzt einen Aperol Spritz«, sagte Natascha trotzig. »Bei diesen gehässigen Bemerkungen brauche ich Alkohol. Noch jemand?«, fragte sie in die Runde, wobei sie Sandra geflissentlich übersah. Caro und Iris schüttelten den Kopf, und Natascha stellte sich an der Schlange vor der Piratenbude an.

»Sie untertreibt etwas«, meinte Iris dann. »Ich weiß genau, wie sehr sie das mit den anderen Frauen gewurmt hat. Mich hat sie zum Beispiel x-mal gefragt, ob ich auch wirklich nichts mit Schäfer habe. Ich musste ihr schwören, dass da mehr als ein bisschen Flirten nicht war.«

»Sie hätte sich gar nicht auf ihn einlassen sollen …«, meinte Sandra.

»Das wäre bestimmt besser gewesen«, stimmte Iris ihr zu.

»Niemals haben die nur geknutscht, das kann ich mir nicht vorstellen. Sie hat mir mal gesagt, dass sie sich manchmal geradezu benutzt von ihm fühlte. Wer kann es ihr verdenken.«

Caro nickte. »Klar. Wenn du siehst, dass er hinter jeder hergerannt ist …«

»Manchmal war es ja sogar so, dass er aus der Sauna kam und ist danach noch zu ihr aufs Zimmer …«, meinte Iris. »Keine Ahnung, wie Natascha das ausgehalten hat.«

»War sie eigentlich auch mit ihm in der Sauna?«

»Weiß ich nicht«, antwortete Iris. »Sie hat ja immer behauptet, dass sie sich nicht von ihm flachlegen lässt, so wie alle anderen. Dann wahrscheinlich nicht. Aber ob das stimmt?«

»Sie kommt zurück«, zischte Sandra in dem Moment, leider allerdings so laut, dass Natascha es gehört hatte.

Die verzog das Gesicht, stellte ihren Aperol Spritz auf den Tisch und setzte sich.

»›Sie kommt zurück!‹«, äffte sie Sandra augenrollend nach. »Hoffentlich konntet ihr alles besprechen.«

»Sorry, es sollte jetzt echt nicht so aussehen, als würden wir über dich reden, sobald du zur Theke gehst«, beeilte sich Iris zu sagen.

»Tja. Sah aber so aus.«

»War ja auch so«, gab Caro offen zu. Rumzulügen, wenn das Offensichtliche bereits ausgesprochen war, war nicht ihr Ding. »Wir machen uns halt Sorgen um dich.«

Nataschas Gesichtsausdruck zeigte deutlich, dass sie das nicht glauben wollte.

»Warst du eigentlich auch mit Schäfer …«, setzte Caro an, konnte den Satz aber nicht zu Ende sprechen.

»Jetzt ist es echt mal gut, ja?« Natascha war nun wirklich

wütend. »Wenn ihr nicht über was anderes reden könnt, dann gehe ich.«

Natascha wandte sich ab. Offenbar machte ihr das Thema doch noch zu schaffen, und sie kämpfte sichtbar mit den Tränen. Caro wollte sich gerade zu ihr rüberbeugen und sich entschuldigen, dass sie so lange auf dem schmerzlichen Thema herumgeritten war, als ihr der Atem stockte.

Da war er wieder. Der Kerl mit der grünen Basecap. Er hatte sich hinter einen Strandkorb gesetzt, und es war nicht zu übersehen, dass er das Treiben an der Strandbude beobachtete, die gerade frische Krabbenbrötchen geliefert bekam.

»So nicht, Alter …«, sagte sie leise und sprang auf.

»Was meinst du?«, fragte Iris noch, aber da eilte Caro schon mit großen Schritten auf den Strandkorb zu. Der Mann mit der Mütze sprang hektisch auf und versuchte, davonzulaufen, stolperte dabei aber über eine Sandburg und fiel mittenhinein, was für lautes Kinderheulen sorgte. Auch die Eltern des weinenden Strandbaumeisters ließen ihrer Empörung freien Lauf und beschimpften den Mann. Ehe er sich aufrappeln konnte, packte Caro ihn am Arm und zog ihn hoch.

»Wer sind Sie …« Sie konnte den Satz kaum zu Ende sprechen, so sehr klappte ihr die Kinnlade herunter, als sie erkannte, wer sich unter der tiefsitzenden Basecap verbarg. »Jan Akkermann?«

»Ja, meine Güte, warum machen Sie so einen Lärm? Jetzt ist meine Tarnung futsch«, ärgerte er sich.

»Die grandiose Käppi-Tarnung? Ja, die ist futsch«, meinte Caro lakonisch. »Warum verfolgen Sie mich eigentlich die ganze Zeit?«

Nun war Jan Akkermann wirklich überrascht. »Sie? Ich verfolge Sie doch nicht!«

Er stand auf, klopfte sich den Sand von der Kleidung, entschuldigte sich bei dem Kind und den Eltern und ging ein paar Schritte mit Caro zur Seite.

»Ich arbeite hier«, sagte er in verschwörerischem Tonfall. »Sie sind nicht die Einzige, die sich um den Fall Schäfer kümmert.«

»Ach ja? Und warum haben Sie schon dauernd hinter mir herspioniert, als Schäfer noch gar nicht tot war, hm?«

Jan sah sie verwundert an. »Was für ein Blödsinn. Das müssen Sie sich eingebildet haben.«

Caro schüttelte den Kopf und erzählte ihm, dass sie ihn an ihrem Anreisetag in den Dünen gesehen hatte und am nächsten Morgen beim Walken.

»Ja, aber dabei ging es nicht um Sie«, sagte er und lächelte. »Auch wenn Sie das bestimmt gerne hätten«, fügte er hinzu, wobei er sofort wieder in einen leichten Flirtmodus verfiel.

»Sparen Sie sich diese Sprüche.«

Jan verzog das Gesicht. »Na schön«, fuhr er ernst fort, »ob Sie es glauben oder nicht, aber ich arbeite schon eine ganze Weile als Privatdetektiv. Ein Borkumer hat mich beauftragt, seine Frau zu beobachten. Er glaubt, dass sie was mit anderen Männern hat, unter anderem auch mit Dr. Schäfer. Also habe ich ein Auge auf die Frau geworfen. Und ja, sie geht morgens auch walken. Außerdem beliefert sie die Strandbuden und ist deshalb häufig hier. Wahrscheinlich haben Sie mich deshalb gesehen.«

Caro sah ihn ungläubig an. »Es gibt einen eifersüchtigen Ehemann?«

»Ganz offensichtlich.«

»Und damit rücken Sie erst jetzt raus?!« Caro konnte es

nicht fassen. Ein eifersüchtiger Ehemann zählte doch auf jeden Fall zum Kreis der Verdächtigen! Wieso hatte dieser Akkermann ihr nichts davon erzählt?

»Wieso? Was meinen Sie?«

»Na, der Typ ist doch eindeutig ein Hauptverdächtiger!«

»Schon richtig. Aber warum sollte ich Sie da einweihen?«

Caro schnappte nach Luft. »Sie wollten sich mit mir treffen, um zu hören, was ich in der Sache herausfinde, während Sie mir nicht mal eine so entscheidende Info geben?«

»Das ist korrekt.«

»Das ist hinterhältig.«

»Überhaupt nicht.« Er sah sie ernst an. »Ich kenne Sie doch gar nicht. Für mich hörte sich das so an, als wollten Sie hobbymäßig ein bisschen Mordseeluft schnuppern. Da kann ich Ihnen doch nicht einfach so meine Ermittlungsergebnisse anvertrauen.«

Caro war immer noch fassungslos. »Sie haben mich angebaggert, um was aus mir rauszukriegen!«

»Na, jetzt übertreiben Sie.« Er sah sie mit einer entschuldigenden Miene an. »Okay. Tut mir leid. Wenn Sie wollen, nehme ich Sie mit zu der Frau.«

»Hä? Zu der Frau von dem eifersüchtigen Ehemann?«

»Genau. Sind Sie dabei?« Er schmunzelte und wirkte dabei schon wieder so machohaft, dass Caro ihm am liebsten eine reingehauen hätte. Aber es half nichts. Sie musste einsehen, dass es von Vorteil sein konnte, einen Einheimischen, der jedes Karnickel auf der Insel kannte und sich schon intensiv mit diesem Fall beschäftigt hatte, in ihre Ermittlungen mit einzuspannen.

Caro seufzte. »Ja. Ich bin dabei.«

Sie erwartete als Reaktion einen dummen Spruch, irgendwas, worüber sie sich ärgern konnte. Aber zu ihrer Überraschung blieb es aus.

»Ich bin Jan.« Er reichte ihr seine Hand.

»Caro.«

»Ich weiß.«

»Ich auch.«

6

Hugo Bodden betrieb mit seiner Frau einen Stand mit Fisch- und Krabbenbrötchen, der immer in der Nähe des Strandes aufgebaut war und besonders gut lief, wenn seine attraktive Frau Rike hinterm Tresen stand. Jedenfalls hatte es ihr Mann so erzählt, als er Jan um Hilfe gebeten hatte. Arnd Schäfer hatte zu den Stammkunden gehört, und Hugo hatte ihn und Rike häufig dabei beobachtet, wie sie in einem intensiven Plausch miteinander versunken waren. Er glaubte, zärtliche Berührungen der Hände beobachtet zu haben, und hatte außerdem gehört, wie Schäfer seiner Frau Komplimente machte, die in Hugos Ohren zweideutig klangen. Grund genug für den eifersüchtigen Ehemann, ein Auge auf seine Frau zu haben, zumal er natürlich um den Ruf von Dr. Schäfer wusste. Irgendwann besaß seine Frau ein teures Parfüm, obwohl sie so etwas noch nie benutzt hatte, denn wer Fischbrötchen verkaufte, brauchte doch kein Parfüm. Und dann begann sie noch, sich zu schminken, vor allen Dingen donnerstags, wenn Dr. Schäfer an den Stand kam, trug sie diesen roten Lippenstift. Als sie ihrem Mann irgendwann sagte, dass sie in die Sauna gehen wollte, weil ihr Nacken so verspannt sei, klingelten bei Hugo Bodden alle Alarmglocken.

»Was hast du denn über die Frau rausgekriegt?«, fragte Caro, als sie mit Jan Richtung Bismarckstraße ging, wo der Fischbrötchenstand von Hugo und Rike Bodden stand. »Hatte sie jetzt was mit Schäfer oder nicht?«

»Kann ich nicht genau sagen. Es gab Auffälligkeiten, die auf einen Betrug hindeuten …«

»Zum Beispiel?«

»Sie hat angefangen, Sport zu machen. Hat sich einer Walkinggruppe angeschlossen, die einmal die Woche morgens am Strand entlangmarschiert. Außerdem hat sie sich neue Klamotten im Internet bestellt, nicht gerade wenige. Jedenfalls kamen ziemlich viele Kartons bei ihr an.«

Caro sah ihn ungläubig an. »Du meinst, wenn eine Frau anfängt, Sport zu machen, und sich was Neues zum Anziehen kauft, steckt ein Mann dahinter?«

Jan nickte. »Selbstverständlich. Warum sollte sie das sonst machen?«

»Äh … ernsthaft?« Caro hoffte immer noch auf einen Scherz. »Vielleicht macht sie Sport, um fitter zu werden? Und hat sich was Neues zum Anziehen gekauft, weil sie einfach etwas brauchte?«

Jan sah sie an, als wäre sie verwirrt. Und genauso sprach er auch mit ihr. »Aber Caro! Denk doch mal nach! Die Schminke? Das Parfüm?«

»Vielleicht hat sie keine Lust, permanent nach Fisch zu stinken?« Caro schüttelte den Kopf. »Wieso denkt ihr Männer eigentlich immer, dass wir das alles nur für euch machen?«

Jan zuckte mit den Schultern. »Na, weil es so ist«, sagte er trocken. »Dieses Gerede …« Er versuchte, eine weibliche Stimme zu imitieren: »›Ich mache das alles nur für mich!‹ – Was für ein Quatsch. Kein Mensch der Welt würde sich die Möpse vergrößern lassen, wenn es andere nicht sehen könnten! Oder sich die Fingernägel lackieren, wenn er auf einer einsamen Insel lebt! Ist doch totaler Schwachsinn.«

»Ist es nicht!«, regte Caro sich auf. »Wenn ich mich aufstyle, mache ich das, um mich wohler zu fühlen. Und nicht, um irgendwelchen Lackaffen zu gefallen!«

»Ach ja?« Jan lachte auf. »Dann zeig mir mal eine Frau, die es sich an einem verregneten Sonntag top frisiert mit vollem Make-up in High Heels und engem Etuikleid auf dem Sofa gemütlich macht! Wenn ihr alleine seid, wollt ihr doch alle Jogginghose und Sweatshirt. Kann mir also keiner sagen, dass das Aufbrezeln nicht an uns Kerlen liegt.«

Caro stöhnte. »Ich bin wirklich froh, dass du so genau weißt, wie wir Frauen ticken.«

»Ja. Zum Glück weiß ich das«, meinte Jan mit überzeugter Stimme.

»Deine Frau muss die glücklichste der Welt sein«, sagte Caro und wollte das Thema damit beenden.

»Ich bin Single.«

»Da hat deine Frau aber noch mal Glück gehabt …«, murmelte Caro, die beim besten Willen keine Lust hatte, sich irgendwelche Geschichten aus seinem Singleleben anzuhören, die Jan ihr bestimmt liebend gerne als Nächstes aufgetischt hätte.

»Ich schätze mal, das ist der Stand?« Sie zeigte auf einen weißen Anhänger, auf dem in blauen, schwungvollen Buchstaben »Fangfrische Krabben- und Fischbrötchen« zu lesen war. Vor dem Stand war eine beachtliche Schlange von bestimmt zehn Personen, über denen die Möwen gierig kreisten und auf eine Gelegenheit zum Angriff warteten. Sobald jemand für einen Augenblick unaufmerksam war und sein Krabbenbrötchen nicht mit der Hand schützte, kamen die Möwen sturzflugartig angeschossen und rissen dem Kunden nicht selten das gesamte Brötchen aus der Hand. Daher blieben die meisten in unmittelbarer Nähe des Standes und aßen im Schutze eines extra aufgestellten Sonnenschirms.

»6,99 für ein Krabbenbrötchen?« Caro staunte nicht schlecht. »Das sind ja Preise wie im KDW.«

»Gibt nicht mehr so viel Krabben«, erklärte Jan. »Und jetzt wird ja wieder verstärkt hier gepult und nicht mehr in Marokko. Das macht's natürlich auch nicht billiger.«

Caro fand es gut, dass die irrsinnige Praxis der Krabbenverschickung um die halbe Welt und wieder zurück langsam ein Ende nahm. Es war doch vollkommen verrückt, die Krabben vor Borkum zu fangen, sie dann nach Marokko zu schicken, wo sie gepult wurden, um sie danach wieder auf die Post zu geben und zurück nach Borkum bringen zu lassen, wo eine Rike Bodden sie als fangfrisch verkaufte. Über die Folgen für die Umwelt wollte Caro gar nicht nachdenken.

Rike Bodden stand lächelnd hinterm Tresen und bediente einen Kunden nach dem anderen. Für jeden fand sie ein liebenswürdiges Wort oder eine freundliche Bemerkung. Die Frau war wirklich sehr attraktiv, was durch ihre sympathische Art noch verstärkt wurde. Die braunen Locken hatte sie zu einem Dutt gesteckt, aus dem immer wieder eine Haarsträhne herausfiel und durch ihr Gesicht wehte. Die schwarze Schürze mit der Aufschrift »Bodden Fisch« hatte sie eng um ihre schmale Taille gebunden, wodurch ihre Figur noch mehr betont wurde. Und ihre rot geschminkten Lippen schienen die ganze Zeit zu lächeln. Trotzdem wirkte sie irgendwie traurig, das Lächeln eher gewollt als von Herzen, und Caro sah, dass sie versucht hatte, dunkle Augenringe mit viel Make-up wegzuschminken, was ihr nicht vollständig gelungen war.

Hinter dem Stand war ein großer, hellblonder Mann von bulliger Statur, der die leeren Fischkisten stapelte und die vollen Müllsäcke verknotete und zur Seite stellte. Immer wieder warf er einen misstrauischen Blick auf die zierliche Frau hinterm Tresen, so als wollte er sichergehen, dass sie sich nicht plötzlich die Schürze vom Leib riss und es mit dem nächsten Kunden in der Fischauslage trieb.

»Ich bring' die Kisten zurück zum Hafen«, rief er ihr zu.

»Ist gut, Schatz. Bis später!«

Die Stimme der Frau war etwas belegt und bemüht fröhlich, als versuche sie, möglichst unbeschwert zu wirken. Nervös strich sie sich eine Haarsträhne aus dem Gesicht, als sie den nächsten Kunden fragte, was er denn gerne hätte. Dabei setzte sie wieder wie auf Knopfdruck ihr charmantes Lächeln auf. Ihrem Mann war das nicht entgangen und er warf ihr einen strafenden Blick zu, den sie aber mit einem Luftküsschen aus der Welt schaffte. Sie beugte sich über den Tresen und reichte dem Kunden sein Fischbrötchen so, dass er einen hervorragenden Blick in ihr Dekolleté werfen konnte, was er auch hemmungslos tat. Genervt schleppte Hugo Bodden die Kisten weg und war kurz darauf hinter der nächsten Ecke verschwunden.

Caro und Jan warteten, bis sie an der Reihe waren, er bestellte sich ein Herings- und sie ein Krabbenbrötchen. Es dauerte einige Minuten, bis die drei Personen, die hinter ihnen in der Schlange gestanden hatten, sich mit ihrer Beute zu den anderen unter den Sonnenschirm gesellten. Dann sprach Caro die Frau an. Erneut stellte sie sich als Hinnerk Falks Schwiegertochter vor und behauptete, für seine Inselchronik zu recherchieren. Nachdem Rike Bodden ihnen Auskunft über den Stand gegeben hatte, den sie und ihr Mann bereits in der dritten Generation führten, lenkte Caro das Gespräch geschickt auf Hugo Bodden.

»Ach, dann war das eben Ihr Mann?« Caro stellte sich ahnungslos. »Ich dachte schon, das wäre Ihr Chef, so streng, wie er Sie immer angeschaut hat.«

Rike Bodden lachte künstlich. »Ja, streng gucken kann er! Er mag es nicht, wenn ich mit den Kunden mal ein bisschen flirte. Aber das ist nun mal gut fürs Geschäft, warum sollte ich es dann nicht tun?«

Caro nickte lächelnd und überlegte, wie sie das Gespräch jetzt am besten auf Arnd Schäfer lenken konnte, ohne dass es zu sehr auffiel.

»Hatten Sie was mit Dr. Schäfer? Dem Klinikchef?«, fragte Jan, und Caro wäre fast aus den Schuhen gekippt. Konnte man noch direkter fragen?!

Doch Rike Bodden wurde nicht stocksauer, wie Caro es eigentlich erwartet hatte, sondern lachte zu ihrer Überraschung laut auf, was in Caros Ohren allerdings ganz und gar nicht echt klang.

»Sie hören sich ja an wie mein Mann! Wie kommen Sie denn darauf?« Sie wandte sich ab, als würde sie etwas suchen, und Caro hatte den Eindruck, als wollte sie den Blickkontakt meiden.

Jan zuckte lächelnd mit den Schultern. »Wurde sich so erzählt.«

Rike Bodden hob überrascht den Kopf, lachte dann noch einmal künstlich, nahm einen Lappen und eine Sprühflasche mit einem Reinigungsmittel und begann, den gläsernen Tresen zu putzen, der blitzeblank war und den kein Fettfleck zierte.

Übersprunghandlung, ging es Caro durch den Kopf. Ihr Professor hatte das im Studium mal angesprochen, da es ein Verhalten war, das gerade bei Verdächtigen gehäuft vorkam. Aber auch bei allen anderen Menschen, die unter Stress standen. Und nicht nur bei denen. Das bekannteste Beispiel stammte von dem Zoologen Konrad Lorenz, der die Übersprunghandlung anhand von zwei Hähnen erklärt hatte: Wenn diese klären mussten, wem das Territorium gehörte, auf dem sie sich gerade befanden, dann hatten sie dafür zwei Möglichkeiten: Kampf oder Flucht. Das Erste war erfolgversprechender, das Zweite aber einfacher, weil risikoloser. Beide Möglichkeiten erschienen dem Federvieh also zunächst gleichwertig und brachten sie in ein ziemliches Dilemma. Was machten die Hähne also? Sie pickten erst mal ein paar Körner. Ein völlig sinnloses Verhalten, wenn es darum ging, die territoriale Frage zu klären. Aber so konnten sie etwas Zeit schinden, was sich wiederum beruhigend auf die Tiere auswirkte. Konrad Lorenz fand also heraus, dass Übersprunghandlungen der Stressminderung dienten. Und das funktionierte auch beim Menschen ganz hervorragend. Die meisten Verdächtigen fingen im Verhör zwar nicht an zu essen, wie es die Hähne bei Lorenz taten, aber sie kratzten sich, zwirbelten etwas mit den Händen oder machten andere sinnlose Dinge.

So wie das Putzen eines sauberen Tresens, dachte Caro.

»Ich habe drei Kinder«, begann Rike Bodden schließlich zu erzählen, ohne sie dabei anzuschauen. »Die Jüngste ist gerade mal vier, die anderen im schulpflichtigen Alter. Jeden Morgen stehe ich um fünf Uhr auf, um noch vor der Schule die Brötchen vom Bäcker zu holen, die ich für meinen Stand brauche. In der Zeit holt mein Mann den Fisch, und wenn die Kinder in der Schule und im Kindergarten sind, wird erst mal geschmiert. Ab zehn Uhr stehe ich in der Bude, jeden Tag, hole zwischendurch die Kleine vom Kindergarten und bringe sie zu meiner Mutter, dann bin ich wieder hier, bis abends um sechs. Danach kontrolliere ich die Hausaufgaben, mache Abendessen, bringe die Kinder ins Bett und kümmere mich um den Haushalt. Und jetzt sagen Sie mir mal, wann ich da noch eine Affäre zwischenpacken soll? Wie soll das denn zeitlich gehen?«

Caro fühlte sich an den Arbeitsalltag ihrer Eltern erinnert.

Sie ackerten von frühmorgens bis spätabends, und die Vorstellung, dass einer von ihnen in der Zwischenzeit noch fremdgehen würde, war einfach absurd. Allerdings vor allem deshalb, weil sie sich so sehr liebten. Auch wenn sie alle Zeit der Welt gehabt hätten, hätten sie sich nicht gegenseitig betrogen, und es wunderte Caro, dass Rike Boddens mögliche Affären einzig am engen Terminplan zu scheitern schienen.

Ein Argument, das für Jan erst recht nicht zählte. »Wenn man will, kriegt man das schon hin. Was man so hört, traf Schäfer sich ja gerne spätabends in der FFK-Sauna.«

Rike Bodden sprühte erneut die Glasfläche ein. »Kann schon sein. Aber nicht mit mir. Das habe ich meinem Mann auch gesagt. Aber der ist echt chronisch eifersüchtig! Schlimm.« Sie räusperte sich.

»Wo waren Sie und Ihr Mann denn am Freitagabend?«, fragte Caro.

Die Frau ließ ihren Putzlappen sinken und schaute Caro misstrauisch an. »Ist das ein Verhör? Hinnerk wird ja wohl kaum in seiner Chronik festhalten wollen, was wir Freitagabend immer so machen.«

Caro grinste entwaffnend. »Nein, natürlich nicht. Aber so ein ungelöster Todesfall auf Borkum ist ja auch nicht schön für eine Chronik. Und falls Sie in der Nähe der Sauna waren, haben Sie eventuell etwas gesehen ...?«

»Aha.« Rike Bodden sprühte erneut Glasreiniger auf den Tresen und wischte darüber. Skeptisch musterte sie Caro. So ganz schien sie ihr nicht zu trauen. »Wir waren zu Hause und haben ferngesehen, so wie immer. Und so wie sonst auch bin ich nach einer halben Stunde vorm Fernseher eingeschlafen. Gegen Mitternacht hat mein Mann mich geweckt, und ich bin rüber ins Schlafzimmer.«

»Mit Ihrem Mann?«

»Mit meinem Mann. Und als am nächsten Morgen der Wecker geklingelt hat, lag er noch neben mir. Reicht Ihnen das?«

»Natürlich.«

Caro war von dem Alibi nicht überzeugt. Hugo Bodden hätte genug Zeit gehabt, um sich von seiner schlafenden Frau wegzuschleichen und sich auf den Weg zur FKK-Sauna zu machen.

»Was war Dr. Schäfer eigentlich für ein Typ? Wie haben Sie ihn kennen gelernt?«

Rike Bodden machte ein nachdenkliches Gesicht und wischte über die Seitenteile des Tresens, die genauso sauber waren wie der Rest. Vielleicht hatte die Frau auch einen Putzzwang, dachte Caro kurz, verwarf den Gedanken dann aber.

»Er war nett ...«, antwortete Rike Bodden zögerlich, »er war charmant und – natürlich kannte ich seinen Ruf. Er hat ja nicht gerade viel anbrennen lassen.«

»Kennen Sie eine von seinen Gespielinnen?«, fragte Jan.

Caro schnappte hörbar nach Luft. »Gespielinnen? Was ist das denn für ein Ausdruck? Wir sind doch nicht im alten Rom!« In Sachen Kommunikation war bei Jan wirklich noch Luft nach oben. Kopfschüttelnd sah sie Rike Bodden an. »Männer ...!«

Die Frau grinste kurz und nickte. »Das habe ich auch gerade gedacht.«

Jan machte ein zerknirschtes Gesicht. »Was ist denn falsch an dem Wort?«

»Mit einer Gespielin spielt ein Mann«, erklärte Caro augenrollend. »Daher der Ausdruck. Aber erwachsene Frauen im

21. Jahrhundert begegnen ihren Affären durchaus auf Augenhöhe.«

»Man kann doch auch auf Augenhöhe miteinander spielen«, entgegnete Jan. »Wo ist denn das Problem?«

Caro musste zugeben, dass Jan damit recht hatte. »Wie auch immer«, sagte sie, um das Thema zu beenden. »Kannten Sie irgendeine der Frauen, mit denen Dr. Schäfer sich getroffen hatte?«

»Ehrlich gesagt, nein«, antwortete Rike Bodden und wich Caros Blick erneut aus. Sie legte ihr Putzzeug zur Seite und holte frische Papierservietten aus dem Regal, die sie auf den saubersten Tresen der Welt stellte. »Möchten Sie noch etwas wissen?«, fragte sie. »Da kommen nämlich die nächsten Kunden. Schönen Tag noch!«

Kannte sie wirklich niemanden, der etwas mit Dr. Schäfer gehabt hatte, oder wollte sie keine Namen nennen? Beides war denkbar. Vermutlich würde es keine Frau an die große Glocke hängen, wenn sie ein paar Stunden mit dem Klinikchef in der Sauna verbracht hatte. Vielleicht war Rike Bodden also einfach nur diskret und plauderte die intimen Geheimnisse der anderen nicht aus. Denn wenn es stimmte, was Hinnerk erzählt hatte, und Dr. Schäfer mit vielen Borkumerinnen etwas gehabt hatte, dann konnte sie sich nicht vorstellen, dass keiner von den Insulanern eine der Frauen kannte. Neuigkeiten, Klatsch und Tratsch gingen doch wie ein Lauffeuer über die Insel. In so einer eingeschworenen Gemeinschaft blieb doch selten etwas geheim. Aber offenbar wollte Rike Bodden nicht darüber sprechen.

»Das wäre bei uns anders«, meinte Jan, als sie den Fischbrötchenstand verlassen hatten und wieder über die Strandpromenade schlenderten. »Wenn bekannt wäre, dass eine attraktive Frau sich regelmäßig mit immer neuen Kerlen in der Sauna trifft, wäre das logischerweise Thema bei uns Männern. Dann wüsste jeder, wer sie wann besucht hätte. Warum auch nicht?«

»Weil es peinlich ist.«

»Sex zu haben?«

»Nein. Aber als Frau ist man immer noch schnell der Wanderpokal, während Männer die tollen Hechte sind. Das ist doch heute immer noch so. Bei dem Thema steckt die Emanzipation nach wie vor in den Kinderschuhen.«

»Dieses Emanzipationsding scheint dir wirklich wichtig zu sein.« Jan grinste sie an.

»Ja. Natürlich. Sollte es dir auch.«

Er grinste noch ein bisschen breiter und wollte offensichtlich gerade den nächsten Spruch machen, als er nachdenklich innehielt.

»Meinst du, sie hatte was mit Schäfer?«

Caro zuckte mit den Schultern. »Ich weiß es nicht. Aber sie verheimlicht uns irgendwas. Davon bin ich überzeugt.«

Es war ein Zufall gewesen. Oder ein Wink des Schicksals. Er verbrachte fast jeden Tag seine Pause mit einem Heringsbrötchen von Bodden. Und heute hatte er die Frau von der Strandsauna dort gesehen. Aus dem Augenwinkel hatte er sie beobachtet und fast jedes Wort hören können. Caro hieß sie, und ganz offensichtlich hatte sie sich mit dem aufgeblasenen Muskelmann vom Inselkeller zusammengetan, um ein bisschen rumzuschnüffeln. Von den Bullen hörte man fast nichts mehr, aber diese Caro schien nicht lockerzulassen. Wenn sie mit der Schnüffelei nicht aufhörte, dann würde er sich für sie etwas überlegen müssen …

Jan hatte sich mit Franziska Homann in Arnd Schäfers Wohnung verabredet. Um mehr über den Toten zu erfahren, hatte er vorgegeben, als freier Reporter einen Nachruf für die Zeitung verfassen zu wollen, für den er einige Informationen von der Witwe brauche, und Franziska Homann hatte dem Treffen schließlich zugestimmt. Caro wollte ihn begleiten, und da sie noch zwei Stunden Zeit hatten, setzten sie sich in eine der Strandbuden und tranken einen Kaffee.

»Was hast du denn genau bei der Bundeswehr gemacht?«, fragte Caro. »Du sollst ja ein echter Held sein.«

»Schon möglich.« Jan wirkte ungewöhnlich kurz angebunden.

»Und? Was ist dran? U-Boot-Einsätze im Atlantik, kilometerlange Fußmärsche im afghanisch-pakistanischen Grenzgebiet, Fallschirmabsprünge in der Ukraine?«, hakte sie neugierig nach.

»Gibt's alles bei der Bundeswehr.«

Sie verdrehte die Augen. »Das weiß ich. Aber ich will wissen, was davon du gemacht hast.«

»Das ein oder andere.« Warum war er nur so wortkarg? Sonst redete er doch auch dauernd über alles Mögliche.

»Und was genau?« Musste sie ihm denn alles aus der Nase ziehen?

»Das würde jetzt zu weit führen.«

»Finde ich gar nicht. Wir haben doch Zeit!«

»Ich will dich mit den alten Geschichten nicht langweilen.«

»Boah!« Caro war kurz davor, sich aufzuregen. »Wenn es mich langweilen würde, dann würde ich doch nicht fragen!«

»Stimmt.«

»Also?«

»Ich geh' mal eben zur Toilette.«

Caro konnte ihre Enttäuschung nicht verbergen. »Das ist alles?«

Jan lächelte entschuldigend. »Ich muss mal. Sorry.«

Verwundert sah sie ihm nach, als er Richtung Toiletten ging. Wenn er das extra machte, um ihre Neugier noch mehr zu wecken, dann war sein Plan aufgegangen. Jetzt stellte sie ihn sich als eine Art James Bond von Borkum vor, der zu Wasser, auf dem Land und in der Luft die wahnsinnigsten Heldentaten vollbrachte.

Die Frage war allerdings, warum er ihr nicht einfach offen und ehrlich erzählte, was er früher gemacht hatte. Entweder gab es kein Früher, und er hatte sein ganzes Leben auf Borkum verbracht, nie etwas auf die Reihe gekriegt und sich mit Gelegenheitsjobs durchgeschlagen. Oder er wollte seine wahre Vergangenheit nicht preisgeben. Aber warum? Hatte er etwas zu verbergen?

Als er an den Tisch zurückkam, hatte sie schon bezahlt und stand sofort auf, als sie ihn sah. Sie hatte keine Lust mehr, weiterhin die neugierige Fragerin zu geben, die er gnadenlos auflaufen ließ.

»Wollen wir?«

Die Wohnung von Arnd Schäfer lag in einem Neubaukomplex in unmittelbarer Nähe zum Alten Leuchtturm. Seitdem sie das erste Mal auf Borkum gewesen war, hatte Caro sich vorgenommen, den Turm einmal zu besteigen. Da er wegen Baumängeln aber nur selten zu besichtigen und meistens für die Öffentlichkeit gesperrt war, hatte sie es bisher nicht geschafft. Von Hinnerk wusste sie, dass der Turm Mitte des 16. Jahrhunderts als Seezeichen gebaut worden war, gleichzeitig aber als Kirchturm diente. Der Leuchtapparat auf dem Dach des Turmes wurde damals mit Öl betrieben, das in den

70er-Jahren des 19. Jahrhunderts in Brand geraten war. Sagenhafte zweitausend Liter Öl gingen damals in Flammen auf, und der Turm brannte komplett aus. Danach wurde er nicht mehr als Leuchtturm genutzt. Mit seinen 450 Jahren war er aber immer noch das älteste Gebäude der Insel.

Nur wenige Meter von dem historischen Turm entfernt befand sich der moderne Appartementkomplex. Die Wohnung von Arnd Schäfer war die einzige, die dauerhaft vermietet war, alle anderen wurden mehr oder weniger ganzjährig an Urlauber vergeben, was für den Vermieter wesentlich lukrativer sein durfte. Jan wusste zu erzählen, dass Schäfer die Wohnung nur deshalb mieten konnte, weil es für das offene Loft zu wenig Urlauberanfragen gegeben hatte. Eine teure Einraumwohnung suchte niemand, der mit Kindern unterwegs war, und Single-Yuppies mit üppigem Budget machten nun mal selten Urlaub auf der Insel. Eine klassische Fehlplanung verhalf dem verstorbenen Klinikchef damals also zu seinen vier Wänden.

Das großzügige Loft verfügte über bestimmt hundert Quadratmeter, schätzte Caro. Durch die Eingangstür betrat man den Küchenbereich, der von einem weißlackierten Tresen begrenzt wurde, vor dem drei ebenfalls weiße Barhocker standen. Dahinter öffnete sich der Wohnraum, in dessen hinterer Ecke, durch einen Paravent abgetrennt, ein großes Doppelbett stand. Auch der Wohnbereich war ganz in hellen Farben gehalten, zwei sandfarbene Sofas standen um einen weißen Couchtisch.

Ein Arzt, der den ganzen Tag über weiße Kleidung trug und in einer weißgestrichenen Klinik arbeitete, kehrte abends in seine weiße Wohnung zurück. Wie einfallsreich, dachte Caro, obwohl sie die Einrichtung durchaus geschmackvoll fand.

Nachdem Franziska Homann ihnen einen Kaffee angeboten hatte, stand sie vor der riesigen, professionellen Espressomaschine und versuchte etwas hilflos, das Gerät ans Laufen zu kriegen. Während Caro ihr erklärte, dass sie Jan bei der Recherche für den Artikel über Schäfer unterstützen würde, hörte Franziska Homann ihr kaum zu. Offenbar plagten sie andere Sorgen.

»Arnd hat den Kaffee gemacht«, sagte sie mit trauriger Stimme. »Morgens hat er mir immer den ersten ans Bett gebracht. Ich weiß gar nicht, wie dieses Ding überhaupt funktioniert. Dabei habe ich es ihm damals geschenkt.«

»Ein großzügiges Geschenk«, meinte Jan anerkennend.

Franziska Homann nickte. »Geld war nie unser Problem«, sagte sie traurig. »Wenn Sie beide gut verdienen und keine Kinder haben, ist so eine Maschine durchaus drin. Lieber hätte ich allerdings ein Kind von Arnd … Dann wäre mir jetzt etwas von ihm geblieben …« Sie stockte und unterdrückte ein Schluchzen. »Und jetzt kann ich mit dieser Maschine noch nicht mal einen verdammten Kaffee machen!«, sagte sie wütend und schlug mit der flachen Hand gegen das glänzende Chrom.

»Ein Wasser ist genauso gut«, sagte Caro sofort.

»Ich würde lieber einen Kaffee …«, begann Jan, hielt aber sofort inne, als Caros Fuß ihn am Schienbein traf. »Wasser ist super«, sagte er schnell.

Franziska Homann lächelte dankbar, machte aber keinerlei Anstalten, Gläser und Wasser zu holen. Stattdessen sackte sie auf einen der Barhocker und fuhr sich verzweifelt mit beiden Händen durchs Gesicht.

»Tut mir leid«, sagte sie leise. »Ich bin total durch den Wind.«

»Das wäre doch jeder«, sagte Jan erstaunlich einfühlsam. Er legte eine Hand auf ihren Arm und sah sie warm an.

Caro staunte, wie gekonnt er seine Stirn in Falten legte und wie sanft er mit Franziska Homann sprach. In diesem Moment wirkte er so empathisch, als wäre er von der Redakteurin einer Frauenzeitschrift als Prototyp des verständnisvollen Mannes am Reißbrett skizziert worden.

»Den Verlust eines geliebten Menschen steckt doch keiner so leicht weg«, sagte Jan. »Ich weiß noch, wie ich mich damals gefühlt habe … Es kam mir vor wie eine Amputation …«

Caro blickte überrascht auf. Jan war Witwer? Warum hatte Hinnerk ihr davon nichts erzählt? Caro musterte ihn und versuchte, aus seinem Gesichtsausdruck zu erkennen, ob er die Wahrheit sagte. Aber Jans Betroffenheit wirkte echt.

»Sie haben auch Ihre Partnerin verloren?«, fragte Franziska Homann mit brüchiger Stimme.

Anstatt zu antworten, wischte sich Jan nur über die Augen und ließ den Kopf hängen, wobei nicht klar wurde, ob er nickte oder nicht.

»Manchmal wache ich morgens auf und denke, alles ist in Ordnung, nichts ist passiert …«, fuhr er leise fort. »Es dauert einen Moment, und dann trifft mich die Wirklichkeit wie ein Schlag … Nichts ist in Ordnung … Alles ist zerstört …«

Franziska Homann nickte zustimmend. »Genauso geht es mir auch! Es ist wie ein Schock, wenn man realisiert, dass es eben doch kein Albtraum war …«

»… sondern dass der Albtraum ab heute dein Leben ist …«

Dankbar legte Franziska Homann ihre Hand auf seine. »Ich bin so froh, dass Sie mich verstehen.«

Jan machte ein mitfühlendes Gesicht. »Besser als Sie denken. Wie lange waren Sie ein Paar?«

»Fast zehn Jahre«, antwortete Franziska Homann und erzählte ihnen, wie sie Arnd bei einem Urlaub auf Borkum kennen gelernt hatte. »Als Hamburgerin fährt man ja eigentlich traditionell nach Sylt, aber ich wollte unbedingt mal etwas anderes sehen. Malediven, Seychellen, Karibik – das ist alles nichts für mich. Ich mag die Nordsee, ich brauche diese unglaublich frische Luft hier. Und so hat es mich nach Borkum verschlagen. Schon am ersten Abend hat er mich angesprochen. Er hatte gerade erst in der Kurklinik angefangen und war noch nicht lange auf der Insel. Ich saß am Musikpavillon, oben an der Strandpromenade, und er kam mit einem Glas Rosé zu mir, das man ihm aus Versehen gegeben hatte, obwohl er so was gar nicht trinkt … nie getrunken hat.« Sie lächelte versonnen. »Und so haben wir gemeinsam den Sonnenuntergang über dem Meer beobachtet und gleichzeitig der Musik gelauscht, die hinter uns gespielt wurde.«

»Das hört sich sehr romantisch an«, sagte Jan mit ähnlich versonnener Stimme.

»Ja. Das war es auch. Wer hätte gedacht, dass ich ausgerechnet hier die Liebe meines Lebens treffe?«

Er lächelte verstehend. »Die große Liebe kann man nicht suchen. Sie kommt, wann sie will.«

Caro runzelte die Stirn. Hatte nicht Julia Roberts diesen Satz zu Richard Gere gesagt? Oder stammte er aus einem der Bridget-Jones-Filme?

»Und leider geht sie auch, wann sie will«, fügte Franziska Homann traurig hinzu.

»Tja, fürs ewige Glück gibt's leider keine Garantie«, fuhr Jan mit einer Spur zu viel Pathos in der Stimme fort.

»Die gibt es nicht.« Franziska Homann sah ihn aus feuchten Augen an.

Caro wurde das langsam zu viel. Hatte Jan einen Ratgeber für Frauenversteher gelesen?

»Hatten Sie mal überlegt, nach Borkum zu ziehen?«, fragte sie deshalb und hoffte, das Gespräch in etwas nüchternere Bahnen lenken zu können und den Liebesplattitüden ein Ende zu setzen. Wenn die Liebe der beiden so groß und romantisch gewesen war, hätten sie ja zusammenziehen können.

Franziska Homann schüttelte den Kopf. »Nein. Ich habe in Hamburg eine gut laufende Werbeagentur. Alles selbst aufgebaut, es ist so was wie mein Baby. Wissen Sie …«. Sie stockte kurz, schien etwas sagen zu wollen und es sich dann doch anders zu überlegen. »Die Arbeit war immer alles für mich. Bis auf Arnd gab es nur die Agentur. So etwas gibt man nicht so einfach auf.«

»Das kann ich gut verstehen«, versuchte Caro das Gespräch weiterzuführen. »War so eine Fernbeziehung …«

»So eine Fernbeziehung ist nicht leicht, oder?«, unterbrach Jan sie, und Franziska Homann nickte erneut.

»Auf die Entfernung ist eine Beziehung nie leicht«, antwortete sie. »Aber für uns war sie aus verschiedenen Gründen das Beste.«

»Wegen seiner …?« Caro machte eine vielsagende Pause, aber Franziska Homann beachtete sie gar nicht.

Sie seufzte hörbar. »Ich habe Arnd von Herzen geliebt«, fuhr sie zögernd fort, »aber mit ihm zusammenzuleben? Nein, das wäre für mich nicht in Frage gekommen. Einerseits wegen der Agentur, andererseits aber wegen ihm. Er war kein leichter Mensch.«

»Die anderen Frauen?«, brachte Jan es nun auf den Punkt und legte seine Stirn in Dackelfalten, so wie es heute jedes männliche Model oder jeder Soap-Darsteller auf Instagram machte, um die Herzen der jungen Followerinnen höher schlagen zu lassen. Er hatte das wirklich gut drauf, das musste

Caro ihm lassen, auch wenn sie selbst für diesen Hundeblick nicht empfänglich war.

Franziska Homann dagegen schien er zu gefallen, konzentriert sah sie nur auf Jan. »Nein, das war mir egal. Ich war schon immer der Meinung, dass man Sex nicht überbewerten sollte. Aber Arnd war nicht einfach. Da war zum einen dieser Sauberkeitsfimmel. Er hat sein Bett jeden Tag frisch bezogen. Und schauen Sie sich mal hier um, Sie werden nirgendwo einen Fussel finden …«

Deshalb also dieser Weiß-Tick, dachte Caro, die ihren Blick durch die klinisch saubere Wohnung gleiten ließ.

»… und wenn man ihm Dreck in seine vier Wände schleppte, wurde er richtig wütend. Er konnte manchmal sehr cholerisch sein.«

»Wie zeigte sich das noch?« Caro versuchte erneut, Teil der Unterhaltung zu werden. Obwohl Franziska Homann ihre Frage beantwortete, schaute sie dabei weiterhin nur Jan an, und Caro hatte nun endgültig das Gefühl, dass sie sich hier besser im Hintergrund hielt. Offenbar hatte Jan einen ganz besonderen Draht zu der Frau.

»Er konnte schnell laut werden. Diplomatie war nicht unbedingt seine Stärke. Wenn er sauer wurde, merkte man das sofort. Aber schreiben Sie das bitte nicht in den Nachruf.«

»Natürlich nicht.«

Dass Schäfer ein Choleriker gewesen war, hatte Caro am eigenen Leib erlebt, als er versehentlich in Ailas Kacke getreten war und dafür die arme Lara verantwortlich gemacht hatte. Natürlich war es für einen Reinlichkeitsfanatiker eine Herausforderung, die Fassung zu wahren, wenn ihm die Ausscheidungen eines Hundes über die Sohle schwappten, aber trotzdem war sein Verhalten Lara gegenüber eindeutig zu heftig gewesen. Und nur selten waren Menschen, die im Berufsleben so aufbrausend und ungerecht sein konnten, privat wie sanfte Lämmer. Unwillkürlich fragte sie sich, wie Arnd Schäfer wohl als Liebhaber gewesen war. Sie konnte sich nicht vorstellen, dass er die Frauen zärtlich und liebevoll umgarnt hatte. Wahrscheinlich hatte er die Sauna deshalb als Treffpunkt gewählt, weil man dort schnell zur Sache kommen konnte, ja, eigentlich sogar musste. Ein langes Vorspiel – vermutlich auch ein kurzes – fiel bei solchen Temperaturen aus, ebenso wie postkoitale Zärtlichkeiten, die bei Männern ja eh nicht ganz oben auf der Prioritätenliste standen. Und bei einem Typen wie Arnd Schäfer wahrscheinlich schon mal gar nicht. Zick, zack, rein, raus und Schäfer war auf seine Kosten gekommen, ohne Gefahr zu laufen, in seiner blitzsauberen Wohnung womöglich ein fremdes Haar zu finden oder einer seiner Liebhaberinnen am Morgen noch einen Kaffee servieren zu müssen. Dieser Genuss war Franziska Homann vorbehalten gewesen.

Am liebsten hätte Caro die Frau gefragt, ob sie mit ihrer Vermutung richtiglag, verkniff sich die Frage aber besser. Sie konnte sich vorstellen, wie irritiert Franziska Homann darauf reagiert hätte, und das wohl auch mit Recht. Zumal die Frage mit dem Verfassen eines Nachrufs nur schwer unter einen Hut zu bringen wäre.

»Wie kamen denn seine Freunde mit seinen Launen klar?«, fragte Jan.

Sie zuckte mit den Schultern. »Richtige Freunde hatte er eigentlich nicht. Am Wochenende kam er meistens nach Hamburg. Er war jetzt fast zehn Jahre hier der Klinikchef, aber so richtig ist er auf Borkum nie angekommen. Bis auf den Inselclub hatte er praktisch kaum Kontakte«, antwortete Franziska Homann.

»Von seinen Affären mal abgesehen«, rutschte es Caro raus, und zum ersten Mal drehte Franziska Homann den Kopf zu ihr. Die Ablehnung in ihren Augen war nicht zu übersehen.

»Sie müssen nicht darauf herumreiten«, sagte sie kalt.

»Das wollte ich nicht«, entgegnete Caro erschrocken.

Wenn sie eins nicht wollte, dann betrogenen Frauen den Betrug ihrer Männer vorzuhalten. Schließlich war sie selbst in einer ähnlichen Situation gewesen, auch wenn sie nicht ganz zu vergleichen war. Caro hatte keine offene Beziehung geführt, jedenfalls hatte sie nicht gewusst, dass sie ganz offenbar eine führte. Franziska Homann dagegen hatte sich mit den zahlreichen Affären einverstanden gezeigt. Eifersucht dürfte für sie daher doch eigentlich nicht existieren.

»Ich dachte, die anderen Frauen wären kein Problem für Sie gewesen?«, fragte Caro daher nach.

»Waren sie auch nicht. Trotzdem brauchen Sie es mir nicht dauernd unter die Nase zu reiben.«

Caro war erstaunt, wie empfindlich die Frau plötzlich reagierte. Möglicherweise war das so wie bei ihrer Freundin Mila, die immer wieder betonte, dass ihre füllige Figur kein Problem für sie war. Aber sobald Caro oder Lisa etwas sagten, das in Richtung ›Das Kleid ist dir zu eng‹ ging, war sie jedes Mal total eingeschnappt.

»Tut mir leid, ich …«, wollte Caro sich deshalb bei Franziska Homann entschuldigen, aber die hatte sich längst wieder Jan zugewandt.

»Eine offene Ehe funktioniert meiner Meinung nach nur, wenn man den Seitensprung des anderen nicht dauernd mitkriegt«, erklärte sie ihm. »Auch deshalb war eine Fernbeziehung die beste Lösung für uns. Wenn mir dauernd einer unter die Nase gerieben hätte, was Arnd gerade so treibt, hätte das unsere Ehe nur belastet«, fügte sie mit Seitenblick auf Caro hinzu.

Jetzt warf auch Jan ihr einen tadelnden Blick zu. Caro war kurz davor, dem pathetischen Frauenversteher und der stutenbissigen Witwe die Meinung zu geigen, konnte sich aber im letzten Moment zurücknehmen. Sollten die beiden doch denken, was sie wollten. Hauptsache, sie kamen bei ihrem Fall weiter.

»Da haben Sie natürlich recht«, sagte Caro mit sanfter Stimme und bemühte sich um ein entwaffnendes Lächeln. Sie lehnte sich betont entspannt zurück, um damit deutlich zu signalisieren, wie sehr ihr die Blicke und Bemerkungen der beiden am Arsch vorbeigingen. Einen Wimpernschlag später landete sie auf eben diesem und schrie schmerzhaft auf. Dass die Barhocker keine Rückenlehnen hatten, hatte sie leider nicht abgespeichert. Jan und Franziska Homann blickten aus ihren erhöhten Positionen auf sie herab. Sie bemühten sich noch nicht mal, ihre Schadenfreude zu verbergen.

»Wehgetan?«, fragte Jan, und es schwang deutlich weniger Empathie in seiner Stimme mit als noch vor wenigen Minuten im Gespräch mit der Witwe.

»Geht schon«, meinte Caro und rappelte sich auf.

»War Arnd schon immer so cholerisch oder ist er das erst mit der Zeit geworden?«, fragte Jan mit seiner einfühlsamen Stimme weiter, ohne irgendwelche Anstalten zu machen, Caro hochzuhelfen.

War das wirklich derselbe Mann, der sie beim ersten Aufeinandertreffen abgescannt hatte, ohne sein Interesse an ihr im Geringsten zu verbergen? Oder bildete sie sich das alles nur ein? Dass sie Männern gegenüber empfindlich geworden war, hielt sie inzwischen für eine nicht zu bestreitende Tatsache.

»Arnd war immer schon so«, antwortete Franziska Homann. »Ich glaube, das liegt an seiner Familiengeschichte. Sein Vater und sein Bruder waren beide schwerkrank und starben praktisch vor seinen Augen. Das lässt einen nicht unberührt. Und wenn man dann noch mitansehen muss, wie die Mutter an der Trauer zerbricht, da kann man schon mal eine gehörige Wut auf die Welt kriegen.«

Caro saß inzwischen wieder auf ihrem Barhocker. »Er selbst war von der Herzkrankheit verschont geblieben?«

»Das hat er jedenfalls immer behauptet. Aber wie man jetzt sieht …« Ihre Stimme stockte, und sie musste sich räuspern, bevor sie weitersprechen konnte. »Jahrelang hat er seine ganze berufliche Energie in die Erforschung dieser Krankheit gesteckt. Ohne Erfolg. Wodurch seine Wut auf die Welt nicht gerade kleiner wurde. Und jetzt ist er selbst an einem Herzinfarkt …« Sie verstummte.

»Das ist wirklich traurig«, murmelte Jan leise.

»Aber er hatte auch seine liebenswerten Seiten«, warf Franziska Homann schnell ein, »natürlich, sonst wäre ich ja nicht mit ihm verheiratet gewesen. Er konnte unheimlich einfühlsam sein.«

»Er war unter den Patientinnen sehr beliebt.« Caro überlegte, ob diese Bemerkung womöglich wieder falsch ankommen könnte. Der vernichtende Blick von Franziska Homann bestätigte sie in der Annahme.

»Ich glaube, die Arbeit in der Kurklinik hat ihn wirklich erfüllt«, sagte sie zu Jan, ohne auf Caros Bemerkung einzugehen. »Das lag an seiner traumatisierten Mutter. Arnd konnte gut mit traumatisierten Patientinnen. Und die allermeisten Frauen in der Klinik sind ja durch irgendeinen Schicksalsschlag traumatisiert.«

Caro musste schlucken. »Wie kommen Sie denn darauf?«

»Sie waren wohl noch nie in so einer Klinik, was?«

»Doch«, gab sie selbstbewusst zurück, »ich habe selbst schon so eine Kur gemacht.«

Caro verschwieg lieber, dass sie aktuell Patientin in der Klinik und Arnd Schäfer ihr behandelnder Arzt gewesen war.

Mitleidig musterte Franziska Homann sie. »Dann sind Sie also auch so ein armes Geschöpf.«

»Ganz und gar nicht«, antwortete Caro mit fester Stimme. »Und ich habe in meiner Kur kein einziges *armes Geschöpf* kennen gelernt. Im Gegenteil. Ich würde sogar behaupten, dass nur die Starken eine Kur in Anspruch nehmen, weil sie nämlich ihre Stärke behalten wollen.«

»Das klingt wie ein auswendig gelernter Satz aus Arnds Klinikprospekt.« Die Stimme von Franziska Homann war nun fast spöttisch. »Aber ich will auf keinen Fall Witze auf Ihre Kosten machen. Es ist schön, wenn Sie sich wieder im Griff haben.«

»Darum geht es bei so einer Kur doch gar nicht!«

Dachte die Frau etwa, das wäre so etwas wie eine Betty-Ford-Klinik? Caro merkte, wie empört ihre Stimme klang. Da sie die Unterhaltung nicht gefährden wollte, entschuldigte sie sich knapp, fragte nach der Toilette und schloss sich kurz darauf in ein weißgekacheltes Gäste-WC ein. Alles in diesem verdammten Loft war weiß, das war ja kaum auszuhalten.

Natürlich war ihr klar, dass eine Mutter-Kind-Kur nur von Frauen genutzt wurde, die mit ihren Kräften irgendwie am Limit waren. Viele hatten eine Scheidung hinter sich oder waren verwitwet, alle, die sie bisher kennen gelernt hatte, waren alleinerziehend, hetzten zwischen Büro und Kindern hin und her, hatten zu viel Kummerspeck oder chronische Verspannungen und einige auch mehr als das. Was sie alle nicht hatten, war Zeit für sich selbst, um zur Ruhe zu kommen, abzuschalten und Kräfte zu sammeln. Und genau dafür war diese Kur da.

Warum fand sie es eigentlich so schlimm, wenn jemand sie für traumatisiert oder sonst wie geschädigt halten könnte? Sie befand sich in einem wahren Rosenkrieg, der vermutlich auch während ihrer Zeit auf Borkum weitertoben würde, sie hatte keinen festen Wohnsitz, kein Einkommen und keine Ahnung, womit sie in Zukunft ihr Geld verdienen sollte. Die starke Caro, die sich hochgearbeitet hatte aus dem einfachen Kölner Arbeitermilieu bis zum Jurastudium, hatte in den letzten Monaten eine heftige Krise erlebt, das war nicht schönzureden.

Caro stützte sich auf dem Waschbecken ab und blickte in ihr schmales, blasses Gesicht, das nur auf der Stirn eine leichte Rötung von der Sonne zeigte.

Nein, das war nicht die Frau, die immer gewusst hatte, wie der Hase läuft. Das war die alleinerziehende Mutter, die in den letzten Monaten knietief durch die emotionale Scheiße waten musste, die Unterstützung und Hilfe gesucht und zum Glück bekommen hatte. Ja, auch sie war irgendwie geschädigt, hatte ihren Lebenstraum für einen Arschlochehemann aufgegeben und war ordentlich auf die Schnauze gefallen. Das alles war sicherlich ein Grund, um traurig und wütend zu sein, was sie ja auch ausgiebig gewesen war. Aber war es ein Grund, sich zu schämen? Jeder konnte mal auf die Klappe fallen. So war das Leben. Aufstehen, Krone richten, weitermachen. Das war das Entscheidende. Schämen sollte sie sich, wenn sie liegen bleiben und ihr Schicksal betrauern würde, anstatt es in die Hand zu nehmen.

Sie ließ den Wasserhahn laufen und wusch sich das Gesicht, das sich etwas sandig anfühlte, obwohl sie heute nicht am Strand gewesen war. Aber ein Gang über die Promenade reichte meistens aus, um eine leichte Borkumer Panade zu bekommen.

Es war an der Zeit, dass sie ihr Leben endlich wieder selbst in die Hand nahm. Dass sie von Lisas Couch verschwand und in eine eigene Wohnung zog, sich einen Job suchte und für ihren Lebensunterhalt aufkam. Und mit dem Kapitel Nils Falk endgültig abschloss. Sie hatte einen Tiefschlag abbekommen, aber sie würde sich davon erholen, davon war sie in diesem Moment in der Gästetoilette von Arnd Schäfer überzeugt.

Sie nahm das kleine weiße Handtuch, das neben dem Waschbecken hing, trocknete sich damit die Hände ab und wischte über den Spiegel, der einige Tropfen abbekommen hatte. Zu ihrer Überraschung gab er nach und entpuppte sich als Tür eines Spiegelschranks, den sie nicht wahrgenommen hatte, da die Ränder mit der Wand abschlossen.

Erstaunt ließ sie ihren Blick über die drei Regalflächen wandern. Dicht gedrängt standen dort, Parfümzerstäubern ähnlich, zahllose kleine Fläschchen mit der Aufschrift *Cyber Cleaner*. Neugierig nahm Caro eins in die Hand.

›Mit Cyber Cleaner reinigen Sie das Display Ihres Handys, Laptops oder Tablets innerhalb von Sekunden‹, stand auf dem Produktaufkleber neben der unverbindlichen Preisempfehlung von 5,99 Euro.

Wie praktisch, dachte sie im ersten Moment. Ihr Handydisplay war dauernd verschmiert, und das Reinigungsspray passte in jede Hosentasche. Bisher hatte sie ihr Display immer mit dem Ärmel ihres Pullovers sauber gemacht, jetzt konnte sie fast sechs Euro dafür ausgeben, um es … was für ein Quatsch, ging es ihr sofort durch den Kopf. Wer gab Geld für etwas aus, wenn ein Stück Stoff am Körper denselben Job für lau übernahm?

Kopfschüttelnd stellte sie das Fläschchen zurück in den Schrank und dachte daran, was Franziska Homann gesagt hatte. Arnd Schäfer hatte einen ausgeprägten Sauberkeitsfimmel gehabt. Und Geld hatte für das kinderlose Erfolgspaar keine Rolle gespielt. Caro wusste nur zu gut, wie sich das anfühlte, wenn Geld im Überfluss vorhanden war. Auch sie hatte früher Dinge gekauft, die kein Mensch brauchte. Wie viel Geld sie allein für Küchenutensilien ausgegeben hatte! Obwohl sie nicht gerne kochte! Komische Kratzgeräte, um dünne Scheibchen von einer Zitronenschale zu kratzen – ein einziges Mal hatte sie das Teil benutzt. Oder ein ähnliches Gerät, um Butter in runde Röllchenform zu bringen – sie konnte sich nicht erinnern, das jemals getan zu haben. Menschen mit zu viel Geld und zu viel Zeit konnten wirklich auf beknackte Ideen kommen.

»Tut mir leid, dass du deine Frau verloren hast«, sagte Caro zu Jan, als sie sich von Franziska Homann verabschiedet hatten und auf dem Weg zurück zur Kurklinik waren.

»Wer? Ich?« Jan sah sie überrascht an. »Ich war noch nie verheiratet.«

»Oder Freundin. Oder meinetwegen auch Freund.«

»Du hältst mich für schwul?« Nun war er geradezu erschrocken.

»Wär' doch nicht schlimm.«

»Natürlich nicht. Aber ich bin das Gegenteil von schwul!«

Caro verdrehte die Augen. »Mir ist völlig egal, ob du schwul oder hetero oder weiß der Teufel was bist. Ich wollte nur sagen, dass es mir leidtut, dass du offensichtlich einen dir sehr nahestehenden Menschen verloren hast. Das hast du doch eben zu der Homann gesagt!«

»Ach so, das meinst du.« Jan grinste sie schief an. »Das war nur eine Taktik, um Nähe zu ihr aufzubauen. Meinen Exfreundinnen geht's zum Glück allen gut.« Er schluckte und bemühte sich sichtbar um eine lockere Miene.

Caro warf ihm einen skeptischen Blick zu, den er aber nur mit einem aufgesetzten Lächeln konterte. Sie entschied sich, nicht weiter nachzuhaken, obwohl sie nicht glaubte, dass die Geschichte komplett gelogen war. So viel Betroffenheit und Anteilnahme konnte er nicht geheuchelt haben. Moralisch zutrauen würde sie ihm das zwar durchaus, aber sie glaubte nicht, dass er die schauspielerischen Qualitäten für so ein Theater hatte. Seine Rolle als Mann, der um eine verlorene Liebe trauerte, hatte geradezu authentisch gewirkt.

»Als du auf dem Klo warst, hat sie mir noch erzählt, dass sie ihn in Wuppertal beerdigen will«, sagte Jan. »Da liegen sein Bruder und sein Vater. Dann sind sie alle zusammen.«

Für eine Weile waren sie beide ganz still. Bei allem detektivischen Ehrgeiz, den sie entwickelt hatten, geriet manchmal in Vergessenheit, dass ein Mensch gestorben war. Und mit ihm war nun praktisch eine ganze Familie tot.

»Lebt die Mutter eigentlich noch?«, fragte Caro dann. Der Gedanke trieb sie schon länger um, und sie hoffte, dass Jan die Frage mit einem klaren Nein beantwortete.

»Ja. Sie ist in einem Pflegeheim. Offenbar dement. Was in dem Fall ja ein Segen ist.«

Das sah Caro genauso. Die Vorstellung, im hohen Alter am Grab der gesamten Familie zu stehen, war einfach grauenerregend. In so einem Fall konnte das Vergessen eine Gnade sein. Wobei sie sich fragte, ob demente Menschen die großen

Traumata ihres Lebens vergessen konnten. Sie hatte mal einen Bericht gelesen, in dem es um Überlebende des Zweiten Weltkriegs ging, die ihr Leben lang nicht über das Leid gesprochen hatten, das sie während der Kriegszeit erleben mussten. Und dann, Jahrzehnte später, waren sie komplett dement in einem Pflegeheim und weinten und jammerten, ließen sich nicht anfassen und waschen, aus Angst vor den Qualen und Schmerzen, die sie vor so langer Zeit erlitten hatten und die sie erst jetzt wieder spürten. In solchen Fällen war die Demenz kein Segen, sondern ein Fluch, der die Mauer des Verdrängens zum Einsturz brachte und alle Erinnerungen als düstere Schrecken ans Tageslicht beförderte, ohne dass der Betroffene sie noch einordnen konnte.

»Wie gehen wir jetzt weiter vor?«, fragte Jan.

»Wir müssen herausfinden, mit welchen Frauen sich Schäfer in den letzten Tagen getroffen hat«, überlegte Caro laut und erzählte Jan von Natascha, ihrer Mitpatientin. »Ich könnte mir gut vorstellen, dass sie nicht nur mit ihm rumgeknutscht hat, sondern dass da mehr lief. Keine Ahnung, ob sie die Einzige war.«

»Das müsste man doch rauskriegen können.«

»Aber wie? Ich kann ja schlecht jede Frau auf der Insel darauf ansprechen. Und Natascha ist nicht sonderlich auskunftsfreudig. Ich weiß nicht, wie oft sie sich mit Schäfer getroffen hat, was da wirklich lief und ob da noch Zeit für andere Frauen blieb.«

»Vielleicht sollte ich mal mit ihr sprechen …«

Caro verdrehte die Augen. »Ich glaube nicht, dass Natascha schon wieder offen für einen neuen Flirt ist.«

Er sah sie empört an. »Habe ich etwa mit Franziska Homann geflirtet? Du tust ja so, als wenn ich nur die eine Masche draufhätte.« Jan machte ein nachdenkliches Gesicht. »Hab ich aber nicht …«

Offensichtlich hatte er eine Idee, wie man aus Natascha weitere Informationen herausbekommen konnte.

Nachdem sie sich für den nächsten Tag verabredet hatten, war Caro in die Kurklinik zurückgekehrt. Hinnerk hatte ihr vor einer halben Stunde eine Nachricht geschickt, dass er Justus wieder in die Klinik gebracht hatte, und so traf sie ihren Sohn im Aufenthaltsraum an, wo er mit ein paar Kindern Monopoly spielte. Und diesmal spielten sie tatsächlich das Brettspiel, wie Caro erfreut feststellte. Sie erinnerte sich an eine Diskussion, die sie in der ersten Klasse mit einer anderen Mutter geführt hatte, die Monopoly sehr energisch ablehnte, weil sie fand, dass die Kinder dadurch viel zu früh mit dem Thema Gewinnmaximierung konfrontiert würden, wodurch sich der Leistungsdruck auf sie erhöhen würde. Caro hatte damals einen Lachanfall bekommen und gedacht, dass die Frau einen Witz auf Kosten dieser hyperbesorgten Mütter machen würde. Weit gefehlt. Die Frau gehörte selbst zu dieser Kategorie, die zu ihrer Überraschung noch rigoroser war als jedes Klischee.

Caro dagegen fand es einfach gut, wenn Justus mal analog spielte und nicht nur daddelte. Natürlich wollte sie ihm Tablet und Handy nicht vollständig verbieten, ihr war klar, dass diese Generation damit aufwuchs und es wichtig war, dass er den Umgang mit diesen Geräten lernte. Schließlich würde er später in seinem Berufsleben permanent damit zu tun haben. Trotzdem fragte sie sich manchmal, ob die Natur den Menschen dafür vorgesehen hatte, stundenlang auf einen flackernden Bildschirm zu starren. Dann lieber am Tisch sitzen und sich still und heimlich freuen, wenn der andere einen Schein nach dem anderen zusammenkratzen und eine Hypothek aufnehmen musste, um die anfallenden Kosten begleichen zu können.

Begeistert erzählte Justus ihr von seinem Tag, den er mit Großvater und Hund am Strand verbracht hatte, von dem umfangreichen Tunnelsystem, das sie gebaut hatten und das relativ schnell von Aila wieder zerstört wurde, was der Junge seiner Hündin aber nicht übel nahm. Außerdem hatten sie Krebse gefangen und in einem extra gebauten Strandteich aufbewahrt, sie am Ende des Tages aber wieder in die Freiheit entlassen, wofür Caro ihn lobte. Dann hatten sie sich in der Pizzeria am Leuchtturm noch eine XXL-Pizza gegönnt, und obwohl Justus eigentlich todmüde sein musste, bettelte er Caro an, die Partie noch zu Ende spielen zu können.

»Monopoly ist doch nie zu Ende«, meinte Caro schmunzelnd.

»Noch eine Stunde?«

»Okay. Aber dann geht's ins Bett.«

Justus nickte und freute sich im nächsten Moment, weil einer der anderen auf die Schlossallee gekommen war, die in seinem Besitz war und auf der er schon zwei Häuser stehen hatte.

»Das wird teuer!«, rief er begeistert und kassierte einen bunten Schein nach dem anderen.

Caro wollte erst mal aufs Zimmer gehen und in Ruhe duschen, um Justus dann etwas später aus dem Aufenthaltsraum abzuholen. Von alleine würde ihr Sohn sowieso nicht kommen, davon war sie überzeugt. Wie es sich für Monopoly gehörte, würde er die Zeit vergessen, und wenn ihn niemand abholte, würde er die ganze Nacht an dem Tisch sitzen, erst Häuser und dann Hotels bauen und stolz sein ganzes Geld zählen.

Als sie die Treppe zum zweiten Stock hinaufging, sah sie durch die Glastür, die das Treppenhaus vom ersten Stockwerk trennte, Lara und den Hausmeister stehen. Sie waren ungefähr dreißig Meter von ihr und der Tür entfernt und schienen über irgendetwas zu diskutieren. Caro wollte schon weitergehen, hielt dann aber inne, als Lara laut wurde.

»Nein! Das kann nicht sein!«

Brauchte die Frau Hilfe? Bedrängte sie der Hausmeister etwa? Aufgebracht schlug Lara dem Mann auf die Brust, der mit hochrotem Gesicht vor ihr stand. Es war nicht zu übersehen, dass die beiden einen heftigen Streit hatten. Was immer da los war, es konnte nicht schaden, ihr schnellstens zu Hilfe zu eilen.

Als Caro die Etagentür gerade aufreißen wollte, hörte sie etwas, dass sie unwillkürlich zurückzucken ließ.

»Als ich ihn gesehen hab, ging's ihm bestens!«, sagte der Hausmeister, und seiner Stimme war anzuhören, wie er versuchte, ruhig zu bleiben.

»Das stimmt doch nicht!« Aus Lara sprach die pure Verzweiflung.

»Doch. Ich schwöre es dir, Schatz.«

Schatz? Hatte der Hausmeister *Schatz* zu Lara gesagt, oder hatte sie sich verhört? Caro war sich nicht ganz sicher. Sie sah, wie Lara sich eine Träne wegwischte und schließlich zögerlich nickte, während der Mann weiter leise mit ihr sprach, sodass Caro es nicht mehr verstehen konnte. Liebevoll strich er ihr über die Wange und legte schließlich tröstend einen Arm um sie.

Genau in dem Moment trafen sich ihre Blicke, und der Hausmeister ließ sofort seinen Arm von Laras Schulter fallen. Caro zuckte erschrocken zusammen, als sie in die stechenden

Augen des Mannes sah. Eisblau waren sie und so kalt, dass es sie unwillkürlich fröstelte. Sie drehte sich auf dem Absatz um und rannte die Stufen zum zweiten Stock hoch. Atemlos hörte sie, wie die Etagentür, vor der sie eben noch gestanden hatte, geöffnet wurde und Schritte durch das Treppenhaus hallten.

»Sie hat uns beobachtet!«

Dummerweise hatte der Hausmeister die Situation richtig erkannt.

»Das kann ich mir nicht vorstellen.« Lara. Immer noch verzweifelt, aber hörbar darauf bedacht, ihn zu beruhigen. »Wahrscheinlich war es nur eine Patientin, die auf ihr Zimmer wollte.«

»Das will ich hoffen. Für sie.«

Mehr konnte Caro nicht hören, da die Etagentür zum zweiten Stock hinter ihr ins Schloss gefallen war und sie keine Sekunde länger in dem Flur bleiben wollte. Mit pochendem Herzen eilte sie zu ihrem Zimmer, schloss es auf und schlug erleichtert die Tür hinter sich zu. Mit zittrigen Knien stand sie für einen Augenblick einfach so da. Der Mann jagte ihr Angst ein, und sie wusste nicht genau, warum.

Caro ging zu dem Regal, in dem zwei Gläser und eine Flasche stilles Wasser standen, goss sich etwas ein und trank es in einem Zug aus. Dann setzte sie sich auf das kleine Sofa und versuchte, sich zu beruhigen und einen klaren Gedanken zu fassen.

Was hatte sie da eben beobachtet?

Die beiden hatten über Dr. Schäfer gesprochen, da war sie sich relativ sicher. Aber das musste nichts zu bedeuten haben, alle in der Klinik sprachen permanent über Dr. Schäfer und seinen grausamen Tod. Allerdings nicht in der Art, wie es die beiden gemacht hatten, die ganz offensichtlich in einen Streit geraten waren. In einen Streit darüber, wann der Hausmeister Dr. Schäfer das letzte Mal gesehen hatte und in welcher Verfassung der Klinikchef da gewesen war.

Caro zog sich aus, ging ins Bad und stellte sich unter die Dusche. Während sie ihre Haare schamponierte, fragte sie sich, ob Lara und der Hausmeister ein Paar waren. Und wenn ja, war es dann relevant für den Fall?

Lara war eine attraktive Frau, es war gut möglich, dass sie etwas mit Schäfer gehabt hatte. In sein Beuteschema passte sie allemal, und sein Ausbruch ihr gegenüber könnte auch der verbale Schlag gegen eine Exgeliebte gewesen sein.

Caro hatte das am eigenen Leib bei Nils erlebt. Sie hatten sich oft darüber gestritten, in welchem Ton ihr Noch-Ehemann früher mit Justus' Erzieherin in der Kita gesprochen hatte. Er hatte Frau Engelbrecht stets von oben herab behandelt, hatte harsche Bemerkungen gemacht, wenn Justus' Kleidung vom Spielen verschmutzt war, und hatte die Kompetenzen der Erzieherin in Frage gestellt. Erst jetzt, nach der Trennung, war ihr klargeworden, dass er damals extra mit der Frau so gesprochen hatte. Er hatte ihr die Kommentare nur reingewürgt, wenn Caro dabei war, das hatte sie später von einer anderen Mutter erfahren, die sich gewundert hatte, wie nett Nils mit Frau Engelbrecht sprach, wenn Caro nicht dabei war. Das ganze Theater galt ausschließlich der Vertuschung ihrer Affäre.

Möglicherweise hatte Dr. Schäfer eine ähnliche Taktik verfolgt. Oder er war aus gekränkter Eitelkeit so fies zu ihr gewesen, weil Lara ihn abserviert hatte. Vielleicht, weil ihr Mann von der Affäre Wind gekriegt hatte? Und vor lauter Eifersucht hatte er Schäfer dann ermordet?

Das alles ergab nur Sinn, wenn der Hausmeister und Lara

ein Paar waren. Es konnte doch nicht so schwierig sein, das herauszufinden.

Caro stellte die Dusche ab und griff nach einem Handtuch. Es war immer noch Sand an ihrem Körper, und es schien ihr unmöglich zu sein, auf dieser Insel wenigstens für kurze Zeit völlig sandfrei zu sein. Auch wenn man ihn nicht sehen konnte, war praktisch immer etwas Sand auf dem Boden, in ihren Sachen, ja selbst in ihrem Bett. Von ihren Haaren wollte sie gar nicht reden.

Nachdem sie sich abgetrocknet und eingecremt hatte, zog sie sich einen bequemen Jogginganzug an und setzte sich mit ihrem Handy wieder auf das kleine Sofa. Morgen würde ihr Walkingkurs stattfinden. Eva hatte eine Vertretung gefunden, die die Gruppe so lange leiten würde, bis sie sich von ihrer Fußverletzung erholt hatte. Gleich morgen früh wollte sie ihnen die neue Trainerin vorstellen. Die aufgeschlossene Eva machte den Eindruck, als würde sie jeden in der Klinik kennen. Vielleicht wusste sie ja, ob Lara etwas mit Dr. Schäfer gehabt hatte.

Caro öffnete den Posteingang ihrer Mails und blickte auf sieben neue Nachrichten. Von Nils. Sieben. Sie seufzte. Was wollte er denn nun schon wieder?

»Was für ein Arsch«, sagte sie leise, nachdem sie die erste Mail gelesen hatte, in der er sich doch tatsächlich darüber beschwerte, dass sie in den letzten Monaten ihre Einkäufe mit der Kreditkarte bezahlt hatte, die über sein Konto lief. Sie war davon nicht groß shoppen gegangen, sondern hatte einfach nur die Notwendigkeiten des alltäglichen Lebens damit bezahlt. Irgendwas mussten sie und Justus ja schließlich essen, sie konnten sich doch nicht die ganze Zeit an Lisas Kühlschrank bedienen, ohne ihn selbst einmal aufzufüllen, das musste Nils doch klar sein! Außerdem wuchs der Junge praktisch permanent, da brauchte er auch mal was Neues zum Anziehen. Seine Sneakers waren kaputtgegangen, und für Borkum hatte er eine neue Regenjacke gebraucht.

Sie beschloss, gar nicht auf die Mail zu reagieren, löschte sie kurzerhand und öffnete die nächste, die er nur wenige Minuten nach der ersten verschickt hatte. Darin schrieb er ihr im unterkühlten Tonfall, dass er die Kreditkarte gesperrt hatte.

Caro atmete tief durch. Na großartig. Sie konnte sich genau vorstellen, was vor wenigen Stunden in Nils' Kopf abgelaufen war. Wahrscheinlich hatte er zunächst die Kontoauszüge überprüft, dann festgestellt, dass einige Ausgaben nicht von ihm waren, und hatte empört die erste Mail in die Tasten gehämmert. Nachdem er die abgeschickt hatte, hatte er sich immer mehr in die Sache hineingesteigert und war so wütend geworden, dass er die Karte sperren ließ und die zweite Mail an sie raushaute. Dass er der Mutter seines einzigen Kindes den Geldhahn abdrehte, gab ihm vermutlich mehr Befriedigung, als die dickbusige Zirkusdirektorin es je vermocht hatte.

Dann eben ab jetzt ohne seine affige Platinkarte, dachte sie grimmig. Sie würde schon zurechtkommen – oder nicht?

Caro hatte noch eine EC-Karte für ein eigenes Konto, auf das Nils ihr früher immer eine gewisse Summe gezahlt hatte, aber diese Zahlungen hatte er ebenfalls eingestellt, wie sie der dritten Mail entnahm. Nur für Justus überwies er jetzt noch Geld. Sagenhafte hundertfünfzig Euro war ihm sein Sohn im Monat wert.

Dass das nicht rechtens war, wusste Nils selbst, und Caro war sofort klar, dass er das alles nur tat, um ihr eins reinzuwürgen. Denn auch wenn er sie hunderttausendmal betrogen hatte, liebte er sie immer noch, das wusste sie genau. Und er konnte es nicht überwinden, dass sie ihn mit Justus verlassen hatte. Dass er es war, der alles zerstört hatte, änderte nichts an seiner Sichtweise. Für ihn hatte sie die Ehe beendet und damit die Familie kaputt gemacht. Für ihn hätte schließlich alles so weitergehen können wie bisher. Dass sie das nicht mitmachen wollte, nahm er ihr bis heute übel.

Also drehte er ihr den Geldhahn zu. Natürlich wusste er, dass er juristisch damit nicht durchkommen konnte, aber er wusste auch, dass sie sich gegen jede Ungerechtigkeit erst mal wehren musste. Zahlte nicht etwa die Hälfte aller Väter, die getrennt von ihren Familien lebten, keinen Unterhalt? Sie glaubte, so etwas gelesen zu haben. Und sie befürchtete, dass ein Großteil durchaus in der Lage war, regelmäßig zu zahlen, es aber aus welchen Gründen auch immer nicht wollte, so wie Nils. Bis die alleinerziehenden Mütter ihren Rechtsanspruch durchgesetzt hatten, verging Zeit, in der die Nerven der Frauen blank lagen. Wahrscheinlich ging auch Nils davon aus, dass ihr die Kraft fehlen würde, zu kämpfen.

»Falsch gedacht, du Heckenpenner«, zischte Caro leise.

Wenn er glaubte, sie ließe sich einfach so fertigmachen, hatte er sich geirrt. Das letzte Mal, dass sie sich widerstandslos fertigmachen ließ, war in der achten Klasse gewesen, als Moni Finske ihr Outfit als ›Nuttenlook‹ bezeichnet hatte. Die blöde Kuh stand in ihrem Ralph-Lauren-Kleidchen vor ihr, machte fiese Sprüche und lachte sie so lange aus, bis alle anderen Mädchen in den Chor miteinstimmten und ihr am Ende einen imaginären Preis für den Obernuttenlook des Jahres verliehen. Caro war damals so konsterniert gewesen, dass sie nicht gewusst hatte, wie sie sich wehren sollte. Zum einen hatten ihre Mitschülerinnen natürlich recht gehabt: Der abgeschnittene schwarze Jeansrock, den sie damals trug, bedeckte kaum die

Pobacken, und das bauchfreie Neon-T-Shirt wäre jeder Prostituierten zu knapp gewesen. Wenn ihre Mutter sie so gesehen hätte, hätte sie wahrscheinlich die erste Ohrfeige ihres Lebens kassiert, weshalb Caro es vorgezogen hatte, sich lieber in der Garage noch mal heimlich umzuziehen, nachdem sie die elterliche Wohnung Richtung Schule verlassen hatte.

Zum anderen wollte sie mit diesem Outfit aber vor allem Mad Max beeindrucken, der eigentlich Lukas Borchert hieß und ein großer Fan der damals schon als Klassiker geltenden Filmreihe war. Sie war unsterblich in ihn verliebt gewesen und fand seinen Look einfach nur großartig. Er trug ausschließlich schwarze Kleidung und einige neonfarbene Accessoires, weshalb sie sich mit ihren Klamotten auf der sicheren Seite gefühlt hatte. Aber selbst er schüttelte nur lachend den Kopf, als sie morgens in die Klasse kam, was ihr den größten Stich ins Herz versetzte.

Damals hatte sie sich geschworen, dass sie sich nie wieder so fertigmachen lassen würde. Noch heute stieg ihr die Schamesröte ins Gesicht, wenn sie an die Szene in der 8A dachte. Und ließ ihren Kampfgeist wachsen.

Übellaunig warf sie ihr Handy in die Ecke des Sofas und stand auf, um Justus aus dem Aufenthaltsraum abzuholen. Mit keinem Wort hatte sich Nils nach ihm erkundigt, hatte gefragt, wie es seinem geliebten Sohn ging, nicht ein Wort, nichts, nada.

Für einen Moment dachte sie, dass sie lieber mit dem Schicksal von Franziska Homann tauschen würde. Wäre nicht alles einfacher, wenn Nils gestorben wäre? Ein hübscher Verkehrsunfall mit seinem beschissenen Porsche, frontal gegen einen Baum und aus die Maus. Dann hätte sie nie von seinem Betrug erfahren, hätte ihn – mit einigen nicht unwesentlichen

Abstrichen – als Liebe ihres Lebens in Erinnerung behalten, um ihn trauern und irgendwann neu anfangen können.

Wie egoistisch du bist, dachte sie, als sie Justus lachend im Aufenthaltsraum sitzen sah. Für den Jungen war es wichtig, dass er einen Vater hatte. Die beiden hatten immer ein enges Verhältnis gehabt, und dass Nils jetzt so wenig Geld überwies, sollte einzig und allein sie bestrafen. Sie wusste, wenn es drauf ankam, würde Nils alles für seinen Sohn tun. Sie waren verdammt noch mal verpflichtet, für ihn als Eltern zu funktionieren. Wenn Nils das noch nicht hinkriegte, musste sie sich eben bemühen, dass das klappte. So überwand sie sich und richtete Justus liebe Grüße von seinem Vater aus, der sich jetzt schon darauf freute, seinen Sohn in Berlin wieder in die Arme zu schließen. Das Strahlen in Justus' Gesicht zeigte ihr, dass es manchmal nicht so falsch war, ein wenig zu lügen.

7

Am nächsten Morgen war es deutlich wärmer als am Vortag. Der Sommer nahm endlich Fahrt auf, und es waren schon fast zwanzig Grad, als Caro um acht Uhr durch die Haupttür nach draußen ging. Eva stand auf Krücken vor der Klinik und wartete auf die Walkinggruppe, die heute mit der Vertretung losmarschieren würde. Nach einem kurzen Smalltalk über das Wetter kam Caro gleich zur Sache.

»Sag mal, hast du eigentlich viel von Schäfers Affären mitbekommen?«

Eva lachte auf. »Na ja, ›viel‹ ist übertrieben. Mit dem Personal hat er ja nie was gehabt. Aber unter den Patientinnen gab es bestimmt die eine oder andere.«

»Weißt du, wer?«

Eva sah sie schmunzelnd an. »Du bist an Klatsch interessiert, was? Aber ich muss dich enttäuschen. Ich habe mich nie um diese Geschichten gekümmert.«

»Und er hat wirklich nie das Personal angegraben? Auch nicht Lara?«

»Wie kommst du denn ausgerechnet auf sie?«

»Weil sie so hübsch ist.«

»Stimmt. Ist sie«, sagte Eva. »Aber nein, ich glaube nicht, dass er sie angemacht hat. Das hätte ihr Bruder auch niemals zugelassen.«

»Ihr Bruder?«

»Sven Buschhenke. Der Hausmeister«, erklärte Eva.

Caro sah sie überrascht an. »Die beiden sind Geschwister? Bist du dir sicher?«

Wieder musste Eva lachen. »Ja, klar bin ich mir sicher! Wieso fragst du?«

»Ich dachte, er hätte irgendwie ›Schatz‹ oder so zu ihr gesagt.«

»Kann schon sein. ›Schatz‹ sagt der zu fast allen, warum nicht auch zu seiner Schwester«, meinte Eva fröhlich. »Soviel ich weiß, hat Lara zuerst hier angefangen und Sven dann den Job als Hausmeister vermittelt. Aber eigentlich hat keiner von uns so richtig Kontakt zu den beiden.«

»Verstehe. Wohnen sie zusammen? Oder hat der eine Hausmeisterwohnung in der Klinik?«

»Ja, die hat er. Aber er ist wohl auch viel bei seiner Schwester. Sie soll eine ganz hübsche Wohnung am Südstrand haben. Aber über Sven Buschhenke kann ich dir wirklich nicht viel sagen. Das ist ein komischer Kauz. Obwohl er in der Klinik wohnt, sieht man ihn nach Feierabend praktisch nie.«

»Und Lara ist Single?«, fragte Caro weiter.

Eva zuckte mit den Schultern. »Ich glaube schon. Wieso willst du das eigentlich alles wissen? Denkst du wirklich, sie war die heimliche Geliebte von Schäfer?«

Eva winkte einer Frau zu, die in Sportkleidung und mit Walkingstöcken ausgerüstet zur Klinik marschierte. Der Rest der Gruppe kam langsam, aber sicher zu ihnen. »Ich kann mir das wirklich nicht vorstellen. Wie zu allen anderen Angestellten hier hatte er auch zu ihr ein eher distanziertes Verhältnis. Seinen Charme hat er euch überlassen, geflirtet wurde nur mit den Patientinnen. Wir hatten zu funktionieren, das hat er uns manchmal sehr deutlich spüren lassen. Niemals intim im Team.«

»War er ein schlechter Chef?«

»Weil er uns nicht angemacht hat?« Eva lachte laut auf.

Bevor Caro klarstellen konnte, dass sie die Frage ganz anders gemeint hatte und grundsätzlich wissen wollte, wie Schäfer als Chef gewesen war, sammelten sich die Walkingfrauen um sie und begannen, sich zu dehnen. Eva stellte ihre Vertreterin vor, verabschiedete sich gutgelaunt und humpelte zurück in die Klinik. Caro hatte fast den Eindruck, als wäre sie glücklich über ihren Außenbandriss und die damit verbundene Auszeit.

Lara Buschhenke und der Hausmeister waren also Geschwister. Caro schüttelte den Kopf – die Art, wie die beiden sich gestritten hatten, wie er sie dabei angeschaut und »Schatz« gesagt hatte, so sprach kein Mensch mit seiner Schwester. Und Caro fand es etwas völlig anderes, wenn man im Büro flapsig »bringst du mir einen Kaffee mit, Schatz« oder etwas Ähnliches sagte, als wenn man während eines heftigen Streits »ich schwöre es dir, Schatz« zu einer Frau sagte. Das eine mochte kollegialer Umgangston sein, das andere war eindeutig Beziehungssprache. Irgendetwas war mit diesem Geschwisterpaar nicht koscher, das spürte Caro ganz deutlich.

Natascha stellte sich neben sie und verbog ihren Körper wie eine Balletttänzerin.

»Unglaublich, wie beweglich du bist«, sagte Caro anerkennend.

»Ich weiß«, meinte Natascha, und ihre Stimme war immer noch voller Traurigkeit. »Das hat Arnd auch immer gesagt …«

Too much information, ging es Caro durch den Kopf, die sofort ein Bild vor Augen hatte, wie die beiden es kamasutramäßig trieben. Garantiert war zwischen den beiden mehr gelaufen, als Natascha bisher zugeben wollte.

»Gehst du nachher zur Gruppentherapie?«, fragte Natascha.

»Ja«, antwortete Caro. »Ist ja meine erste. Du nicht?«

Natascha zuckte mit den Schultern. »Ich weiß nicht. Ich bin total fertig. Aber irgendwie habe ich keine Lust, über die Gründe zu sprechen …«

Caro nickte verständnisvoll. »Das kann ich verstehen, ist bestimmt nicht leicht. Hast du danach eigentlich kurz Zeit?«

»Ja. Wieso?«

»Ich würde dir gerne jemanden vorstellen.«

»Los geht's!«, rief Evas Vertretung in dem Moment, und die Frauengruppe setzte sich in Bewegung Richtung Strand.

Die Gruppentherapiestunde fand zwei Stunden später im ersten Stock statt und wurde von Dr. Grünlich geleitet. Sie begrüßte die Frauen munter und fröhlich, bis ihr bewusst zu werden schien, dass eine andere Stimmlage der Situation angemessener war.

»Wir alle stehen ja noch unter Schock«, sagte sie mit veränderter Stimme. »Aber wir müssen nun mal weitermachen, das hätte Dr. Schäfer so gewollt.«

Auch Dr. Grünlich trauerte nicht um ihren Chef, dachte Caro. Schäfer musste wirklich zwei Gesichter gehabt haben, charmant und flirtend und zugleich hart und cholerisch. Keine gute Mischung, wenn man für zahlreiche Angestellte verantwortlich war.

»Bitte stellen Sie sich alle als Erstes einmal vor«, meinte Dr. Grünlich.

Reihum sagte jede Frau ihren Namen, Alter und Beruf und wie viele Kinder sie hatte. Zum Familienstand machte niemand Angaben und Caro fragte sich warum.

»Ich bin Caro Falk, fünfunddreißig Jahre alt, ohne Beruf, aber dafür mit einem fabelhaften Sohn ausgestattet und von meinem weniger fabelhaften Ehemann getrennt lebend«, sagte sie. »Ich bin heute zum ersten Mal hier und weiß noch gar nicht genau, was auf mich zukommt.«

»Dann fangen wir doch am besten gleich mit Ihnen an, Frau Falk«, sagte Dr. Grünlich und warf ihre dunkelblonden Haare, die sie heute offen trug, in den Nacken, dass sie ihre Schultern bedeckten. »Wie geht es Ihnen heute?«

»Ganz gut«, meinte Caro, die sich nicht so sicher war, ob das stimmte. Ging es ihr wirklich gut?

»Wir wollen versuchen, uns und den anderen gegenüber so ehrlich wie möglich zu sein.«

Konnte diese Grünlich etwa Gedanken lesen? Caro seufzte und versuchte, genau in sich hineinzuhorchen.

»Es ging mir auf jeden Fall schon mal schlechter«, sagte sie ehrlich. »Aber gestern Abend habe ich mich noch sehr über meinen Mann geärgert. Der ganze Scheidungsmist lässt mich leider auch hier nicht in Frieden.«

Zustimmendes Gemurmel von allen Seiten. Offenbar war so ein Verhalten den meisten Frauen nicht unbekannt.

»Es wäre sicherlich hilfreich, wenn Ihr Exmann Sie für den Rest der Kur in Ruhe lassen würde«, sagte die Therapeutin, als wäre das eine neue Erkenntnis für Caro.

»Es wäre sicherlich hilfreich, wenn mein Exmann mich für den Rest meines Lebens in Ruhe lassen würde«, entgegnete Caro. »Aber wie soll ich ihm das beibringen?«

»Ignorieren Sie seine Anrufe und Nachrichten. Ihr Kind ist hier bei Ihnen auf der Insel, und in einem Scheidungsfall gibt es nichts, was nicht drei Wochen warten könnte.«

Da hatte die Frau allerdings recht, und Caro nahm sich

vor, Nils' Mails einfach nicht mehr zu öffnen, solange sie auf Borkum war. Jetzt wusste sie ja, dass ihr Geld knapp war und sie sparen musste. Mehr konnte er ihr im Moment doch eh nicht reinwürgen.

»Was war der ausschlaggebende Punkt, an dem Ihnen klar wurde, dass Sie eine Kur beantragen wollten?«, fragte Dr. Grünlich weiter.

Offen erzählte Caro daraufhin, wie ihr Leben in den letzten Monaten aus den Fugen geraten war, wie sie immer verzweifelter wurde, bis ihre Freundinnen sie schließlich zur Kur überredeten.

»Als ich da heulend auf dem Sofa meiner Freundin saß, wurde mir klar, dass ich Abstand und Ruhe brauche, bevor ich den Neustart in meinem Leben wagen kann. Deshalb bin ich hier. Ich will Abstand von dem ganzen Mist. Ich will mich wieder auf mich selbst besinnen und zu Kräften kommen.«

Wieder kam zustimmendes Gemurmel, aus dem sich eine lebhafte Diskussion entwickelte. Caro war überrascht, wie gut es ihr tat, ihre Sorgen und Probleme in einer Runde von ihr fast fremden Frauen zu besprechen. Auf eine gewisse Weise waren sie alle Gleichgesinnte, die Ähnliches erlebt hatten. Und tatsächlich tat allein der Austausch mit anderen Betroffenen gut. Das hätte sie so nicht erwartet. Eigentlich war sie ein Mensch, der das meiste mit sich alleine ausmachte. Klar, mit Lisa und Mila besprach sie natürlich vieles, aber genauso vieles von dem, was sie belastete, behielt sie auch für sich. Sie war keine Diskutierschwester, die sich stundenlang über ihre Eheprobleme auslassen konnte. Sie gehörte eher zu der Zähne-zusammenbeißen-Kategorie. Aber zu sehen und zu hören, dass sie nicht die Einzige war, die von ihrem Mann hintergangen und betrogen wurde, die finanzielle Sorgen hatte und sich als alleinerziehende Mutter überfordert fühlte, tat gut. So abgedroschen der Spruch *Geteiltes Leid ist halbes Leid* war, es steckte eine Menge Wahrheit darin. Kurz nach der Trennung von Nils hatte sie plötzlich überall glückliche Familien gesehen, was geradezu absurd war, besonders in Berlin, wo es vor Alleinerziehenden nur so wimmelte. Aber sie hatte nur noch die strahlenden Mama-Papa-Kind-Familien wahrgenommen. Das war hier anders. Hier in der Klinik gab es keine glücklichen Familien. Und zu wissen, dass nicht nur ihr Ehe-Karren vor die Wand gefahren war, empfand sie irgendwie als tröstlich.

Als die Gruppentherapie zu Ende war, verließ sie mit Natascha den Raum.

»Wen willst du mir denn vorstellen?«

»Einen alten Freund von mir«, log Caro. »Seine Frau … na ja, wohl eher Noch-Frau … sie hatte anscheinend eine Affäre mit Schäfer.«

Natascha zögerte. Ihr war anzusehen, dass sie nicht besonders scharf darauf war, mit dem Mann einer Nebenbuhlerin zu sprechen. Aber schließlich willigte sie ein. Ihre Neugier war wohl doch größer.

Sie trafen sich mit Jan in einem der neuen Cafés an der Strandpromenade, wo früher ein Italiener gewesen war, bei dem sie einmal die schlechteste Pizza ihres Lebens gegessen hatte. Caro war gespannt, wie Jan die Rolle des betrogenen Ehemanns hinbekommen würde.

»Ich möchte einfach verstehen, was da passiert ist«, sagte er mit bedrückter Stimme, nachdem sie Milchkaffee und frischen Blaubeerkuchen bestellt hatten. »Ich glaube, meine Frau hat in den zwei Wochen, bevor er gestorben ist, jeden Abend mit diesem Schäfer verbracht.«

Natascha schüttelte energisch den Kopf. »Da kann ich Sie

beruhigen, das hat sie definitiv nicht. Ich kann mir gar nicht vorstellen, dass sie in den letzten Tagen überhaupt mit ihm zusammen war.«

»Doch, doch«, widersprach Jan, »das war sie definitiv. Dauernd war sie mit ihm in dieser Sauna.«

»Ganz bestimmt nicht!« Natascha wirkte nun fast empört. »In den letzten zehn Tagen war er praktisch jeden Abend mit mir zusammen. Jedenfalls unter der Woche. Ich kann nicht hundertprozentig ausschließen, dass er nicht noch mit anderen Patientinnen einen kleinen Flirt hatte …«

»Iris hat da mal was angedeutet«, warf Caro ein.

»Ich weiß. Aber ob das stimmt? Jedenfalls hatte er garantiert keinen Kontakt zu Frauen außerhalb der Klinik. Da bin ich mir sicher. Wir waren ja dauernd zusammen!« Nataschas Gesicht war fast trotzig.

»Entschuldige, wenn ich jetzt so direkt frage«, sagte Caro, »aber du warst fast jeden Tag mit ihm zusammen, und ihr habt nie …?«

Wurde Natascha rot, oder bildete Caro sich das nur ein? Nein, ihrer Bekannten stieg eindeutig die Schamesröte ins Gesicht. Unsicher warf Natascha einen Blick zu Jan, bevor sie sich wieder an Caro wandte.

»Na ja … vielleicht schon«, antwortete Natascha ausweichend und fügte noch leise hinzu: »Müssen wir das vor ihm besprechen?«

»Sorry. Natürlich nicht«, sagte Caro genauso leise. »Wann warst du denn das letzte Mal mit ihm in der Sauna?«, hakte sie flüsternd nach. »Du warst doch mit ihm dort, oder?«

»Darf ich an der Unterhaltung auch noch teilnehmen?«, fragte Jan in dem Moment.

»Natürlich. Und?«

Caro sah Natascha auffordernd an, die ein unsicheres Gesicht machte.

»Du willst wissen, ob ich am Freitagabend mit ihm da war, richtig?«

Okay, ganz doof war sie nicht. Caro nickte.

»Für Jan ist es einfach wichtig zu wissen, dass seine Frau an dem Abend nicht mit ihm zusammen war.«

Er nickte zustimmend. »Ja. Das war nämlich unser Hochzeitstag«, er flunkerte wirklich ganz hervorragend, »und ich würde es nicht aushalten, wenn sie an dem Tag ...«

Natascha seufzte. »Ich möchte das nicht an die große Glocke hängen. Bitte. Dieses Gerede von den ganzen Frauen, mit denen Arnd was hatte ... das klingt alles so billig und schäbig ... ich möchte wirklich nicht dazugezählt werden.«

»Das verstehe ich«, sagte Caro. »Du hast ja auch gesagt, dass es mit euch etwas anderes war. Warst du denn mit ihm in der Sauna? An dem Abend ...?«

Natascha schossen die Tränen in die Augen. Langsam nickte sie.

Da hatten sie also ihre Zeugin, die Frau, die Arnd Schäfer vermutlich als Letzte lebend gesehen hatte.

Caro betrachtete sie nachdenklich. Natascha hatte sich in Dr. Schäfer verliebt, das hatte sie ihr selbst gesagt. Sie hatte von seinen zahlreichen Affären nichts geahnt, hatte sich mehr von dieser Liebelei erhofft, sich vielleicht schon als Chefarztgattin auf der Insel gesehen. Könnte sie etwas mit seinem Tod zu tun haben? Hatte sie vielleicht herausgefunden, dass sie nicht die Einzige war, mit der er schlief – wobei Caro dieses Wort im Zusammenhang mit 90 Grad heißem Saunasex vollkommen absurd vorkam. Von schlafen konnte da ja nun beim besten Willen keine Rede sein.

»Warum hast du nichts gesagt?«, fragte Caro. »Die Polizei hätte das doch mit Sicherheit interessant gefunden.«

Natascha wischte sich die Tränen weg. »Zuerst hieß es nur, dass er tot ist. Da war ich schon wie gelähmt. Als ich dann hörte, dass er dauernd mit irgendwelchen Frauen in der Sauna war, stand ich völlig unter Schock. Ich dachte, er wäre nur mit mir zusammen gewesen ... aber da wurde mir klar, warum er mich manchmal in der Klinik so abgekanzelt hatte ... er wollte zum Strand ... zu irgendeiner anderen ...« Sie wirkte wirklich verzweifelt.

»Die Kripo sucht nach der Frau, mit der er als Letztes zusammen war«, sagte Caro einfühlsam. »Du solltest dich bei denen melden.«

Natascha nickte. »Wollte ich auch längst. Aber dann ... Ich habe so Angst vor den Fragen ...«

Das fand Caro nachvollziehbar. Die Kripo würde mit Sicherheit genau wissen wollen, was zwischen Natascha und Schäfer abgelaufen war. Ihr ging es da allerdings nicht anders. »Erzählst du uns, was passiert ist?«

Natascha sah Caro entsetzt an. Dann beugte sie sich wieder zu ihr und senkte die Stimme, als hätte sie die Hoffnung, dass Jan sie so nicht hören könnte.

»Ich kann doch nicht, wenn er dabei ist ...« Sie machte ein vielsagendes Gesicht.

»Stimmt«, flüsterte Caro zurück, wandte sich dann zu Jan und erklärte ihm, dass Natascha ihm nun alles erzählt habe, was es zu erzählen gäbe. Jan wirkte zwar durchaus eingeschnappt, dass er vom spannenden Teil der Unterhaltung nun ausgeschlossen wurde, blieb aber zum Glück in seiner Rolle, trank schnell seinen Kaffee aus und verabschiedete sich.

Als sie alleine waren, rückte Natascha endlich mit der Sprache raus.

»Wir haben uns an dem Abend in der Sauna getroffen«, begann sie zögerlich.

»Wie ging es ihm da? Hast du irgendwas gemerkt? Fühlte er sich unwohl?«

»Nein. Er war fit wie immer, wenn du verstehst, was ich meine …« Natascha verzog ihren Mund zu einem kurzen, traurigen Lächeln, wurde aber schnell wieder ernst.

»Darf ich fragen, wie das Treffen genau ablief?«

Natascha zögerte und fuhr sich nachdenklich durch ihre roten Haare.

»Kannst du es für dich behalten? Ich will echt nicht, dass die Mädels in der Klinik das alles wissen.«

»Ich werde nicht mit ihnen darüber reden, versprochen«, antwortete Caro. Jan würde sie von der Unterhaltung aber auf jeden Fall etwas erzählen müssen.

»Okay. Wie immer habe ich mein Fahrrad vor der Dünenbudje abgestellt und bin die letzten Meter zu Fuß gegangen. Arnd hat im Vorraum der Sauna auf mich gewartet, wo wir was getrunken und uns unterhalten haben.«

»Wie spät war es da?«

»Ungefähr gegen zehn Uhr.«

»Und was habt ihr getrunken?«

»Nichts Besonderes. Cola und Wasser.«

»Keinen Alkohol?«

»Nein. Es waren auch nur ein paar Minuten. Jetzt, wo ich weiß, wie er wirklich tickte, denke ich fast, dass er damit nur die Zeit rumkriegen wollte, bis ich endlich aus meinen Klamotten raus war …« Nataschas Stimme klang verbittert.

Caro legte ihr die Hand auf den Arm und bemühte sich,

etwas Beruhigendes zu sagen. »Ich könnte mir gut vorstellen, dass du für ihn die …« Sie stockte.

Die Einzige warst? Nein, das war nun definitiv gelogen. Die große Liebe? Auch gelogen, der Platz war von Franziska Homann besetzt. Ein guter Fick? Ja, das traf es vermutlich, war aber wahrscheinlich wenig beruhigend.

»… etwas ganz Besonderes warst«, sagte sie schließlich.

Natascha sah sie dankbar an. »Ja, ich glaube, das war ich. Aber weißt du, was mich richtig fertigmacht?«

Caro machte ein ratloses Gesicht.

»Dass wir im Streit auseinandergegangen sind. *Du kannst mich mal*, waren die letzten Worte, die er von mir gehört hat. Darüber komme ich einfach nicht hinweg.«

Das konnte Caro gut verstehen. Immer wieder hörte man von Leuten, die ihr Leben lang damit haderten, dass sie mit ihren verstorbenen Liebsten als Letztes gestritten hatten. Allerdings fand Caro auch, dass man sich nicht immer auf Teufel komm raus nach jedem Streit versöhnen konnte, nur weil der andere womöglich zu Tode kommen könnte. Was, wenn er hundert wurde? Dann hätte man jahrzehntelang bei jedem Streit klein beigegeben und nie eine Beziehung auf Augenhöhe geführt.

»Worüber habt ihr euch gestritten?«, fragte sie weiter.

»Ach …« Natascha winkte ab. »Eigentlich war es nichts Wichtiges.«

»Natürlich war es was Wichtiges. Wäre es nur um den Saunaduft gegangen, würde es dich doch nicht so belasten.«

Unwillkürlich sah Caro die beiden vor sich, wie sie nackig in der Sauna standen und sich über den Aufguss stritten. *Ich will Fichte! – Ich aber lieber Minze! – Nein, Fichte! – Minze!* Warum gingen ihr zu den unmöglichsten Gelegenheiten immer so unpassende Sachen durch den Kopf?

Natascha atmete hörbar aus. »Du hast recht. Es ging um etwas Wichtiges. Für mich war es jedenfalls wichtig. Ich wollte einfach mehr. Nicht immer nur treffen, zwei Minuten mit Komplimenten überhäuft werden, bis ich endlich alles ausgezogen hatte, dann in der Sauna kurz so tun, als wolle man saunieren und sich unterhalten, obwohl es doch nur um das eine ging. Und danach kam immer derselbe Satz von ihm: Es war toll, jetzt brauch' ich ein bisschen Entspannung. Wir sehen uns ja morgen.« Sie musste schlucken. »Um halb elf war ich doch schon wieder auf dem Weg zu meinem Fahrrad ...«

Was für ein Arsch, dachte Caro. Nils' Abenteuer waren ja schon widerlich genug gewesen, aber Arnd Schäfer hatte Natascha fast wie eine Prostituierte behandelt. Gut, Nils war zu eben solchen nicht selten gegangen, wie sie herausgefunden hatte, aber dennoch war es in ihren Augen etwas anderes, wenn man eine offensichtlich verliebte Frau wie eine Professionelle behandelte oder zu so einer ging. Und dass Schäfer gewusst haben musste, dass Natascha sich in ihn verliebt hatte, davon war Caro überzeugt.

»Wie war das eigentlich in der Klinik?«

»Da ist nie was gelaufen, also jedenfalls nie richtig. Manchmal ein kurzer Kuss, wenn ich bei ihm im Büro war, aber mehr nicht«, antwortete Natascha traurig. »Das habe ich ihm an dem Abend auch vorgeworfen. Er hat unsere Liebe vor anderen geradezu versteckt, und ich wollte wissen, warum.«

Weil es keine Liebe war, dachte Caro. Das musste Natascha doch spätestens an dem Abend klargeworden sein.

»Wie hat er auf deine Vorwürfe reagiert?«

Natascha rang sichtbar um Fassung. »Gar nicht. Er ist

einfach darüber weggegangen und hat sich für den schönen Abend bedankt …«, sagte sie leise.

Eine Welle des Mitgefühls überkam Caro, die aber augenblicklich von einem gewissen Misstrauen gestoppt wurde. Eine schwerverliebte Frau erfuhr, dass sie für ihren Liebsten nichts anderes als ein sportliches Betätigungsfeld war. Rasende Eifersucht hatte schon unzählige Todesopfer gefordert.

»Was hast du dann gemacht?«

»Ich bin gegangen. Was sollte ich sonst tun …«

Zum Beispiel die Tür der Sauna so lange zuhalten, bis diese Knalltüte endlich einen Infarkt bekam, dachte Caro.

»Und als du die Sauna verlassen hast, ging es Schäfer noch gut?«

Natascha nickte. »Ja. Er hat mich noch zur Tür gebracht und meinte, ich sollte nicht so viel weinen, er könnte bei Frauen keine Tränen sehen. Dann ist er zurück in die Sauna.«

»Und zu dem Zeitpunkt war er nüchtern?«

»Hundertprozentig, ja. Er hatte keine Fahne, nichts.«

Sie redeten noch eine Weile darüber, warum ausgerechnet Natascha immer wieder an die falschen Männer geriet. Alle ihre Beziehungen waren mehr oder weniger spektakulär gescheitert, nie hatte sie sich getrennt, immer waren es die Kerle gewesen, die sie betrogen und belogen und schließlich verlassen hatten. Reine Bettgeschichten wie mit Arnd Schäfer hatte sie schon mehrfach gehabt, wogegen grundsätzlich ja auch nichts einzuwenden war, wie Caro fand. Vorausgesetzt, beide waren mit diesem Arrangement einverstanden, was bei Natascha aber nie der Fall gewesen war. Sie hatte immer an die ganz große Liebe geglaubt. Wahrscheinlich war es ihre nicht zu beschönigende Naivität gewesen, die Männer wie Schäfer anzog wie das Licht die Motten. Zum Abschied versprach Natascha noch, Kommissar Bachmann anzurufen und ihm alles zu erzählen.

»Glaubst du ihr?«, fragte Jan sie wenig später, als sie ihn vor dem Musikpavillon auf der Strandpromenade traf. Sie setzte sich zu ihm auf die Bank und blickte auf die Nordsee, die unendlich weit schien.

»Eigentlich schon.«

»Sie hat ein Motiv und war die Letzte, die ihn lebend gesehen hat.«

»Abgesehen von seinem Mörder.«

»Wenn sie es nicht war.«

»Wenn sie ihn umgebracht hat, hätte sie uns nicht erzählt, dass sie mit ihm in der Sauna war.«

»Es sei denn, sie will, dass wir genau das denken.«

Caro blickte nachdenklich in die Ferne. Heute war die Sicht klar, und man konnte den Windpark, der im Meer vor Borkum angelegt worden war, gut erkennen. Schiffe durften zwischen den Windrädern nicht hindurchfahren, und angeblich war der Park dadurch zu einem Paradies für Schweinswale geworden, die dort in Ruhe leben konnten und nicht vom Lärm der Schiffsmotoren verschreckt wurden.

Mord? So was traute Caro Natascha einfach nicht zu, wobei sie wusste, dass dieses Gefühl trügerisch sein konnte. Allzu oft hatte sie in der Zeitung schon Fotos gesehen und Berichte über Morde gelesen, in denen die Täterinnen scheinbar harmlose Omis oder engelsgleiche Teenager waren.

»Angenommen, sie lügt«, überlegte Caro laut. »Dann hätte sie mit Schäfer nicht Wasser oder Limo im Saunagebäude getrunken, sondern irgendetwas Hochprozentiges. Dabei hätte sie darauf achten müssen, dass nur er betrunken wird und sie einigermaßen nüchtern bleibt, damit sie noch in der Lage ist, ihn um die Ecke zu bringen. Natascha ist eine zierliche Person, ich schätze, sie bringt höchstens fünfundfünfzig Kilo auf die Waage. Schäfer dagegen …«

Jan nickte. »Groß, kräftig. Nicht ganz so gut gebaut wie ich, aber auch nicht schlecht. Verstehe, worauf du hinauswillst …«

»Es hieß, dass Schäfer einen Blutalkoholwert von eins Komma acht Promille hatte.«

Jan überlegte und begann zu rechnen. »Soviel ich weiß, braucht ein Mann von 1,80 Meter Größe und achtzig Kilo Gewicht ungefähr zwei Liter Bier, um auf eins Komma fünf Promille zu kommen. Das haben sie uns bei der Bundeswehr jedenfalls immer erzählt.«

»Um auf eins Komma acht zu kommen, hat er also ein bisschen mehr gehabt …«

»Versteh mich nicht falsch, aber mit zwei Litern Bier im Körper kann ich mich auf jeden Fall noch zur Wehr setzen«, meinte Jan. »Fahrrad gefahren bin ich in so einem Zustand jedenfalls schon zigmal.«

Caro nickte zustimmend. Auch wenn sie zwei Liter Bier oder umgerechnet einen Liter Wein niemals so gut wegstecken würde, wie Jan es offensichtlich konnte – komplett wehrlos konnte sie sich Arnd Schäfer so nicht vorstellen.

»Er muss eingeschlafen sein«, meinte sie deshalb. »Aber wie soll Natascha es angestellt haben, Schäfer so abzufüllen und selbst dabei nüchtern zu bleiben?«

Am späten Nachmittag ging Caro mit Justus zu Hinnerk. Justus freute sich, wieder mit seiner weißen Hündin spielen zu können, und die Freude auf Ailas Seite schien nicht geringer.

Wie zwei junge Fohlen sprangen die beiden umeinander herum.

»Nils hat mir den Unterhalt gestrichen«, erzählte Caro mit belegter Stimme.

»Das darf er doch gar nicht!«, regte Hinnerk sich auf. »Dieser verdammte Geizkragen. Das darfst du dir nicht gefallen lassen!«

»Ich weiß. Mach ich auch nicht. Ich hab meine Anwältin schon informiert. Sie kümmert sich, sagt aber auch, dass es dauern kann, bis er einlenkt.«

»Und bis dahin ist Ebbe in der Kasse.«

Caro nickte traurig. »Zum Glück bin ich in der Klinik ja rundum versorgt. Und Justus auch.«

»Ailas Futter zahle ich natürlich.«

»Danke, Hinnerk.«

»Und wenn ihr sonst mal was braucht, sagst du einfach Bescheid, klar? Kann doch wohl echt nicht wahr sein, dass mein feiner Herr Sohn mit so einer Nummer durchkommt.«

»Ich muss mir dringend einen Job besorgen, wenn ich wieder in Berlin bin.«

»Weißt du schon, was du machen willst?«

Caro schüttelte den Kopf. Nein, sie hatte keine Ahnung, womit sie in Zukunft ihr Geld verdienen sollte. Vielleicht konnte sie irgendwo kellnern oder an einem Kiosk aushelfen, darin hatte sie wenigstens Erfahrung. Aber ob das reichen würde, damit sie und Justus über die Runden kamen?

»Was kriegt der Akkermann eigentlich für einen Auftrag?«, fragte Hinnerk.

Caro hatte keine Ahnung. Für sie war die Arbeit an dem Fall sowieso nur ein Hobby, es machte ihr Spaß, ein bisschen Detektivin zu spielen.

»Ich muss unbedingt mehr über Schäfer herausfinden«, lenkte sie das Thema weg von ihrem Ehedesaster. »Bei dir in der Redaktion …«

»Meiner ehemaligen Redaktion.«

»Schon klar. Aber mit Chefredakteuren ist es doch wie mit Päpsten. Einmal Chef, immer Chef, auch wenn man im Ruhestand ist.«

Hinnerk grinste. »Möglich.«

»Habt ihr da eigentlich ein Archiv? Die Zeitung gibt es doch schon ewig, oder nicht?«

Hinnerk nickte stolz. »Seit 1881. Wir sind ein kleines, aber traditionsreiches Blatt. Und natürlich haben wir ein Archiv. Ich bin regelmäßig da. Ein riesiger Fundus für meine Inselchronik.«

»Meinst du, du könntest mich mal mitnehmen?«, fragte Caro und erklärte ihrem Schwiegervater, dass sie jede Möglichkeit nutzen wollte, um mehr über Schäfer herauszufinden. »Vielleicht gab es einen Artikel über ihn, als er die Klinikleitung übernommen hat, ein paar Zeilen über seine bisherige Laufbahn oder so. Irgendetwas, damit ich mir ein genaueres Bild von ihm machen kann.«

»Natürlich gibt es das«, stimmte Hinnerk ihr zu. »Wenn eine solche Position neu besetzt wird, haben wir immer was geschrieben.« Er blickte auf die Uhr. »Die Redaktion hat schon Schluss. Aber ich habe einen Schlüssel zum Archiv. Also, wenn du willst, können wir gleich hin. Justus und Aila sind ja gut beschäftigt«, fügte er mit einem Seitenblick auf die beiden hinzu, die gerade wie die Irren hinter einem Ball herjagten.

»Ich muss dich warnen«, sagte Hinnerk, als sie eine Dreiviertelstunde später den Keller zum Archiv aufschlossen. »Das hier hat nichts mit einem modernen, digitalen Archiv zu tun.«

Das hatte Caro auch nicht erwartet. Alle Artikel, Fotos und Recherchematerialien digital abzuspeichern war ein Haufen Arbeit. Bei der Borkumer Zeitung ging es um fast 150 Jahre Zeitungsgeschichte, da würde es dauern, bis jeder Bericht eingescannt und abrufbar war.

Der Geruch von altem Papier war das Erste, was ihr entgegenwehte, als sie das Zeitungsarchiv betraten. Es war nicht sonderlich groß, der fensterlose Kellerraum umfasste höchstens 30 Quadratmeter und bestand in erster Linie aus Metallregalen, in denen unzählige Kartons lagerten. Jeder war fein säuberlich mit einer Jahreszahl beschriftet. In der Mitte stand ein einfacher Tisch mit passendem Stuhl, und von der Decke erfüllte grelles Neonlicht den Raum.

»Schäfer war zehn Jahre Klinikchef«, erinnerte sich Caro an das Gespräch mit der Witwe und ließ ihren Blick über die Kartons wandern. »Wir brauchen den Karton aus dem Jahr 2008 … hier.« Sie nahm ihn aus dem Regal.

»Das sind nur die publizierten Artikel«, erklärte Hinnerk. »Für jeden Artikel wurden aber mehr Fotos gemacht, als veröffentlicht wurden. Die sind zwar nicht alle aufbewahrt worden, aber einige. Die Regale sind dahinten. Ich such den richtigen Karton mal raus.«

Während Hinnerk in der hintersten Ecke des Raumes verschwand, trug Caro die erstaunlich leichte Kiste zum Tisch und ließ sich auf dem Stuhl nieder. Als sie den Deckel abnahm, staunte sie nicht schlecht.

»Das sind ja fast nur CDs«, rief sie Hinnerk zu.

»Es ist kein modernes digitales Archiv, aber das heißt nicht, dass wir hier nur alte Zeitungsausgaben sammeln«, antwortete ihr Schwiegervater mit einem leicht spöttischen Unterton in der Stimme. »2008 wurde auch auf Borkum schon am Computer gearbeitet.«

Caro warf ihm einen grinsenden Blick zu. »Hat dein Laptop noch ein DVD-Laufwerk?«

»Was heißt hier noch? Selbstverständlich hat es eins.«

Hinnerk kam zu ihr und nahm sein Laptop aus der Tasche, die er neben den Tisch gestellt hatte. Das große, schwere und kompakte Gerät war mindestens so alt wie die Artikel, die sie damit einsehen wollte. Brummend fuhr der Rechner hoch und brauchte mehrere Minuten, bis er einsatzbereit war. Endlich konnte Caro die erste CD ins Laufwerk einlegen.

»Keine Suchmaske?« Sie ahnte, wie empört sie klang.

»Natürlich gibt es eine Suchfunktion, Kind«, sagte Hinnerk tadelnd. »Aber es ist halt nicht Google, du musst da schon ein bisschen oldschool rangehen. Geh auf *Datei*, dann auf *Dateien durchsuchen*, und da gibst du Arnds Namen ein. Muss man euch jungen Leuten denn alles erklären.«

»Ich bin ja schon froh, dass es keine Floppy Disc ist«, erwiderte Caro und tippte auf der Tastatur. Wenige Augenblicke später wurde sie fündig. »Dr. Arnd Schäfer wird Leiter der Kurklinik Borkum«, las sie laut vor. »Das ist doch schon mal ein Anfang.«

Aufmerksam studierte sie den gesamten Artikel, der in einem ausgesprochen wohlwollenden Ton geschrieben war, ohne allerdings großartige Neuigkeiten zu beinhalten. Er beschrieb die Laufbahn von Dr. Arnd Schäfer, der in Wuppertal geboren worden war, in Köln Medizin studierte und in seine Heimatstadt zurückkehrte, wo er viele Jahre zunächst als Assistenzarzt und dann als Oberarzt und Chefarzt auf der Kardiologie tätig war. Eine klassische Arztkarriere.

Der zweite Artikel, der ihr angezeigt wurde, war nur sechs Wochen später verfasst worden und berichtete vom alljährlichen Sommerfest der Kurklinik. Ein unscharfes, stark verpixeltes Foto zeigte Arnd Schäfer im Kreis seiner Mitarbeiter. Bis auf den Klinikchef selbst erkannte Caro niemanden. Es würde sie nicht wundern, wenn die Fluktuation unter den Angestellten sehr groß war. Jedenfalls nicht, wenn Schäfer wirklich so ein mieser Chef gewesen war, wie die meisten der Mitarbeiter es in Gesprächen und Kommentaren bisher durchblicken ließen.

»Habt ihr jedes Jahr von dem Sommerfest in der Klinik berichtet?«

»Selbstverständlich. Auch wenn Borkum der schönste Platz der Welt ist, so wahnsinnig viel gibt es für uns Journalisten nun nicht zu schreiben. Da können wir es uns nicht leisten, ein großes Sommerfest einfach zu ignorieren.«

»Der Schröder macht hier doch seit Jahren Urlaub«, meinte Caro. Sie hatte den früheren Bundeskanzler selbst mal durch den Ort laufen sehen.

»Und was sollte ich dann deiner Meinung nach schreiben? Bundeskanzler Schröder auf Borkum eingetroffen. Bundeskanzler Schröder betritt den Strand. Bundeskanzler Schröder fährt mit dem Rad um die Insel?«

Caro lachte. »Nicht wirklich spannend.«

»Eben.«

Eine CD nach der anderen schob sie in das Diskettenlaufwerk und gab Schäfers Namen in die Dokumentensuche ein. In den ersten Jahren tauchten noch mehrere Artikel pro Jahr auf, es wurde über die Renovierung des Yogaraumes berichtet oder über die Anschaffung von zwanzig Kinderrädern. Fast eine halbe Seite widmete die Zeitung einer Rede Schäfers, die er anlässlich des ›Herztages‹ gehalten hatte, den die Kurverwaltung regelmäßig veranstaltete. An diesem Tag drehte sich alles um die verschiedensten Erkrankungen des Herzens, und Schäfer feierte sich in seiner Rede selbstbewusst als ausgewiesenen Experten und großen Gewinn für die Insel, wobei er auch immer wieder auf seine wissenschaftlichen Erfolge verwies. Caro fiel auf, dass sich der Ton mit der Zeit spürbar veränderte: Die Berichte wurden kürzer, Arnd Schäfer wurde immer seltener namentlich genannt und wenn, dann immer häufiger in einem kritischen Kontext. Es wurde bemängelt, dass er Urlauberkinder vom Spielplatz der Kurklinik schmeißen und ein Anti-Hundespray vor dem Gebäude versprühen ließ, damit kein Vierbeiner mehr Pipi an die Hauswand machte. Der Verfasser dieses Artikels beklagte vor allem die rüde Art, mit der Schäfer seine Aktionen durchführte und die für den Ruf Borkums, die entspannteste Ferieninsel Deutschlands zu sein, nicht gerade förderlich war.

Der Artikel über den Streit mit einem Getränkelieferanten fiel ihr besonders ins Auge, da sich der Autor gar nicht mehr darum bemühte, ansatzweise in einem neutralen Tonfall zu berichten, wie man es von Journalisten eigentlich erwarten durfte.

»Klar erinnere ich mich daran«, sagte Hinnerk, nachdem sie ihn darauf angesprochen hatte. »Das liegt ja noch gar nicht so lange zurück.«

»Zwei Jahre.«

»Wie die Zeit vergeht …« Hinnerk starrte ins Nichts, und Caro ahnte, woran er denken musste. Über den Tod seiner Frau war er nie hinweggekommen.

Schnell fing er sich wieder. »Das war eine richtig unschöne Sache. Björn Hagedorn hat die Klinik mehr als zwanzig Jahre beliefert. Ein echter Borkumer, ein bisschen kauzig, aber ein feiner Kerl.«

»Kauzig seid ihr doch alle.« Caro grinste.

»Eben.« Hinnerk grinste auch. »Jedenfalls hat Arnd den Vertrag mit ihm gekündigt. Die Umstände weiß ich nicht mehr so genau, aber es hat für viel Unruhe auf der Insel gesorgt.«

»Hier steht, dass der Klinikchef die Preise drücken wollte. Und dass es bei der Auseinandersetzung zu Handgreiflichkeiten kam. Irgendwer hat sogar die Polizei gerufen«, sagte Caro.

»Stimmt. Sonst hätten wir auch nicht darüber berichtet. Die hatten sich ordentlich eins auf die Nase gegeben. Aber wie gesagt, ich hab' das nicht mehr so genau auf dem Schirm. Ich weiß nur, dass die beiden sich seit dieser Sache nicht mehr in die Augen schauen konnten.«

Caro nahm einen Stift, der auf dem Tisch lag, bat Hinnerk um ein Stück Papier, das der alte Journalist, der immer einen Notizblock bei sich hatte, ihr reichte, und notierte sich darauf den Namen Björn Hagedorn. Dann las sie sich weiter durch die anderen Zeitungsartikel.

In der alljährlichen Berichterstattung über das Sommerfest wurde Arnd Schäfer irgendwann gar nicht mehr erwähnt, obwohl er auf dem obligatorischen Foto immer strahlend in der Mitte seiner Angestellten stand, als befände er sich im Kreise seiner Liebsten.

Caro vergrößerte ein Foto von einem zwei Jahre zurückliegenden Fest. Tatsächlich erkannte sie nun einige wenige Mitarbeiter wieder. Eva war damals schon an Bord, genauso wie Dr. Grünlich und Lara, die auf dem Bild neben ihrem Bruder Sven stand.

Sie klappte den Laptop zu. »Mir war ja schon vorher klar, dass Arnd Schäfer kein besonders beliebter Chef war. Aber dass sogar die Zeitung negativ über ihn schreibt, hätte ich jetzt nicht gedacht.«

»Wir haben immer neutral berichtet!«

»Na ja, ihr habt ihn irgendwann einfach als *der Leiter* bezeichnet, so richtig neutral ist das ja nun nicht.«

Hinnerk machte ein nachdenkliches Gesicht und nickte schließlich. »Es stimmt schon, er war insgesamt auf der Insel nicht sonderlich beliebt. Ich hab dir ja erzählt, woran das lag.«

»An seinen Frauengeschichten.«

»Ja. Aber auch an der Art, wie er mit seinen Angestellten und Zulieferern umging. Weißt du, Borkum ist klein. Hier kennt jeder jeden. Als Städter vom Festland hast du es hier sowieso nicht leicht, aber wenn du dich dann noch mit jedem anlegst, ist dein Ruf schnell ruiniert.«

»Und du hattest nie Streit mit ihm?«

Ein leichtes Lächeln zeigte sich auf Hinnerks Lippen. »Doch. Hatte ich. Er hat sich im Inselclub bei mir über die Berichterstattung beschwert, fand sie zu negativ und wollte von mir wissen, was das soll.«

»Und was hast du ihm gesagt?«

»Dass die Redakteure freie Hand haben.«

»Aber das stimmt doch nicht, oder? Ich meine, du als Chefredakteur hast die Texte doch abgenommen, oder nicht?«

»Selbstverständlich.« Wieder hatte Hinnerk dieses Lächeln auf den Lippen. »Ich habe mir nie von jemandem vorschreiben lassen, was in meiner Zeitung gedruckt wird und was nicht. Und ob Arnd nun neben mir im Inselclub sitzt oder nicht – wer einen langjährigen Getränkelieferanten verprügelt, der landet nun mal in der Zeitung. Dass Arnd in dem

Artikel nicht gut wegkam, hat er sich ja in erster Linie selbst zuzuschreiben. Der Bericht bestand nur aus Tatsachen. Märchen haben wir nie erzählt.«

Caro nickte. Das hätte sie auch gewundert. Hinnerk war ehrlich. Das konnte manchmal zwar wehtun, aber man wusste immer, woran man war, und das schätzte Caro sehr.

»Aber außerdem war ich zum Zeitpunkt der Prügelei schon längst pensioniert«, fuhr Hinnerk fort. »Arnd hat mich gebeten, beim neuen Chefredakteur gut Wetter für ihn zu machen …«

»Was du natürlich nicht getan hast.«

»Warum sollte ich auch?«

»Stimmt.« Caro überlegte. »Die Schlägerei mit dem Getränkelieferanten liegt zwei Jahre zurück …«

»Und hat Björn Hagedorn fast ruiniert. Die Klinik war sein Hauptkunde, das steckst du nicht so einfach weg. Ich weiß, dass Björn danach viele Probleme hatte. Nicht nur geschäftlich.«

Hinnerk machte mit seiner Hand eine Bewegung, als würde er trinken. Caro nickte.

»Glaubst du, er hat was mit Schäfers Tod zu tun?«

Er machte ein nachdenkliches Gesicht. »Ich war bei dem Streit nicht dabei. Aber eine Nachbarin hat später erzählt, wie er rumgebrüllt hat.«

»Das ist doch nachvollziehbar.«

»Ja. Schäfer hat daraufhin wohl nur gelacht. Aber dieses Lachen war schlimm für Björn, das hat er mir später noch oft erzählt, schlimmer als die Prügelei. *Mich lacht man nicht aus*, hat er immer wieder gesagt …«

8

Er wurde nervös, das merkte er selbst. In letzter Zeit verlor er dauernd die Nerven, wurde laut und rastete wegen Nichtigkeiten aus. Es war nicht nur wegen dieser Caro und ihrem Muskelmann, die die Schnüffeleien einfach nicht lassen konnten. Es war vor allem wegen der unbekannten Person. Er war sich inzwischen sicher, dass er an dem Abend nicht als Einziger in der Sauna gewesen war. Da musste noch jemand gewesen sein, jemand, der ihn beobachtet hatte, der genau wusste, was er in der Sauna gemacht hatte. Und dieser jemand hatte ihn in der Hand. Ein anonymer Hinweis bei der Polizei und die Bullen würden bei ihm auf der Matte stehen. Aber wer war diese Person? Wie konnte er sie finden? Und er musste sich dieses Schnüfflerteam von der Backe schaffen. Die Frau konnte zu einer echten Bedrohung werden. Aber ihm würde schon etwas einfallen, um sie ruhigzustellen.

Als die Gruppentherapiesitzung am nächsten Vormittag zu Ende und Justus mit seiner Kindergruppe im Gezeitenbad verschwunden war, wollte sich Caro auf den Weg zu Björn Hagedorn machen, dem Getränkehändler, mit dem Arnd Schäfer seine handgreifliche Auseinandersetzung hatte.

Als Caro die Klinik verließ, stieß sie im Eingangsbereich fast mit Kommissar Bachmann zusammen, der sie recht streng ansah, wie sie fand.

»Hatten Sie mir nicht versprochen, Bescheid zu sagen, sobald Sie wissen, mit welcher Frau Arnd Schäfer am Abend seines Todes in der Sauna war?«, fragte er, ohne sie zu begrüßen.

Caro verzog das Gesicht. »Guten Morgen erst mal.«

»Ja, ja. Moin. Warum haben Sie mir nicht Bescheid gesagt?«

»Weil meine Bekannte mir versprochen hatte, Sie anzurufen. Was sie ja auch offensichtlich getan hat, sonst wären Sie ja nicht hier.«

»Ja, sie hat sich gestern Abend gemeldet. Aber Sie wissen doch schon viel länger von der Geschichte«, meinte der Kommissar grimmig.

»Wie kommen Sie denn darauf?«

»Weil die Frau mir gesagt hat, dass eine gewisse Caro Falk von Anfang an wusste, dass sie mit Arnd Schäfer eine Liaison hatte«, antwortete Bachmann süffisant. »Also, wussten Sie davon?«

Caro verschränkte die Arme vor der Brust. »Sind wir hier bei einem Verhör?«

»Nennen Sie es, wie Sie wollen. Also?«

»Ja«, antwortete sie schnippisch. »Und? Das heißt ja noch lange nicht, dass ich wusste, wann Natascha mit ihm in der Sauna gewesen war.«

»Wer's glaubt …«, grummelte der Kommissar schlecht gelaunt.

»Unterstellen Sie mir etwa, dass ich lüge?«

Der Kommissar machte einen Schritt auf sie zu und sah sie von unten an, was wegen seiner geringen Körpergröße irgendwie komisch wirkte.

»Wenn Sie das nächste Mal etwas erfahren, was irgendwie mit meinem Fall zu tun hat, dann rufen Sie mich sofort an, ja?«, sagte er streng.

»Jaha«, antwortete sie und merkte im selben Augenblick, dass sie genauso klang wie Justus. »Einen schönen Tag noch«, fügte sie aufgesetzt freundlich hinzu und ließ den Kommissar links liegen.

Was für ein schlecht gelaunter kleiner Mann, dachte sie, als sie sich auf den Weg zum Getränkemarkt in der Hindenburgstraße machte.

Obwohl es noch recht früh am Tag war, hatte Björn Hagedorn schon eine Fahne, als Caro ihn auf dem Hof seines Markts antraf, wo er kistenweise Leergut stapelte. Ihm war deutlich anzusehen, was Hinnerk mit den ›gesundheitlichen Problemen‹ meinte. Hagedorns Gesicht war rot und aufgedunsen, die Haut mit dicken Pusteln übersät, so wie man es von schweren Alkoholikern oder Drogenabhängigen kannte. Die strähnigen, braunen Haare sahen so aus, als wären sie schon lange nicht mehr gewaschen worden, und ein fleckiges Unterhemd war alles, was er über seinem wuchtigen Oberkörper trug, der aus einem einzigen Bierbauch zu bestehen schien. Björn Hagedorn sah aus wie ein verwahrloster Trinker. Der Zigarettenstummel in seinem Mundwinkel vervollständigte das Bild noch.

Caro überwand ihren Ekel und schüttelte dem Mann die Hand, die schwitzig und klebrig war. Die Ausrede, dass sie Hinnerk bei seiner Inselchronik unterstützte, hatte sich inzwischen bewährt, und so griff Caro erneut darauf zurück.

»Den Hinnerk hab ich immer gemocht«, murmelte der Mann und hustete so laut, dass Caro Sorge hatte, ein Teil seiner Lunge würde gleich vor ihr auf dem Boden landen.

Bereitwillig gab Björn Hagedorn ihr Auskunft, erzählte zunächst detailfreudig die Geschichte seines Getränkemarkts, den er nun schon in der dritten Generation führte.

»Jahrzehntelang ein erfolgreiches Familienunternehmen. Aber dann ging's bergab …«, sagte er grimmig, und es war für Caro ein Leichtes, die Unterhaltung auf Arnd Schäfer und den Streit mit ihm zu lenken.

Björn Hagedorn war voller Hass auf den Klinikchef und bemühte sich nicht im Geringsten, diesen zu verbergen. Im Gegenteil. Er betonte, wie froh er sei, dass der Mann tot war.

»Dem Schwein weine ich keine Träne nach«, grummelte er. »Manchmal gibt es eben doch so was wie Gerechtigkeit.«

»Arnd Schäfer ist grausam zu Tode gekommen. Ich glaube nicht, dass irgendjemand so einen Tod verdient hat«, meinte Caro.

»Ja, ja, schon klar. Trotzdem bin ich froh, dass mir seine Visage nicht mehr begegnet.«

»Wie kam es denn damals zu dem Zerwürfnis mit ihm? Immerhin haben Sie die Klinik doch jahrelang mit Getränken versorgt, oder?«

»Jahrzehntelang!«, sagte Björn Hagedorn erbost und erzählte ihr, dass sogar schon sein Vater Lieferant der Kurklinik gewesen war. »Aber als Schäfer neuer Chef wurde, hat sich alles geändert. Erst hat er versucht, die Preise zu drücken, obwohl wir ja geltende Verträge hatten! Die hat er dann gekündigt und mir neue auf den Tisch gelegt, die ein Witz waren! Damit hätte ich fast draufgezahlt! Der Geizkragen hätte mich ruiniert!«

Obwohl der Streit schon zwei Jahre zurücklag, geriet Björn Hagedorn immer noch in Rage, wenn er davon sprach. Natürlich war es für einen Händler schwierig, wenn langjährige Verträge gekündigt wurden, andererseits musste der Leiter einer großen Klinik auf die Kosten achten, die sein Betrieb verursachte. Preise wurden überall gedrückt, das war nicht schön, aber Björn Hagedorn war nun wahrlich kein Einzelfall. Wenn sich jeder Betroffene deshalb prügeln würde, würde das Land in einer einzigen großen Massenschlägerei versinken, dachte Caro.

»Aber dass es wegen so was zu Handgreiflichkeiten kommt, ist doch wohl eher selten, oder?«

»Hat Hinnerk Ihnen von der Sache erzählt?« Caro nickte. »Verstehe. Ja, das hat damals für viel Aufsehen gesorgt ...«

Björn Hagedorn strich sich über das Kinn, als würde er den Schmerz der Schläge immer noch spüren. Aus seinem Grinsen schloss Caro, dass er in dem Konflikt damals die Oberhand behalten hatte.

»Das kann ich mir vorstellen«, meinte sie. »Aber wie konnte es unter Geschäftspartnern so weit kommen?«

Hagedorns Grinsen verschwand, und er setzte wieder seine grimmige Miene auf. »Das kann ich Ihnen sagen! Der Mistkerl hat mich verleumdet und bei anderen Kunden schlechtgemacht, deshalb habe ich ihm eins auf die Fresse gegeben! Ich lass mir doch meinen guten Ruf nicht kaputt machen!«

»Was hat er denn über Sie gesagt?«

»Er hat behauptet, ich wär 'n Säufer! Und das nur, weil ich ab und zu mal ein Schnäpschen trinke.«

Er lallte ein bisschen, und Caro hatte das Gefühl, dass Arnd Schäfer mit seinen Anschuldigungen nicht ganz unrecht gehabt hatte.

»Vielleicht wollte er Ihnen helfen, eine andere Einstellung zum Alkohol zu bekommen?«

»Was denn für 'ne andere Einstellung?« Hagedorns Gesicht war ein einziges Fragezeichen. »Ich bin Getränkehändler, was soll ich denn wohl für eine Einstellung zu Getränken haben?«

»Na ja. Ein Winzer trinkt ja auch nicht den ganzen Tag Wein.«

»Ich trinke doch nicht den ganzen Tag Alkohol!« Er sah sie empört an. »Natürlich gönne ich mir ab und zu mal ein Bierchen, aber das machen doch alle! Oder glauben Sie vielleicht, in der Klinik sitzen nur Abstinenzler?«

»Auf keinen Fall.«

»Eben. Erst neulich hat der Hausmeister drei Pullen Doppelkorn bei mir gekauft, was glauben Sie wohl, was der damit gemacht hat? Wohl kaum seine Furunkel eingeschmiert.«

Caro bemühte sich, nicht zu lachen. »Vermutlich nicht.«

»Natürlich nicht. Den Schnaps hat sich das Klinikpersonal doch gepflegt hinter die Binde gekippt. Und offensichtlich hat Schäfer selbst ja auch nicht ins Glas gespuckt, das Schwein. Sonst wäre er ja kaum besoffen in der Sauna gewesen.«

Caro wollte erwidern, dass das aber in Arnd Schäfers Freizeit passiert war und sie niemanden kannte, der den Klinikchef jemals mit Fahne bei der Arbeit erlebt hatte, verkniff sich diesen Einwand aber.

»Ich hätte wegen ihm fast schließen müssen«, sagte Björn Hagedorn leise. »Seit der ganzen Sache ist mein Umsatz deutlich eingebrochen. Bestimmt trinke ich seitdem mehr als früher, das will ich ja gar nicht ausschließen. Aber damals waren es wirklich nur ein paar Biere, das können Sie mir glauben!«

Das passte zu dem, was Hinnerk gesagt hatte: Es war mit Hagedorn gesundheitlich bergab gegangen, nachdem Schäfer ihm gekündigt hatte.

»Wenn er so ein Schwein war, wie Sie sagen, warum kam er dann eigentlich so gut bei Frauen an? Es kann doch nicht nur an seinem Aussehen gelegen haben.«

Hagedorn sah sie erstaunt an. »Wer ist denn hier die Frau? Sie oder ich? Das müssen Sie doch wissen!«

»Mein Fall war er nicht.« Sie grinste ihn an.

»Das ehrt Sie. Sonst hat ja jede Zweite 'nen Pflaumensturz gekriegt, wenn sie ihn sah.«

Caro brauchte einen Moment, um zu verstehen, was er damit sagen wollte.

»Sind Sie sich mit Schäfer auch beim Thema Frauen mal in die Quere gekommen?«, fragte sie.

Ein leichtes Misstrauen legte sich auf das Gesicht des Mannes.

»Will Hinnerk darüber was in der Inselchronik schreiben?«

Die Ausrede funktionierte einfach nicht bei allen Themengebieten.

»Natürlich nicht. Das war jetzt nur eine Frage aus persönlicher Neugier«, antwortete sie schnell und hoffte, dass der Mann das schluckte wie einen doppelten Schnaps.

Skeptisch musterte Hagedorn sie. »Ich bin Junggeselle, und das ist auch gut so«, meinte er grimmig.

»Aber haben Junggesellen nicht mehr Kontakt zu alleinstehenden Frauen als verheiratete Männer?«

Er zuckte gleichgültig mit den Schultern. »Möglich. Ich bin aber nicht so'n Aufreißertyp. Wenn Schäfer meinte, er muss sich über die Insel hühnern, bitte. Mein Niveau ist das nicht. Ich hab am liebsten meine Ruhe.«

So wie er vor ihr stand, war er beim besten Willen keine Konkurrenz für Schäfer gewesen, und Caro konnte sich nicht vorstellen, dass er vor seinem Alkoholabsturz sehr viel besser ausgesehen hatte als jetzt.

»Wer hat die Klinik eigentlich beliefert, nachdem der Vertrag mit Ihnen gekündigt war?«

Björn Hagedorn verzog das Gesicht und erklärte ihr, dass es keinen weiteren Getränkelieferanten auf der Insel gab. Der

Hausmeister ließ inzwischen alles aus dem City Center holen und mit einem Lastenkarren in die Klinik bringen.

»Aber ich habe schon mit den Leuten in der Klinik gesprochen«, sagte er weiter. »Wie's aussieht, werde ich nächste Woche wieder meinen alten Vertrag haben. Sven will das mit dem Verwaltungschef klären.« Hagedorn grinste über das ganze Gesicht. »Tja, wer zuletzt lacht, lacht nun mal am besten.« Und dann lachte er laut.

Caro setzte sich mit einem Eiskaffee in den Schatten des Leuchtturms und dachte darüber nach, was Björn Hagedorn ihr eben erzählt hatte. Würde der Streit mit Schäfer nicht zwei Jahre zurückliegen, sondern wäre gerade erst passiert, könnte sie sich durchaus vorstellen, dass der Getränkehändler etwas mit Schäfers Tod zu tun hatte. Aber so? Der Hass müsste sich lange in ihm aufgestaut haben; gepaart mit den Unmengen an Alkohol, die er seinem Körper ja offensichtlich zumutete, konnte sich dieser Hass in einer Gewalttat entladen. Aber war dieser Trinker überhaupt in der Lage, eine solche Tat durchzuführen? Lag er abends um zehn nicht schon sternhagelvoll auf dem Sofa?

Sie blickte nach oben, die endlos lange Außenwand des Leuchtturms hoch. Auf der Aussichtsplattform herrschte das übliche Getummel. Egal, wie das Wetter war, auf den Leuchtturm stiegen jeden Tag zahlreiche Urlauber, um die grandiose Aussicht zu genießen. Ihr wurde fast schwindelig, und sie musste ihren Kopf wieder senken, nahm ihr Handy aus der Tasche, wählte Jans Nummer und fragte ihn, ob er Björn Hagedorn kannte.

»Ich bin hier aufgewachsen, genau wie er. Mit Björn habe ich vermutlich öfter ein Bierchen getrunken als mit deinem Nils.«

»Es ist nicht mein Nils.«

»Dann eben mit deinem Ex-Nils. Aber dem würde ich einen Mord eher zutrauen als Björn.«

»Nils war gar nicht auf der Insel, als …–«

»Schon klar«, unterbrach Jan, »ich wollte damit ja nicht sagen, dass er es war. Aber Nils hätte immerhin genug Grips in der Birne, um so etwas zu planen. Der fehlt Björn leider.«

Das bestätigte den Eindruck, den sie von dem Mann gewonnen hatte. Björn Hagedorn wirkte durch und durch einfach gestrickt. Wenn überhaupt, würde er höchstens jemanden totschlagen, und das wahrscheinlich auch nur im Affekt. Aber der Mord an Schäfer war geplant worden, das stand außer Frage. Sie wusste zwar immer noch nicht, was an dem Abend genau passiert war, aber eine Tat im Affekt war es nicht gewesen.

»Ich habe übrigens eine Theorie, wie Schäfer so besoffen wurde«, sagte Jan.

Caro war überrascht. »Und wie?«

»Wir haben früher als Jugendliche manchmal einen Bieraufguss in der Sauna gemacht. Dein Ex-Nils war übrigens öfters dabei.«

»Schön für ihn«, meinte Caro. »Ein Aufguss mit Bier? Ist das nicht ekelhaft?«

»Ja, na klar ist das ekelhaft. Aber Jugendliche machen nun mal ekelhafte Sachen. Jedenfalls knallt es ordentlich.«

»Wie schnell wird man davon betrunken?«

»Auf die Minute genau kann ich's dir nicht sagen, aber es geht auf jeden Fall ratzfatz.«

Caro dachte einen Augenblick nach. Tatsächlich würde ein alkoholischer Aufguss den hohen Promillegehalt in Schäfers Blut erklären. Dafür sprach auch, dass keine Getränke in der

Sauna gefunden worden waren und Schäfer nicht gerade als Trinker bekannt gewesen war.

»Schöne Theorie«, meinte sie schließlich. »Aber wenn es kein Unfall war, wenn Schäfer den alkoholischen Aufguss also nicht selbst gemacht hat, dann muss derjenige, der es gemacht hat, doch mit in der Sauna gewesen sein.«

»Vermutlich schon.«

»Das hieße doch, dass derjenige den Aufguss selbst auch eingeatmet hätte. Und dann wäre er kaum in der Lage gewesen, Schäfer am Verlassen der Sauna zu hindern. Oder sie.«

»Ich hab ja auch nicht gesagt, dass ich weiß, wie das genau abgelaufen ist«, meinte Jan verärgert. »Ich bin ja jetzt kein Aufgussexperte. Aber das würde immerhin erklären, wie der Mann an seinen Promillegehalt kam, ohne zu saufen!«

Da hatte Jan recht. Es war immer ein Fehler, eine Theorie abzutun, nur weil sie von vorne bis hinten noch nicht zu hundert Prozent stimmig war.

»Ich werde mir die Sauna mal anschauen, sobald sie wieder den Betrieb aufgenommen hat«, meinte sie in versöhnlichem Tonfall.

»Wir können ja zusammen saunieren.«

Sie konnte seine anzügliche Miene quasi vor sich sehen. »Vergiss es«, sagte sie. »Den Anblick von deinem vernarbten Körper würde ich mir gerne ersparen.«

»Was für ein vernarbter Körper?«, fragte Jan erstaunt. »Bis auf eine Blinddarmnarbe ist meine Haut komplett narbenfrei!«

»Ach ja?« Caros Neugier war schon wieder geweckt. »Das kann doch eigentlich gar nicht sein«, sagte sie, »U-Boot-Einsätze, Fallschirmabsprünge, Märsche durch den Hindukusch – aber nicht eine einzige Narbe?«

Am anderen Ende der Leitung herrschte atemlose Stille. Dann räusperte Jan sich. »Ich glaube nicht, dass ich dir davon erzählt habe.«

»Aber stimmen die Geschichten denn? Jetzt sag doch mal, was du wirklich gemacht hast!«

»Wenn ich dich ein bisschen besser kenne, werde ich dir alles erzählen, okay?«

»Du machst es echt spannend«, stöhnte Caro.

Sie hätte wirklich zu gerne gewusst, was an den Gerüchten, von denen Hinnerk ihr erzählt hatte, dran war. Und Geduld war noch nie ihre Stärke gewesen. Sie hatte fast den Eindruck, als würde es Jan Spaß machen, eine geheimnisvolle Aura um sich aufzubauen, und es ging ihr auf die Nerven, dass das bei ihr so gut funktionierte.

In diesem Moment beschloss Caro, nicht mehr nach Jans Vergangenheit zu fragen. Vielleicht war er der deutsche James Bond gewesen, vielleicht aber auch nicht. Das Einzige, das zählte, war doch, was er zur Lösung des Falls beitragen konnte. Und sie musste zugeben, dass er sich bisher nicht schlecht geschlagen hatte.

»Gehen wir heute Abend was essen? Dann können wir noch mal alle Fakten durchgehen«, schlug sie vor, um das Thema zu wechseln.

»Ist das eine Einladung?«

»Ja klar.« Siedend heiß fiel ihr ein, dass sie beim besten Willen nicht in der Situation war, andere zum Essen einzuladen. Auswärtsessen sollte sie sich im Moment sowieso besser verkneifen. »Ach, da fällt mir ein …«, ja, was denn? »Geht leider doch nicht. Ich muss heute in der Klinik essen.«

»Warum das denn?«

Weil ich keine Kohle habe, Mann!

»Wegen Justus ... Irgendein besonderer Kinderabend ... Wollen wir uns danach zu einem Strandspaziergang treffen? Ich hatte Hinnerk eh versprochen, Aila regelmäßig für einen langen Gang zu holen. Und außerdem redet es sich dabei doch eh viel besser.« Und es kostete keinen Cent.

Es war deutlich leichter, sich an viel Geld zu gewöhnen als an wenig, dachte sie, als sie zurück zur Klinik ging. Früher hatte sie gar nicht darüber nachgedacht, wenn sie sich auf dem Heimweg noch Sushi für den Abend mitgenommen oder in einem Restaurant ein Glas Champagner vorweg gegönnt hatte. Wie leichtfertig ihr der Umgang mit ihren Finanzen nun vorkam. Gedankenloses Konsumieren war so einfach, wenn man nicht aufs Geld achten musste. Aber die Zeiten waren jetzt definitiv vorbei.

Ihre Abhängigkeit von Nils wurde ihr in diesem Moment so bewusst wie noch nie zuvor. Und das fühlte sich nicht gut an, ganz und gar nicht gut. Zum ersten Mal wurde ihr so richtig klar, wie wichtig es war, finanziell auf eigenen Beinen zu stehen. Warum hatte sie das früher eigentlich nicht so gesehen? Warum hatte sie so leichtfertig ihr Studium an den Nagel gehängt?

Weil du schwanger warst!, schimpfte sie sich selbst, obwohl sie wusste, dass das keine Ausrede für alles sein konnte. Ja, schwanger ein Studium durchzuziehen und mit einem Baby das Referendariat zu absolvieren, das wäre bestimmt nicht einfach gewesen. Andererseits war Nils damals schon sehr erfolgreich gewesen, Geld spielte schon zu diesem Zeitpunkt keine Rolle, und sie hätte sich jede Hilfe der Welt holen können. Eine Nanny hätte auf Justus aufpassen können, wenn sie in der Uni gewesen wäre – aber halt, hätte sie das gewollt? Kind kriegen, wegorganisieren und weitermachen wie bisher? Nein.

Sie wollte die Babyzeit mit Justus nicht missen und war davon überzeugt, dass es richtig und wichtig gewesen war, dass sie bei ihm geblieben war.

Aber als er mit drei in die Kita kam, hätte sie natürlich schon … Hatte sie aber nun mal nicht! Und es brachte überhaupt nichts, der Vergangenheit und ihren verlorenen Chancen nachzutrauern.

Justus war immer noch im Gezeitenbad, und Caro beschloss, sich bis zum Abendessen ein bisschen hinzulegen. Das Reizklima auf der Insel machte sie völlig fertig, ihr Appetit war ungebrochen groß und ihre Müdigkeit überwältigend.

Als sie den Gang hinunter Richtung Zimmer ging, sah sie schon von weitem, dass es noch nicht fertig war. Der Putzwagen stand vor der Tür, die sperrangelweit offen war, und aus dem Inneren des Raumes drangen Staubsaugergeräusche. Als Caro ins Zimmer kam und Lara ansprach, zuckte diese kurz erschrocken zusammen.

»Ich habe Sie gar nicht gehört.«

Sie sah sichtbar abgespannt aus, und Caro fragte sich, ob Lara alleine für die Reinigung der Zimmer zuständig war.

»Ich mach das mit einer Kollegin zusammen«, erklärte sie auf Nachfrage, nachdem sie sich dafür entschuldigt hatte, dass Caros Zimmer noch nicht fertig war. »Aber die ist heute krank, deshalb hänge ich etwas hinterher.«

»Lassen Sie's gut sein«, meinte Caro. »Das Zimmer muss doch nicht jeden Tag gesaugt werden. Mach ich zuhause auch nicht.«

»Da haben Sie aber wahrscheinlich auch nicht so viel Sand auf dem Boden«, sagte Lara und grinste.

»Das stimmt.« Caro erwiderte ihr Lächeln. »Zu zweit alle

Zimmer der Klinik zu putzen, das finde ich echt hart«, sagte sie und wurde wieder ernst. »Wird da nicht am falschen Fleck gespart?«

»Tja. Früher waren wir zu viert. Aber Dr. Schäfer hat irgendwann gemeint, die Klinik müsse sparen. Und dann wurden zwei Stellen wegrationalisiert. Ich bin froh, dass ich meinen Job noch habe.«

Die dunklen Ringe unter Laras Augen sahen nicht so aus, als wäre die Freude über ihren Job allzu groß. Andererseits hatte sie einen und konnte selbst für sich sorgen. Damit hatte sie Caro einiges voraus.

Sie seufzte. »Wenn ich wieder in Berlin bin, werde ich mir auch einen Job suchen«, sagte sie. »Vielleicht als Zimmermädchen. Hotels gibt es in Berlin ja genug.«

»Sie werden schon was finden.«

»Ich muss«, sagte Caro und erzählte Lara von Nils und seinem letzten Schachzug in ihrem Rosenkrieg. »Aber was red' ich. Es gibt wahrscheinlich keine Frau auf der Welt, die noch nie schlechte Erfahrungen mit Männern gemacht hat«, fügte sie seufzend hinzu und sah Lara erwartungsvoll an.

»In der ganzen Klinik gibt es praktisch keine Patientin, die in einer glücklichen Beziehung ist«, meinte Lara. »Eigentlich sind alle geschieden oder verwitwet. Sie sind also nicht alleine mit Ihrem Schicksal.«

»Ja, das habe ich schon mitbekommen. Und irgendwie ist das ganz tröstlich«, meinte Caro.

Lara nickte. »Das kann ich gut verstehen.«

Caro entschied sich, nicht länger um den heißen Brei zu reden und das Thema direkt anzusprechen. »Und Sie? Sind Sie verheiratet, oder haben Sie einen Freund?« Oder hatten Sie eine Affäre mit Ihrem Chef?, fügte sie im Kopf noch hinzu.

Lara zögerte kurz und schüttelte dann den Kopf. »Ich will keine Familie.«

Caro stutzte. *Ich will keine Familie* – was für eine merkwürdige Antwort, wenn man gefragt wurde, ob man verheiratet war. Schließlich konnte man ja in einer Beziehung leben und auf Kinder verzichten. Mann ja, Familie nein. Das gab es nun wirklich nicht selten.

»Kinder sind das eine«, meinte Caro, »aber eine Beziehung ist ja doch was anderes. Auch wenn ich es mir jetzt beim besten Willen noch nicht vorstellen kann, aber irgendwann will ich mich schon wieder neu verlieben.«

Lara wich ihrem Blick aus. »So wie es ist, ist es gut«, sagte sie, und Caro glaubte ihr kein Wort.

»Na ja, Sie haben ja auch Familie«, sagte Caro. Lara sah sie erstaunt an. »Ihr Bruder. Ich habe gehört, dass der Hausmeister Ihr Bruder ist.«

»Ach so. Ja.«

»Haben Sie ein enges Verhältnis zu ihm?«

»Ich … würde gerne noch länger mit Ihnen schnacken, aber die Arbeit ruft«, sagte Lara und ging aus dem Zimmer. Im Gang packte sie ihre Putzmittel auf den Wagen, und Caros Blick fiel erneut auf die Narben an ihrem Unterarm. Schnell zog Lara den Ärmel herunter, um die Haut zu bedecken, so wie sie es schon bei ihrem ersten Aufeinandertreffen an Bord der MS Münsterland getan hatte. Es wirkte wie ein Reflex, wahrscheinlich hatte die Frau das schon unendlich oft gemacht, um unangenehmen Fragen aus dem Weg zu gehen.

»Einen schönen Tag noch!«, sagte Lara betont freundlich und schob den Putzwagen den Gang hinunter.

Nachdenklich blickte Caro ihr nach. Sie spürte genau, dass irgendetwas mit Lara nicht stimmte. Die Narben an ihrem Handgelenk, die ausweichenden Antworten, sobald das Thema auf ihren Bruder zu sprechen kam, der Streit mit ihm, der ungewohnte Kosename für seine Schwester ... aber hatte das alles etwas mit dem toten Chefarzt zu tun? Wenn die arme Frau einen Selbstmordversuch hinter sich hatte, war das schlimm genug, hatte aber vermutlich nichts mit Schäfer zu tun. Die Narben hatte sie jedenfalls schon viel länger.

Ihr Handy klingelte, und mit einem Blick auf das Display stellte sie fest, dass es Hinnerk war.

»Ich glaube,«, begann ihr Schwiegervater ohne Umschweife, »ich weiß, wo du mehr Informationen über Arnd finden kannst.«

»Schieß los.«

»Im Keller.«

»Im Keller? In welchem Keller?«

»Na, der Keller vom Krankenhaus. Ich durfte da mal rein, um mir die hundert Jahre alte Gründungsurkunde anzuschauen. Für meine Chronik. Und deswegen weiß ich, dass da auch sonst alle Akten lagern. Personal- und Krankenakten bis zum Abwinken. Ist doch gut möglich, dass da was Interessantes drinsteht.«

Das war allerdings möglich, auch wenn Caro Personalakten normalerweise nur als langweilige Datensammlung kannte. Abmahnungen und Besonderheiten konnten da allerdings durchaus notiert sein.

»Hast du für den Keller einen Schlüssel?«

Hinnerk machte ein Geräusch, das wie eine Mischung aus Lachen und Husten klang. »Nein. Natürlich nicht. Ich hab nur Schlüssel von meinem Haus und von der Zeitung. Und den müsste ich eigentlich auch irgendwann mal wieder abgeben.«

»Und wie soll ich da reinkommen?«

»Jan?«

Caro dachte nach. Wenn nur die Hälfte von den Geschichten über Jan stimmte, müsste es eigentlich ein Leichtes für ihn sein, eine verschlossene Tür aufzukriegen.

Sie verabredete mit Hinnerk, Aila nach dem Abendessen für einen Spaziergang abzuholen, und beendete das Telefonat, als Justus von seinem Schwimmbadbesuch ins Zimmer kam. Noch nie hatte sie ihren Sohn so hungrig und müde erlebt wie heute. Voller Begeisterung erzählte er ihr, wie oft er die Welle geritten war, die es im Gezeitenbad gab. In einem extra abgetrennten Bereich wurde in einem kleinen Becken eine künstliche Welle erzeugt, auf der die Kinder und jede Menge Erwachsene sich im Wellenreiten probieren konnten. Natürlich kostete der Spaß extra, aber zum Glück hatte die Klinik die Welle an diesem Nachmittag für sich reserviert und trug die Kosten für dieses zusätzliche Vergnügen. Justus war jedenfalls begeistert und konnte es nicht abwarten, bis der nächste Ausflug ins Gezeitenbad anstand. Aber jetzt wollte er nur noch eins: essen. So kam es, dass sie wieder einmal um Punkt halb sechs am Büfett im Speisesaal standen und tatsächlich die Ersten waren, die die Schlange anführten. Hinter ihnen kam ein hungriges Kind nach dem anderen, und alle erzählten aufgeregt vom Wellenreiten.

Auf dem Speiseplan stand heute Lasagne, einmal mit Fleisch und einmal ohne. Dazu konnte man sich am Salatbüfett bedienen. Da Caro keine Lasagne mochte und Justus altersgerecht kein Salatfreak war, bekam er ihre Portion, und sie beließ es heute bei etwas Grünzeug. Sie hatte eh den Eindruck, ein paar Kilo zugenommen zu haben, was kein Wunder war bei dem enormen Appetit, den sie auf der Insel entwickelt hatte. Grundsätzlich machte ihr das Gewicht keine Sorgen, da sie von Natur aus zu den Leuten zählte, die nie richtig dick wurden. Aber dass die Hosen langsam kniffen, musste nun auch nicht sein.

Nach zwei Lasagnen und einem Vanillepudding war Justus kaum noch in der Lage, seine Augen offenzuhalten. Es erinnerte Caro an die Zeit, als er noch ein Baby war und manchmal so müde, dass er direkt nach dem Essen noch am Tisch einschlief. Auch jetzt waren seine Augen so klein, dass sie das Blau darin kaum noch erkennen konnte, und beim Weg zurück zum Zimmer schwankte er ein wenig, weil er sich nicht mehr auf den Beinen halten konnte.

Sie zog ein Taschentuch aus ihrer Hosentasche und wischte ihm die Reste eines Lasagne-Vanillepudding-Mix vom Mund. Justus ließ es ohne Protest über sich ergehen. Größere Waschungen oder Zähneputzen waren leider nicht mehr drin. Caro blickte auf die Uhr. Es war gerade mal sieben. Beste Babyschlafenszeit.

»Ich gehe noch eine Runde spazieren«, sagte sie zu ihm, als er sich in sein Bett kuschelte. »Ist das okay, wenn du …«

»Bin doch kein Kleinkind mehr …«, unterbrach er sie murmelnd und mit bereits geschlossenen Augen.

»Alles klar, mein Großer.« Sie gab ihm einen Kuss auf die Stirn. »Bis später. Schlaf gut.«

Justus war nicht mehr in der Lage zu antworten, und seinen tiefen Atemzügen konnte sie entnehmen, dass jegliche Unterhaltung für heute beendet war. Leise schnappte sie sich Handy und Jacke und verließ auf Zehenspitzen das Zimmer.

Auf dem Weg zur Strandpromenade rief sie Jan an.

»Diese Urlauberzeiten sind wirklich irre«, sagte er. »Um 19 Uhr abgefüttert schlafen, das gibt es nur auf Borkum.«

»Und im Skiurlaub«, entgegnete Caro.

In den Alpen waren Nils und sie nicht selten mit Justus ins Bett gegangen. Den ganzen Tag auf Brettern zu stehen machte mindestens genauso hungrig und müde wie ein Tag auf der Nordseeinsel. Caro kam es fast so vor, als wenn ihre Urlaube in erster Linie aus Essen und Schlafen bestehen würden.

Im Gegensatz zu ihr hatte Jan mit dem Abendbrot noch nicht mal angefangen, und da sie Aila noch abholen wollte, verabredeten sie sich für neun Uhr an der Strandpromenade vor dem Hotel Hohenzollern.

Die Hündin freute sich wie verrückt, ihr Frauchen endlich mal wieder für sich zu haben. Mit mehreren Kotbeuteln ausgerüstet, ging Caro den Weg durch die Dünen zurück Richtung Strandpromenade. Auch wenn es viele Hundebesitzer unter den Urlaubern und Insulanern gab, waren es mindestens genauso viele, die etwas gegen die Vierbeiner hatten. Besonders wenn diese mal mussten, was naturgemäß mehrmals am Tag vorkam. Caro konnte das einerseits gut verstehen, da es immer noch genügend Leute gab, die die Haufen einfach liegen ließen. Das musste nun wahrlich nicht sein, besonders nicht auf einer Insel, auf der es zur Urlaubszeit von Kindern nur so wimmelte. Andererseits wusste Caro auch, in wie viel Bedrängnis man als Hundebesitzer kommen konnte, wenn das Tier nicht da machte, wo es machen sollte. Niemals würde sie vergessen, wie sie mit Aila über den Ku'damm spazierte. Die Hündin hatte ganz artig und wie es sich gehörte in einer Seitenstraße auf einem Grünstreifen ein Häuflein gemacht, das Caro ganz artig und wie es sich gehörte mit einem Kotbeutel aufgesammelt hatte, womit sie schon zu den Ausnahmeerscheinungen in Berlin zählte. Aber als sie vor dem Louis-Vuitton-Schaufenster standen, nur wenige Meter von dem Wachmann entfernt, der die Eingangstür sicherte, und Caro die Auslagen in dem teuren Geschäft bewunderte, kam der Albtraum völlig unerwartet, kündigte sich durch kein Jaulen und Fiepen an, sondern nahm einfach so und unaufhaltsam seinen Lauf. Direkt auf dem roten Teppich, der an dem Wachmann vorbei in das Geschäft führte, ergoss sich der Hundedurchfall in einem Ausmaß, wie Caro es sich in ihren kühnsten Träumen nicht hätte vorstellen können.

»Ach du Scheiße!«

»Ja, dit kann ma wohl sagen!«, berlinerte der Wachmann mit entsetztem Gesichtsausdruck, hinter dem sie aber den Hauch eines schadenfrohen Grinsens sehen konnte.

Panisch hatte Caro einen Kotbeutel aus ihrer Tasche gezogen und versucht, die Schweinerei damit aufzufangen, was ein völlig sinnloses Unterfangen war. Ein Zitronentörtchen erster Güte kam aus dem Louis-Vuitton-Laden gestöckelt und lief mit ihren zwölf Zentimeter Absätzen fast in die Soße hinein. Ihr Geschrei machte die Sache nicht besser, der Boutiquebesitzer kam herausgeeilt, und innerhalb kürzester Zeit schimpften und motzten bestimmt fünf Leute mit Caro. Und das in einer Stadt, in der Hundekot zum Stadtbild gehörte wie in Köln der Rhein. Hier auf Borkum hatte sie schon böse Blicke geerntet, wenn Aila kleine, staubtrockene Bällchen absonderte, die keinerlei Rückstände auf dem Gehweg hinterließen. Bei der Vorstellung, Aila würde vor dem Strandpavillon zwischen den zur Musik tanzenden Rentnerpaaren ein solches Desaster anrichten, bekam sie kalten Schweiß auf der Stirn.

Dunkle Wolken zogen auf und ließen den Himmel nächtlicher wirken, als er es um diese Uhrzeit eigentlich war. Sie bog von dem gepflasterten Giloweg ab und ging einen sandigen Pfad durch die Dünen, der eigentlich nur von Reitern genutzt wurde. Aber jetzt war niemand mehr zu Pferde unterwegs, und Caro genoss die Einsamkeit um sich herum. Sie ließ Aila von der Leine, und der Hund wuselte aufgedreht durch den Sand.

In dieser Gegend standen vergleichsweise viele Bäume, zahlreiche knorrige Birken boten den Rehen und Karnickeln Schutz. Der Weg nahm eine Kurve, und so verlor sie Aila kurz aus den Augen. Als sie einen Wimpernschlag später die Kurve erreicht hatte und auf die vor ihr liegende, bestimmt hundert Meter lange Wegstrecke blickte, war die Hündin verschwunden.

»Das gibt's doch nicht!«, fluchte Caro. »Aila! Aila!«

Aber so viel sie auch rief und lockte, die Hündin war wie vom Erdboden verschluckt. Das Gefühl, das Caro überkam, war nicht ganz so schlimm wie damals, als Justus im Tiergarten für knapp zehn Minuten unauffindbar war, aber es ähnelte dem durchaus. Sie versuchte, sich immer wieder zu sagen, dass Aila einem Kaninchen oder einem Vogel nachgejagt war und bestimmt gleich wieder auftauchen würde. Kein Grund, in Panik zu geraten. Allerdings war der Himmel inzwischen so dunkel, als wäre es bereits Nacht, und wenn Caro eines nicht wollte, dann bei einem heftigen Gewitter nach ihrem Hund zu suchen. Außerdem konnte sie in dem waldigen Gebiet, in dem es keine Straßenlaternen gab, nur noch schwer etwas sehen.

Plötzlich hielt sie inne. Ein Fiepen. Trotz des aufkommenden Sturms hatte sie eindeutig ein Fiepen gehört.

»Aila! Hier! Komm her, Aila!«, rief sie gegen den tosenden Wind. Ein Jaulen war die Antwort.

Es kam irgendwo aus dem dichteren Wald. Eigentlich hatte sie beim besten Willen keine Lust, tiefer in das Dickicht zu gehen, das von Dornen und Disteln überwuchert war. Aber vielleicht war die Hündin in einen Dorn getreten? Und konnte nicht mehr laufen?

Es half nichts, sie musste nachschauen. Fluchend kämpfte sie sich durch das Gestrüpp.

»Aila! Komm, Aila, komm!«

Aber bis auf ein Fiepen, das zwischendurch von einem hellen Bellen abgelöst wurde, passierte nichts.

Sie hatte sich bestimmt irgendwo verheddert, dachte Caro und hoffte, dass niemand auf der Insel auf die Idee gekommen war, Giftköder auszulegen, so wie es in Berlin leider inzwischen häufig vorkam. Auch Rasierklingen in Leberwurst wurden schon in den Parks gefunden, und sie war jedes Mal fassungslos, wenn sie solche Geschichten hörte. Wie konnte man den armen Tieren nur so etwas antun?

Sie spürte, wie ihre Beine von Dornen zerkratzt wurden. Zwischendurch donnerte es laut, und Blitze zuckten über den Himmel. Noch regnete es nicht, aber es würde nicht mehr lange dauern, bis sie klatschnass war. Es war der Wahnsinn, bei so einem Wetter durch ein Wäldchen zu laufen. Jederzeit konnte ein Blitz in einen Baum neben ihr einschlagen.

Wieder hörte sie ein Geräusch. Waren das Schritte? Erneut rief sie die Hündin, obwohl sie sich eigentlich sicher war, dass es nicht Ailas Schritte waren, die sie gehört hatte. Dafür waren sie zu schwer gewesen. Ihr Herz schlug schneller, und sie merkte, wie langsam die Angst in ihr hochkam.

Steiger' dich jetzt bloß nicht in irgendwas rein, sagte sie sich. Du bist auf Borkum und nicht in Marzahn, hier gibt es keine nächtlichen Überfälle.

Aber das Gefühl, dass hier etwas nicht stimmte, wollte einfach nicht verschwinden.

Irgendwo im Gebüsch vor ihr raschelte es erneut, als würde jemand durch das Dickicht laufen. Caro blieb stehen und versuchte, ruhig zu bleiben. War hier noch jemand? Noch ein

Hundebesitzer? War Aila einem anderen Tier hinterhergelaufen?

»Aila?«

Irgendetwas stimmte hier ganz und gar nicht, dachte Caro noch. Wieder hörte sie ein Rascheln, diesmal war es lauter und unmittelbar hinter ihr. Abrupt drehte sie sich um und wurde im selben Moment von einem grellen Blitz geblendet. Sie versuchte noch, ihre Augen vor dem Licht zu schützen, verlor dabei aber das Gleichgewicht und geriet ins Taumeln, stürzte zu Boden und knallte mit dem Kopf gegen einen Baumstumpf. Sie realisierte noch, wie der brennende Schmerz von einer wohligen Ruhe abgelöst wurde, dann war sie weg.

Als sie wieder zu Bewusstsein kam, leckte Aila ihr das Gesicht ab.

»Da bist du ja, Süße …«, sagte Caro leise und rappelte sich mühsam auf. Benommen blieb sie auf dem Baumstumpf sitzen und versuchte, sich zu orientieren. Wie in Zeitlupe leinte sie die Hündin wieder an.

Was war passiert? Ein Blitz musste in ihrer Nähe eingeschlagen und sie umgehauen haben. Anders konnte sie sich das grelle Licht und den Sturz nicht erklären. Vermutlich waren die Geräusche, die sie vorher gehört hatte, von Rehen oder anderen Tieren gekommen. Sie blickte nach oben, der Himmel war immer noch dunkel und gewitterig. Die ersten dicken Regentropfen fielen in ihr Gesicht und kühlten den Schmerz in ihrem Kopf.

Ihr Handy klingelte, aber sie war noch zu benommen, um rangehen zu können. Vorsichtig strich sie sich über den Hinterkopf und befühlte die Beule, die kleiner war, als sie es bei diesen Kopfschmerzen erwartet hatte. Wieder klingelte ihr Handy, sie zog es aus der Tasche und nahm den Anruf jetzt an.

»Na endlich«, sagte Jan. »Wo steckst du? Das Wetter ist ja unterirdisch.«

»Ich bin in diesem Birkenwäldchen …«

»Richtung Ostland? Bei dem Gewitter?« Jan konnte offensichtlich nicht glauben, was er da hörte. »Komm da raus, und zwar schnell. Lass uns irgendwo treffen, wo es trocken ist. Piratenbude?«

Sie murmelte, dass sie gleich da wäre, und machte das Handy wieder aus. Benommen stand sie auf und klopfte sich den Dreck von der Hose. Hauptsache, sie hatte keine Gehirnerschütterung, dachte sie. Vorsichtig und dabei sorgfältig auf jeden Schritt achtend, ging sie zurück zum befestigten Weg. Zum Glück fiel der Regen wesentlich geringer aus, als sie es bei dem Gedonner erwartet hatte. Als sie Jan eine Viertelstunde später an der Strandpromenade traf, war das Gewitter bereits weitergezogen und tobte sich über dem Meer aus.

»Du siehst irgendwie fertig aus.« Jan musterte sie, und sein Gesicht zeigte eine gewisse Besorgnis.

»Ich bin gestürzt und mit dem Kopf aufgeschlagen.«

»Wie ist das denn passiert?«

»Keine Ahnung. Ein Blitz muss ganz in meiner Nähe eingeschlagen sein und hat mich förmlich umgehauen.«

»Dann hast du aber Schwein gehabt«, meinte Jan.

»Das würde ich auch sagen.«

Da es aufgehört hatte zu regnen, beschlossen sie, doch noch ein paar Schritte zu gehen. Sie liefen die Treppen hinunter zum Strand, gingen den Steg an der Piratenbude vorbei, zwischen Kinderspielplatz und Trampolinanlage Richtung Meer. Es war Ebbe und der Strand so unendlich groß und weit, dass das Ende nicht zu sehen war.

»Du willst also, dass ich in den Klinikkeller einbreche«,

meinte Jan schmunzelnd. »Na, ist bestimmt besser, wenn du das nicht alleine machst.«

»Es könnte eine Möglichkeit sein, an neue Informationen zu kommen.«

»Und wenn wir erwischt werden?«

Caro sah ihn erstaunt an. »Meinst du das ernst?«

Sofort lachte Jan auf. »Natürlich nicht. Ich bin noch nie aufgeflogen, da werde ich mich jetzt wohl kaum von irgendeiner Schwester erwischen lassen.«

»Kannst du eine Tür aufbrechen?«, fragte sie zur Sicherheit nach.

»Selbstverständlich!« Die Antwort kam für Caros Geschmack etwas zu schnell.

»Auch so, dass nicht die halbe Klinik wach wird?«

»Natürlich. Ich hab das total geräuschlos drauf.«

Jan sah sie ungefähr mit demselben Gesichtsausdruck an, wie Justus es tat, wenn er behauptete, auf dem iPad nur *ganz kurz* etwas nachgeschaut zu haben. Aber Caro blieb nichts anderes übrig, als ihm zu glauben. Wenn sie wirklich in den Keller einbrechen wollte, brauchte sie Jans Hilfe. Alleine würde sie das nicht schaffen.

»Sollen wir das heute noch erledigen?«, fragte Jan.

Caro überlegte kurz. Einerseits fühlte sie sich mit ihrer Beule ein wenig benommen, andererseits war Justus so müde gewesen, dass er heute Nacht garantiert nicht aufwachen würde. Sie wollte nicht, dass ihr Sohn nachts in einer fremden Umgebung seine Mutter suchen musste. Und allzu lange würde ihr kleiner Einbruch ja nicht dauern. Caro schätzte, dass sie nach einer Stunde wieder zurück in ihrem Zimmer sein würde.

»Okay. Machen wir es heute Nacht.«

»Ich bin um ein Uhr an der Klinik.«

»Einverstanden.«

Nachdem sie Aila bei Hinnerk wieder abgeliefert hatte, wollte Caro versuchen, etwas vorzuschlafen. Ein Vorhaben, das ihr früher nie gelungen war. Als Jugendliche hatte sie das zigmal versucht, an Silvester oder vor vermeintlich wichtigen Partys. Aber die Aufregung war immer viel zu groß gewesen, sodass sie nie ein Auge zumachen konnte. Das war jetzt anders. Möglicherweise lag es an ihrer Beule oder der kurzen Ohnmacht. Jedenfalls war sie zwei Minuten, nachdem ihr Kopf das Kissen des Bettes berührt hatte, eingeschlafen.

Sie brauchte einen Moment, um zu kapieren, wo sie war, als das leise Brummen ihres Handys sie mitten in der Nacht aus dem traumlosen Schlaf riss.

»Die Haupttür ist zu«, flüsterte Jan am anderen Ende der Leitung.

»Logisch«, flüsterte sie zurück und warf einen Blick auf Justus, der mit offenem Mund in seinem Bett lag und tief und fest schlief. »Ich lass dich rein. Bin in fünf Minuten unten.«

So leise wie möglich stand sie auf, nahm eine Jogginghose und ein Sweatshirt und schlich ins Bad. Sie legte ihr Handy auf den Badewannenrand und sah, dass sie eine neue Nachricht bekommen hatte. Der Absender hatte die Nummer unterdrückt, und Caro überlegte kurz, ob sie die SMS überhaupt öffnen sollte. Man hörte so viel über Spams und Phishing-Angriffe, von denen kaum ein Handybesitzer verschont blieb. Aber ihre Neugier war größer.

Als sie die SMS öffnete, war sie für einen Augenblick wie gelähmt.

Auf dem Foto war sie klar und deutlich zu sehen. Erschrocken riss sie eine Hand hoch, um ihre Augen vor dem grellen

Licht zu schützen. Es war kein Blitz gewesen, der sie so geblendet hatte, jedenfalls keiner, der von dem Gewitter stammte. Es war der Blitz eines Handys oder Fotoapparats. Irgendjemand hatte sie fotografiert und damit für ihren Sturz gesorgt. Im Hintergrund des Fotos war Aila zu sehen, die mit einem Strick an einem Baum festgebunden war. Unter dem Bild stand: »Wer rumschnüffelt, kriegt Ärger.«

Jemand hatte Aila gezielt von ihr weggelockt, an einen Baum gebunden und gewartet, bis sie zu der abgelegenen Stelle gekommen war. Sie erinnerte sich, dass sie geglaubt hatte, Schritte zu hören, kurz bevor sie zu Boden gegangen war. Dieser Jemand hatte sie fotografiert und bedrohte sie jetzt.

Und dabei konnte es sich nur um Schäfers Mörder handeln.

Sie waren ihm dichter auf den Fersen, als es ihnen bewusst war. Wie ein umzingeltes Tier wurde er langsam nervös.

Ein Lächeln ging über Caros Gesicht. Sie waren also auf der richtigen Spur. Das war gut. Im nächsten Moment verging ihr das Lächeln aber wieder. Denn im Gegensatz zum Mörder, der offensichtlich wusste, wer ihn jagte, hatten sie keine Ahnung, wer er war. Sie hatten keinen Hauptverdächtigen, sondern nur eine Handvoll Personen, die für so ein Verbrechen in Frage kämen, weil sie ein Motiv hatten und sich merkwürdig verhielten. Und eine dieser Personen musste der Mörder sein, der sich von ihren Fragen und Recherchen so in die Enge getrieben fühlte, dass er nun wild um sich schlug.

Angst kroch ihr den Rücken hoch, als ihr klar wurde, was alles hätte passieren können. Sie hätte weitaus schlimmer verletzt werden können, er hätte sie zusammenschlagen oder sonst was mit ihr machen oder der Hündin etwas antun können. Und wie wäre es ausgegangen, wenn sie mit Justus unterwegs gewesen wäre? Wenn der Mörder sie zum Schweigen bringen wollte, indem er ihrem Jungen etwas antat?

Nicht auszudenken.

Lautlos verließ sie das Zimmer. Die Nachtbeleuchtung hatte den Flur in ein schwaches, oranges Licht getaucht. Bis auf das leise Summen der Deckenlampen war absolut nichts zu hören, sodass Caro das kaum hörbare Auftreten ihrer Füße schon fast laut vorkam. Was sollte sie sagen, wenn ihr jemand vom Personal begegnen würde?

Zuerst hatte sie überlegt, einfach zu behaupten, sie würde schlafwandeln. Das kam ihr aber doch ein bisschen gaga vor, zumal es eine nicht geringe schauspielerische Leistung von ihr erfordern würde, von der sie nicht wusste, ob sie die abliefern konnte. Die Beule am Kopf kam ihr als Ausrede jetzt ganz gelegen. Jeder würde ihr glauben, dass sie damit nicht gut schlafen konnte und ein Kühlpack oder eine Schmerztablette brauchte.

Aber zum Glück kam es nicht so weit. Sie zuckte kurz zusammen, als sie den Mann mit der grünen Basecap hinter der Glastür sah, erkannte Jan aber im nächsten Augenblick. Mit ihrem Schlüssel konnte sie die Haupttür öffnen und ihn ins Gebäude lassen.

»Hast du eigentlich an die Überwachungskameras gedacht?«, fragte er leise, als sie durch den Eingangsbereich Richtung Treppenhaus gingen. Erschrocken sah sie ihn an. »Keine Sorge«, flüsterte er, »ich habe mich natürlich darum gekümmert.«

Sie lächelte dankbar und dachte, dass an den heldenhaften Gerüchten doch etwas Wahres war. Wer konnte sonst so einfach ein Überwachungssystem ausschalten?

Die Nachtbeleuchtung im Treppenhaus funktionierte nur

vom Erdgeschoss aufwärts. Der Weg hinunter in den Keller war stockdunkel. Jan zog sein Handy hervor und schaltete die Taschenlampenfunktion ein. Der schmale, helle Lichtkegel reichte gerade aus, dass Caro die Stufen erkennen konnte.

»Jemand hat mir eine Falle gestellt«, flüsterte sie ihm zu, während sie vorsichtig nach unten ging, und erzählte ihm von dem Foto, das ihr zugeschickt worden war.

»Krass«, sagte Jan leise, und in seiner Stimme war ernsthafte Besorgnis. »Willst du's der Polizei melden?«

Caro zuckte mit den Achseln. Daran hatte sie auch schon gedacht. »Ja, vielleicht sollte ich das tun. Andererseits denke ich, dass wir dem Mörder viel dichter im Nacken sitzen, als wir es selbst wissen. Der muss sich ernsthaft von uns bedroht fühlen, sonst würde er so was doch nicht machen.«

»Aber wir haben doch keine Ahnung, wer es ist!«

Sie nickte. Genau das war das Dilemma.

Inzwischen waren sie unten im Keller angekommen und versuchten, sich zu orientieren.

»Hinnerk war sich nicht ganz sicher«, raunte sie Jan zu. »Er meinte, wir müssten uns rechts halten, und dann wäre es die letzte Tür.«

»Und wenn das der Weinkeller ist?«

»In der Klinik herrscht Alkoholverbot.«

»Oder der Heizungskeller. Wir können doch nicht jeden Kellerraum aufbrechen.«

Das stimmte. Caro dachte nach. »Warum sollten Waschkeller oder Vorratsraum abgeschlossen sein?«, meinte sie. »Ich kann mir nicht vorstellen, dass hier alles wie in einem Hochsicherheitstrakt dichtgemacht wurde. Lass uns mal gucken.«

Jetzt zog sie auch ihr Handy aus der Tasche und leuchtete in den dunklen Kellerflur, der vor ihr lag. Sie überlegte kurz, den Lichtschalter zu betätigen, entschied sich aber dagegen. In der Dunkelheit fühlte sie sich sicherer.

Vorsichtig drückte sie die Klinke der ersten Tür hinunter, die sich ohne Probleme öffnen ließ. Caro leuchtete in den fensterlosen Raum, in dem ein Haufen altes Zeugs gelagert wurde. In der einen Ecke standen aufgerollte Yogamatten, die ihre besten Tage schon hinter sich hatten, gefolgt von jeder Menge Strandspielzeug, Schaufeln, Bällen und was die Kindergruppen sonst noch so gebrauchen konnten. Oder früher mal gebraucht hatten. Denn die Sachen sahen alle so aus, als hätten sie schon längere Zeit das Tageslicht nicht mehr gesehen.

Einmal Keller, immer Keller, dachte Caro. Vermutlich stand auf der Agenda des Hausmeisters *Keller ausmisten* ganz oben auf der Liste. Aus eigener Erfahrung wusste sie, wie erfolgreich man so etwas vor sich herschieben konnte.

Jan versuchte sich in der Zeit an der gegenüberliegenden Tür, die sich ebenfalls problemlos öffnen ließ. Hier lagerten jede Menge alte Bürosachen, Teile von Schreibtischen, kaputte aber auch noch recht stabil wirkende Stühle und Lampen. Auch die Waschküche war nicht verschlossen, eine der fünf Maschinen lief sogar, und die weiße Wäsche schleuderte in der Trommel.

»Dann muss es hier sein«, meinte Jan, als sie vor dem nächsten Raum standen. Caro drückte die Klinke herunter. Die Tür war verschlossen.

»Dein Job.« Sie trat einen Schritt zurück, um Jan vorzulassen.

Er drückte die Klinke erneut runter und rüttelte leicht an der Tür, stemmte sich dagegen und schob sie mit einem Ruck auf.

»Hat nur ein bisschen geklemmt.«

»Umso besser.«

Sie leuchteten in den Raum, an dessen Wänden links und rechts alte Schränke standen, in denen ein Aktenordner neben dem anderen lagerte.

»Ich mach mal Licht«, sagte Jan, aber Caro hielt seine Hand zurück. Die Berührung war ungewohnt, aber nicht unangenehm. Schnell ließ sie die Hand wieder los.

»Lieber nicht. Vielleicht kann man es von draußen sehen.«

»Stimmt.«

Für einen Moment trafen sich ihre Blicke. Trotz des schwachen Lichts konnte sie das Blau seiner Augen gut erkennen. Es war ein schönes Blau, dunkel und strahlend zugleich.

Caro räusperte sich und ging schnell zum Regal. Jetzt war nicht der Zeitpunkt, um sich von Farbspielen in Jan Akkermanns Augen ablenken zu lassen.

Im Gegensatz zum Zeitungsarchiv waren die Akten hier nicht nach Jahreszahlen sortiert, sondern in alphabetischer Reihenfolge aufgestellt. Nach kurzer Zeit hatte sie den Ordner S gefunden.

»Sander … Schaburg … hier müsste eigentlich Schäfer kommen«, murmelte sie, während sie sich durch die Seiten blätterte. »Schäfer fehlt.«

»Wahrscheinlich hat die Polizei seine Akte mitgenommen«, mutmaßte Jan.

»Stimmt. Mist. Daran hätten wir auch vorher denken können.«

»Und jetzt?«

Caro dachte nach. Lara. Wie hieß Lara noch mal mit Nachnamen? Sie erinnerte sich noch genau, dass sich die Frau bei ihr vorgestellt hatte, nachdem das Malheur mit dem Kotbeutel passiert war. Da sie aber im Gegensatz zum medizinischen Personal kein Namensschild trug, hatte sie sich den Nachnamen nicht eingeprägt.

»Irgendwas mit Busch …«, murmelte sie. »Gib mir mal die Akte mit B.« Sie wies auf das Regal, vor dem Jan stand. »Busch, Busch, sie hieß irgendwas mit Busch …«, sagte sie leise, während sie sich durch den Ordner blätterte. »Buschhenke! Hier! Lara Buschhenke, geboren am 24. Mai 1989 in Darmstadt.« Caro wunderte sich kurz, dass Lara jünger war als sie selbst. Das hätte sie nicht gedacht. »Verheiratet, keine Kinder«, las sie weiter. »Lara hat mir gesagt, dass sie Single ist.«

»Du bist doch auch Single und trotzdem verheiratet. Das muss nicht unbedingt was heißen.«

»Stimmt. Gelernte Bankkauffrau«, las sie dann verwundert vor. »Warum arbeitet eine Bankkauffrau als Zimmermädchen?«

»Weil das Leben manchmal so läuft«, meinte Jan. »Was steht da noch?«

»Ihre letzte Anschrift. Bevor sie nach Borkum gezogen ist, hat sie in Wuppertal gelebt.« Caro blickte auf. »Schäfer kam auch aus Wuppertal. Zufall?«

»Möglich.«

Jan nahm ihr die Akte aus der Hand und blätterte dann selbst darin.

»Sven Buschhenke … geboren am 12. Februar 1988 in Erfurt, ebenfalls verheiratet, keine Kinder … gelernter Elektriker … zuletzt gemeldet in – Wuppertal.«

Caro sah Jan nachdenklich an. »Nach der Geburt von Sven sind die Eltern sofort in den Westen geflohen? Ist das wahrscheinlich?«

Jan schüttelte den Kopf. »Eigentlich nicht, aber zu der Zeit kannst du nichts ausschließen. Kurz vor dem Mauerfall sind ja viele über die grüne Grenze gekommen.«

»Ich weiß nicht. Da flüchtet die Mutter mit einem neugeborenen Säugling in den Westen, und als sie hier ist, wird sie sofort wieder schwanger?« Theoretisch war das alles möglich, aber wenn Caro an die ersten Wochen nach Justus' Geburt dachte, dann hätte sie sich eine nervenaufreibende Flucht zu dem Zeitpunkt auf keinen Fall vorstellen können.

Natürlich konnte das mit dem Wohnsitz ein Zufall sein, aber Wuppertal war nicht Emden und Borkum für die Stadt im Bergischen Land bei weitem kein so naheliegender Arbeitsort, wie er es für die Emdener sein dürfte.

»Selbst wenn wir davon ausgehen, dass die Mutter von Sven und Lara direkt nach der Geburt des Jungen in den Westen gegangen ist und dort dann Lara bekommen hat, finde ich es trotzdem einen ganz schönen Zufall, dass beide Geschwister dann später nach Wuppertal gezogen sind, und jetzt, obwohl sie beide verheiratet sind, als Single auf Borkum leben«, sagte sie.

»Na ja, viele Ehen gehen kaputt.«

»Ich weiß. Trotzdem finde ich es komisch, dass beide nach Wuppertal ziehen und die Stadt nach ihren Trennungen zusammen verlassen. Normal ist das doch nicht.«

»Vielleicht haben sie ein enges Verhältnis?«

»Oder sie sind doch keine Geschwister und haben ein *sehr* enges …«

Caro hatte den Satz noch nicht zu Ende gesprochen, als plötzlich Licht im Kellerflur anging. Schritte hallten vom Ende des Gangs zu ihnen herüber.

»Scheiße, da kommt einer«, flüsterte sie. »Was machen wir jetzt?«

Mit Gesten und Handzeichen, die Caro an Taucher erinnerten, die unter Wasser miteinander kommunizieren, schien Jan ihr signalisieren zu wollen, dass sie kein Wort mehr sagen sollte. Caro verdrehte die Augen, nickte aber. Jan zeigte auf den hinteren Teil des Raumes, wo ein altes Sideboard stand. Zwischen dem Aktenschrank und dem Board war eine schmale Nische.

»Da passen wir doch niemals beide rein?«, wisperte sie, aber Jan zog sie schon in das Versteck. Eng aneinandergedrückt, wie ein Liebespaar, nur ohne sich zu umarmen, standen sie da und hielten beide den Atem an. Caro allerdings nur kurz, denn auch, wenn sie es sich niemals eingestanden hätte, fand sie den Geruch, den Jan verströmte, mehr als angenehm. Es war eine Mischung aus herbem Aftershave und fruchtiger Sonnencreme, und wenn sie die Augen schließen und ihren Kopf an seine Brust lehnen würde, hätte sie sich in die Arme eines gutaussehenden Surfers geträumt, mit dem sie gerade am Strand …

Deutlich hörte sie, wie die Schritte sich näherten und eine Person den Raum betrat, wodurch ihre Phantasie schlagartig beendet wurde. Im nächsten Moment ging das grelle Neonlicht an.

»Wieso ist hier denn nicht abgeschlossen«, murmelte eine männliche Stimme verärgert.

War das Sven Buschhenke, der Hausmeister? Sie war sich nicht sicher.

Vorsichtig drehte sie ihren Kopf zur Seite und versuchte, einen Blick in den Raum zu erhaschen. Sven Buschhenke hatte einen Beutel in der Hand und stellte ihn in den Schrank, dessen Tür er sorgfältig abschloss.

Die Ordner, ging es Caro durch den Kopf. Sie hatten es

nicht mehr geschafft, sie zurück ins Regal zu stellen, und jetzt lagen sie quer und noch aufgeschlagen vor den anderen Akten.

Hoffentlich sieht er sie nicht, dachte Caro, aber da war es schon zu spät. Misstrauisch näherte sich Sven Buschhenke dem Regal. Er nahm den einen Ordner in die Hand und schien sofort zu begreifen, dass darin seine Personalakte und die von Lara aufbewahrt wurden. Jedenfalls wurde sein Gesichtsausdruck immer grimmiger.

»Was zur Hölle ...«, sagte er leise, verstummte aber und stellte den Ordner zurück ins Regal.

Langsam drehte er sich um und ließ seinen Blick durch den Raum schweifen. In letzter Sekunde konnte Caro ihren Kopf zurückziehen, sonst hätte Buschhenke sie womöglich gesehen. Oder hatte er sie schon bemerkt? Sie presste sich noch enger an Jan, und jetzt lag ihr Kopf tatsächlich an seiner Brust, aber an eine Surferphantasie war nicht mehr zu denken. Wieder hörte sie Schritte, aber zu ihrer Erleichterung verließ der Hausmeister den Raum. Das Licht ging aus, die Tür wurde geschlossen und der Schlüssel von außen umgedreht. Er war weg.

Erleichtert atmete Caro aus. »Das war knapp.«

Sie trat einen Schritt zurück und fröstelte etwas, wobei sie nicht wusste, ob das daran lag, dass Sven Buschhenke sie fast entdeckt hatte, oder weil sie die Wärme von Jans Körper nicht mehr spürte.

»Warum ist er mitten in der Nacht hier unten?«

Bevor Jan antwortete, sorgte er mit seinem Handy wieder für etwas Licht. »Vielleicht musste er noch irgendwas reparieren, als Hausmeister ist man doch immer im Einsatz.«

»Es ist fast zwei Uhr!« Caro konnte sich kaum vorstellen, dass der Klinikhausmeister um diese Uhrzeit noch arbeitete.

»Wenn es nicht gerade ein Wasserschaden war, hätte es doch bis morgen warten können.«

»Stimmt.« Jan gähnte. »Ich muss ins Bett.«

Er ging zur Tür und drückte die Klinke hinunter. Hatte er nicht mitbekommen, dass der Hausmeister abgeschlossen hatte?

»Die ist zu!«, sagte er, und seine Stimme klang tatsächlich überrascht.

»Dann mach sie auf. Ist für dich doch ’ne Sache von zwei Minuten.«

»Ja … klar.« Jan leuchtete die Wand neben der Tür ab. »Hier ist kein Lichtschalter.«

»Bestimmt ist er draußen. Reicht das Handy nicht? Soll ich es halten?« Caro nahm es Jan aus der Hand und leuchtete auf das Schlüsselloch. »Los. Ich will auch ins Bett.«

Jan zog ein Schweizer Taschenmesser hervor, das so klein war, dass man es als Schlüsselanhänger benutzen konnte. Caro wunderte sich und wollte gerade etwas sagen, verkniff sich aber einen Kommentar. Er würde schon wissen, wie man eine Tür aufbekam, ob mit einem Miniaturschweizertaschenmesser oder mit einer Machete. Eine Stunde später war der Akku von seinem Handy leer, und Caro leuchtete mit ihrem auf die Tür. Sie saß inzwischen auf dem Boden und versuchte, sich mit klugen Ratschlägen zurückzuhalten. Was ihr nicht leichtfiel. Denn es war nicht zu übersehen, dass Jan keine Ahnung hatte, wie man ein Schloss knacken konnte. Sein Taschenmesser verfügte nur über sechs verschiedene Funktionen, und er hatte inzwischen jede ausprobiert, um die Tür aufzukriegen, bisher ohne Erfolg.

»Jetzt mal ehrlich: Wie viele Türen hast du schon aufgebrochen?«

Seufzend ließ Jan die Nagelfeile seines Schweizer Messers sinken. »Sonst hatte ich immer anderes Equipment.«

»Handgranaten.«

»Zum Beispiel.«

»Kriegst du sie trotzdem auf?«

»Ich tu' mein Bestes!«

Caro hörte die Angespanntheit in seiner Stimme und hoffte, dass er es wirklich hinkriegen würde. Zum Glück war die Tür recht alt, es war unwahrscheinlich, dass sie mit einem richtigen Sicherheitsschloss ausgestattet worden war.

»Vielleicht kriegst du den Schrank eher auf«, meinte sie. »Und vielleicht ist da Werkzeug drin.«

Jan warf ihr einen anerkennenden Blick zu. »Gute Idee. Hättest du auch vor 'ner Stunde draufkommen können.«

Tatsächlich war es eine Kleinigkeit, den alten Schrank aufzubrechen. Das hätte sogar Caro hingekriegt. Sie leuchtete hinein und Jan griff sofort nach einem Meißel.

»Fabelhaft«, murmelte er und machte sich damit an der Tür zu schaffen. »Du musst mir aber leuchten!«

»Warte kurz«, meinte Caro, die immer noch in den Schrank leuchtete. Sie nahm den Beutel, den Sven Buschhenke eben hineingelegt hatte, öffnete ihn und traute ihren Augen nicht. »Das gibt es doch nicht«, sagte sie und nahm den Strick heraus. »Das ist doch …« Sie klickte auf das Foto in ihrem Handy. »Aila wurde mit genau so einem Strick festgebunden.«

Jetzt warf Jan einen Blick auf das Foto und verglich den Strick mit dem, den Caro in der Hand hielt.

»Ist allerdings ein ganz normaler Strick. Den gibt es in jedem Baumarkt.«

»Trotzdem komisch.«

»Da hast du recht. Denkst du, Sven Buschhenke hat dich im Wald überrascht?«

»Wenn ja, kann er es nur aus einem Grund gemacht haben. Er ist unser Mann.«

Jan machte ein nachdenkliches Gesicht. »Aber warum soll er Schäfer ermordet haben?«

»Ich weiß es nicht«, murmelte Caro. »Es muss irgendwas mit Lara zu tun haben. Irgendwas, was in Wuppertal passiert ist.«

»Wir sollten zusehen, dass wir hier schleunigst rauskommen und uns um die Vergangenheit der drei kümmern. Leuchte mal.«

Sie nickte und lenkte den Lichtstrahl wieder auf die Tür. Die Kopfschmerzen, verbunden mit der bleiernen Müdigkeit, die immer stärker die Oberhand über sie gewann, hinderten sie daran, weiter über den Fall nachzudenken. Sie wollte hier nur noch raus und so schnell wie möglich schlafen.

»Hattest du früher viel mit Nils zu tun?«, fragte Caro, weil sie sonst eingeschlafen wäre. Sie gähnte herzhaft.

»Nicht so viel. Wir haben uns beim Klaasohm mal ordentlich eins auf die Fresse gegeben.«

»Klaasohm ... warte mal, da klingelt doch irgendwas. Was war das noch mal?«

Jan grinste breit, was im hellen Licht der Handylampe etwas gespenstisch aussah. »Klaasohm ist ein uralter Brauch auf der Insel. Den Ursprung weiß keiner so genau, liegt auf jeden Fall schon ein paar hundert Jahre zurück. Er ist entstanden, als Borkum noch eine Walfängerinsel war.«

»Stimmt. Hinnerk hat mal irgendwas davon erzählt.«

Die Walfangtradition der Insel hatte Caro immer fasziniert. Jedes Mal, wenn sie an den beiden einzigen noch verbliebenen Zäunen aus Walknochen vorbeiging, die in unmittelbarer Nähe zum Alten Leuchtturm standen, hatte sie sich die Informationsschilder genau durchgelesen. Die Zäune stammten aus dem 18. Jahrhundert, als Borkum noch nicht so mit Bäumen und Sträuchern bewachsen war wie heute. Zum Schutz ihrer Häuser und Gärten vor Wind und Sandverwehungen hatten die Borkumer Walfänger aus den Kinnladen der Wale Zäune gemacht. Diese Zäune waren in ihrer Größe weltweit einmalig. Nur auf Föhr gab es noch einen Zaun aus ein paar Walknochenresten, ansonsten konnte man dieses historische Baumaterial ausschließlich auf Borkum bewundern.

»Ich krieg' das mit dem Klaasohm nicht mehr genau zusammen. Wie läuft das noch mal ab?«, fragte sie Jan interessiert.

»Als auf Borkum noch Walfang betrieben wurde, waren die Männer meist monatelang auf dem Meer«, erzählte Jan und versuchte es nun mit Meißel und Korkenzieher. »Dann war die Insel in Frauenhand. Anfang Dezember kehrten die Männer wieder zurück, und es entstand der Brauch, die Insel von den Frauen zurückzuerobern.«

»Verstehe. Daraus wurde eine Art Volksfest?«

Jan nickte. »Jeder Mann, der als ›Klaasohm‹ unterwegs ist, hat ein Kuhhorn. Und damit darf er den jungen Frauen auf den Hintern hauen.« Während er sprach, stocherte er weiter in dem Türschloss herum.

»Wie bitte?«

»Keine Sorge. Da rennt keine Frau weg. Im Gegenteil.« Jan lachte leise. »Und hinterher kriegt jede Moppe.«

»Dieses steinharte Honigkuchengebäck?«

»Ganz genau.«

»Na, das ist ja ein Trost. Ich bin froh, dass ich diesen Brauch noch nicht erlebt habe.«

Jan grinste noch breiter. »Ältere Frauen werden sowieso verschont und …«

»Wie bitte??«

»Und Mütter! Die auch. Du hättest also nichts abbekommen.«

»Was ein Glück. Und wieso hast du dich dabei mit Nils geprügelt?«

»Die Klaasohms werden von den einheimischen Männern ausgewählt. Dafür treffen wir uns alle in der Betriebshalle der Borkumer Kleinbahn. Nur die auf der Insel geborenen Männer dürfen dabei sein«, erklärte Jan weiter, während er nun auch mit seinen Fingern in dem Türschloss herumfuhrwerkte. »Und dann gibt es halt so ritualisierte Kämpfe, die entscheiden, wer Klaasohm werden darf.«

Caro atmete hörbar aus. »Ich kann mir schon vorstellen, was passiert ist. Vermutlich sind das eigentlich eher Spaßkämpfe?«

»Ganz genau.«

»Und Nils hat volle Lotte übertrieben?«

»Aber so was von. Der hat die ganze Sache bierernst genommen, wollte unbedingt Klaasohm werden und hat ohne Rücksicht auf Verluste zugeschlagen.«

Das war so typisch für Nils. Er konnte bei banalen Sachen vom Ehrgeiz zerfressen sein. Einerseits machte das wohl auch seinen Erfolg als Unternehmer aus, andererseits zeigte es, was für ein Egomane er sein konnte.

»Hat er gewonnen?«

Jan schüttelte den Kopf und spannte zum Spaß seinen Bizeps an. »Nö. Wer mir eins auf die Fresse gibt, kriegt seine ordentlich poliert. Die Lektion hat Nils an dem Abend gelernt. Von da an war er nicht mehr sonderlich gut auf mich zu sprechen.« Dann schenkte er seine Aufmerksamkeit wieder der Tür.

Auch das konnte sich Caro lebhaft vorstellen. Nils war nachtragend wie ein Elefant. Verzeihen stand nicht auf seiner Agenda, obwohl er es nur zu gerne von anderen einforderte.

Jan schien mit der Kombination von Korkenzieher und Meißel endlich Glück zu haben, jedenfalls machte das Schloss Geräusche, die daran erinnerten, dass ein Schlüssel hineingesteckt wurde. Immerhin. Offen war die Tür trotzdem noch nicht.

»Warst du eigentlich nie verheiratet?«, fragte Caro.

»Nein«, antwortete Jan kurz angebunden.

»Warum nicht?«

»Keine Zeit.«

»Um dich zu verlieben?«, fragte sie ungläubig. »Bist du als Türsteher vom Inselkeller so im Stress?«

Jan antwortete nicht, und Caro bereute es, dieses Thema überhaupt angesprochen zu haben. Es war nicht zu übersehen, dass es ein wunder Punkt für ihn war. Dummerweise war ihre Neugier nun aber geweckt. Auch wenn sie es sich nicht eingestehen wollte, so interessierte es sie doch brennend, was frauentechnisch in Jans Vergangenheit passiert war und warum er ein Problem damit hatte, darüber zu sprechen. Stimmte die Geschichte mit seiner verstorbenen Freundin, die er Franziska Homann aufgetischt hatte, womöglich doch? Oder hatte eine Frau ihm so sehr das Herz gebrochen, dass er deshalb keine Beziehung mehr eingehen wollte? Oder stand er doch nicht auf Frauen? Nein, das konnte sich Caro einfach nicht vorstellen.

»Endlich!«, sagte Jan erleichtert. Mit einem Klacken öffnete er die Tür.

»Super.« Caro gähnte erneut. »Fast fünf Uhr. So lange war ich das letzte Mal mit siebzehn auf.«

Tatsächlich wurde es schon fast hell, als sie den Keller verließen. Zum Glück war das Krankenhaus noch im Schlafzustand – hätten sie noch etwas länger gebraucht, hätten sie das Personal bei den Vorbereitungen zum Frühstück überrascht.

Caro brachte Jan noch zur Tür und verabschiedete sich von ihm. Sie verabredeten sich für den Nachmittag, um die Erkenntnisse, die sie in dieser Nacht gewonnen hatten, noch einmal zu besprechen. Jetzt waren sie beide zu müde, um einen klaren Gedanken fassen zu können. Außerdem wollte Caro unbedingt noch eine Portion Schlaf kriegen.

Todmüde ging sie durch den menschenleeren Eingangsbereich Richtung Treppenhaus. Bevor sie die Glastür öffnete, die das Erdgeschoss vom Treppenaufgang abtrennte, hielt sie inne. Was war das für ein Geräusch gewesen? Ihr Herz schlug schneller, und sie merkte, wie das Adrenalin ihre Müdigkeit verdrängte. Sie drehte sich um, und ihre Augen suchten den Raum ab. Beobachtete sie jemand? Jemand, der sich jetzt vor ihr verbarg? Die schwache Nachtbeleuchtung, verbunden mit der Morgendämmerung, ließ den Eingangsbereich in einem schummrigen Licht erscheinen. Aber sie konnte niemanden sehen.

Hatte sie sich getäuscht? Vielleicht.

9

Er konnte kein Auge zutun. Was war aus ihm geworden? Was hatte er sich dabei nur gedacht? Erschrecken wollte er sie, ihr ein bisschen Angst machen, damit sie mehr Zeit in der Klinik verbringen würde, anstatt über die halbe Insel zu schnüffeln. Aber dann war es schiefgelaufen, sie war gestürzt, sie hätte sich sonst was brechen können. Und er hatte sie einfach liegen lassen, ohne zu wissen, ob sie sich den Schädel zertrümmert hatte oder nicht. Sie hätte sterben können. Dann würde ihr Sohn jetzt ohne Mutter aufwachsen. Bei dem Gedanken wurde ihm fast schlecht. Er musste damit aufhören. Jetzt musste Schluss sein. Ganz egal, wie viel diese Frau noch rumschnüffeln sollte, er würde sich von jetzt an ruhig verhalten. Wenn ihr ernsthaft etwas passiert wäre … dieser Gedanke fraß ihn fast auf.

Als Caro gegen kurz nach sieben von Justus geweckt wurde, fühlte sie sich nicht mehr wie siebzehn, sondern wie siebzig.

»Ich kann nicht aufstehen«, stöhnte sie.

»Das ist doch eigentlich mein Spruch«, sagte Justus hellwach und gut gelaunt. Kein Wunder, ihr Sohn hatte satte zwölf Stunden Schlaf auf dem Buckel, da würde jeder vor Kraft nur so strotzen. »Ich habe Hunger. Gehen wir frühstücken?«

»Ich bin so müde …« Bei Caro waren es etwas weniger als zwölf Stunden: ziemlich genau zwei.

»Wir waren doch total früh im Bett, Mama! Jetzt komm' schon!«

Da Justus nicht lockerließ, quälte sie sich aus dem Bett, stellte sich unter die eiskalte Dusche und fühlte sich danach so, als hätte sie einen Jetlag. Was immer noch besser war als das Zombiegefühl, das sie vor dem Duschen gehabt hatte. Mit bleischweren Beinen kämpfte sie sich zum Frühstück. Mehr als einen Kaffee bekam sie nicht runter, und die Vorstellung, jetzt walken zu gehen, war vollkommen absurd. Mit einer spontanen Erkältung meldete sie sich beim Walkingkurs ab, wartete noch, bis Justus mit der Kinderbetreuung zum Strand aufgebrochen war, und legte sich wieder ins Bett, in dem sie gegen Mittag einigermaßen ausgeschlafen aufwachte. Sie hatte die Gruppentherapie verschlafen, aber das war ihr jetzt egal. Nichts war schlimmer als Schlafmangel, das hatte sie in der Zeit, als Justus gerade auf die Welt gekommen war, immer als besonders schlimm empfunden. Bevor sie Mutter wurde, hatte sie zu den Menschen gehört, die mindestens neun Stunden Schlaf brauchten, sonst war sie unausstehlich gewesen. Das hatte sich mit Justus' Geburt zwar gründlich geändert, aber alles unter sieben Stunden war immer noch schwierig für sie. Sie duschte ein zweites Mal, um den Schlaf runterzuwaschen und richtig wach zu werden, trocknete sich ab und lief, nur in ein Handtuch gehüllt, fast in Lara hinein, die gerade in ihr Zimmer kam.

»Entschuldigen Sie, ich wusste nicht, dass noch jemand hier ist.«

»Kein Problem«, sagte Caro und erklärte, dass sie sich heute Morgen nicht gut gefühlt und sich noch mal hingelegt habe.

»Soll ich später wiederkommen?«

»Nein, nein. Ich zieh mich schnell im Bad an, Sie können gerne im Zimmer schon anfangen.«

Lara nickte und begann, den allgegenwärtigen Sand mit

einem Besen zusammenzufegen, während Caro sich ihre Klamotten schnappte und zurück ins Bad ging. Dabei musste sie daran denken, was sie letzte Nacht über die Frau herausgefunden hatte. Sie hatte zuletzt in Wuppertal gewohnt. Wie ihr Bruder und wie Arnd Schäfer. Eine gelernte Bankkauffrau, die nun als Zimmermädchen jobbte, womit sie deutlich weniger verdienen dürfte als in ihrem ursprünglichen Beruf. Warum machte sie das? Warum hatte sie ihren gutdotierten Job für einen schlechtbezahlten getauscht, der zudem wesentlich anstrengender war? Caro konnte es sich nicht erklären.

Als sie sich mit Sonnencreme eingeschmiert, ihre kurze Jeans und ein luftiges T-Shirt angezogen hatte, verließ sie das Bad. Lara, die gerade die Betten aufschlug, stand mit dem Rücken zu ihr.

»Danke für Ihre Hilfe, Lara«, sagte Caro. »Ich darf doch Lara sagen?«

Lara nickte nur, und als sie sich etwas zur Seite drehte, sah Caro, dass sie weinte. Sie ging zu ihr und legte die Hand auf ihre Schulter.

»Was ist denn los?«, fragte sie. »Kann ich Ihnen helfen?« Caro griff in die Hosentasche und zog ein Taschentuch heraus. Als sie es Lara gerade reichen wollte, sah sie, dass es das Taschentuch vom Vorabend war, in dem noch Justus' halbe Lasagne klebte. Blitzschnell ließ sie es wieder in ihrer Tasche verschwinden.

»Nein, nein, geht schon. Tut mir leid …«

»Das braucht Ihnen doch nicht leidzutun. Mir tut es leid, dass es Ihnen nicht gut geht«, sagte Caro einfühlsam. »Was glauben Sie, wie viel ich in den letzten Monaten geweint habe. Egal wer der Kerl ist, er ist es nicht wert.« Caro grinste sie aufmunternd an.

Lara machte ein überraschtes Gesicht. »Woher wissen Sie, dass ein Mann …?«

»Weil's meistens ein Mann ist«, meinte Caro. »Ich schätze, in meinem Leben gehen 90 Prozent meiner Tränen auf das Konto von irgendeinem Dreckskerl. Den Rest habe ich beim Inlineskaten vergossen. Oder besser bei dem Versuch, diesen Quatsch zu lernen.« Sie zeigte auf ihre Knie, die beide mit runden, hellen Narben verziert waren.

Trotz ihrer Tränen musste Lara etwas lächeln. »Ich hab das auch nie gekonnt.«

»Wenn man es nicht kann, sieht man auf den Dingern wahnsinnig beschissen aus«, sagte Caro seufzend. »Ich weiß noch genau, wie diese ganzen gertenschlanken hippen Mädels an mir vorbeigezogen sind, als hätten sie ihr Leben lang nichts anderes gemacht, als auf diesen verdammten Inlineskates zu stehen. Und dann komme ich, rudere die ganze Zeit wie verrückt mit den Armen und lege mich permanent auf die Klappe.«

Lara lachte auf. »Kenn ich!«

»Eindeutig ein Zeichen, dass man nicht jeden Trend mitmachen muss.«

Lara nickte lächelnd und wischte sich die Tränen weg.

»Was hat der Kerl denn gemacht?«, fragte Caro, die das dumpfe Gefühl hatte, dass Sven Buschhenke hinter Laras Tränen steckte.

»Ach … das ist kompliziert.«

»Ist es das nicht immer?«, hakte Caro nach.

Lara zögerte kurz. Dann schüttelte sie den Kopf. »Nein, nein. Ich möchte Sie nicht mit so einem Kram belasten.«

»Sie belasten mich nicht.« So schnell wollte Caro nicht aufgeben. Aber Lara schüttelte erneut den Kopf und setzte wieder eine professionelle Miene auf.

»Es geht schon wieder.« Sie nickte Caro noch mal zu und machte sich dann wieder an die Arbeit.

Nachdenklich verließ Caro die Klinik und machte sich auf den Weg Richtung Strand. Sie hatte sich mit Jan an der DLRG-Station verabredet und hörte schon von weitem das Lied, das aus den Lautsprechern hallte und die Kinder zum Strandprogramm rief. *Theo, Theo ist fit wie ein Turnschuh und alle machen mit …* Was für ein Ohrwurm, dachte sie. Aus denselben Lautsprechern kam abends dann immer das Rauswurflied, das offiziell dafür da war, den Strandbesuchern zu signalisieren, dass der DLRG-Stand nicht mehr besetzt und der Badestrand nicht mehr bewacht war. Caro kam es aber immer wie eine Aufforderung vor, jetzt mal schön nach Hause zu gehen. Tatsächlich waren auch ab spätestens 18 Uhr alle Restaurants knallvoll.

Auf dem Weg zum Strand holte sich Caro noch ein belegtes Brötchen, das sie nur zur Hälfte essen konnte, da es ihr noch vor Betreten des Strandes von einer Möwe weggerissen wurde.

»Sie können am Strand doch nicht einfach so ein Brötchen essen«, tadelte sie ein enorm dickbäuchiger Mann, der in einem Liegestuhl saß und seinen walrossartigen Körper offenbar in einem rotbraunen Farbton bevorzugte, wobei das Rot eindeutig dominierte.

Caro fand es immer wieder bemerkenswert, wie offensiv sich die Leute heutzutage noch in die Sonne legten. Sie erinnerte sich daran, wie ihr Vater früher immer gesagt hatte, die Haut müsse sich einmal pellen, dann hielte die Bräune bis Weihnachten. Aber das lag bald dreißig Jahre zurück. Man konnte der Presse nun wahrlich nicht vorwerfen, dass sie in der Zwischenzeit nicht auf die Gefahren des Sonnenbadens hingewiesen hätte. Und trotzdem waren die Strände voll mit Sonnenanbetern, mit rotverbrannten Leibern und tiefbraunen, runzeligen Langzeitgebräunten. Caro hatte als abschreckendes Beispiel immer die Schwester ihrer Mutter vor Augen, Tante Ella. Tante Ella war zehn Jahre jünger als Caros Mutter, aber regelmäßigen Solariumsbesuchen und zwei Schachteln Marlboro täglich sei Dank sah sie heute aus wie Caros Großmutter. Nur in Braun. Das war sicherlich einer der Gründe, warum Caro die Sonne so gut es ging mied. Der andere war, dass sie Sonnenbaden einfach furchtbar langweilig fand.

Am DLRG-Stand war eine Menge los. Ein Haufen Kinder spielte mit einer Mitarbeiterin *Fischer, Fischer, wie tief ist das Wasser*, ein Fangspiel, das sie noch aus Justus' Zeit in der Kita kannte. Links neben ihnen war ein Yogakurs in den letzten Zügen, der überwiegend von Frauen besucht wurde. Und, wie Caro erstaunt feststellte, von Jan Akkermann.

Er trug nur eine rote Badeshorts und mit seinem braungebrannten Körper erinnerte er sie an einen Baywatch-Darsteller. Caro ertappte sich dabei, wie sie ihn von oben bis unten musterte. Er war wirklich muskulös, und auf seinem Oberkörper zeichnete sich ein leichtes Sixpack ab. Sie war davon überzeugt, dass Jan sich seiner Wirkung auf das andere Geschlecht bewusst war. Er lächelte und zwinkerte den anderen Frauen jedenfalls dauernd zu, und ausnahmslos alle, die sich neben ihm verbogen, warfen immer wieder einen Blick auf ihn, den man durchaus als anschmachtend bezeichnen konnte.

Der Kurs war zu Ende, Jan nickte einigen Frauen noch mal freundlich zu, entdeckte dann Caro und ging zu ihr.

»Du machst Yoga?«

»Ja. Kriegt man den Kopf von frei.« Er grinste sie an. »Du siehst müde aus.«

»Danke. Und du musst das mit den Komplimenten noch mal üben.«

Jan schnappte sich eine Wasserflasche und ein T-Shirt, das er am Rand des Yogafelds abgelegt hatte, zog Letzteres über und trank einen großen Schluck.

»Ich hab heute Morgen noch versucht, online etwas über Arnd Schäfer herauszufinden«, sagte er. »Aber es gab nicht viel. Er hat als Internist an einer Klinik in Wuppertal gearbeitet, bevor er nach Borkum kam.«

»Das wusste ich schon von Hinnerk.«

»Eben. Sehr viel mehr gab es im Netz nicht über ihn. Deshalb habe ich mir überlegt hinzufahren.«

»Nach Wuppertal?«

»Ganz genau. Olaf fliegt heute Abend nach Köln, da kann ich umsonst mit. Und von Köln nach Wuppertal ist es ja nicht weit.«

»Wer ist Olaf?«

»Einer unserer Inselpiloten. Meistens fliegen sie nur zwischen Emden und den Inseln hin und her, ab und an gibt es aber Flüge nach Köln oder Düsseldorf.«

»Gut. Aber was genau willst du in Wuppertal machen?«

»Ich hab mir die Adresse von dem Altenheim besorgt, in dem seine Mutter lebt.«

Caro sah ihn erstaunt an. »Wie hast du die denn herausgefunden?«

»Das war nicht so schwer. Die Todesanzeigen von Arnd Schäfers Bruder sind online einzusehen, da stand der Name der Mutter drunter«, erklärte Jan. »Dann hab ich mein Telefon in die Hand genommen, die Altenheime abtelefoniert und jedes Mal nach Irene Schäfer gefragt. Beim vierten Mal hatte ich einen Treffer.« In seinem Gesicht zeichnete sich so etwas wie Stolz ab.

»Ich dachte, die Frau wäre schwer dement?«

»Kann schon sein«, antwortete Jan. »Meine Oma war auch dement, trotzdem gab es hin und wieder ein paar lichte Momente. Vielleicht habe ich ja Glück.«

Caro nickte. Einen Versuch war es allemal wert. »Und fährst du zu der Klinik, in der Schäfer gearbeitet hat?«

»Klar. Ich werde so tun, als würde ich seine Beerdigung organisieren und wäre in dem Zusammenhang auf der Suche nach alten Freunden und Kollegen.«

Das war eine gute Idee, fand Caro. Dass Arnd Schäfer tot war, hielt schließlich sofort jeder Überprüfung stand, Jan würde also niemandem verdächtig vorkommen. Sie warf ihm einen anerkennenden Blick zu. So viel Kreativität und Geschick bei den Ermittlungen hätte sie ihm gar nicht zugetraut.

»Morgen Abend bin ich wieder da«, sagte Jan. »Die Strandsauna hat übrigens wieder geöffnet.«

»So schnell?« Caro lief ein Schauer den Rücken herunter, wenn sie daran dachte, dass die Leute genau dort saunierten, wo vor wenigen Tagen ein Mensch ums Leben gekommen war.

»Es ist Hauptsaison«, meinte Jan achselzuckend, als wenn das alles erklären würde.

Im Prinzip tat es das auch. Die Borkumer von heute brauchten die Urlauber genauso wie die Borkumer von damals den Walfang. Selbst die Ferien der Inselkinder waren darauf ausgerichtet. Im Sommer hatten sie nur vier Wochen Ferien, da sowieso kein Elternteil Zeit für sie hatte. Dafür gab es im November noch mal zwei Wochen extra. Das war die Zeit, in der die Insel wie ausgestorben war. Es zog kaum Urlauber nach Borkum, und die Insulaner flogen nach Mallorca oder sonst wo hin. Caro erinnerte sich daran, wie sie einmal im November auf der Insel gewesen war – und es großartig gefunden hatte. Auch wenn kaum ein Restaurant oder Geschäft geöffnet war, die Ruhe auf der Insel war einfach herrlich gewesen. Und die rauen Herbststürme mit ihren kurzen Tagen hatten für sie sowieso einen ganz besonderen Charme. Wenn man sich in eine wetterfeste Jacke dick einpackte und zu einem Strandspaziergang aufraffte, war das ein unvergleichliches Erlebnis. Einsamkeit pur.

»Okay, ich fahre zur Sauna«, sagte Caro. Es war durchaus möglich, dass ihr etwas auffallen könnte, was sie bisher übersehen hatte.

Eine gute Stunde später telefonierte Caro mit Ulli Derner, ihrer alten Studienfreundin, die inzwischen erfolgreich als Anwältin tätig war und sie bei ihrer Scheidung von Nils vertrat. Mit Ullis Hilfe wollte sie mehr über das seltsame Geschwisterpaar Buschhenke herausfinden.

»Na ja«, meinte Ulli nachdenklich, »ich könnte vorgeben, die beiden in einer Erbsache zu suchen, dabei sind Standesämter meistens recht hilfsbereit.«

»Suchen musst du sie ja nicht, ich weiß ja, wo sie sind.«

»Schon klar. Aber ich würde dann in Darmstadt eine offizielle Anfrage machen, dort müsste ja das Familienstammbuch archiviert sein. Dann kommt entweder zurück: ›die Geschwister sind hier eingetragen, leiten wir weiter‹ oder: ›die gibt es hier nicht‹ – und dann wissen wir, dass sie keine Geschwister sind.«

»Einen Versuch ist es wert«, meinte Caro.

»Ich verstehe immer noch nicht, warum die beiden vorgeben sollten, Geschwister zu sein.«

»Um zu erklären, dass sie einen gemeinsamen Namen tragen.«

»Du meinst, sie sind verheiratet?«

»Möglich. So wie die miteinander umgehen … diese merkwürdigen Zufälle in den Personalakten … vielleicht sind die beiden wirklich ein Paar.«

»Aber warum sollten sie das verschweigen?«

»Das kann nur etwas mit dem Tod des Chefarztes zu tun haben. Jedenfalls ausgesprochen merkwürdig, wenn ein Ehepaar gemeinsam eine neue Arbeitsstelle antritt, allen verheimlicht, dass es verheiratet ist, und sogar in getrennten Unterkünften als vermeintliche Geschwister lebt. Dafür muss es einen triftigen Grund geben.«

»Das stimmt allerdings.«

»Bist du in der Unterhaltssache schon weitergekommen?«, fragte Caro zum Ende ihres Telefonats und merkte, wie belegt ihre Stimme plötzlich klang.

Sie hörte Ulli am anderen Ende der Leitung seufzen. »Ich habe ihm eine Unterlassungserklärung zugeschickt, aber auf die hat er bisher nicht reagiert, wenn er sie überhaupt schon bekommen hat. Das kann sich hinziehen, Caro. Für Justus zahlt er viel zu wenig, da springt zwar irgendwann das Jugendamt ein, aber auch das ist keine Sache von heute auf morgen. Hast du denn ein paar Rücklagen, mit denen du die erste Zeit überbrücken kannst?«

Nein, Caro hatte keine Rücklagen, und sie fragte sich, warum das eigentlich so war. Hätte sie doch bloß etwas von dem vielen Geld, das ihr jahrelang zur Verfügung gestanden hatte, zur Seite gelegt. Andererseits: Wer machte das schon?

»Ich hab Mandantinnen«, sagte Ulli, »die gehen mit der Kreditkarte ihres Noch-Ehemanns zum Juwelier, kaufen sich eine Rolex, zahlen mit der Karte, bringen die Uhr am nächsten Tag wieder zurück und lassen sich den Kaufpreis bar auszahlen. Und mit dem Geld können sie dann Miete und Lebensmittel bezahlen.«

»Wie bitter ist das denn?« Caro schüttelte sich. Auf die Idee wäre sie niemals gekommen, und sie war fast froh, dass sie Nils' Kreditkarte nicht mehr hatte und gar nicht in Versuchung kam, sich selbst so zu demütigen.

»Das ist bitter, aber effektiv«, meinte Ulli.

»Warum arbeiten die Frauen denn nicht?«

»Das hat meist unterschiedliche Gründe. So wie bei dir.«

Caro meinte, einen spitzen Unterton in Ullis Stimme zu hören, den sie ihr nicht verübeln konnte. Ulli hatte hart für ihren Erfolg geschuftet. Sie hatte ein Prädikatsexamen abgelegt und sich über die Jahre einen respektablen Ruf als Scheidungsanwältin erarbeitet. Ihr Tag begann morgens um sechs und endete abends um elf Uhr, die Zeit dazwischen war überwiegend mit Arbeit erfüllt. Wie man sein Studium hinschmeißen und fortan als Schickimicki-Tante leben konnte, war einer Powerfrau wie Ulli nicht nur rätselhaft, sondern auch zuwider.

»Ich werde mir einen Job suchen«, versprach sie ihrer alten Freundin und verabschiedete sich von ihr.

Als sie am Abend mit Sandra, Iris und Natascha beim Essen saß, gingen ihr die Worte von Ulli nicht aus dem Kopf, und sie erzählte den anderen davon.

»Ich fand das irgendwie schräg«, beendete sie ihre Erzählung. »Mal ehrlich, würde eine von euch das machen?«

Sandras Blick hatte etwas Feindseliges. »Weder mein Ex noch ich haben je eine Kreditkarte besessen«, sagte sie mit eisiger Stimme. »Mal eben eine Rolex für ein paar tausend Euro kaufen – wenn du mich fragst, sind das Luxusprobleme.«

Iris nickte zustimmend. »Bei mir ist das ähnlich. Ich habe eine EC-Karte, und das war's dann auch. Aber da ich immer gearbeitet habe, hatte ich nie solche Geldsorgen.«

Alle Blicke richteten sich auf Natascha, die mit gesenktem Kopf in ihrem Essen herumstocherte. Seufzend ließ sie schließlich ihre Gabel fallen.

»Jetzt starrt mich doch nicht alle so an! Nein, ich hab so was nicht gemacht.«

»Aber?«, fragte Iris.

»Nichts aber.« Nataschas Stimme klang trotzig. »Okay, ich habe eine alte Münzsammlung von ihm verhökert, aber das hat er bis heute nicht gemerkt.«

Sandra und Iris lachten, aber Caro war nicht zum Lachen zu Mute. Sie lebten in einem Land, das sich die Gleichberechtigung auf die Fahnen geschrieben hatte und in dem immer noch genug Frauen in die Armutsfalle tappten, sobald ihre Ehen geschieden waren. Auch wenn Caro für ihre Notlage selbst verantwortlich war, gab es noch viel zu viele Frauen, die unverschuldet in dem Dilemma saßen, in dem sie sich nun befand.

»Nein, finanzielle Einschränkungen hatte ich durch die Trennung nicht«, sagte Iris, nachdem Caro ausgesprochen hatte, was ihr eben noch durch den Kopf ging. »Aber ich konnte mich auch nicht drei Jahre um meine Kinder kümmern, als die noch Babys waren. Nach drei Monaten stand ich schon wieder im Laden und habe Unterwäsche verkauft.«

»Und deine Kinder?«, fragte Caro.

»Die waren bei meiner Mutter. Und mein Mann ist mit dem LKW durch halb Europa gefahren. Das Geld hat immer so gerade gereicht, und daran hat sich auch nach der Scheidung nichts geändert.«

»Bei uns hat es nie gereicht. Weder vor der Scheidung noch danach«, warf Sandra ein. »Irgendwie war's immer knapp. Ich kenn' das gar nicht anders. Wegen der Kinder habe ich seit Jahren nur Teilzeit gearbeitet, und mein Ex hat auch keine

Reichtümer verdient. Hast du denn nie gearbeitet, Caro?« Der Vorwurf in Sandras Stimme war nicht zu überhören.

Caro nickte und schämte sich im selben Augenblick in Grund und Boden. Ihr Leben lang hatte sie sich für eine emanzipierte und starke Frau gehalten, und doch hatte sie sich freiwillig in die totale Abhängigkeit von Nils begeben.

»Ich weiß nicht, warum das alles so gelaufen ist. Ich kann es mir wirklich nicht erklären. Aber ich weiß, dass ich das jetzt ändern werde.«

»Das ist das Einzige, was zählt«, meinte Natascha versöhnlich. Sie warf Sandra einen scharfen Blick zu. »Wir sollten uns davor hüten, über andere zu urteilen. Ich weiß jedenfalls nur zu gut, wie schnell man in eine Situation kommen kann, in der man nicht sein möchte.«

»Und sich vom Chefarzt bumsen lässt?« Sandra war wirklich eine Giftspritze.

»Jetzt hör doch mal auf«, sagte Iris. »Du hackst echt immer auf den Fehlern von anderen rum. Hast du selbst etwa nie was verbockt?«

Caro erwartete noch eine Spitze von Sandra, aber zu ihrem Erstaunen wurde sie ganz still und sagte keinen Ton mehr. Offensichtlich hatte Iris mit ihrer Bemerkung ins Schwarze getroffen.

Als sie den Speisesaal verließen, zog Caro Iris zur Seite.

»Wieso war Sandra plötzlich so still?«, fragte sie.

»Du bist neugierig.«

»Ich weiß.«

»Ihre Ehe ist kaputtgegangen, weil sie fremdgegangen ist. Sich jetzt so als Moralapostel aufzuspielen ist wirklich albern von ihr. Vielleicht ist ihr das in dem Moment bewusst geworden.«

Caro staunte. »Hätte ich Sandra gar nicht zugetraut.«

»Stille Wasser sind tief.«

»Kann man wohl sagen.«

Am nächsten Vormittag machte sich Caro nach dem Walken direkt auf den Weg zur Strandsauna. Es war komisch, denselben Weg zu gehen, den sie vor gut einer Woche gegangen war und an dessen Ende sie die Leiche von Arnd Schäfer gefunden hatte. Plötzlich waren alle Erinnerungen wieder da, sie sah Aila davonrennen und laut bellend vor der Sauna stehen, und es kam ihr sogar so vor, als würde ihr der merkwürdige Geruch entgegenschlagen, während sie die Stufen zur Strandsauna hochging. Doch mehr als den Duft von Latschenkiefernöl nahm sie heute zum Glück nicht wahr.

Vorsichtig, als könnte sie jemanden aufwecken, betrat sie die Sauna, zeigte ihre Kurkarte und bezahlte den Eintritt. Die Frau an der Kasse wirkte munter und fröhlich, so als hätte in dem Gebäude immer eitel Sonnenschein geherrscht. Caro überlegte kurz, ob sie sie auf die Ereignisse der vergangenen Tage ansprechen sollte, entschied sich aber dagegen. Erstmal wollte sie sich so umschauen, Fragen konnte sie dann immer noch stellen.

Die Sauna war nicht besonders voll, zwei Männer und eine Frau saßen auf den oberen Bänken und grüßten kurz, als Caro eintrat. Ihr Herz schlug bis zum Hals, und sie wusste nicht, ob das der plötzlichen Hitze geschuldet war oder der Tatsache, dass sie sich gerade an einem Leichenfundort befand, was die anderen Saunagäste nicht zu stören schien. Dass sie nichts davon wussten, konnte Caro sich nicht vorstellen, auch wenn der Fall in der Zeitung sehr diskret beschrieben worden war. Die Borkumer hielten zusammen, hatte Hinnerk ihr erklärt.

Keiner wollte dem anderen das Geschäft vermiesen, was in diesem speziellen Fall durchaus hätte passieren können.

Caro setzte sich auf die unterste Bank, sie versuchte, sich in Arnd Schäfer hineinzudenken. Wer gerade Sex in der Sauna gehabt hatte, dem war doch eh schon zu warm, der würde sich doch nicht ganz nach oben legen, dachte sie, das wäre doch zu heiß, das hielt doch keiner aus.

Sie achtete sorgfältig darauf, dass kein Stückchen ihrer Haut Holz oder Boden berührte, auch wenn deutlich zu sehen war, dass die Sauna gründlich gereinigt worden war. Alle Fugen am Boden glänzten in strahlendem Weiß, und die Holzbänke sahen frisch geschrubbt aus. Dennoch fiel es ihr schwer zu atmen. Die ganze Zeit hatte sie den Geruch von gebratenem Fleisch und Alkohol in der Nase.

Denk an Rosen. Oder Lavendel. Oder Minze.

Doch bei Minze musste sie sofort an Lefkes Lammbraten denken, den sie auf englische Art traditionell mit Minze gemacht und bei Niedrigtemperatur hatte garen lassen. Sofort wurde ihr wieder schlecht.

Sie ließ ihren Blick durch den Raum schweifen und versuchte, auf andere Gedanken zu kommen. Wie mochten Arnd Schäfers letzte Minuten ausgesehen haben? Vermutlich hatte er erschöpft und befriedigt dagelegen und versucht, sich zu entspannen.

Caro betrachtete den Saunaofen, über dem ein großer Metalltrichter an der Decke hing, aus dem in regelmäßigen Abständen der Tropfen einer duftenden Flüssigkeit auf die glühenden Steine fiel. Über eine schmale Leitung wurde die Aufgussanlage von außen mit den Konzentraten versorgt, sodass die Düfte zu verschiedenen, festgelegten Zeitpunkten variieren konnten. Caro dachte an den Bieraufguss, den Jan als Jugendlicher gemacht hatte. Wenn jemand Zugang zu der Anlage hatte und wusste, wie sie zu bedienen war, konnte er die Aufgussflüssigkeit leicht durch hochprozentigen Alkohol ersetzen. Vermischt mit ein bisschen Latschenkiefernöl würde man das noch nicht mal merken. Ein Bieraufguss hätte die Sauna in eine gewaltige Bierfahne gehüllt. Aber wenn Tropfen für Tropfen ein wenig Wodka oder Doppelkorn auf die heißen Steine geflossen war, hätte Schäfer sich einen Rausch zugezogen, ohne es zu bemerken.

Obwohl ihr langsam aber sicher ganz schön heiß wurde, blieb Caro länger in der Sauna sitzen als die anderen, die nach den üblichen fünfzehn Minuten schnaufend und stöhnend verschwanden. Sie wollte wissen, ab wann ihr schwindelig oder schlecht werden würde. Denn auch ohne Alkohol konnte die Hitze irgendwann schwierig werden. Nach knapp fünfundzwanzig Minuten war es so weit. Caro hüllte sich in ihr Handtuch und stand auf. Schon dabei musste sie sich an der Bank festhalten, weil ihr schummrig wurde. Wenn sie jetzt noch fast zwei Promille im Blut gehabt hätte, wäre sie umgefallen, davon war sie überzeugt.

Sie war froh, als sie die Saunatür hinter sich zuschlagen konnte und endlich an der frischen Luft war. Die kalte Dusche sorgte für ein Stecknadelgefühl auf ihrer Haut und ließ ihr Herz noch schneller schlagen. Geschwächt und vollkommen dehydriert ließ sie sich in einen der Liegestühle fallen und nahm einen großen Schluck aus der Wasserflasche, die sie in ihrer Tasche neben der Liege aufbewahrte. Sie konnte förmlich spüren, wie die Flüssigkeit von ihrem Körper aufgesogen wurde.

»Sie sollten es nicht übertreiben«, meinte die Frau neben ihr, die eben auch in der Sauna gesessen hatte. Im Gegensatz zu Caro hatte sie sich nicht in ein Handtuch gehüllt, sondern saß nackig und frei da. »Länger als eine Viertelstunde ist nicht gut.«

»Ich weiß …« Caro hechelte eher, als dass sie sprach. »Normalerweise gehe ich häufiger in die Sauna«, log sie, »und bin es besser gewohnt. Aber leider war sie ja in den letzten Tagen geschlossen.«

»Auch wenn Sie regelmäßig gehen, sollten Sie nicht länger als fünfzehn Minuten bleiben«, wiederholte die Frau mahnend.

Caro nickte. »Da haben Sie recht. Wissen Sie denn, warum die Sauna geschlossen war?«

Die Frau sah sie erstaunt an. »Sie etwa nicht?« Caro versuchte, ein möglichst ahnungsloses Gesicht zu machen. »Aber das weiß doch jeder auf der Insel. Es gab wohl einen Todesfall. Herzinfarkt. Deshalb: nie länger als eine Viertelstunde!« Sie griff nach der Zeitschrift, die neben ihr auf dem Boden lag.

Caro war überrascht, wie wenig es die Frau störte, in einer Sauna zu liegen, in der vor wenigen Tagen noch jemand zu Tode gekommen war. Sie blätterte in einer Ausgabe der *Beef*: ›Blutig oder knusprig?‹ stand auf der Titelseite. Vermutlich kannte die Frau die genauen Umstände der Saunaschließung nicht.

Caro schüttelte sich. Ihr Blick fiel auf die hölzerne Saunatür, die nur im oberen Bereich ein Fenster hatte. Von außen könnte man sich ohne Mühe gegen die Tür stemmen und sie zuhalten, dachte sie. Einem geschwächten, stark alkoholisierten Saunagast würde schnell die Kraft ausgehen, dagegen anzukämpfen.

In ihrer Tasche piepte es. Caro ignorierte das Schild, das unübersehbar an der Wand hing und auf dem ein Handy abgebildet war, durch das ein dicker, roter Balken ging. Jan hatte ihr eine Nachricht geschickt.

Konnte mit der Mutter sprechen. Ruf mal an, wenn du Zeit hast. Jan.

Sie nahm ihren Bademantel aus der Tasche, hatte kurz das Gefühl, sich der Frau gegenüber dafür rechtfertigen zu müssen, und deutete an, dass ihr kalt war. Die andere zog nur eine Augenbraue hoch.

Mit ihrem Handy in der Hand verließ Caro die Sauna, ging die Stufen zum Strand hinunter und suchte sich eine geschützte Ecke am Rand der Dünen, ein Stückchen weg von den Nackedeien am FKK-Strand.

»Das ging ja schnell«, begrüßte Jan sie am anderen Ende der Leitung.

»Wie lief es mit der Mutter?«, kam Caro ohne Umschweife auf den Fall zu sprechen.

»Besser als gedacht.« Er erzählte ihr, wie er kurz nach dem Frühstück bei der alten Dame aufgeschlagen war. Aus Erfahrung wusste er, dass alte und gerade demente Menschen vormittags besser beieinander waren als am Nachmittag. Im Laufe des Tages ließen ihre geistigen Fähigkeiten immer mehr nach.

Jan hatte sich als Freund von Arnd Schäfer ausgegeben und schon von den betreuenden Pflegerinnen erfahren, dass die alte Frau Schäfer den Tod ihres zweiten Sohnes nicht mehr realisiert hatte.

»Für sie lebt ihr Arnd immer noch, und das ist ja auch ganz gut so«, sagte Jan.

Er hatte die alte Dame zum Kaffee in die Cafeteria eingeladen, und Irene Schäfer begann, ausführlich zu plaudern. Zwar sprang sie immer wieder zwischen den Jahrzehnten hin und her, aber völlig ohne Sinn waren ihre Erzählungen trotzdem nicht.

»Der Arnd kommt mich regelmäßig besuchen«, hatte die alte Dame zu Jan gesagt. »Jetzt leider nicht mehr so häufig wie früher. Es ist so schade, dass er die Klinik verlassen musste.«

Vorsichtig hatte Jan nachgefragt, warum Arnd Schäfer nicht in dem Krankenhaus in Wuppertal bleiben konnte.

»Na, wegen dieser Sache mit dem Jungen!«, hatte Frau Schäfer daraufhin gesagt und so getan, als wenn das doch jedem bekannt sein müsste. »Dabei wollte Arnd nur sein Bestes. Er konnte doch nichts dafür, dass das Kind es nicht geschafft hat.«

»Arnd Schäfer hat also einen Todesfall in der Wuppertaler Klinik zu verantworten?«, fragte Caro nachdenklich.

»So hörte es sich jedenfalls an. Sehr viel mehr habe ich aus ihr nicht rausgekriegt, aber bei der Geschichte war sie relativ klar.«

»Kein Wunder. So was brennt sich doch ins Gedächtnis.«

»Ich bin jetzt auf dem Weg zur Klinik. Hoffentlich kriege ich da noch was über diese Sache raus. Du kannst ja mal gucken, ob es online etwas dazu gibt.«

»Okay«, sagte Caro und beendete das Gespräch.

Sofort klickte sie sich ins Internet und wartete, bis endlich die Google-Startseite auftauchte. Das Netz auf Borkum war auf alle Fälle noch ausbaufähig, dachte sie. Vor zehn Jahren war Dr. Schäfer nach Borkum gekommen. Was immer in Wuppertal also vorgefallen war, musste mindestens so lange zurückliegen. Sie gab den Namen der Klinik ein, den Zeitraum und das Schlagwort *ungeklärter Todesfall*. Dann überflog sie die Ergebnisse, die Google ihr dazu anbot.

»Das könnte es sein«, murmelte sie schließlich leise und klickte auf eine kurze Pressemitteilung der Klinik.

»Die Ermittlungen zum Tod des vierjährigen Jungen wurden eingestellt. Dem verantwortlichen Chefarzt und der Klinikleitung konnte kein Fehlverhalten nachgewiesen werden. Ein Gutachten kommt zu dem Schluss, dass der Junge an den Folgen seiner schweren Erkrankung starb.«

Nachdenklich blickte Caro auf den kurzen Absatz. War das der Vorfall, von dem die alte Dame Jan erzählt hatte? Sie spielte das Szenario in Gedanken durch. Arnd Schäfer hatte einen Behandlungsfehler gemacht, der tödliche Folgen für das kleine Kind gehabt hatte. Auch wenn jedes Strafverfahren gegen ihn eingestellt worden war, hatte sich die Klinik von ihm als Chefarzt getrennt, und Schäfer hatte den Job auf Borkum angenommen. War es denkbar, dass die trauernden Eltern den Verlust ihres Kindes nie überwunden hatten und Schäfer die Schuld für den Tod gaben? Und nach ein paar Jahren, in denen sie unter Schock und Trauer gestanden und alles versucht hatten, den Mann juristisch noch dranzukriegen, schlussendlich beschlossen, auf eigene Faust zu handeln? Sie heuerten inkognito in der Klinik an, um Schäfer zur Rechenschaft zu ziehen. Als Chefarzt in einem großen Klinikum wie Wuppertal hatte Schäfer bestimmt nicht viel Kontakt zu den Eltern gehabt, gerade bei Kassenpatienten ließ sich so einer praktisch nie blicken, das wusste Caro aus eigener Erfahrung. Sven Buschhenke hatte das technische Know-how, um eine Aufgussanlage zu manipulieren. Sie warteten geduldig auf die passende Gelegenheit und töteten dann den Mann, den sie für den Tod ihres Kindes verantwortlich machten.

Caro hatte das Gefühl, der Lösung des Falls ganz nah zu sein, auch wenn sie sich ein paar Dinge noch nicht erklären konnte. Selbst wenn Schäfer die beiden nicht erkannt hatte, hätte ihm doch der Name auffallen müssen. Buschhenke war nicht Müller oder Meier, und wenn er den Tod eines Kindes mit diesem Namen zu verantworten hatte, hätte er ihn sich doch bestimmt gemerkt. Hatten die beiden womöglich ihren Namen geändert? Hießen sie damals anders?

Und warum hatten die beiden fast zwei Jahre gewartet, um ihren Plan in die Tat umzusetzen? Hatte sich vorher keine Gelegenheit ergeben, Schäfer umzubringen?

Caro merkte, dass ihre Theorie alles andere als wasserdicht war. Es gab noch eine Menge Ungereimtheiten, selbst wenn sie das Gefühl hatte, dass bereits einige Puzzleteilchen zusammenpassten. Sie war gespannt, ob Jan heute Abend noch Neuigkeiten aus Wuppertal mitbringen würde, wenn er wieder auf dem Flughafen von Borkum gelandet war.

Sie tippte auf ihre Kontakte, scrollte sich bis zum D und rief noch mal bei Ulli Derner an, die sogar schon etwas aus den Standesämtern hatte rauskriegen können: »Eine Lara Buschhenke ist tatsächlich in Darmstadt geboren worden. Und hat da auch geheiratet. Und zwar einen Magnus Sven Gerber.«

Die Gedanken rasten durch Caros Kopf. Magnus Sven Gerber. War das der frühere Name von Sven Buschhenke? Hatte er nach dem Tod seines Sohnes den Namen seiner Frau angenommen, um mit allem abzuschließen? Oder um nicht von Schäfer erkannt zu werden?

»Kannst du rauskriegen, ob die beiden ein Kind verloren haben?«

»Theoretisch ja«, antwortete Ulli. »Todesfälle werden genauso beim Amt festgehalten wie Hochzeiten und Geburten. Aber das kannst du schneller herausfinden.«

»Ich habe leider keinen Namen von dem Kind.«

»Aber doch die möglichen Nachnamen der Eltern. Jeder Friedhofsverwalter gibt dir Auskunft, wo die Gräber der jeweiligen Toten sind. Wenn der Junge in Wuppertal beerdigt worden ist, müsstest du ihn finden.«

Caro beendete das Telefonat und ging zurück zur Sauna, um sich anzuziehen und die weiteren Recherchen bekleidet und an einem anderen Ort durchzuführen.

Als sie in der Damenumkleide stand, hörte sie durch die dünnen Holzwände eine Stimme, die ihr bekannt vorkam. Es war Sören Wattig. Offenbar war sein Büro neben den Umkleiden, wo er nun aufgebracht telefonierte.

»Ich habe erst heute wieder eröffnet! Wenn du jetzt so was in deinem Artikel schreibst, kann ich den Laden doch direkt dichtmachen!«

Offenbar sprach er mit jemandem von der Zeitung, und Caro platzte fast vor Neugier. Nur zu gerne hätte sie gewusst, was Hinnerks frühere Kollegen in ihrer nächsten Ausgabe schreiben wollten.

»Pass auf: Ich weiß, dass das eine gute Story ist. Aber du weißt auch, dass wir Hauptsaison haben«, hörte sie Sören Wattig sagen. »Ende September, wenn alle weg sind, gebe ich dir ein ausführliches Interview, okay? Dann kannst du meinetwegen schreiben, dass Schäfer nicht am Strand, sondern in der Sauna gefunden wurde … Ja, und meinetwegen auch, dass er sich hier ständig vergnügt hat. Aber bitte nicht jetzt!«

Wütend beendete Sören Wattig das Gespräch. Caro zog ihre Schuhe an und öffnete die Tür der Umkleide einen Spalt. Nur ungern wollte sie Wattig über den Weg laufen, der sich vermutlich denken konnte, dass sie nicht nur zum Saunieren hier war. Zum Glück schien die Luft rein. Sie warf ihre Tasche über die Schulter und ging schnellen Schrittes aus der Umkleide.

»Was wollen Sie denn hier?«

Das hat ja super geklappt, dachte Caro augenrollend und unterdrückte ein Seufzen. Mit einem Lächeln im Gesicht drehte sie sich zu Sören Wattig um.

»Ich war nur in der Sauna.«

Schlecht gelaunt blickte er sie an. »Nur. Schon klar. Haben Sie mit den Zeitungsleuten gesprochen?« In seiner Stimme klang ein aggressiver Unterton mit.

»Was? Nein! Wie kommen Sie denn darauf?«

»Sie hatten mir zugesagt, dass Hinnerk aus den Details keine große Sache macht!«, zischte er, wobei er das Wort *Details* ganz besonders betonte, sodass Caro sofort klar war, was er damit meinte. »Und jetzt gibt es doch 'ne Riesenstory! Das kann doch echt nicht wahr sein!«

»Hinnerk weiß garantiert nichts davon«, versuchte Caro den Mann zu beruhigen. »Ich wollte sowieso zu ihm. Ich bin mir sicher, dass er das klären kann.«

Das hoffte sie jedenfalls. Denn wenn sie mit ihrer Theorie richtiglag und Lara und Sven Buschhenke den Chef der Kurklinik ermordet hatten, wäre ein solcher Artikel die offizielle Aufforderung an die beiden, die Insel möglichst schnell zu verlassen.

»Das will ich hoffen«, brummte Sören Wattig, klang dabei aber schon etwas versöhnlicher.

Caro nickte dem Mann noch mal freundlich zu und wollte gerade gehen, als ihr noch etwas einfiel.

»Sagen Sie, die Aufgussanlage …«

»Was ist damit?«, fragte er misstrauisch.

»Wie ändert man da eigentlich den Duft?«

»Ein kleines Rohr führt vom Technikraum zur Aufgussanlage. Am Ende ist ein Gefäß mit Wasser und ätherischen Ölen. Können Sie sich ungefähr wie einen Tropf im Krankenhaus vorstellen. Das dröppelt dann durch, und wenn es leer ist, wird es wieder aufgefüllt, wahlweise eben mit einem anderen Duft.«

»Man könnte also während eines, sagen wir, Minzaufgusses auch etwas Limette hineingeben, ohne dass jemand es merken würde?«

Sören Wattig sah sie irritiert an. »Das riecht man doch. Ist Ihnen die Hitze aufs Hirn geschlagen?« Jetzt wurde sein Gesichtsausdruck wieder misstrauischer. »Warum wollen Sie das eigentlich wissen?«

»Ich überlege, mir zuhause eine Sauna einbauen zu lassen«, log Caro.

»Um dann Limette und Minze zu mischen? Was aber keiner merken soll? Ihre Sorgen möchte ich haben.«

Caro lächelte entwaffnend und verabschiedete sich schnell von dem Mann.

Zu dem Technikraum hatte Arnd Schäfer einen Schlüssel, das hatte Sören Wattig schon bei ihrer ersten Unterhaltung erzählt, dachte sie, als sie von der Sauna Richtung Dünenbudje ging. Vermutlich wusste Lara, dass sich Natascha mit Schäfer in der Sauna verabredet hatte. Als Angestellte der Kurklinik hatte sie bestimmt einige Liebschaften des Klinikdirektors mitbekommen. Vielleicht war sie den beiden gefolgt, hatte gewartet, bis sie ihrer Lieblingsbeschäftigung nachgingen, und stibitzte in der Zeit den Schlüssel für den Technikraum aus Schäfers Tasche. Dann brauchte sie nur zu warten, bis Natascha weg war, und während Sven die Tür von außen zuhielt, tauschte sie das Aufgussmittel gegen harten Alkohol aus.

So könnte es gewesen sein.

Eine halbe Stunde später saß sie bei Hinnerk im Wintergarten und trank ihre zweite Sanddornschorle. Sie konnte sich nicht erinnern, wann sie das letzte Mal so durstig gewesen war.

»Ich kann das den Kollegen nicht komplett ausreden«, meinte Hinnerk, nachdem sie ihm von dem geplanten Artikel erzählt hatte. »So viel passiert auf der Insel nun auch nicht, dass die so einen Todesfall ignorieren könnten. Sören soll froh sein, dass sie sich bisher zurückgehalten haben.«

»Ich verstehe ja, dass das eine große Story ist«, sagte Caro, »aber können sie nicht noch ein paar Tage warten?« Sie erklärte Hinnerk ihre Theorie, dass Lara und Sven Buschhenke etwas mit Schäfers Tod zu tun haben könnten. »Wir müssen dringend noch ein paar Sachen überprüfen, aber wenn der Fall immer mehr Öffentlichkeit bekommt, machen die beiden sich womöglich auf und davon.«

»Verstehe …« Hinnerk schien nachzudenken.

»Sören Wattig hat ihnen ein Exklusivinterview versprochen, wenn sie mit dem Artikel warten …«

»Was hätte der denn schon exklusiv zu berichten?«

Das stimmte natürlich. Wattig hatte weder die Leiche gefunden, noch wusste er etwas über die Todesumstände. Jedenfalls nicht mehr als Iris oder Sandra oder sonst eine Patientin aus der Klinik. Ein Exklusivinterview mit ihm war für die Zeitungsleute so interessant wie ein Gespräch mit Aila. Die legte sich gerade zu Caros Füßen und hielt ihrem Frauchen den Bauch hin. Hätte sie schnurren können, hätte sie das jetzt vermutlich ausgiebig getan, jedenfalls war es nicht zu übersehen, wie sehr sie die Streicheleinheiten genoss.

»Bei dir wäre das etwas anderes …«, murmelte Hinnerk und sah sie nachdenklich an. »Wenn du den Fall löst und der Zeitung exklusiv die Story erzählst, das wäre natürlich ein

Knaller. Damit würden sie bundesweit von anderen Zeitungen zitiert werden, und das ist das Beste, was dir als kleines Lokalblatt passieren kann.«

Das konnte Caro sich vorstellen. *Wie die Borkumer Zeitung exklusiv berichtet* – dieser Satz würde den Chefredakteur zu Recht mit Stolz erfüllen, wenn er ihn in der FAZ oder Süddeutschen lesen könnte. Caro fragte sich allerdings, ob überhaupt ein überregionales Interesse an einem Mord auf Borkum bestand. Wenn sie sich überlegte, wie viele mysteriöse Todesfälle es in Berlin gab, nach denen kein Hahn krähte, konnte sie sich nicht vorstellen, dass der Tod von Arnd Schäfer die Gazetten der Republik bewegen würde.

»Wenn ich die Lösung des Falls der Kripo übergeben habe, kann ich gerne mit denen sprechen. Die müssen ja nicht unbedingt meinen Namen nennen.«

»Sollten sie aber vielleicht.«

Caro sah ihn erstaunt an. »Warum das denn? Nachher machen die aus mir noch so eine Art Insel-Miss-Marple!«

»Und das wäre genau das Richtige für dich.«

Caro hatte keine Ahnung, was ihr Schwiegervater ihr gerade sagen wollte. »Könntest du dich ein kleines bisschen weniger kryptisch ausdrücken?«

Ein Schmunzeln ging über Hinnerks Gesicht. »Ich hab mir überlegt, wie du meinem werten Herrn Sohn ein Schnippchen schlagen könntest ...«

»Mit einem Interview in der Borkumer Zeitung?«

Hinnerk lachte. »Nein. Wie du weißt, habe ich dieses Haus Nils übertragen. Allerdings habe ich lebenslanges Wohnrecht.«

»Weshalb es für ihn wertlos ist.«

»Jedenfalls solange ich lebe und mein Hausarzt meint, zwanzig Jahre wären noch locker drin.«

Das glaubte Caro auch. Sie kannte keinen Zweiundsiebzigjährigen, der so fit war wie Hinnerk. Drahtig, schlank und von der vielen Gartenarbeit an der frischen Luft in der Verfassung eines Fünfzigjährigen.

»Nur meine Knie müssten mal erneuert werden, aber das bringt mich ja nicht um.«

»Sonst verklage ich den Arzt.« Caro lächelte ihn liebevoll an. Sie hoffte von Herzen, dass Hinnerk Falk mit frischen Knien noch mindestens zwanzig Jahre vor sich hatte. »Aber ich verstehe immer noch nicht, worauf du hinauswillst.«

»Nils hat immer gesagt, das Haus ist für mich alleine zu groß.«

»Was doch Quatsch ist.«

»Nein. Damit hat er vollkommen recht. Aber die Einliegerwohnung, die Lefke immer an Feriengäste vermietet hat, wäre ideal für mich. Wozu brauche ich mehr als drei Zimmer? Wenn überhaupt.« Hinnerk sah sie erwartungsvoll an. »Na?«

»Äh …« Offenbar ging er davon aus, dass sie kapiert hatte, was er ihr sagen wollte. »Soll ich etwa …?«

Er nickte. »Genau. Du und Justus, ihr könnt in das Haus ziehen. Ich kümmere mich weiter um den Garten, Schulen haben wir auf Borkum, und einen Job hätte ich vielleicht auch für dich. Als Miss Marple kannst du ja nebenbei arbeiten.«

Meinte er das ernst? Caro suchte im Gesicht ihres Schwiegervaters nach Anzeichen, die auf einen Scherz hinwiesen. Aber er wirkte vollkommen normal.

»Du hast einen Job für mich?«

Er nickte. »Bisher hat die Inge vom Ticketverkauf immer den Kiosk am Flughafen geschmissen und beides parallel gemacht. Aber Inge wird auch nicht jünger, und jetzt kriegt sie eine neue Hüfte, da fällt sie erst mal für ein Weilchen aus. Jedenfalls wird ihr beides zu viel. Und mit Kiosken kennst du dich doch aus. Muss ja nicht für immer sein, aber erstmal ist es besser als nichts. Für Justus wäre es doch auch toll. Was gibt es Schöneres, als am Meer aufzuwachsen?«

Caro lächelte. Wenn Justus jeden Morgen mit seinem Ranzen durch die Dünen laufen würde, wäre das in der Tat ein deutlich schönerer Schulweg als sein jetziger durch die Straßen Berlins.

»Du könntest natürlich mietfrei hier wohnen. Wir wollen Nils ja nicht noch mehr Geld in den Rachen werfen«, meinte er. »Mit dem Kiosk wirst du vermutlich nicht reich werden«, fuhr Hinnerk fort, der von seiner Idee sichtlich begeistert war. »Aber es gäbe dir ein sicheres Auskommen. Viel brauchst du ja eh nicht zum Leben auf Borkum, und ich bin schließlich auch noch da. Hier könntest du noch mal ganz von vorne anfangen. Wäre das nicht toll? Lass dir das mal durch den Kopf gehen, und wir sprechen dann nochmal darüber, in Ordnung?«

Caro starrte nachdenklich in den Garten. Sie musste zugeben, dass die Idee was hatte.

Als sie sich von Hinnerk verabschiedet hatte, sah sie, dass Jan ihr eine Nachricht geschickt hatte.

Lande um 19.30. Holst du mich ab? Gibt was zu berichten. LG Jan.

Sie bestätigte ihm kurz, dass sie pünktlich am Flughafen sein würde, und machte noch einen Abstecher zum Strand. Vielleicht war Justus mit seiner Gruppe noch da. Sie hatte das Gefühl, ihn in letzter Zeit wenig gesehen zu haben. Das war natürlich das Prinzip einer Mutter-Kind-Kur. Die Mütter sollten ja Zeit für sich haben, während die Kinder anderswo bespaßt wurden. Da Caro aber einige Therapieangebote hatte sausen lassen – beim Beckenbodentraining war sie kein einziges Mal gewesen –, hatte sie ein bisschen ein schlechtes Gewissen. Sie lebte ihre detektivische Leidenschaft aus, während Justus von anderen Leuten betreut wurde. Andererseits … ging das nicht jeder berufstätigen Mutter so? Anders war es doch gar nicht möglich zu arbeiten, und für die Kinder war es ja auch nicht das Schlechteste, mit anderen zu spielen, anstatt nur von der Mutter begluckt zu werden. Schon gar nicht, wenn sie in Justus' Alter waren.

Sie sah ihn schon von weitem auf dem Volleyballfeld mit den anderen Kindern spielen, setzte sich an den Rand des Feldes und winkte ihm zu. Es war schön zu sehen, wie unbeschwert er hier war, wie sehr er den Strand und die Natur genoss. Das war schon ein anderes Leben als in Berlin. Hier auf Borkum konnte sich Justus völlig frei bewegen. Sie musste keine Angst haben, dass er von einem der irren Raser über den Haufen gefahren wurde, die sich auf dem Ku'damm nicht selten ein illegales Autorennen lieferten. Auch so ein Horror, wie sie im Görlitzer Park erlebt hatte, als ein Dealer ihrem Sohn doch tatsächlich *was zu rauchen* anbot, würde sich hier auf der Strandpromenade wohl kaum wiederholen.

Sicherlich war auf Borkum nicht alles so heil, wie es auf den ersten Blick aussah. Dass auf dieser malerischen Insel mit ihren wunderschönen und endlos langen Stränden auch etwas passieren konnte, hatte sie die letzten Tage nun selbst erlebt. Aber eine Kindheit auf Borkum konnte mit Sicherheit heiler sein als eine in Berlin. Jedenfalls konnte ein neunjähriger, neugieriger und sportbegeisterter Junge sich hier freier bewegen und austoben als in der Hauptstadt.

Und was war mit ihr?

Caro ließ sich hinterrücks in den Sand fallen und sog

die Luft durch ihre Nase ein. Dieser Geruch von Sand und Meer, von Salzwasser und Sonnencreme, er löste in ihr sofort Glücksgefühle aus. Ja, so wie sie hier lag, war sie glücklich. Aber natürlich wusste sie, dass Borkum auch ein anderes Gesicht hatte. Die Winter konnten lang sein, der stürmische, kalte Wind, den sie bei ihren kurzen Novemberbesuchen früher so geliebt hatte, konnte vermutlich ganz schön nerven, wenn man ihn monatelang jeden Tag ins Gesicht geblasen bekam. Und die Insulaner waren eine eingeschworene Truppe. Als Rheinländerin lag ihr das Herz auf der Zunge, sie war es aus Köln gewohnt, schnell mit Menschen in Kontakt zu kommen und einen kleinen Schwatz mit ihnen zu halten. Das war schon in Berlin anders gewesen, wo sie jeder Taxifahrer anschnauzte, anstatt mit ihr über den FC zu lamentieren, wie sie es aus ihrer Kölschen Heimat kannte.

Wie würde das auf Borkum werden? Die Nordlichter wurden gerne als sture Fischköppe verschrien, und sosehr sie Hinnerk mochte, stur war er allemal. Konnte sie mit ihm unter einem Dach wohnen? Würde sie Anschluss auf der Insel finden? Und Justus Freunde?

Sie sah, wie ihr Sohn lachend über einen anderen herfiel und versuchte, ihm den Ball abzunehmen. Zwei weitere Jungs kamen dazu, und die vier lagen raufend im Sand und jauchzten dabei vor Vergnügen. Sie erinnerten Caro an Aila, als sie noch ein Welpe gewesen war. In der Welpenschule hatte es genauso ausgesehen wie gerade auf dem Volleyballfeld. Vier, fünf kleine Hunde hatten sich zu einem großen Wollknäuel vermischt und kugelten über die Wiese.

Nein, um Justus musste sie sich keine Sorgen machen. Er war ein aufgewecktes Kind, das immer schnell Anschluss gefunden hatte. Er würde es mit Sicherheit riesig finden, wenn sie auf der Insel bleiben und bei Opa Hinnerk wohnen würden.

Wie immer, wenn Justus einen Tag am Strand verlebt hatte, drohte ihm am frühen Abend der Hungertod. Pünktlich um 17.30 Uhr saßen sie daher wieder im Speisesaal, eine Zeit, in der Caro gerne einen Latte Macchiato trank. Jedenfalls in Berlin. Jetzt stürzte sie sich fast genauso hungrig auf die Kroketten und das Erbsen-Möhren-Gemüse wie Justus. Nur das Roastbeef ließ sie links liegen. Im Ofen gegartes Fleisch weckte in ihr immer noch die falschen Assoziationen.

Nach dem Essen wurde im Aufenthaltsraum für die Kinder ein Film gezeigt, und obwohl Justus seine Augen mal wieder kaum offen halten konnte, wollte er sich die Batman-Verfilmung auf keinen Fall entgehen lassen.

Caro setzte sich auf ihr rosa Hello-Kitty-Fahrrad, das sie gleich für ihren ganzen Aufenthalt gemietet hatte, und radelte zum Flughafen. Da sie noch ein bisschen Zeit hatte, wählte sie die schönere Strecke, bog am alten Leuchtturm links ab, fuhr am Upholmhof vorbei und nahm den schmalen, gepflasterten Weg durch die Sanddornsträucher und Heckenrosen. Um diese Uhrzeit musste sie weniger auf Kinder und ihre Radfahrkünste achten als auf die stark verbreiteten Karnickel, die recht leichtsinnig am Wegesrand hockten und das frische Gras verputzten. Da sie wegen des drohenden Gegenverkehrs immer schön rechts fuhr, was angesichts der zahlreichen Kurven wirklich zu empfehlen war, da man dem entgegenkommenden Rad sonst frontal in den Vorderreifen fahren würde, musste sie nicht nur einmal einem trägen Kaninchen ausweichen. Kurz vorm Flughafen entdeckte sie zwischen all den braunen Wildkaninchen ein schneeweißes. Vermutlich war es von seinen Besitzern abgehauen und hatte sich in der Freiheit unter seine wilden Artgenossen gemischt, wo es nun friedlich mit ihnen zusammenlebte.

Du wärst dann so ein weißes Kaninchen, dachte Caro und fand den Gedanken überhaupt nicht schlimm. Was ein Karnickel schaffte, konnte sie doch schließlich auch schaffen.

»Schickes Fahrrad«, begrüßte Jan sie grinsend, der schon vor der Tür des kleinen Flughafens wartete.

»Bin ich zu spät?«

»Nee. Aber Olaf wollte nach Hause und hat ein bisschen aufs Gas gedrückt.«

Da Jan zu Fuß war und sie seine Idee, ihn auf ihrem Gepäckträger mitzunehmen, als hirnrissig ablehnte, gingen sie nebeneinander den Giloweg zurück zum Ortsinneren.

»Logischerweise waren die in der Klinik ziemlich zurückhaltend«, begann Jan seinen Bericht. »Aber mit meiner Geschichte kam ich eigentlich ganz gut zurecht.«

»Dass du die Beerdigung von Arnd Schäfer organisierst?«

»Genau. Ich habe gesagt, ich würde für Franziska Homann Stimmen seiner Freunde sammeln, die etwas Nettes über ihn sagen können. Ich würde das alles auf ein Plakat schreiben und damit seinen Sarg schmücken wollen.«

»Wie man das normalerweise bei Hochzeiten macht.«

»Nur ohne Sarg.« Jan nickte. »Allzu viele Freunde schien er allerdings in der Klinik nicht gehabt zu haben.«

Das wunderte Caro nicht, hier auf Borkum war es ja schließlich nicht anders gewesen.

»Aber das war für mich ja egal, Feinde sagen bekanntermaßen interessantere Dinge als Freunde.«

»Würdest du sagen, er hatte richtige Feinde?«, hakte Caro nach.

»Weiß ich nicht. Eher alte Kollegen, die ihn richtig beschissen fanden, nicht nur als Chef. Jedenfalls habe ich von denen erfahren, was damals passiert ist. Ein kleiner Junge, der an derselben Herzrhythmusstörung litt wie Schäfers Vater und Bruder, war gestorben, als er ihn behandelt hat.«

Bis auf die Krankheit war das nichts Neues für Caro.

»Obwohl damals der Verdacht im Raum stand, dass Schäfer neue Behandlungsmethoden an dem Jungen ausprobiert hatte«, fuhr Jan fort, »hat ein Gericht festgestellt, dass ihn keine Schuld trifft und er nicht haftbar gemacht werden kann.«

Auch das war nicht wirklich neu für sie. »Das habe ich mehr oder weniger alles gegoogelt.«

»Auch, dass Schäfer ein Alkoholproblem hatte?«

Caro sah ihn erstaunt an. »Nein, davon stand da natürlich nichts.«

»Weder die experimentellen Behandlungsmethoden noch sein Alkoholproblem konnten ihm nachgewiesen werden«, erzählte Jan weiter. »Aber seine ehemaligen Mitarbeiter haben angedeutet, dass er häufig benebelt zum Dienst kam. Und nach dem Tod des Jungen hat er freiwillig eine Therapie gemacht und war seitdem trocken.«

»Ein trockener Alkoholiker stirbt besoffen in der Sauna. Kein Wunder, dass die Kripo das Ganze für einen Unfall hält.«

Jan nickte. »Genau. Ich schätze, die Polizei hat häufiger mit rückfälligen Alkis zu tun.«

»Wie hinterhältig«, murmelte Caro, »einen trockenen Alkoholiker mit einem hochprozentigen Alkoholaufguss um die Ecke zu bringen, das ist schon wirklich fies.«

»Aber nicht blöd.«

»Ganz und gar nicht blöd. Konntest du den Namen des Jungen herausfinden?«

Jan sah sie an, als hätte sie etwas sehr, sehr Dummes gesagt.

»Natürlich nicht. Oder glaubst du, einer der Ärzte nennt mir mal eben die Kontaktdaten eines verstorbenen Ärztepfuschopfers? Das wird schon etwas komplizierter sein, den Namen herauszufinden. Ich werde morgen mal die Friedhöfe in Wuppertal abtelefonieren, vielleicht ergibt sich so eine Spur«, meinte Jan.

Caro nickte dankbar. Dann beschrieb sie ihm ausführlich, wie die Aufgussanlage in der FKK-Sauna funktionierte und wie sie sich den Ablauf des tödlichen Abends vorstellte.

»So wie du es erklärst, klingt es total logisch«, stimmte Jan ihr zu. »Aber wie können wir das beweisen? Du sagst, die ganze Sauna ist auf Vordermann gebracht worden?«

Sie nickte. »Geschrubbt und gekärchert, als gäb's kein Morgen mehr.«

»Dann können wir Fingerabdrücke vergessen.«

Sie sah ihn überrascht an. »Du kannst Fingerabdrücke nehmen?«

»Nein. Aber ist jetzt ja auch nicht notwendig.« Jan blieb stehen, und Caro stoppte mit ihrem Rad. Eindringlich sah er sie an. »Wir brauchen ein Geständnis, Caro. Und zwar auf Band. Sonst lacht uns die Polizei aus.«

»Ja. Das sehe ich genauso.« Auffordernd sah er sie an. »Was denn? Warum starrst du mich so an?«

»Ich telefoniere die Friedhöfe ab, du besorgst das Geständnis.«

Caro dachte nach. Selbst wenn Jan herausfinden sollte, dass ein Junge mit dem Nachnamen Buschhenke oder Gerber auf einem Friedhof in Wuppertal lag, war das noch lange kein Beweis für die Schuld der beiden.

»Wie stellst du dir das vor? Soll ich der Frau etwa sagen: Ihr Sohn liegt in einem Grab in Wuppertal, haben Sie deshalb Schäfer umgebracht?«, fragte Caro.

»Du musst so eine von-Frau-zu-Frau-Sache machen«, sagte Jan, »alleine mit Lara Buschhenke sprechen und alles auf so eine Gefühlsebene bringen. Du weißt schon, von Mutter zu Mutter, blablabla.«

Caro fand gar nicht, dass das so viel Blabla war. Tatsächlich konnte sie sich in den Schmerz, den Lara Buschhenke vielleicht durchlebt hatte, als Mutter gut hineinfühlen. Die Vorstellung, dass Justus etwas Schlimmes passieren könnte, war so grauenerregend, dass ihr allein bei dem Gedanken daran übel wurde. Und sie wusste genau, wenn jemand ihm etwas antun würde, würde sie diese Person fertigmachen. Ganz egal, ob sie es absichtlich oder unabsichtlich verbrochen hätte. Sollte jemand die Schuld daran tragen, dass Justus zu Tode käme, wäre dieser jemand schneller unter der Erde, als er bis drei zählen konnte.

10

Die halbe Nacht hatte Caro wachgelegen und überlegt, wie sie Lara Buschhenke am besten in ein Gespräch verwickeln konnte. Irgendwann in den frühen Morgenstunden glaubte sie, eine gute Idee zu haben, und war endlich eingeschlafen.

Das Zeitfenster, in dem Lara ihr Zimmer sauber machte, war relativ groß. Je nachdem, ob sie alleine arbeiten musste oder Unterstützung von einer Kollegin hatte, kam sie entweder am späten Vormittag oder im Laufe des Nachmittages, wobei Letzteres eher selten der Fall war. Wenn Caro sich morgens um acht mit ihrer Walkinggruppe auf den Weg machte, begann Lara im Erdgeschoss mit der Reinigung der Zimmer. Danach folgte das erste Stockwerk, dann das zweite, in dem Caro wohnte. Wenn sie nach der Gruppentherapie, die meistens um halb zwölf zu Ende war, auf ihr Zimmer ging, traf sie Lara häufig noch an. Deshalb hatte sie sich für heute vorgenommen, die Therapiestunde etwas früher zu verlassen und so lange auf dem Zimmer zu warten, bis Lara auftauchte.

Jan hatte ihr schon relativ früh am Morgen eine Nachricht geschickt, dass er das Grab von einem Laurenz Gerber gefunden hatte, der im Alter von vier Jahren gestorben war. Der Zeitpunkt seines Todes passte genau zu Schäfers Tätigkeit in der Wuppertaler Klinik. Caro war sich sicher, dass das der Sohn von Lara und Sven Buschhenke sein musste. Sie waren auf der richtigen Spur.

Als sie gegen kurz nach elf den Gang hinunterging, sah sie den Putzwagen schon von weitem. Das Zimmer vor ihr war gerade dran. Gut. Dann hatte sie noch ein bisschen Zeit, um sich vorzubereiten.

Sie ging ins Bad und wollte gerade ihre Wimperntusche verschmieren, als ihr einfiel, dass sie gar keine aufgetragen hatte. Seitdem sie auf Borkum war, hatte sie sich nicht mehr geschminkt. Für andere Frauen mochte das kein besonders erwähnenswerter Zustand sein, aber für Caro war es etwas völlig Neues. Sogar damals im Krankenhaus, nach Justus' Geburt, hatte es keinen Tag gegeben, an dem sie ungeschminkt in ihrem Bett gelegen hatte, und selbst beim Sport hatte sie in ihrem schicken Berliner Studio Make-up und Mascara getragen. Warum eigentlich? Hatte sie so wenig Selbstbewusstsein, dass sie sich nicht traute, ohne Schminke auf die Straße zu gehen? Das war traurig. Aber wahr - und sie war froh, dass sie dieses sinnlose Verhalten abgelegt hatte.

Sie suchte in ihrer Kulturtasche nach der Wimperntusche, trug sie auf und verwischte sie im nächsten Augenblick. Dann hielt sie ihre Hände unter den Wasserhahn und wusch sie mit viel Seife. Ein wenig davon tupfte sie in ihre Augen, die sofort tränten und brannten. Ein beliebter Trick aus ihrer Schulzeit, um vorzutäuschen, dass es ihr schlecht ging und sie nach Hause gehen konnte. Hatte immer funktioniert.

Sie setzte sich auf das kleine Sofa und wartete. Tränen waren es gewesen, die Lara und sie zu einem ersten emotionaleren Gespräch zusammengeführt hatten. Und auch wenn Lara ihr da nicht sagen wollte, warum sie weinte, so waren sich die beiden Frauen in dem Moment doch nahe gewesen. Caro kam sich zwar etwas berechnend vor, diesen emotionalen Kitt nun gezielt einzusetzen, aber sie war sich sicher, dass es funktionieren würde – bis die Fassade fiel.

Als sie die Schritte vor der Tür hörte, betätigte sie die Aufnahmefunktion ihres Handys und versteckte es unter einer Zeitschrift. Im nächsten Moment kam Lara ins Zimmer.

»Oh, Entschuldigung. Soll ich später wiederkommen?«

»Nein … Lassen Sie sich von mir nicht stören …« Caro wandte ihr Seifentränengesicht zur Seite.

Wie sie es erwartet hatte, kam Lara mit betroffener Miene zu ihr und sah sie besorgt an. »Alles in Ordnung, Frau Falk? Soll ich jemanden holen? Geht es Ihnen nicht gut?«

»Es geht schon. Es war nur …«

Sie stockte und hielt sich eine Hand vor den Mund. Einerseits um die Dramatik der Situation zu steigern, andererseits um etwas Zeit zu gewinnen. Denn ihr Gewissen meldete sich zu Wort und brachte sie kurz aus dem Konzept. Auch das war früher in der Schule nicht anders gewesen. Sie hatte bestimmt siebenmal ihre Oma sterben lassen, um einer Klausur zu entgehen, und jedes Mal hatte das schlechte Gewissen sie geplagt. Die Vorstellung, dass wirklich jemand sterben könnte, während sie seinen Tod vortäuschte, hatte ihr große Schuldgefühle bereitet und sie immer wieder über Karma nachdenken lassen.

»Justus … mein Sohn … er war einfach weg. Über eine Stunde habe ich ihn gesucht.«

Sie atmete tief durch und versuchte sich einzureden, dass das nur in Teilen gelogen war. Justus war tatsächlich weg. Sie hatte ihn zwar nicht gesucht, weil er mit seiner Kindergruppe am Strand war, aber weg war er trotzdem. Hoffentlich reichte das fürs Karma.

Lara setzte sich neben sie und strich ihr beruhigend über

den Rücken. »Auf Borkum kommt doch keiner weg. Bisher sind alle Kinder wieder aufgetaucht.«

»Ich weiß. Ich hab ihn ja auch gefunden. Aber trotzdem war es ein Schock für mich. Wenn meinem Sohn etwas passieren würde ...« Sie stockte.

Lara ließ ihre Hand sinken und räusperte sich. »So schnell passiert doch nichts«, sagte sie leise und wirkte angefasst.

So leid es Caro tat, aber jetzt war der Moment, um zuzustoßen. Jetzt musste Laras Achillesferse dran glauben.

»Sie verstehen das nicht«, sagte Caro mit Nachdruck und versuchte, ihre Stimme möglichst verzweifelt klingen zu lassen. »Sie haben keine Kinder. Sie können nicht nachvollziehen, wie das ist, wenn man so ein kleines Wesen so sehr liebt – und wie viel Ängste man dann automatisch hat. Als Mutter ...«

»... ist die Vorstellung, sein Kind zu verlieren, unerträglich«, ergänzte Lara mit belegter Stimme. »Es gibt nichts Schlimmeres.«

»Ich wüsste nicht, was ich tun würde, wenn Justus etwas passiert«, legte Caro nach und beobachtete Lara dabei aus den Augenwinkeln. Sie war blass geworden, wirkte mitgenommen und fahrig. »Wahrscheinlich würde ich mir eine Waffe besorgen und Amok laufen. Ich weiß es nicht. Das sind jedenfalls Gefühle, die man nur als Mutter haben kann.«

Lara nickte langsam. »Ich weiß.«

Caro bemühte sich um einen überraschten Gesichtsausdruck. »Aber Sie haben doch keine Kinder, oder ...?«

»Nein ...«, sagte Lara zögernd. Dann atmete sie tief durch und bemühte sich um ein Lächeln. »Ihr Sohn ist ja zum Glück wieder da.«

Sie wollte aufstehen und sich wieder an die Arbeit machen,

aber Caro hielt sie am Arm fest. Mit ihren rotgeweinten Seifenaugen sah sie Lara an.

»Hab ich irgendwas Falsches gesagt? Tut mir leid, es ist nur … wegen Justus. Ich wollte Ihnen nicht vorwerfen, dass Sie keine Kinder haben.«

Lara zuckte traurig mit den Schultern. »Schon gut …«

»Nein, es ist nicht gut. Bitte, wenn ich Sie irgendwie – Lara, ich hab das Gefühl, dass Sie irgendetwas bedrückt, aber ich weiß nicht, ob es was mit meinem Sohn …«

»Ich will Sie nicht mit so etwas belasten.«

»Das würden Sie nicht. Erzählen Sie mir, was passiert ist? Vielleicht hilft es mir, mit meinen eigenen Ängsten besser zurechtzukommen. Das ist einer der Gründe, warum ich hier in der Klinik bin. Angst. Ich habe permanent Angst und hoffe wirklich sehr, dass ich das in den Griff kriege.«

»Ich bin keine Therapeutin.«

»Ich weiß.« Caro entschied sich, in die Offensive zu gehen. »Haben Sie … vielleicht doch Kinder? Oder wollten mal welche?«

Lara sah sie erschrocken an. »Ich … also …«

»Und es hat nicht geklappt … oder – sorry, ich meine nur, eine Freundin von mir hat ihr Kind verloren, die hat auch mal so reagiert wie Sie, als ich Angst um Justus hatte.«

Es war nicht zu übersehen, wie überrumpelt Lara war. Sie schien nicht zu wissen, was sie sagen sollte, und wirkte sehr getroffen.

Caro sah sie abwartend an. »Es ist nicht leicht, über so etwas Schmerzhaftes zu sprechen.«

Langsam schüttelte Lara den Kopf. »Nein … das ist es nicht … Ich habe schon so lange nicht mehr mit jemandem … ich spreche eigentlich nie darüber …«

»Was ist passiert?«

Lara schüttelte langsam den Kopf. »Es fällt mir schwer … Wir kennen uns doch kaum.«

»Das stimmt. Aber wir haben beide schlimme Dinge erlebt. Der schreckliche Unfalltod meiner Eltern liegt erst ein paar Monate zurück …« Caro versuchte, das schlechte Gewissen erneut zu unterdrücken und nicht ans Karma zu denken. »… und dann noch die Trennung von meinem Mann …«

»Tut mir leid mit Ihren Eltern … dann wissen Sie ja, wie sich das anfühlt, wenn …«

Laras Stimme stockte wieder, und Caros schlechtes Gewissen nahm gigantische Ausmaße an. Sie war kurz davor, Lara zu sagen, dass es ihren Eltern fantastisch ging und sie zudem froh sei, ihren Arschloch-Ehemann los zu sein.

Wenn Lara allerdings wirklich eine Mörderin war, dann war es auch legitim, die Frau zu belügen.

»Ja, ich weiß, wie sich das anfühlt«, sagte Caro.

Lara atmete tief durch, zog mit zitternden Fingern ein Portemonnaie aus ihrer Hosentasche und nahm ein kleines zerknittertes Foto heraus. Sie faltete es auseinander und reichte es Caro.

»Er hieß Laurenz«, sagte sie leise schluchzend. »Vier Jahre war er die Sonne in unserem Leben. Seitdem gibt es nur noch Schatten.«

Caro nahm das Foto in die Hand und sah eine rundliche junge Frau, die einen kleinen Jungen auf dem Schoß hatte. Ihre lange Lockenmähne umrahmte ihr fülliges, hübsches Gesicht, das die pure Lebensfreude ausstrahlte. Der kleine Junge auf ihrem Schoß sah ihr ausgesprochen ähnlich und hatte das gleiche Lachen wie sie.

»Das sind Sie?«, fragte Caro erstaunt, die Lara beim besten Willen nicht wiedererkannt hatte.

Lara nickte und lächelte traurig. »Ja. Damals hatte ich etwas mehr auf den Rippen.«

Caros Herz schlug schneller. Sie hatte also richtig gelegen, ihre Theorie stimmte. Sie merkte, wie das Adrenalin durch ihren Körper rauschte und die Aufregung in ihr wuchs. Saß sie gerade Arnd Schäfers Mörderin gegenüber?

»Sie hatten einen kleinen Sohn«, sagte Caro voller Mitgefühl. »Woran ist er gestorben?«

Lara wischte sich über die Augen. »Er kam mit einem kranken Herzen zur Welt. Am Anfang haben wir kaum etwas davon gemerkt, aber als er ein paar Monate alt war, lief er manchmal blau an und japste nach Luft. Die Ärzte hatten nicht viel Hoffnung, ihm helfen zu können …«

»Das tut mir furchtbar leid«, sagte Caro.

Jetzt bloß ruhig bleiben und die Nerven behalten, dachte sie und verkniff sich die Frage, ob der Junge bei Dr. Schäfer in Behandlung gewesen war.

Lara sah sie traurig an. »Danke. Es war eine schreckliche Zeit. Es gab nur einen Arzt, der ihm helfen konnte. Jedenfalls dachten wir, dass er es konnte …«

»Und das hat nicht funktioniert …«, meinte Caro mitfühlend.

»Nein.« Lara presste die Lippen aufeinander, dass sie fast weiß wurden. »Er hat ihn umgebracht.«

Caro versuchte, ihre Nervosität zu verbergen. Noch war der Name Schäfer nicht gefallen. War ihr Handy ausreichend geladen? Lief die Aufnahme noch? Hoffentlich war alles gut zu verstehen, falls sie jetzt gleich ein Geständnis hören würde. Was sollte sie eigentlich machen, wenn Lara den Mord gestand? Darüber hatte sie sich keine Gedanken gemacht. Und vor allen Dingen: Was würde Lara dann wohl machen?

Probleme lösen, wenn sie sich stellen, ging es Caro durch den Kopf.

»Umgebracht? Sie meinen, ein Fehler bei einer Operation?«

»Nein. Das war kein Fehler. Er hat den Tod unseres Sohnes billigend in Kauf genommen ...«

»Was ist passiert, Lara?«, fragte sie, und ihre Stimme war leiser, als sie es wollte.

Lara atmete tief durch und sackte in sich zusammen. Dann brach es förmlich aus ihr heraus.

»Dr. Schäfer hat so eine neue Studie geleitet, der ... der war besessen davon, diese Herzkrankheit zu erforschen und irgendein Heilmittel dafür zu finden«, brachte sie mit verbitterter Stimme hervor.

Endlich war der Name gefallen. Caro spürte, dass sie nur noch einen Wimpernschlag von einem Geständnis entfernt war.

»Ihr Sohn hatte dieselbe Krankheit wie Schäfers Vater und Bruder?«

Lara nickte. »Ja. Aber das wussten wir damals noch nicht. Wir haben ihn während der ganzen Behandlungszeit praktisch nie gesehen. Als Chefarzt schwebte er über allen, wir Kassenpatienten konnten dankbar sein, dass wir an der Studie überhaupt teilnehmen durften. Mehr als seine Assistenzärzte haben wir kaum zu Gesicht bekommen. Aber uns wurde trotzdem schnell klar, dass Schäfer zu allem bereit war. Er wollte die Krankheit unbedingt besiegen, koste es, was es wolle. Er hat ständig neue Behandlungsmethoden angeordnet ... Und dabei das Leben meines Sohnes geopfert ...« Ihre Stimme klang eisig, und ihr Gesicht hatte jeden Ausdruck verloren.

»Vielleicht war die Krankheit Ihres Jungen schon zu weit fortgeschritten? Dr. Schäfer war doch ein sehr verantwortungsvoller Arzt«, gab Caro zu bedenken.

»Ach ja?« Lara lachte kurz verbittert auf. »So verantwortungsvoll, dass er damals dauernd betrunken zum Dienst kam?«

Caro sah sie erstaunt an.

»Leider haben wir das viel zu spät gemerkt …«, fuhr Lara fort. »Meistens hat ja irgendein anderer Arzt seine Anweisungen ausgeführt. Die Behandlungsmethoden wurden immer experimenteller. Und je mehr er ausprobiert hat, desto schlechter ging es Laurenz. In der Hoffnung, dass Schäfer doch noch Erfolg hat, haben wir jede Einverständniserklärung unterschrieben. Bis er ihm eine viel zu hohe Dosis an Medikamenten gab …«

»Das tut mir so leid«, sagte Caro aufrichtig und legte eine Hand auf Laras Arm. »Das muss furchtbar für Sie gewesen sein.«

Sie spürte, wie ihr Mitgefühl immer größer wurde, und sie wusste sofort, dass das nicht gut war. Sie musste unbedingt einen klaren Kopf behalten und beschloss, weiter auf Konfrontation zu gehen.

»Warum haben Sie so getan, als wären Sie und Sven Geschwister?«, fragte sie.

Lara sah sie aus ihren traurigen Augen überrascht an. »Woher wissen Sie, dass er mein Mann ist?«

»Wie Sie beide miteinander umgehen … so geht man nicht mit seinem Bruder um«, antwortete Caro, die ihre Schnüffeleien im Klinikkeller lieber für sich behalten wollte.

Lara nickte traurig. »Sven und ich sind nie darüber hinweggekommen, dass Laurenz …« Sie sprach nicht weiter.

»Das kann ich gut verstehen. Aber warum haben Sie sich als Geschwister ausgegeben?«

Lara zuckte mit den Schultern und wandte sich ab. Caro spürte, dass sie den Draht zu ihr verlor. Die Gedanken rasten durch ihren Kopf. Wie sollte sie jetzt am besten weitermachen? Sie musste Lara dazu bringen, die Tat zu gestehen, und sie spürte ganz deutlich, dass ihr das hier und jetzt gelingen musste.

»Was ich auch nicht verstehe«, sagte sie mit fester Stimme, »warum haben Sie hier angefangen zu arbeiten? Es muss doch schrecklich sein, den Mann als Chef zu haben, der den Tod des eigenen Sohnes zu verantworten hat.«

»Das war Zufall«, erzählte Lara zögernd weiter. »Laurenz' Tod hat uns damals den Boden unter den Füßen weggezogen. Sven konnte nicht mehr arbeiten, und ich bekam eine schlimme Depression. Eines Tages wollte ich ...« Sie strich sich über die Narben an ihrem Handgelenk. »Sven hat mich rechtzeitig gefunden und mir das Leben gerettet. Jahrelang haben wir versucht, mit dem Verlust irgendwie klarzukommen. Aber es war so schwer. Ich konnte nicht mehr essen, hab über dreißig Kilo abgenommen ...« Sie lachte traurig auf. »Als Laurenz noch lebte, sah ich wirklich ganz anders aus. Aber jetzt war unser Leben nur noch von Traurigkeit bestimmt. Um wieder zu Kräften zu kommen, haben wir dann einige Jahre nach Laurenz' Tod Urlaub auf Borkum gemacht.«

»Und dort Schäfer wiedergetroffen.«

Sie nickte. »Ja. Ich habe ihn sofort erkannt. Er hat eine Rede gehalten. Zum ›Herztag‹ ...«

Caro erinnerte sich an den Artikel, in dem Schäfers Rede abgedruckt war und den sie im Archiv der Zeitung gelesen hatte.

»Wir konnten nicht glauben, was wir da hörten«, fuhr Lara verbittert fort. »Wie er sich selbst gelobt hat und betont, was für eine Koryphäe er ist. Und dann hat er diesen einen Satz gesagt, den ich nie in meinem ganzen Leben vergessen werde: ›Manchmal fordert die Wissenschaft Opfer, um ans Ziel zu gelangen, aber ich kann Ihnen versichern: Die Opfer lohnen sich.‹« Lara musste schlucken und brauchte einen Moment, bevor sie weitersprechen konnte. »Dabei hat er über das ganze Gesicht gestrahlt ... und die Leute haben geklatscht ...«

Caro konnte sich vorstellen, wie schmerzhaft diese Szene für Lara Buschhenke gewesen sein musste. »Ich schätze, ich wäre aufgesprungen und hätte ihm eine geknallt«, sagte sie.

»Dazu war ich in dem Moment gar nicht in der Lage. Und Sven auch nicht. Wir waren wie betäubt.«

»Wie hat Schäfer auf Sie reagiert?«

»Reagiert? Er hat uns überhaupt nicht erkannt. Wie gesagt, wir hatten mit ihm persönlich nie viel zu tun gehabt. Als Sven und ich dann wieder in Wuppertal waren, wussten wir, dass das alles ein Ende haben musste ...«

»Indem Sie Schäfer umbringen.«

Lara schüttelte traurig den Kopf. »Nein. Wir wollten ihm seine illegalen Praktiken nachweisen, damit er nie wieder als Arzt arbeiten kann und endlich in den Knast kommt ...«

»Dafür wollten Sie in seine Nähe kommen, um mehr über ihn herauszufinden«, mutmaßte Caro.

»Ja. Sven hat meinen Namen angenommen, damit Schäfer nichts mit dem Nachnamen Gerber in Verbindung bringen konnte. Und vielleicht hat Sven auch gehofft, mit seinem Namen sein altes Leben ablegen zu können ...«

»Was vermutlich nicht geklappt hat«, sagte Caro. Es wäre ja

auch zu schön, wenn man schreckliche Erinnerungen so einfach ablegen könnte.

»Nein. Aber so hieß er schon Buschhenke, als wir uns auf die freien Stellen in der Klinik beworben haben. Vor zwei Jahren haben wir dann hier angefangen. Von da an haben wir versucht, so viele Beweise wie nur möglich gegen ihn zu sammeln. Aber es reichte nicht, um ihn vor Gericht zu kriegen, wir konnten ihm einfach nichts nachweisen … Als wir dann mitbekommen hatten, dass er eine extra Station für herzkranke Kinder in der Kurklinik plant …«

Caro erinnerte sich, dass Hinnerk ihr davon erzählt hatte. »Wollten Sie das unbedingt verhindern und beschlossen, ihn umzubringen.«

Lara seufzte und nickte langsam. »Ja. Er wusste immer noch nicht, wer wir waren, und hielt uns für Geschwister. Offiziell wohnt Sven in der Hausmeisterwohnung, die aber, ehrlich gesagt, eine Zumutung ist. Natürlich hat er praktisch immer bei mir übernachtet«, sagte Lara mit starrem Blick. »In den letzten Wochen haben wir fast jeden Abend über Schäfers Tod gesprochen … haben hin und her überlegt, wie wir …«

Für eine Weile saßen die beiden Frauen schweigend nebeneinander und starrten ins Leere. Lara wirkte aufgewühlt, die Erinnerungen machten ihr offensichtlich schwer zu schaffen. Sie knetete ihre Hände und sah immer wieder auf das Foto ihres Sohnes, das Caro noch in den Fingern hielt.

Caro atmete tief durch. Jetzt war der richtige Zeitpunkt gekommen. »Und als Ihr Plan perfekt war, haben Sie es schließlich durchgezogen.«

Lara hob den Kopf. »Nein! Das habe ich nicht!«

»Sie hatten herausgefunden, dass er die Sauna als Sextreff nutzt, und wussten, dass er alkoholkrank war und dass ein

Rückfall für einen trockenen Alkoholiker tödlich sein konnte. Und dann haben Sie zusammen mit Ihrem Mann die Aufgussanlage der Sauna so manipuliert, dass er einen tödlichen Alkoholaufguss abbekam.«

Erstaunt sah Lara sie an. »Sind Sie von der Polizei?«

»Nein. Ganz und gar nicht. Ich habe nur eins und eins zusammengezählt.«

Sie seufzte. »Ich habe ihn nicht umgebracht«, fuhr Lara leise fort. »Aber ich gebe zu, dass wir es geplant hatten. Als ich mitbekam, dass er regelmäßig mit fremden Frauen in der FKK-Sauna war, wurde ich so wütend. Sein ganzes Engagement für die Patientinnen, das war doch alles so verlogen. Einerseits hat er sich für all die Mütter so eingesetzt, weil er vom schlechten Gewissen geplagt wurde. Andererseits wollte er sie doch nur flachlegen. Seine Frau dachte sogar, dass ich was mit ihm hatte. Als wir ihr Schäfers Sachen aus seinem Büro gegeben haben, meinte sie, ich wäre ja auch sein Beuteschema gewesen. Unvorstellbar.«

Caro erinnerte sich daran, wie sie Lara und Sven beobachtet hatte, als sie Franziska Homann die persönlichen Sachen von Schäfer übergeben hatten. Lara hatte etwas Tröstendes zu der Frau gesagt, was diese mit einer knappen Bemerkung gekontert hatte.

Laras Stimme war nun hasserfüllt. »Wir haben lange geplant, wie wir ihn am besten umbringen könnten …«, sagte sie, und die Tränen stiegen ihr in die Augen. »Wir hatten uns das genau überlegt, mit der Sauna und der Aufgussanlage. Aber dann …« Sie stockte, und die Tränen liefen ihr über die Wange.

»Es ist nicht so leicht, jemanden wirklich umzubringen, oder?«, hakte Caro einfühlsam nach.

Lara rang um Fassung. »Nein. Wir wollten es tun … Aber

ich konnte es einfach nicht. Ich bin gar nicht erst zur Sauna rausgefahren. Sven wollte es erst alleine machen … aber … Wir haben es einfach nicht hingekriegt …« Sie schlug die Hände vors Gesicht und weinte nun hemmungslos.

»Sven ist alleine zur Sauna gefahren?«, fragte Caro nach.

»Ja. Aber er hat mir geschworen, dass er es auch nicht getan hat …«, schluchzte Lara.

Caro glaubte ihr. Aber sie glaubte nicht, dass Sven Buschhenke unverrichteter Dinge von der Sauna zurückgefahren war, und sie spürte, dass Lara ebenfalls an der Unschuld ihres Mannes zweifelte. Sie bekam Mitleid mit der Frau. Lara hatte ihren Sohn begraben müssen, und jetzt würde sie ihren Mann noch an den Knast verlieren. Wie viel Leid konnte ein Mensch aushalten?

»Wollen wir zusammen mit Ihrem Mann sprechen? Wenn er sich stellt und klar wird, dass es eine Kurzschlussreaktion war, bekommt er mit Sicherheit mildernde Umstände, und Sie haben ihn in ein paar Jahren wieder.«

Caro wusste, dass Sven Buschhenke niemals mildernde Umstände bekommen würde. Wer eine Tat so lange plante, Tage vorher den Schnaps besorgte und damit den weiten Weg zum FKK-Strand zurücklegte, dem konnte man nicht wirklich eine Kurzschlusshandlung attestieren. Vielmehr war das ein genau vorbereiteter Mord aus Rache gewesen, der alle Mordmerkmale erfüllte und mit einer lebenslangen Haft bestraft werden würde.

»Er hat es nicht getan. Er hat mir geschworen, dass er es nicht getan hat.«

»Dann können wir ja auch mit ihm sprechen.«

Lara versuchte, sich zu sammeln. »Sven wird es mir niemals verzeihen, dass ich Ihnen das alles erzählt habe.«

»Er wird es verstehen«, meinte Caro, ohne es selbst zu glauben.

Er erkannte Laras Schritte schon von weitem und drehte seinen Kopf in ihre Richtung. Fast wäre er von der Leiter gefallen, als er sah, wen seine Frau im Schlepptau hatte. Hatte diese Caro herausgefunden, dass er an dem Abend im Birkenwäldchen gewesen war? Wie sollte er ihr erklären, dass er sie nicht verletzen, sondern nur erschrecken wollte? Dass er nur wollte, dass sie aufhörte herumzuschnüffeln, weil er doch wusste, wonach das alles aussah. Niemand würde ihm glauben, selbst Lara hatte den Glauben an ihn verloren. War jetzt endgültig alles vorbei?

Sie trafen Sven Buschhenke im Treppenhaus an. Er stand auf einer Leiter und tauschte eine Neonröhre an der Decke aus. Misstrauisch kam er zu ihnen herunter, als Caro ihn bat, kurz mit ihm sprechen zu können.

»Weinst du?«, fragte er seine Frau, und angesichts der ihr immer noch herunterlaufenden Tränen kam Caro die Frage ziemlich überflüssig vor.

Lara nickte und versuchte, sich zusammenzureißen. »Sie weiß es«, sagte sie leise.

Buschhenke wischte sich den Schweiß von der Stirn und bemühte sich sichtlich, die Fassung zu wahren.

»Was?«

»Dass Sie die Aufgussanlage der Sauna manipuliert und Arnd Schäfer umgebracht haben«, sagte Caro und hoffte, dass ihr Handy immer noch jedes Wort aufzeichnete. Sie hatte es schnell in ihre Hosentasche gesteckt, als sie das Zimmer verlassen hatten.

Sven Buschhenke sah seine Frau fassungslos an. »Das hast du ihr erzählt?«

»Nein! Ich habe ihr gesagt, dass du es nicht getan hast.«

»Aber ich kann mir nicht erklären, warum Schäfer genauso

gestorben ist, wie Sie es geplant haben, ohne dass Sie Ihre Finger im Spiel hatten.«

Sven Buschhenke raufte sich stöhnend die Haare. »Es war klar, dass ich verdächtigt werde. Aber als ich von der Sauna weggegangen bin, war der Kerl noch putzmunter!«

»Es dauert ja auch ein bisschen, bis so ein Alkoholaufguss Wirkung zeigt«, sagte Caro.

»Aber so weit ist es doch gar nicht gekommen!«, regte Sven Buschhenke sich auf, und mit einem Schlag fielen seine Schultern in sich zusammen, und er ließ den Kopf hängen. »Ich wusste, dass mir keiner glauben würde ... Ich habe es gewusst ...«

Alles Misstrauen war aus seinem Gesicht gewichen, er sah nur noch verzweifelt aus.

Caro bemühte sich, ihrer Stimme einen empathischen Klang zu verleihen, was ihr angesichts der Tat, die dieser Mann zu verantworten hatte, durchaus schwerfiel.

»Erzählen Sie, was an dem Abend passiert ist.«

Sven Buschhenke atmete tief durch und strich sich durch seine verschwitzten Haare.

»Ich gebe ja zu, dass ich es vorhatte«, begann er zögerlich. »Ja, ich wollte Arnd Schäfer umbringen. Nichts hätte ich lieber getan als das. Aber als ich mit den drei Flaschen Doppelkorn vor der Sauna stand, wurde mir klar, dass es was anderes ist, einen Mord zu planen, als ihn wirklich durchzuziehen.« Er wandte sich wieder zu Lara. »Ich habe dir gesagt, dass ich es nicht konnte. Hast du mir nicht geglaubt?« Seine Stimme klang erschüttert.

»Doch«, Lara schluchzte erneut auf, »aber er ... ja, ich hatte ein paar Zweifel. Aber natürlich glaube ich dir !«

Sie wich seinem Blick aus und knetete nervös ihre Hände.

»Ich habe es nicht getan. Das schwöre ich bei allem, was mir lieb ist! Ich bin kein Mörder!«

»Sie haben die Tat monatelang geplant …«, warf Caro ein.

»Aber ich konnte das nun mal nicht durchziehen! Ich weiß, dass das unglaubwürdig klingt, aber es stimmt, verdammt nochmal!« Er wandte sich an Lara. »Hauptsache, du glaubst mir.«

Lara wischte sich die Tränen vom Gesicht und sah ihn aus ihren verheulten Augen an.

»Das tue ich.« In ihrer Stimme klang so viel Hoffnung. Sie wollte ihrem Mann glauben. Und sie wollte ihn auf keinen Fall verlieren, das war deutlich zu spüren.

»Ich liebe dich.« Sven Buschhenke nahm seine Frau in den Arm und drückte sie innig an sich.

Es gab Lügner, die konnten so perfekt die Unwahrheit sagen, dass es keiner merkte. Das wusste Caro aus eigener Erfahrung am besten. Wenn sie rückblickend darüber nachdachte, was für Ausreden Nils ihr aufgetischt hatte, nur um seinem amourösen Hobby in Ruhe nachgehen zu können, dann war das schon ungeheuer abgebrüht und kaltschnäuzig gewesen. Er hatte nicht einmal mit der Wimper gezuckt, wenn er den Parfumgeruch an seinem Hemd mit einem Besuch bei Douglas erklärte, wo er Caro ihren Lieblingsduft kaufen wollte, der aber leider vergriffen gewesen sei und er deshalb einen anderen ausprobiert habe. Und als er einmal von einem Nachmittagsmeeting um drei Uhr nachts nach Hause kam, hatte sie ihm die Lüge von der Marathonverhandlung abgenommen, obwohl sein Haar feucht gewesen war und er nach Duschgel gerochen hatte. Nils konnte einfach so überzeugend lügen, dass sie selbst die offensichtlichsten Anzeichen seines Betruges nicht wahrgenommen hatte. Oder nicht hatte wahrnehmen wollen.

Wie konnte sie herausfinden, ob Buschhenke über ähnliche Qualitäten verfügte?

»Warum haben Sie mich in den Dünen überfallen?«

Während Laras Gesicht voller Unverständnis war, begann Sven Buschhenkes Unterlippe sofort zu zittern.

»Sie müssen mir glauben, dass ich Sie nicht ernsthaft verletzen wollte«, sagte er mit bebender Stimme.

»Ach ja?«

»Ja! Ich wollte Sie erschrecken, ein bisschen in Angst versetzen, das war alles!«

»Wovon redest du?« Laras Stimme war ein einziges Fragezeichen.

»Erklären Sie es ihr. Warum wollten Sie mich ausschalten?«

Sven Buschhenke schüttelte energisch den Kopf und erklärte stockend, dass er Caro niemals in Gefahr bringen wollte.

»Mir war nicht klar, dass Sie so stürzen könnten …«

»Sie lauern in einem dunklen Wald einer Frau auf, versetzen sie in Angst und Schrecken und wundern sich dann, wenn die sich dabei wehtut? Sind Sie vollkommen bescheuert, oder was?«

»Nein. Ich war verzweifelt. Es tut mir leid«, sagte er leise.

Lara sah ihren Mann fassungslos an. »Warum hast du das getan?«, fragte sie tonlos.

»Ich wusste, dass mir niemand glauben würde«, sagte Buschhenke verzweifelt. »Wenn irgendjemand herausfinden würde, dass Schäfer gar nicht besoffen in der Sauna gewesen war … Und dass sein Tod alles andere als natürlich war …« Er schluckte. »Alles hätte doch auf mich als Täter hingedeutet.«

»Zum Glück hat Sie ja niemand mit der Sache in Verbindung gebracht«, sagte Caro.

»Ja. Für die Polizei schien der Fall klar und für alle anderen sowieso. Ein trockener Alkoholiker wird rückfällig und stirbt. Genau so hatten wir es geplant.«

»Es war ein guter Plan«, sagte Caro und schämte sich für die Anerkennung, die in ihrer Stimme mitschwang.

»Trotzdem haben Sie ihn hinterfragt«, sagte Sven Buschhenke.

»Ja. Es gab einfach zu viele Ungereimtheiten.«

»Jedenfalls wollte ich Ihren Schnüffeleien einfach ein Ende setzen, ich dachte, wenn Sie Angst bekommen würden, dass jemand es auf Sie abgesehen hat, würden Sie mit dem Detektivspielen aufhören und bestenfalls sofort abreisen. Ich wollte Sie nicht verletzen, das müssen Sie mir glauben.«

Sven Buschhenke sah sie aus feuchten Augen an. Die Verzweiflung, die in seinem Blick lag, war nicht zu übersehen.

Caro war durch das, was sie erlebt hatte, extrem sensibilisiert, wenn es um Lügner ging. Sie achtete jetzt auf Anzeichen, die ihr vorher nie aufgefallen waren. Nils hatte bei seinen Lügen stets versucht, den Augenkontakt zu meiden. Immer, wenn er seine Ausreden vortrug, hatte er noch etwas anderes nebenbei gemacht, seine Jacke aufgehängt, seine Aktentasche ausgeräumt, irgendetwas, damit seine Lüge so beiläufig und normal wie nur möglich wirkte. Sven Buschhenke dagegen schaute ihr und seiner weinenden Frau direkt in die Augen. Wie er da stand und Lara im Arm hielt, wie er mit seinen eigenen Tränen kämpfte und versuchte, einigermaßen stark zu sein, das wirkte absolut echt und überzeugend auf Caro.

War er wirklich unschuldig? Aber wer hatte Arnd Schäfer dann ermordet?

»Haben Sie die Schnapsflaschen vom Strand wieder mit zurückgenommen?«, fragte sie, und Buschhenke schüttelte den Kopf.

»Nein. Ich war so erschrocken über mich selbst …« Er stockte kurz. »Ich wäre fast zum Mörder geworden … Als mir das klar wurde, bin ich einfach nur noch weggerannt.«

»Haben Sie noch irgendwen am Strand gesehen? War da jemand, der Sie beobachtet hat?«

Er zuckte mit den Schultern. »Ich weiß es nicht. Aber es muss jemand da gewesen sein, jemand, der wusste, dass er meinen Plan mit zwei einfachen Handgriffen zu Ende bringen konnte …«

»Und der wusste, dass man Sie verdächtigen würde, wenn die Version von einem natürlichen Tod doch noch auffliegen sollte«, ergänzte Caro nachdenklich.

»Ich bin dann hoch zur Dünenbudje und habe mich nicht mehr nach der Sauna umgedreht. Ich wollte einfach weg und bin nach Hause.«

»Haben Sie an der Dünenbudje oder auf dem Weg nach Hause noch mit jemandem gesprochen?«

Der Mann schüttelte den Kopf.

»Wann waren Sie ungefähr zuhause?«

»Es muss so gegen Mitternacht gewesen sein«, antwortete Sven Buschhenke.

»Ich war auf jeden Fall noch wach«, stimmte Lara ihm zu. »Sehr viel später kann es nicht gewesen sein. Er kam schweißgebadet an.«

Caro überlegte. Vom FKK-Strand bis zum Südstrand war es ein ganz schönes Stückchen. Selbst wenn Sven Buschhenke ein durchtrainierter Hobbyläufer war, würde er für die Strecke bestimmt eine Stunde brauchen. Natascha hatte ihr gesagt, dass sie gegen halb elf die Sauna verlassen hatte. Da war Arnd Schäfer noch unter den Lebenden gewesen. Sie konnte davon ausgehen, dass Buschhenke mindestens zehn Minuten gewartet hatte, bis Natascha wirklich fort war, bevor er sich selbst in die Sauna geschlichen hatte. Wenn er gegen elf Uhr nach Hause gerannt war, dann hätte er ein Zeitfenster von einer Viertelstunde gehabt, um die Aufgussanlage zu manipulieren, die Tür zuzuhalten, zu warten, bis der Mann tot war und dann noch seine Spuren zu beseitigen – das hielt Caro nicht für sonderlich wahrscheinlich. Arnd Schäfer hatte also noch gelebt, als Sven Buschhenke merkte, dass er doch kein Mörder war.

Eine weitere Person musste am Strand gewesen sein, ihn beobachtet und seinen Plan zu Ende geführt haben.

Aber wer?

11

Als Caro vor dem kleinen Zweifamilienhaus am Alten Damenpfad stand, wurde es schon langsam dunkel. Sie drückte auf die Klingel mit dem Schild ›Akkermann‹ und befand sich kurz darauf in Jans kleiner Dachgeschosswohnung. Für einen Moment war sie fast erschrocken, wie einfach der Mann lebte. Die Wohnung hatte höchstens fünfzig Quadratmeter, wirkte durch die vielen Schrägen aber noch kleiner. Es gab eine kleine Wohnküche, von der ein Raum abging, wo sich vermutlich das Schlafzimmer befand. Die Wohnung war im Stil der 1980er-Jahre eingerichtet, helles Kiefernholz dominierte die Küche, die schon etwas abgewohnt aussah.

Jan schien ihre Blicke zu bemerken. »Ich wohne hier nur vorübergehend«, erklärte er entschuldigend. »Meinem Onkel gehörte eine Fleischerei auf der Insel, die Wohnung war für die Saisonkräfte. Und als mein Onkel die Fleischerei schließen musste, hat er sie mir vorübergehend zur Verfügung gestellt.«

»Verstehe. Das heißt, du suchst eine andere Wohnung?«

»Im Prinzip ja. Aber das ist leider nicht so einfach. Sobald es freien Wohnraum auf Borkum gibt, wird der meistens an Urlauber vermietet. Das soll jetzt angeblich begrenzt werden, aber bisher habe ich noch nicht viel davon gemerkt.«

Caro wusste, dass das ein weitverbreitetes Problem in fast allen Urlaubsregionen war. Auf Sylt konnte sich kaum ein Sylter mehr eine Wohnung leisten, und in Berlin waren die angesagten Viertel von Touristen übervölkert, die über die verschiedenen Anbieter ursprünglich normale Wohnungen als Domizil für ihren Städtetrip mieteten. Für die Vermieter war das in der Regel deutlich lukrativer, und für die Berliner wurde der Wohnraum immer knapper. Ein Problem, dessen die Stadt einfach nicht Herr wurde. So wie der meisten anderen Probleme auch nicht.

Sie setzten sich an den kleinen Esstisch, der mit einem Wachstuch bedeckt war, und Caro spielte Jan die Aufnahmen vor, die sie bei dem Gespräch mit Lara und Sven Buschhenke gemacht hatte.

»Für mich wirken beide glaubwürdig«, sagte Caro, als die Aufnahme zu Ende war.

»Finde ich auch«, meinte Jan nachdenklich. »Das hört sich für mich nicht gelogen an. Er ist also vom Strand erst zu seiner Frau …«

»Genau. Dann haben die beiden aber noch Streit gekriegt, und er ist in seine Hausmeisterwohnung in die Klinik gegangen.« Caro dachte nach. »Als wir in den Keller eingebrochen sind, hattest du dich doch um die Überwachungskameras gekümmert. Kannst du nicht auch an die Aufzeichnungen kommen? Dann können wir seine Aussage überprüfen.«

Jan machte ein verlegenes Gesicht. Dann grinste er Caro schief an. »Hast du irgendwo in der Klinik Überwachungskameras gesehen?«

»Äh … nein. Mir sind sie nicht aufgefallen, aber …«

»Hast du irgendwo auf Borkum schon mal Überwachungskameras gesehen?«

»Ich glaube, in der Sparkasse …«, meinte Caro. »Worauf willst du hinaus?«

Jan sah sie fast mitleidig an. »Wir sind doch nicht in London oder New York. In der Klinik gibt es keine Überwachungskameras. Das war nur 'ne kleine Verarsche.« Er lächelte entschuldigend.

»'ne kleine Verarsche?« Caro war irritiert und sauer zugleich. »Du wolltest dich als Superheld aufspielen, deshalb hast du diesen Stuss erzählt. Kleine Verarsche … Möchtest du die anderen Märchen vielleicht auch erklären, die du mir aufgetischt hast?«

»Sonst gab es keine. Echt nicht.«

»Ach ja? Und die Sache mit deiner toten Frau? War das keine Verarsche?«

»Nein, im Prinzip nicht«, antwortete Jan zögernd. »Ich habe sie wirklich verloren. Sie lebt zwar noch …«

Caro verdrehte die Augen. »Aber du hast mich nicht verarscht, alles klar«, unterbrach sie ihn spöttisch.

»Sie ist für mich so unerreichbar, als wäre sie tot«, brachte Jan seinen Satz zu Ende. »Ich werde sie nie wieder sehen oder sprechen können. Für mich ist es also genauso, als wäre sie gestorben.«

»Ich bitte dich!«, entfuhr es Caro. »Eine Frau hat dich abserviert, und du glaubst, du wärst gefühlsmäßig auf der Ebene aller Witwen und Witwer? Das ist nicht nur vermessen, das ist dreist!«

»Kannst du das beurteilen?«

»Meine Ehe ist auch im Arsch, und ich bin voller Wut und Hass. Aber meiner Oma Josi ging es garantiert anders, als sie am Grab meines Großvaters stand!«

Jan wirkte plötzlich in sich gekehrt und ruhig. »Ich war nicht voller Wut und Hass«, sagte er. »Ich war verzweifelt und fast panisch, weil ich wusste, dass ich sie nie wiedersehen würde. So ähnlich könnte sich deine Oma schon gefühlt haben, oder?«

Auch wenn Caro das nicht ausschließen konnte, wollte sie das Argument nicht gelten lassen. »Du könntest ja zu deiner Ex hinfahren, kannst sie fragen, ob ihr nicht einen Kaffee zusammen trinken könnt. Auch wenn sie nein sagt – all das konnte meine Oma nicht.«

Jan lächelte sie traurig an. »Ich leider auch nicht.«

Jetzt wurde Caro doch neugierig. Wieso konnte er keinen Kontakt zu seiner Ex aufnehmen?

»Was ist passiert?«

Jan winkte ab. »Das erzähle ich dir ein anderes Mal«, meinte er und räusperte sich, um zu signalisieren, dass das Thema damit für ihn beendet war. »Schäfers Leiche wird übrigens zur Bestattung freigegeben.«

»Woher weißt du das?«, fragte Caro.

»Von Frau Homann.« Jan kratzte sich am Kopf.

»Du warst bei ihr?«

Er nickte. »Ich glaube, ich habe einen Fehler gemacht ... Ich dachte, deine Theorie mit dem Zimmermädchen und dem Hausmeister ist wasserdicht. Deshalb bin ich zu Franziska Homann und habe ihr erzählt, dass wir den Täter haben und der Polizei übergeben würden. Sie war sehr zufrieden und meinte, sie würde sich noch erkenntlich zeigen.«

»Und weiter?«

Jan sah Caro zerknirscht an. »Sie will morgen zurück nach Hamburg. Muss wohl auf eine Geschäftsreise ins Ausland.«

»Wie bitte? Sie geht auf Geschäftsreise? Ich denke, Schäfers Beerdigung steht an?«

»Ja, jetzt kommt es mir auch komisch vor. Aber sie sagte irgendwas von nicht verschiebbaren Terminen«, meinte Jan.

»Um den eigenen Mann zu beerdigen, kann man eigentlich jeden Termin verschieben.«

Die beiden sahen sich einen Augenblick lang an.

»Das stinkt doch gewaltig«, meinte Caro dann.

»Ich glaube, wir sollten noch mal mit ihr sprechen«, stimmte Jan ihr zu.

»Das glaube ich auch. Wenn mein Mann gerade ermordet wurde und noch nicht mal unter der Erde ist, gehe ich doch nicht auf Geschäftsreise!«

Caro zog ihr Handy aus der Tasche und klickte sich ins Internet. »Weißt du, wie ihre Werbeagentur heißt?«

Jan zuckte mit den Schultern. »Keine Ahnung. Aber so wie sie davon erzählt hat, hörte sich das für mich nicht nach einer kleinen Klitsche an. Hat dauernd von ihren ausländischen Kunden erzählt, sollte also ein bisschen größer sein. Das müsstest du auch so finden. Aber was hat ihre Agentur mit der ganzen Sache zu tun?«

»Weiß ich nicht. Aber sie hat gesagt, die Agentur wäre ›ihr Baby‹. Und der Grund, warum sie nie mit ihrem Mann zusammengezogen ist und jetzt sogar kurz vor der Beerdigung Termine im Ausland wahrnimmt. Ich will wissen, was das für ein Laden ist …«

Caro gab Franziska Homanns Namen in die Suchmaske ein und überflog die Ergebnisse.

»Sieht so aus, als würde sie den Laden ganz alleine schmeißen …«

»Wie viele Mitarbeiter hat sie?«

»Kann man auf der Agenturseite nicht sehen …«

»Komisch. Normalerweise gibt es doch immer so was wie ›Unser Team‹ oder so. Vielleicht macht sie das wirklich ganz alleine«, überlegte Jan laut. »Wobei ich dann nicht verstehe, warum sie so selten auf Borkum war. Heutzutage kann man doch von überall arbeiten, wenn man keine Mitarbeiter hat.«

»Vielleicht ist unsere erfolgreiche Geschäftsfrau weniger erfolgreich, als sie uns glauben machen wollte. Und Schäfer sollte nichts davon wissen.«

»Dann wäre sie finanziell vielleicht auch nicht so unabhängig, wie sie behauptet hat«, sagte Jan.

Caro arbeitete sich weiter durch die Website. »Woher kenne ich das ...«, sagte sie nach einem Moment nachdenklich, als sie sich die Liste der Kunden durchlas, für die Franziska Homanns Werbeagentur tätig gewesen war. »Cyber Cleaner. Davon hatte Arnd Schäfer jede Menge Sprays in seinem Badezimmerschrank!«

»Du sprichst in Rätseln«, meinte Jan.

»Warte ...«

Sie gab *Cyber Cleaner* in die Suchmaske ein und landete auf der Seite eines Start-up-Unternehmens, das Insolvenz angemeldet und den Verkauf seiner Produkte eingestellt hatte. Unter der Rubrik *Wer sind wir* fand sich aber noch eine Auflistung der Investoren, die das Start-up an den Markt gebracht hatten.

»Franziska Homann!«, sagte Caro triumphierend.

»Es wäre total reizend, wenn du nicht mehr so kryptisch reden und mich endlich aufklären würdest«, meinte Jan. »Cyber Cleaner? Was ist los?«

Caro erklärte ihm, dass Franziska Homann zu den Hauptinvestoren dieses Produktes zählte, das offensichtlich gefloppt war.

»Was mich nicht überrascht. Auf den ersten Blick dachte ich auch, prima Idee, aber auf den zweiten habe ich mich schon gefragt, warum ich ein Reinigungsspray für knapp 6 Euro kaufen soll, wenn ich das Display meines Handys genauso gut mit dem Ärmel meines Pullovers sauber machen kann.«

»Wohl wahr.«

»Die Werbeagentur von Franziska Homann hat außerdem noch die gesamte Kampagne für das Zeug gemacht«, fuhr Caro mit Blick auf die Website fort.

»Das heißt also, dass sie beruflich gerade einen gewaltigen Tiefschlag bekommen hat«, meinte Jan. »Das ist natürlich nicht schön, aber macht sie das zur Mörderin?«

»Wenn dein Mann sehr vermögend ist und du beruflich in der Klemme steckst …«

»Bittest du ihn vielleicht um finanzielle Unterstützung«, brachte Jan ihren Satz zu Ende. »Und wenn er dir die verweigert …«

»Könnte so etwas wie eine Lebensversicherung interessant werden«, fuhr Caro fort.

»Wenn Schäfer überhaupt eine Lebensversicherung hatte. Das wissen wir alles nicht, Caro. Ich finde auch, dass die Homann sich verdächtig verhält, aber wie sollen wir ihr nachweisen, dass sie was mit dem Mord zu tun hat?«

»Schritt für Schritt.« Seufzend blickte Caro auf ihr Handy. »Ich kotze im Strahl, aber was hilft es …« Sie tippte auf ihre Kontakte und wählte die Nummer ihres Noch-Ehemannes.

»Du rufst mich an?« Sie hatte fast vergessen, wie überheblich Nils' Stimme klingen konnte. »Ist dir das Geld ausgegangen?«

Er lachte und hörte sich dabei an wie eine Hyäne.

Caro versuchte, alle ihre Aggressionen zu unterdrücken und ihm nicht laut entgegenzuschreien, was für ein Arsch er war.

»Du weißt, dass du mir nicht einfach so den Geldhahn abdrehen kannst«, begann sie, »damit kann man dich juristisch drankriegen, besonders was den Unterhalt von Justus angeht.«

Wieder das hyänenhafte Lachen. »Na, dann verklag mich doch!«

»Das könnte ich natürlich machen«, fuhr Caro so ruhig wie nur möglich fort. »Aber eigentlich wollte ich verhindern, dass Justus mitbekommt, wie sein Vater vor Gericht verurteilt wird.«

Die Hyäne lachte nun deutlich leiser. »Warum sollte er das mitbekommen?«

»Nun, wie soll ich es dir erklären«, Caro merkte, dass sie langsam Oberwasser bekam. »Du bist ja so etwas wie ein Promi in der Versicherungswirtschaft.«

Sie sah das Glänzen in seinen Augen förmlich vor sich. Wenn Nils eines immer gewollt hatte, dann das.

»Das ist durchaus möglich«, sagte er, und seine Stimme klang von Stolz erfüllt.

»Wenn die Lokalpresse nun davon Wind bekommt, dass ein millionenschwerer Versicherungspromi wie du seinen Sohn am ausgestreckten Arm verhungern lässt, sodass das Amt – und damit der arme, Boulevardpresse lesende Berliner Steuerzahler – für seinen Unterhalt aufkommen muss, ach, ich weiß nicht, Nils«, sagte Caro süffisant, »könnte sich das nicht negativ auf deinen Ruf auswirken? Und damit auf deine Geschäfte?«

Die Hyäne war tot. »Was willst du?«

»Ich will, dass du mir einen Gefallen tust«, sagte Caro mit fester Stimme. »Dann komme ich dir in den Scheidungsangelegenheiten entgegen, und die Presse erfährt nichts. Auch nichts von deinem Rüsseltanga.«

Jan warf ihr einen erstaunten Blick zu.

Am anderen Ende der Leitung hörte Caro Nils laut durchatmen. »Okay«, sagte er dann mit belegter Stimme.

»Fein. Ich muss so schnell wie möglich wissen, wer der Begünstigte in einer Lebensversicherung ist. Kannst du das für mich herausfinden?«

»Klar.«

»Bis wann?«

»Morgen.«

»In zwei Stunden wäre toll. Ich schicke dir gleich den Namen.«

Wieder hörte man Nils seufzen. »Sollte klappen«, sagte er nur knapp und legte auf.

»Rüsseltanga?«, fragte Jan grinsend.

Caro winkte ab. »Frag nicht.« Dann sah sie Jan nachdenklich an. »Sie hat ein verdammtes Alibi.«

Jan überlegte. »Dokumentiert ist, wann sie ins Gezeitenbad gegangen ist und wann sie es wieder verlassen hat.«

»Aber nicht, was sie in der Zwischenzeit gemacht hat«, führte Caro den Gedanken zu Ende. »Kann man das Bad verlassen, ohne dass es jemand an der Kasse merkt?«

»Ich denke schon. Man kann über die Absperrung der unteren Terrasse klettern und muss dann ungefähr zwei Meter in die Tiefe springen. Das geht. Wenn es nicht allzu voll ist, kriegt das keiner mit. Der Weg über die Balustrade zurück ins Schwimmbad ist dann natürlich etwas schwieriger …«

»Aber für jemanden, der regelmäßig klettert, nicht unmöglich.«

»Wenn du im Klettern geübt bist, müsste es klappen.«

»Wo ist Franziska Homann jetzt?«

»Keine Ahnung. Aber wenn sie morgen abreist, packt sie vermutlich gerade in Schäfers Wohnung ihre Sachen zusammen.«

»Dann mal los.«

Als sie an dem Walfängerfriedhof vorbeigingen, der vor

dem Alten Leuchtturm lag, war es inzwischen stockdunkel. Die alten Gräber wurden von Mond und Straßenlaternen in ein gruseliges Licht getaucht. Der Eindruck wurde durch die Kreuze und Grabsteine verstärkt, auf denen nach alter Tradition Totenköpfe und gekreuzte Knochen abgebildet waren. Wäre es ein Piratenfriedhof gewesen, hätte es Caro auch nicht gewundert.

Sie trafen Franziska Homann vor der Wohnung von Arnd Schäfer an, als sie gerade zwei große Taschen im Kofferraum ihres Wagens verstauen wollte. Schwungvoll und sportlich warf sie die Taschen hinein.

»Sind Sie mit dem Auto aus Hamburg gekommen?«, fragte Jan, und Franziska Homann zuckte erschrocken zusammen.

»Erschrecken Sie mich doch nicht so«, meinte sie und strich sich eine Haarsträhne aus dem Gesicht. »Nein. Das ist Arnds Wagen. Ich fahre damit morgen zurück.«

»Wir hätten noch ein paar Fragen«, sagte Caro. »Dürfen wir mit hochkommen?«

»Ich dachte, Sie hätten den Fall geklärt?«

»Es sind nur Formalitäten, damit wir alles an die Polizei übergeben können.«

»Na schön. Wenn es schnell geht. Ich hab noch einiges zu tun.«

Leichtfüßig lief Franziska Homann die Stufen zum vierten Stock hinauf. Während selbst Jan oben vor Anstrengung schnaufte, schienen ihr die Treppen nichts auszumachen.

»Sie sind ja echt fit«, meinte Caro, während sie nach Luft schnappte.

»Sieht man mir nicht an, was?« Franziska Homann lächelte nicht ohne Stolz. »Ich bin vielleicht nicht die Dünnste, aber durchtrainiert bin ich trotzdem.«

In der Wohnung von Arnd Schäfer sah es aus, als stünde ein Umzug unmittelbar bevor. Oder als wäre gerade eingebrochen worden. Schränke und Schubladen standen offen, als hätte jemand nach Wertsachen gesucht.

»Entschuldigen Sie, es sieht furchtbar hier aus. Was kann ich noch für Sie tun?«, fragte sie, ohne ihnen einen Platz anzubieten.

»Da die beiden Täter die Alkoholsucht von Arnd Schäfer ausgenutzt haben«, log Caro, »würde uns interessieren, wie seine Sucht aussah, wie sehr sie sein Leben geprägt hat. Können Sie uns etwas dazu sagen?«

»Nein, nicht wirklich. Ich weiß nur, dass er sehr schwer abhängig gewesen war. Ich habe Arnd kurz nach seiner Therapie kennen gelernt. Das war auch keine leichte Zeit«, sagte Franziska Homann. »Es war jahrelang ein Kampf, dass er nicht rückfällig wurde. Aber ich habe versucht, ihn so gut wie nur möglich zu unterstützen.«

»War das einer der Gründe, warum Sie keine Kinder bekommen haben?«, fragte Caro direkt.

»Finden Sie die Frage nicht ein bisschen indiskret?«, entgegnete Franziska Homann mit pikierter Miene.

»Nein«, sagte Caro ruhig. »Es würde zeigen, wie sehr Sie ihn geliebt haben. Um ihn bei seiner Erkrankung zu unterstützen, haben Sie auf Familie verzichtet, das ist doch ein großer Liebesbeweis.«

»Das stimmt. Seine Alkoholkrankheit war sicherlich einer der Gründe, warum Arnd keine Kinder wollte«, sagte Franziska Homann. »Aber er hatte auch Angst, das Herzleiden zu vererben, das ja nun mal in seiner Familie lag. Außerdem wurde ihm der Tod eines kleinen Kindes zur Last gelegt. So was ist für den eigenen Kinderwunsch nicht gerade förderlich.«

»Das war bestimmt nicht einfach für Sie.« Caro bemühte sich, so empathisch wie nur möglich zu klingen.

Franziska Homann atmete tief durch, und es war ihr anzusehen, wie sehr sie das Thema schmerzte. »Ich habe gerne für ihn zurückgesteckt. Wenn man jemanden liebt, dann ist man auch bereit, alles für ihn aufzugeben.« Sie sah Caro misstrauisch an. »Was sollen diese Fragen eigentlich? Was hat das alles mit diesem Mörderpaar zu tun, von dem Sie mir erzählt haben, Herr Akkermann?«

»Frau Homann, wir versuchen nur, uns ein genaueres Bild zu machen«, sagte Jan.

»Tja, dann hoffe ich, dass Ihr Bild jetzt genau genug ist.« Sie blickte demonstrativ auf ihre teure Armbanduhr. »Ich habe leider keine Zeit mehr.«

»Weil Sie Ihre Flucht vorbereiten müssen?«, fragte Jan nun direkt.

Caro fiel fast die Kinnlade runter. Franziska Homann schien es nicht anders zu gehen. Auch sie sah Jan erschrocken an.

»Flucht? Was meinen Sie damit?«

»Das wissen Sie doch ganz genau«, fuhr Jan unbeirrt fort. In dem Moment piepte Caros Handy. Sie öffnete die SMS von Nils und las nur drei Worte:

Begünstigte: Franziska Homann.

Okay, dachte Caro, jetzt gibt es kein Zurück mehr.

»Sie haben Arnd Schäfer umgebracht«, sagte sie und blickte Franziska Homann dabei fest in die Augen. »Ihre Werbeagentur ist pleite, und Sie sind die Begünstigte in seiner Lebensversicherung.«

Franziska Homann wurde blass. »Aber Sie haben doch selbst gesagt, dass es dieses Hausmeisterpärchen war!«

»Nein. Die beiden sind unschuldig. Ganz im Gegensatz zu Ihnen.«

»Was erlauben Sie sich …« Doch die Empörung in Franziska Homanns Stimme wirkte nicht überzeugend.

»Lassen wir die Spielchen doch einfach«, sagte Caro. »Sie haben an dem Abend das Gezeitenbad unbemerkt verlassen und sind zur Strandsauna gefahren. Was ist dann genau passiert? Haben Sie Sven Buschhenke dabei beobachtet, wie er die Aufgussanlage der Sauna manipulieren wollte? Und als Sie kapiert haben, was genau er vorhatte, haben Sie die ganze Sache zu Ende gebracht?«

Franziska Homann sackte auf einem der Barhocker zusammen. Zu Caros Überraschung versuchte sie nicht länger, zu leugnen. Ein ungutes Gefühl stieg in ihr hoch, als Franziska Homann so schnell mit der Wahrheit herausrückte.

»Ich hatte alles für Arnd getan, alles«, begann sie leise. »Ich habe mir immer eine Familie gewünscht und diesen Wunsch für Arnd aufgegeben. Ich konnte ja verstehen, warum er es nicht wollte. Aber dann …« Sie musste schlucken und brauchte einen Moment, um sich wieder zu fassen. »Erst vor Kurzem habe ich erfahren, dass Arnd mich seit Jahren mit anderen Frauen betrogen hat«, fuhr sie leise fort. Dann lachte sie bitter auf. »Wenn es das nur gewesen wäre …« Sie erzählte ihnen, wie sie herausgefunden hatte, dass ihr Mann regelmäßig hohe Summen Bargeld vom Konto abgehoben hatte. »Ich hab ihn zur Rede gestellt, hatte Sorge, dass er das Geld auf dem Festland im Puff verjubelt oder womöglich wieder das Saufen angefangen hat. Aber nichts davon. Er hat es jeden Monat Rike Bodden zugesteckt, der kleinen Schönheit vom Fischbrötchenstand. Es war für ihre jüngste Tochter … für seine Tochter …«

Arnd Schäfer war also der Vater von Rike Boddens Tochter, dachte Caro. Das erklärte die Eifersucht von Hugo Bodden.

»Aber das Schlimmste war, dass er mit ihr zusammen sein wollte, mit ihr und der kleinen Tochter eine Familie gründen wollte. Das hat mich so verletzt ... nach all den Jahren und allem, was ich für ihn getan habe ... und jetzt wollte er die Scheidung. Wollte sein Lotterleben aufgeben, um mit Rike Bodden glücklich zu werden. Aber sie hat sich geziert, seine ganzen Affären waren ihr wohl ein Dorn im Auge, auch wenn er dauernd versprochen hat, sich zu ändern«, fuhr Franziska Homann bitter fort. »Während ich die ganze Zeit alles für ihn getan habe, lässt er mich fallen wie eine heiße Kartoffel. Und diese Frau, die ihn noch nicht mal richtig wollte, um die wollte er kämpfen.« Sie räusperte sich und drückte ihren Rücken durch. »Ich hatte nichts von seinem Doppelleben gewusst. Es traf mich wie der Schlag.«

Das konnte Caro gut nachvollziehen. Auch sie war damals wie vom Blitz getroffen gewesen. Die Erkenntnis, dass die Person, der man am meisten vertraut hat, einen immer nur belogen hatte, konnte einem den Boden unter den Füßen wegziehen. Und sie wusste von sich selber, was das bedeuten konnte. Alles wurde in Frage gestellt, alles geriet ins Wanken.

»Sie wollten in die Scheidung nicht einwilligen?«, hakte Jan nach.

»Nein. Aber das hat ihn nicht interessiert. Außerdem hat er sich geweigert, mir finanziell zu helfen. Jahrelang finanziert er Rike Bodden und dieses Balg, aber der Frau, die alles für ihn aufgegeben hat, ihn unterstützt hat, wo sie nur konnte, der gibt er keinen Cent«, fuhr Franziska Homann fort. »Ich stecke mit meiner Agentur knietief in den Miesen, aber das war ihm vollkommen egal.«

»Sie müssen den Laden schließen?«, fragte Caro.

Die Frau nickte. »Mir droht die Insolvenz, beruflich und privat, ich hätte meine Wohnung nicht mehr halten können, es wäre ein Absturz auf ganzer Linie gewesen. Ich sah nur noch zwei Wege für mich: Entweder ich entscheide mich für das Leben einer gescheiterten, wohnungslosen und geschiedenen Ex-Geschäftsfrau, die von ihrem reichen Ehemann fallen gelassen wurde, oder ich wähle das Leben einer wohlhabenden Witwe, die am anderen Ende der Welt noch mal neu anfangen kann.«

»Cocktails schlürfen in der Karibik ist natürlich schöner, als sich alleine aus der Scheiße zu kämpfen«, stellte Caro lakonisch fest.

Franziska Homann überhörte ihre Bemerkung. »Ich wollte Arnd zu einem letzten Urlaub überreden, wo wir noch mal über alles sprechen konnten. Aber er wollte nicht mit mir wegfahren und meinte, ich könnte ja ein paar Wochen nach Borkum kommen, damit wir die Scheidungsmodalitäten klären. Ich wusste, dass er die Finger nicht von den anderen Weibern lassen konnte, Rike Bodden hin oder her. Also wollte ich ihn in seiner verdammten Sauna überraschen und zur Strecke bringen. Ich hatte alles geplant, hatte dafür gesorgt, dass man uns noch gemeinsam im Kletterpark sieht, als harmonisches Paar wohlgemerkt. Dabei hätte ich ihn da schon am liebsten in die Tiefe gestoßen.«

»Sie wollten nicht, dass irgendjemand mitbekommt, dass Ihre Ehe am Ende ist«, stellte Jan fest.

»Natürlich nicht. Ich wollte die verständnisvolle Ehefrau geben, die mit seinen Eskapaden kein Problem hatte. Warum sollte man mich dann verdächtigen? Alle hätten gedacht, ein eifersüchtiger Ehemann wäre am Werk gewesen. So war jedenfalls mein Plan.« Sie atmete tief durch und lächelte gefährlich. »Und dann kam alles viel einfacher, als ich dachte.«

»Sie checken im Gezeitenbad ein, um ein Alibi zu haben«, sagte Jan, »verlassen es heimlich und fahren zum FKK-Strand. Dort sehen Sie zufällig, dass die Vorbereitungen für den Mord an Arnd Schäfer bereits auf Hochtouren laufen.«

»Ja. Ich hab gesehen, wie dieses Flittchen von Patientin heulend die Sauna verließ, wie Arnd wieder zurückging und wie dann dieser Trottel von Hausmeister die Treppe hochgeschlichen kam. Ich bin ihm hinterher und konnte durch das Fenster sehen, wie er den Technikraum aufschließt und sich an der Aufgussanlage zu schaffen macht. Er hatte schon die erste Pulle Doppelkorn in der Hand, als er zu heulen anfing wie ein Baby.« Ihr Lächeln wurde immer gefährlicher. »Dann war es ganz einfach. Und Sie glauben gar nicht, wie schön es war, die Saunatür zuzuhalten. Arnd merkte, dass etwas nicht stimmte, aber er war schon viel zu wackelig auf den Beinen, um die Tür noch aufdrücken zu können.« Sie lachte spöttisch. »So potent, wie er immer war, in dem Moment war er einfach nur ein armes Würstchen. Durch die Scheibe flehte er mich an, ich soll ihn rauslassen!« Franziska Homann schüttelte lachend den Kopf. »Aber ich habe ihm gesagt, dass ab jetzt Feierabend ist. Und zwar für immer. Sie hätten seinen Blick sehen müssen!«

Die Frau war so voller Hass, dass es Caro kalt den Rücken hinunterlief, und sie sah Jan an, dass es ihm nicht viel anders ging. Franziska Homann hatte plötzlich etwas Diabolisches an sich, das so gefährlich wirkte, dass Caro fast schlecht wurde.

Und ihr ungutes Gefühl verstärkte sich immer mehr. »Aber Sie konnten doch nicht wissen, dass Sven Buschhenke an diesem Abend geplant hatte, Arnd Schäfer zu ermorden!

Sie konnten nicht wissen, dass er die Schnapsflaschen in der Sauna lassen würde und Sie die Aufgussanlage nur noch zu manipulieren brauchten. Sie müssen doch einen ganz anderen Plan gehabt haben, um Schäfer umzubringen.«

»Das ist richtig.« Franziska Homann griff in ihre Jackentasche und holte eine Pistole hervor. »So etwas kriegt man auf dem Kiez für ein paar hundert Euro. Damit wollte ich ihn erschießen«, sagte sie tonlos und betrachtete lächelnd die Pistole.

Jetzt wusste Caro, woher ihr ungutes Gefühl kam und warum Franziska Homann so bereitwillig ein Geständnis abgelegt hatte. Sie fühlte sich sicher.

»Frau Homann, machen Sie keinen Quatsch!«, entfuhr es ihr. »Das ist doch keine Lösung, wenn Sie …« Sie sprach den Gedanken nicht aus, weil es ihr mit einem Mal ausgesprochen dämlich vorkam. Natürlich war es eine Lösung. Für Franziska Homann war es in jedem Fall eine. Ihre Leichen würde man erst finden, wenn sie die Insel verlassen hatte, womöglich sogar erst, wenn Franziska Homann bereits im Flugzeug Richtung Irgendwo saß. Caro musste sich eingestehen, dass es sogar eine ziemlich gute Lösung war, Jan und sie zu erschießen.

»Ich habe einen Sohn …«, sagte sie leise und merkte, wie ihre Stimme zu zittern begann. Die Vorstellung, dass irgendein Polizist Hinnerk und Justus mitteilen würde, dass seine Mutter tot war, zerriss ihr das Herz.

»Ja, das ist traurig«, meinte Franziska Homann und setzte für einen Augenblick eine mitleidige Miene auf. »Aber glauben Sie mir, er wird darüber hinwegkommen. Wahrscheinlich macht es ihn nur stärker, und in ein paar Jahren heiratet er ein Mädchen, das genauso aussieht wie Sie. Ist das nicht ein schöner Trost?«

Caro war sprachlos. Wie konnte sie nur Witze über das

Schicksal eines kleinen Jungen reißen, der gerade seine Mutter verloren hatte? Was für eine herzlose Bitch.

»Es wäre schön, wenn Sie jetzt aufstehen und hinten zum Bett gehen würden«, sagte Franziska Homann und hielt die Waffe nun direkt auf Jan und Caro gerichtet.

»Sie glauben doch nicht, dass wir uns einfach so widerstandslos erschießen lassen«, sagte Jan, und Caro fragte sich, wann er endlich mal anfangen würde, Widerstand zu leisten.

Wenn an den Heldengerüchten um ihn auch nur ein Funken Wahrheit dran war, dann war er doch schon zigmal in solchen Situationen gewesen. Müsste er jetzt nicht zu einem geschickten Fußtritt ausholen und ihr die Waffe aus der Hand schlagen?

»Ach, wissen Sie«, sagte Franziska Homann gelassen, »es wäre natürlich schön, wenn Sie zum Bett gingen, dann könnte ich mit den Kissen den Schall dämmen, und es würde weniger Lärm machen. Außerdem wäre die Vorstellung einfach zu hübsch, sein immer sauberes Bett endlich mal richtig einzusauen. Aber wenn Sie unbedingt vorher Theater machen wollen, erschieße ich Sie eben hier und jetzt. Im Prinzip ist mir das schnuppe. Wenn Sie noch fünf Minuten leben wollen, bitte, ab zum Bett. Ansonsten? Wollen wir gleich hier oder bewegen Sie sich doch noch?«

Caro staunte, woher die Frau diese Kaltschnäuzigkeit nahm. »Haben Sie das eigentlich schon mal gemacht?«, fragte sie deshalb. »Sie wirken, ehrlich gesagt, ganz schön professionell.«

»Nein«, sagte sie mit kalter Stimme. »Arnd ist mein erster Mord. Aber was soll ich sagen? Die Hemmschwelle ist deutlich gesunken, seitdem ich den Herrn Doktor von der Welt geschickt habe. Also, gehen wir jetzt nach hinten?«, die Stimme von Franziska Homann klang nun ungeduldig. »Lassen Sie uns dieses Trauerspiel zu Ende bringen. Nehmen Sie bitte Ihre Hände hoch, und setzen Sie sich in Bewegung.«

Sie mussten das ganze Loft durchqueren, um zum Schlafbereich zu gelangen. Fieberhaft sah Caro sich um, während sie und Jan langsam nach hinten gingen. War hier irgendetwas, was ihnen helfen könnte? Natürlich gab es eine Menge Vasen, Obstschalen oder Tischlampen, die sich hervorragend dafür eignen würden, Franziska Homann eins über ihre gestylte Birne zu geben. Das Problem war doch eher, wie sie es anstellen sollten. Warum kam Jan nicht in die Pötte, verdammt noch mal? Warum konnte er nicht irgendeine rettende Lösung aus dem Hut zaubern?

Dann ging alles wahnsinnig schnell. Wie ein hochprofessioneller Kung-Fu-Meister wirbelte Jan mit einem Bein durch die Luft, und einen Wimpernschlag später hörte Caro ein krachendes Geräusch. Es war Franziska Homanns Kiefer, der dem Tritt nichts entgegenzusetzen hatte.

»Ups«, entfuhr es Jan.

Bewusstlos fiel die Frau zu Boden. Schnell nahm er ihr die Waffe ab und sicherte sie.

»Ups?« Caro sah ihn erstaunt, aber auch dankbar an.

Jan grinste entschuldigend. »Ich wollte ihr eigentlich nur die Waffe aus der Hand treten.«

»Jetzt braucht sie 'ne neue Kauleiste.«

»Hat sie verdient.«

Da musste Caro ihm recht geben.

Kommissar Bachmann konnte sein Erstaunen nicht verbergen, als Caro und Jan ihm Franziska Homann überreichten. Sie hatten zunächst die Polizisten von der Strandstraße gerufen, die dann zu Schäfers Wohnung gekommen waren und einen Arzt informierten, der den Kiefer der Frau notdürftig versorgte. Caro fand es erstaunlich, wie schnell ihr Gesicht angeschwollen war und wie deformiert die Frau plötzlich aussah. Sprechen konnte sie leider im Moment nicht, aber zum Glück hatten sie alles mit Caros Handy aufgezeichnet. Franziska Homann wurde in Begleitung von zwei Polizisten mit dem Hubschrauber nach Emden geflogen, wo sie in einer Klinik operiert werden sollte.

Caro und Jan saßen auf dem Revier in der Strandstraße. Nachdem Kommissar Bachmann sich die Aufnahme von Caros Handy angehört hatte, warf er den beiden einen Blick zu, der zwischen Anerkennung und Wut zu schwanken schien.

»Vieles davon war uns bereits bekannt.«

»Ach ja?« Caro konnte sich das beim besten Willen nicht vorstellen und hätte ein kleines Dankeschön durchaus angebracht gefunden.

»Nach der Obduktion von Arnd Schäfer war schnell klar, dass der Mann nicht an der vererbten Herzkrankheit gelitten hatte«, sagte Bachmann. »Trotz des hohen Promillegehalts in seinem Blut konnte kein Alkohol in seinem Magen gefunden werden. Das kam uns spanisch vor. Allerdings sind hochprozentige Aufgüsse unter Alkoholikern durchaus beliebt. Sie haben keine Fahne und können ihre Sucht dadurch geheim halten …«

»Er war ein trockener Alkoholiker«, warf Caro ein.

»Ich weiß. Obwohl wir einen Rückfall in Betracht gezogen haben, haben wir auch einen gewaltsamen Tod nicht ausgeschlossen. Besonders die betrogenen Ehemänner von Schäfers Affären hatten wir im Visier.«

»Hugo Bodden?«, fragte Jan nach, und der Kommissar nickte.

»Ganz genau. Wir hatten herausgefunden, dass Arnd Schäfer den Kindergarten, in den die Tochter von Rike Bodden geht, an Sommerfesten und zu Weihnachten finanziell unterstützt hat, und haben uns natürlich gefragt, warum er das gemacht hat. Die Leiterin erzählte uns dann, dass er schon ein paar Mal gemeinsam mit Rike Bodden die Kleine abgeholt hatte. Nicht oft, aber oft genug, dass die Leiterin es gemerkt hat.«

»Sie wussten, dass das Kind von Schäfer war?«, fragte Caro.

»Wir hatten keinen genetischen Abgleich, aber in einer Befragung verhielt sich Rike Bodden doch sehr verdächtig, auch wenn sie es nicht zugeben wollte. Von da an hatten wir zwei Verdächtige: Hugo Bodden und natürlich Franziska Homann.«

»Die aber ein ziemlich gutes Alibi hatte«, warf Jan ein.

»Und sie machte auf mich nicht den Eindruck, als würde sie eine zwei Meter hohe Balustrade locker überwinden können«, sagte Bachmann. »Hugo Bodden hatte dagegen nur seine schlafende Frau als Alibi.«

»Also keins.«

Der Kommissar nickte. »Trotzdem waren wir natürlich auch an Franziska Homann dran. Und sosehr ich es begrüße, dass Sie mir ein Geständnis von der Frau geliefert haben, umso mehr muss ich Sie doch ermahnen, so etwas in Zukunft zu unterlassen.«

»Wie bitte?« Caro traute ihren Ohren nicht. »Sollten Sie nicht froh und dankbar sein, dass wir Ihre Arbeit gemacht haben?«

Der Mann räusperte sich pikiert. »Sie haben ganz und gar nicht meine Arbeit gemacht«, sagte er, und der strenge Unterton in seiner Stimme war nicht zu überhören. »Möglicherweise haben Sie meine Ermittlungen sogar gefährdet. Wie gesagt, wir waren an der Sache dran. Vielleicht konnten Sie etwas schneller handeln, weil Sie sich nicht an alle gesetzlichen Vorschriften halten müssen ...«

»Wir haben keine Gesetze gebrochen!«, sagte Caro empört und fügte in Gedanken ein ›fast‹ hinzu. Der Einbruch in den Klinikkeller war vermutlich nicht sonderlich legal gewesen.

»... aber der Fall hätte auch ganz anders ausgehen können«, führte Bachmann den Satz ungerührt zu Ende. »Die Frau war bewaffnet, Sie haben Ihr Leben riskiert. Das ist unverantwortlich.«

Caro war für einen Moment baff. Sie hatte nicht erwartet, dass man ihr das Bundesverdienstkreuz verleihen würde, aber dass man sie ausschimpfte wie ein kleines Kind, weil sie eine Mörderin überführt hatte, damit hatte sie auch nicht gerechnet.

»Bisschen Dankbarkeit?« Sie sah den Kommissar fragend an.

Der schüttelte nur mit dem Kopf. »Nein.« Dann zeigte er mit dem Finger erst auf sich und dann auf Caro und meinte: »Hier Kripo, da Kurgast. Ist doch eigentlich ganz einfach.«

Epilog

Als Caro ein paar Tage später am Strand entlangspazierte, sah sie Jan schon von weitem. Er war wieder bei seinem Yogakurs und turnte in seiner knappen Sportbekleidung im Sand herum. Sie hatte sich noch ziemlich über Kommissar Bachmann geärgert, ihre Wut aber schnell vergessen, nachdem Jan ihr erklärt hatte, dass das typisch kleiner Mann sei.

»Kleine Männer haben ein Riesenproblem damit, wenn man in ihren Gewässern fischt. Glaub mir«, hatte er ihr gesagt, und sie konnte sich gut vorstellen, dass er damit recht hatte. An den mahnenden Worten von Kommissar Bachmann war natürlich auch etwas Wahres dran gewesen, denn wenn sie so zurückdachte, in welche Gefahr sie sich begeben hatte, dann wurde ihr im Nachhinein noch ganz mulmig. Sie hatte keine Ahnung gehabt, wie sie sich aus der Situation hätte befreien können, und dass Jans Fußtritt sie am Ende rettete, war vielleicht auch mehr Zufall als Können gewesen. Die ganze Sache hätte wirklich ganz anders ausgehen können.

Trotzdem hatte dieser Fall ihr irren Spaß gemacht, und von dem Adrenalin, das die letzten Tage durch ihren Körper gerauscht war, zehrte sie immer noch. Sie fühlte sich so stark und energiegeladen wie schon lange nicht mehr.

Und Caro hatte über den Vorschlag nachgedacht, den Hinnerk ihr gemacht hatte. Auf Borkum leben – ja, warum eigentlich nicht? Was sprach dagegen, tagtäglich auf einer wunderschönen Insel zu sein, auf der es die vermutlich beste Luft der Welt gab? Und die schönsten Strände sowieso. Gestern hatte sie sich den Kiosk von Inge Emser angeschaut, und die anderen Leute, die am Flughafen arbeiteten, waren auch alle sehr nett gewesen. Und bei so einem Job würde ihr genug Zeit bleiben, um noch ein bisschen ihrem neuen Hobby nachzugehen … warum also nicht einfach hierbleiben?

Sie winkte Jan zu, der gerade mit seinem Yoga fertig war und sich mit dem Handtuch den Schweiß von seinem trainierten Körper wischte. Lächelnd kam er auf sie zu, und sie musste an seine Kung-Fu-Künste denken, die sicher kein Kung-Fu waren, sondern irgendein anderer Kampfsport, den sie nicht kannte. Aber er hatte es draufgehabt, er hatte Franziska Homann mit einem Bruce-Lee-ähnlichen Fußtritt außer Gefecht gesetzt. Auch wenn sie sich selbst nicht als unsportlich bezeichnen würde, so war doch klar, dass sie solche Fähigkeiten nicht draufhatte. Und seine unverfrorene Art, Fragen zu stellen, hatte sich auch durchaus als hilfreich erwiesen.

Dafür war ihr das logische Denken mehr gegeben, den Eindruck hatte sie jedenfalls. Sie konnte die Puzzleteilchen besser zusammensetzen als er, der ihr dafür aber die farblich richtigen Teile heraussuchte. Eigentlich ergänzten sie sich gut.

»Schade, dass wir kein Team mehr sind«, meinte Jan, nachdem sie sich begrüßt hatten. »Ich hab dich die letzten Tage fast vermisst.«

Sie lachte und nickte. »Ging mir genauso.«

»Vielleicht rufe ich dich in Berlin mal an, wenn ich bei meinem nächsten Fall nicht weiterkommen sollte«, sagte Jan schmunzelnd.

»Hast du schon was Neues?«, fragte Caro neugierig, aber Jan schüttelte den Kopf.

»Leider nicht. Aber irgendwas wird sich schon auftun.«

Caro nickte. »Der Türsteherjob ist eher ein Alibi, oder?«

»Vor allen Dingen fürs Finanzamt.« Er grinste breit.

»Wie viele Fälle hast du so im Schnitt?«

»Ich arbeite immer nur an einem Fall, nie an zweien gleichzeitig. Da ist mir die Gefahr zu groß, mich zu verzetteln. Ich nehme auch Fälle aus Emden, Juist oder Norderney an. Alles, wohin Olaf mich schnell mit dem Flugzeug mitnehmen kann.«

Caro blickte in den Himmel. »Und … was hältst du davon, wenn wir uns zusammentun?«

»Wir zwei? Du weißt ja, dass ich das von Anfang an nicht abwegig fand«, sagte er in einem zweideutigen Ton.

Caro verdrehte die Augen. »Jan!«

Er lachte auf. »Kleine Verarsche, sorry!« Dann sprach er mit normaler Stimme weiter. »Ich fände es super, wenn wir zwei als Team arbeiten würden. Unseren ersten Fall haben wir doch astrein gelöst, und ich weiß nicht, ob ich das so gut alleine hingekriegt hätte.«

»Ich auch nicht.« Sie lächelte ihn an.

»Aber wie willst du von Berlin aus Fälle in Ostfriesland bearbeiten?«

Caro atmete tief durch. Inzwischen waren sie an der Strandpromenade angekommen. Es war Ebbe, und der riesige Strand schien nun unendlich weit zu sein. Wie eine große Wüste tat er sich vor ihnen auf. Die Seehunde lagen in Reih und Glied auf ihrer Seehundbank, die immer näher an den Strand heranrückte, sodass man die Tiere aus dem Strandkorb heraus beobachten konnte. Jede Menge Kinder spielten auf dem Strandspielplatz, und sie sah, wie Justus mit seinen Freunden das Trampolin belagert hatte und vergnügt vor sich hin hüpfte.

»Gar nicht«, antwortete sie dann und spürte, wie eine Welle des Glücks in ihr hochschwappte. »Ich bleibe auf Borkum.«

Ende

Schlimmer als der Tod ist nur die Angst

Christine Drews
KÄLTER ALS DIE ANGST
Kriminalroman
304 Seiten
ISBN 978-3-404-17788-2

Carla Delbrück wurde grausam ermordet. Zunächst sieht alles nach einer Beziehungstat aus, auch wenn ihr Ehemann jegliche Schuld leugnet. Tatsächlich bekam die Tote anonyme Drohbriefe, die in Zusammenhang mit einer angeblich längst aufgeklärten Bluttat stehen. Wurde Carla Delbrück Opfer eines Nachahmungstäters? Oder wusste sie mehr über den Mord von damals? Charlotte Schneidmann und Peter Käfer ermitteln – ohne zu ahnen, dass sie einen ruchlosen Killer jagen, der sich gerade erst warm läuft ...

Bastei Lübbe

Ein geheimnisvoller Fall, der John Benthien tief in die Vergangenheit führt

Nina Ohlandt
SCHWEIGENDE SEE
Nordsee-Krimi
DEU
528 Seiten
ISBN 978-3-404-17936-7

Am Strand von Sylt wird die Leiche einer Frau gefunden, die erst seit Kurzem auf der Insel lebte. Wer könnte ihr nach dem Leben getrachtet haben, fragt sich Hauptkommissar John Benthien. Schon einmal wurde ein Anschlag auf sie verübt. Benthiens Ermittlungen gestalten sich schwieriger als gedacht, denn der Mord führt ihn zu einem bislang unbekannten Ereignis der deutsch-deutschen Vergangenheit, das manche Menschen gerne für immer verbergen würden. Und zu seinem Entsetzen spielt auch sein Vater dabei eine nicht unwesentliche Rolle...